Kräuterrosi, ledig, sucht …

Doris Fürk-Hochradl wurde 1981 in Braunau am Inn geboren. Sie lebt mit ihrem Mann und ihren Kindern im beschaulichen Eggelsberg und arbeitet als Grundschullehrerin in Braunau. Sie liebt gutes Essen, kocht selbst leidenschaftlich gern, und wenn sie nicht kocht, dann musiziert, malt oder schreibt sie. Auch die Naturheilkunde ist ihr nicht fremd, da sie vor ihrer Tätigkeit als Lehrerin eine Lehre zur Masseurin und dabei eine umfassende Ausbildung in Hildegard-Medizin absolviert hat.

DORIS FÜRK-HOCHRADL

Kräuterrosi, ledig, sucht …

KRIMINALROMAN

emons:

Bibliografische Information der Deutschen Nationalbibliothek
Die Deutsche Nationalbibliothek verzeichnet diese Publikation in der Deutschen Nationalbibliografie; detaillierte bibliografische Daten sind im Internet über http://dnb.d-nb.de abrufbar.

MIX
Papier aus verantwortungsvollen Quellen
FSC® C083411

Umschlagmotiv: © mauritius images/age
Umschlaggestaltung: Tobias Doetsch
Gestaltung Innenteil: César Satz & Grafik GmbH, Köln
Lektorat: Christine Derrer
Druck und Bindung: booksfactory.de, Szczecin
Printed in Polend 2020
ISBN 978-3-95451-522-6
Originalausgabe

Für
Hans, den besten Ehemann,
und
Marliese, meine verwandte Seele und liebste Kollegin der Welt

Quacksalber oder Quarksalber?

Schweineschmalz-Wickel mit Zwiebel bei Husten
1 Zwiebel • 3 EL Schweineschmalz • Baumwolltuch oder Baumwollsäckchen
Man würfle eine kleine Zwiebel fein und brate sie in Schweineschmalz schön glasig an. Das Schmalz abkühlen lassen, bis es handwarm ist. Dann in ein Baumwollsäckchen geben. Das Ganze auf den Brustkorb legen, mit einem weiteren Tuch den ganzen Brustkorb umwickeln und so das Säckchen fixieren.
Behandlungsdauer: bis zu 2 Stunden. Wirkung: Die ätherischen Öle in Verbindung mit dem warmen Schmalz lösen den Schleim und erleichtern das Abhusten. Hilft auch bei Ohrenschmerzen!

»Die Alte spinnt, Dennis. Du hättest uns nicht in diese gottverlassene Gegend schleppen dürfen.«

Ich schmunzle. Großstädter und ihre Phobien. Kaum dass etwas nicht in ihr modernes, schnelllebiges, berechenbares Leben passt, machen sie sich vor Angst in die Hose. Und dieses metropolengeschädigte Frauenzimmer erweist sich als besonders hartnäckig. Ihr Göttergatte dagegen scheint mir trotz des neumodernen Namens ein recht vernünftiger Bursche zu sein. Auf jeden Fall schrecken ihn meine Hausrezepte und das Handauflegen ebenso wenig ab wie mein Aussehen. Die Frau aber hält mich wohl eher für die Zwillingsschwester der Hexe aus Hänsel und Gretel. Dabei leg ich mir schon fleißig Warzenkraut auf die Nase, und bis zum Neumond ist sie sicher weg, aber …

Nun gut, mein mit Erdbeermarmelade versauter Kittel ist vielleicht auch nicht die beste Referenz für eine Heilkundige. Doch ich musste die Früchte heute einkochen, sonst wären sie verdorben. Außerdem sind die beiden Städter eine halbe Stunde zu früh aufgetaucht, und ich hatte keine Zeit mehr, mich umzuziehen. Alles in allem aber hab ich die werte Frau Magistra wohl abgeschreckt mit meiner Schürze, meinen grauen langen Zottelhaaren und der blöden Warze. Es ist aber auch zum Verrücktwerden, dass dieses scheußliche Ding meinen Riechkolben ziert. Zweiundsechzig lange Jahre haben sie mich verschont, diese unliebsamen Begleiter, und jetzt … plötzlich, so mir nichts, dir nichts … sprießt eine extradicke Epithelansammlung am linken Nasenflügel.

»Pst. Sie hört dich bestimmt, Karo«, zischelt nun der junge Mann. Dennis, mit weichem D, nicht wie der Sport.

»Ach was, bestimmt nicht.«

Ich drehe mich um und schreite mit der dampfenden Pfanne in die Bauernstube. »Meine Ohren sind zum Glück bestens in Ordnung, Teuerste. Jetzt wollen wir uns aber erst einmal um deine Lauscher kümmern.«

Karos Gesicht fällt in sich zusammen, und die Schamesröte kriecht ihr den Hals hinauf. Armes Ding, selbst halb taub, und ich, die alte Hexe, höre jedes Wort.

»Nur keine Angst, Kindchen. Ein warmes Zwiebelsäckchen hat noch keinem geschadet, und dir wird es sogar die Ohren öffnen. Wirst schon sehen.«

»Aber Schweineschmalz? Ginge nicht auch kaltgepresstes Olivenöl?«

»Ginge, ginge, ginge … bestimmt, wenn wir Griechen wären. Sind wir aber nicht, sondern Alpenbewohner, und da nimmt man eben Schweineschmalz.«

Ich stelle die Pfanne auf den Tisch, auf dass ein weiterer Brandfleck die massive, uralte Holzplatte verschönere, und ziehe ein Baumwollsäckchen aus der Kitteltasche. Rein mit der heißen Heilzutat und abwarten, bis es kühl genug ist. Ohne weiter nachzufragen, drücke ich der akkuraten Brünetten das Beutelchen aufs Ohr. Hoffentlich verträgt der extravagante Schmuck die Zwiebelbehandlung und löst sich nicht in den billigen Flitterkram auf, der er eigentlich wäre, wenn ihn nicht ein Schnickschnack-sonst-Wer zusammengebaut hätte. Da lob ich mir meine kleinen, dicken Echtgold-Kreolen, die mir mein Horst zum fünfundzwanzigsten Hochzeitstag geschenkt hat. Einfach, simpel und nicht umzubringen. Nicht einmal das stinkende Schwefelwasser in der Bad Füssinger Therme hat sie dauerhaft ruiniert. Ein wenig grün wurden sie, aber ein Klecks Zahnpasta, fünf Minuten schrubben, und schon glänzten sie wie neu.

Frau Magistra Karoline verzieht die Nase. Der Duft von erhitztem Schweinefett reizt die empfindlichen, abgasverwöhnten Schleimhäute. Eine neue Herausforderung für die Riechhärchen.

»Karolinchen, du machst das prima. Wirst sehen, Frau Beingruber genießt den besten Ruf. Sie hat auch die Maurer-Oma wieder gerade gerichtet nach ihrem Hexenschuss.«

»Ach, du bist der Enkel der alten Maurer-Bäuerin? Hab ich doch geahnt, dass ich diesen roten Lockenschopf kenne. Aber heißt du nicht eigentlich Franz?«

»Mit erstem Namen schon. Doch Franz macht sich nicht so gut, und zum Glück hatte meine Mutter damals einen Fimmel für schottische Namen.« Er lächelt entschuldigend.

Ich hebe die Hand in der Absicht, ihm durch die eben genannte Haarpracht zu wuscheln. So wie früher, als er noch ein sommersprossiger Lausbub war, der mir die Himbeeren vom Strauch stibitzte. Ein Fehler. Das Säckchen rutscht Karoline vom Ohr. Sie greift reflexartig danach, und kaum dass ihre Finger das schleimig-schwabblige Beutelchen ertasten, würgt sie und läuft käsebleich an. Gleich erbricht sie sich. Ich fasse schnell nach dem Übelkeitserreger und nicke ihr aufmunternd zu. Wäre doch schade, wenn sie ihr Kostüm vollkotzt.

»Geht schon wieder.« Langsam kehrt die Farbe in ihr Gesicht zurück.

»Gut, meine Liebe. Die Ohrenschmerzen müssten bald nachlassen, und gegen den Tinnitus helfen nur weniger Stress und mehr Gelassenheit. Beides werdet ihr ohnehin brauchen, wenn das Kleine erst einmal auf der Welt ist.«

»Das Kleine?« Dennis blickt sich verwirrt um.

Meine Güte – das nächste Fettnäpfchen, und ich tappe gradlinig hinein. Nur, weil eine erfahrene Frau wie ich deutlich die frühen Anzeichen einer Schwangerschaft erkennt, heißt das noch lange nicht, dass es auch andere können. Männer erst recht nicht. Franzl alias Dennis schnappt jetzt nach Luft, Karoline läuft knallrot an. Der Schock ist stärker als der Ekel. Sie greift nach dem Säckchen, drückt es sich ans Ohr, springt auf und geht hektisch im Zimmer auf und ab. Die Bodendielen knarren. Die Luft vibriert.

»Ich wollte es dir schon längst sagen, aber diese Ohrenschmerzen und das blöde Pfeifen. Deshalb hat mir Dr. Heinrich auch keine Antibiotika verschrieben.«

Ziemlich hilflos stehe ich herum und sehe mir die Schmierenkomödie an, die direkt vor meinen Augen abläuft. Dennis bleibt wie versteinert hocken und starrt Luftlöcher in den Raum. Tja, wer braucht da noch eine Flimmerkiste, wenn es zu Hause in der guten Stube so rundgeht?

Karoline schluchzt jetzt und presst den Schmalzbeutel derart fest auf ihre Haut, dass sich ein öliges Rinnsal bildet. Bevor die Schweinerei die sicherlich teure Bluse erreicht, greife ich ein und nehme ihr die Auflage ab. Ihre Schultern beben.

»Na, na, meine Liebe. Ein Kindlein ist doch kein Grund zu weinen, sondern einer, sich zu freuen.« Karoline sinkt in meine Umarmung. Erdbeerflecken hin oder her. Wenn es um die ganz normalen Probleme des Lebens geht, zählen mütterlich offene Arme mehr als alles andere. Ich werde vom Mitgefühl für die junge Frau überrollt und schäme mich, so schlecht über sie gedacht zu haben. Wer bin ich schon, dass ich weiß, welche Probleme ihre Schultern wirklich tragen? Und dass die Angelegenheit sie schrecklich mitnimmt, ist offensichtlich. Da hilft ein schockgefrosteter Ehemann auch nicht besonders.

»Über Nachwuchs freut ihr euch doch, oder?«, frage ich in Dennis' Richtung.

Dieser schreckt hoch. Die Erstarrung ist gebrochen. Er kommt in die Gänge und auf uns zu.

»Aber sicher doch, Karoline. Wein bitte nicht«, stottert er verlegen und beginnt, ihren Rücken zu tätscheln.

Karoline wechselt den Trostspender und fällt Dennis um den Hals.

»Meinst du? Aber meine neue Stelle an der Uni in Berlin. Unsere Pläne, die Zukunft …«

»Also ich fühle mich in München ganz wohl, und schlecht ist dein Arbeitsplatz hier auch nicht, oder?«

»Aber nur eine Assistenzstelle und die Bezahlung ist bei Weitem nicht so gut. Außerdem haben wir doch gesagt, dass wir uns erst ein wohlsituiertes Leben aufbauen wollen und dann ein Kind auf dem Plan steht.«

Karoline klimpert mit den tränenverhangenen Wimpern.

Dennis-Franzl schluckt und ringt um die passenden Worte. Zeit, einzugreifen. Das Gespräch artet meiner Meinung nach zu sehr in Richtung Argumentationswettbewerb aus, wenn eigentlich Hausverstand und Gefühl gefragt sind.

»Ich mische mich jetzt mal ein, Kindchen, in Ordnung? Die Frage ist doch wohl, willst du das Baby bekommen, oder nicht? Das ganze Arbeits- und Karrierethema kann man danach klären. Immerhin haben sich die Zeiten geändert. Als ich jung war, gab's so was wie Krabbelstuben noch nicht, aber heute gibt es für alles eine Lösung.«

Problem erkannt, angesprochen, auf den Punkt gebracht.

Karoline schluchzt wieder, aber die professionelle Fassade bröckelt, und die Gefühle gewinnen wieder die Oberhand.

»Na... na... natürlich will ich das Kind. Ich wollte schon immer, aber ...«

»Kein Aber. Alles andere findet sich.«

»Das glaub ich auch«, bestärkt Dennis-Franzl meine Aussage.

Das Schluchzen verebbt. Karoline lächelt schüchtern. »Tatsächlich?«

»Bestimmt!«

Es ist schön, den beiden dabei zuzusehen, wie in ihren Gesichtern plötzlich das typische Leuchten der Veränderung erglimmt. Ich muss an meinen Horst denken und wie er sich gefreut hat, als ich ihm mein kleines Geheimnis verraten habe.

Dass aus unserem Wonneproppen Raphael einmal so ein hochnäsiger Versicherungsheini werden würde, konnten wir damals ja noch nicht ahnen. Und dennoch liebe ich meinen Jungen. Er hat auch seine guten Seiten, und wenn die Zeit reif ist, kommen sie bestimmt wieder zum Vorschein.

Unsere Tochter Daniela ist bodenständig geblieben und versucht nicht, die Leute übers Ohr zu hauen. Volksschullehrerin ist sie, ledig und konservativ bis in die Haarspitzen.

Ein Wunder, wie sich der Nachwuchs entwickelt, und auch Frau Karoline und ihr Dennis werden sich auf so manche süß-bittere Überraschung einstellen müssen. Erst einmal ist es jedoch wichtig, der Freude die Tür zu öffnen, und das hab ich (wenn auch zugegebenermaßen tollpatschig) bei dem Paar erreicht.

Verspannt war Karoline die letzten Wochen anscheinend genug, sonst hätte sie sich keinen handfesten Tinnitus eingefangen. Ich wage es kaum, das Geschmuse zu unterbrechen, zumal mir bei dem liebevollen Bild selbst warm ums Herz wird und sich ein sehnsüchtiges Ziehen in meiner Brust breitmacht.

Ich räuspere mich, bis Karoline sich lächelnd aus dem Griff ihres Mannes löst. »Und, meine Liebe, wie geht es dem Gesause im Ohr? Besser?«, lenke ich zurück auf den Anlass ihres Besuches in meiner kleinen Hexenküche.

Erstaunt fasst sie sich an die Ohrmuschel und lauscht in sich hinein. »Hmm. Nur noch ein ganz leises Summen.«

»Das ist gut. Und den Verkühlungsschmerz bekommst du mit regelmäßigen Zwiebelsäckchen im Handumdrehen in den Griff. Das ist das geringste Problem«, sage ich aufmunternd.

Karoline sieht mich mit großen Augen an. Die Wimperntusche ist vom Weinen verwischt, und ihre Haare sind zerzaust, sodass sie mich an eine übernächtigte Vogelscheuche erinnert. Ich schmunzle. In ein paar Monaten wird keine Wimperntusche mehr nötig sein, um dunkle Schatten unter die Augen zu malen. Das Baby wird diese Arbeit erledigen, und wenn alles so ist, wie es sein soll, wird seine Mutter trotz permanentem Schlafmangel auf einer rosaroten Wolke schweben und die Umgebung mit dem wohlwollenden Blick der Verliebtheit wahrnehmen. Verliebtheit in das eigene Kind.

»Als kleine Empfehlung einer alten, weisen Frau möchte ich dir auf den Weg geben, das Leben etwas entspannter anzugehen, Karoline. Nicht alles ist plan- oder vorhersehbar, und wie mir scheint, machst du dir zu viel Druck.«

Karoline errötet leicht. Ich streiche ihr über den Oberarm. »Ohren kann man sich leicht mal erkälten, aber das Sausen kommt von der Anspannung.«

»Das hat Dr. Heinrich auch gesagt, aber –«

»Kein Aber. Wenn du in diesem Kuhdorf leben würdest, dann würde ich dir empfehlen, am Abend einen Rosenkranz zu beten, still zu werden und deine Gedanken zur Ruhe kommen zu lassen. Aber da ich weiß, wie die jungen Leute so ticken, sag ich bloß: raus mit dem Druck, meditieren, Om singen, Yoga-Schnickschnack oder was sonst grad so modern ist. Hauptsache, das da …«, ich tippe ihr leicht gegen die Stirn, »… hat mal Zeit, abzuschalten. Dazu noch genug Schlaf, keine unnötigen Diskussionen oder überflüssiges Problemekauen, sondern Freuen. Früher war man guter Hoffnung, und heute hofft man nur, dass alles irgendwie gut ausgehen wird. Krank ist das.«

Ich gerate ins Schimpfen, aber Karoline scheint das nicht zu stören. Sie umarmt mich und haucht ein leises »Danke« in mein Ohr. Ich kämpfe gegen die aufsteigenden Tränen der Rührung. Das habe ich schon lange nicht mehr geschafft: innerhalb einer halben Stunde von der vermeintlichen Hexe zur lieben Omafigur aufzusteigen. Manchmal mutieren Katastrophen zu Erfolgen. Ich räuspere mich verlegen, und als wir uns wieder setzen, reden wir über alltägliche Dinge. Die Freude ist in die Stube eingezogen, und ich bin froh, dass ich meine erste Kundschaft an diesem Tag so zufrieden entlassen kann. Kräuterrosi hat es noch drauf. Alt, mit Warze und Erdbeerschürze, aber immer noch am Zahn der Zeit. Die großen Themen der Menschheit bleiben halt immer dieselben.

Es dauert keine fünf Minuten, stürmt der nächste Hilfesuchende mit der Wut eines tobenden Orkans in die Stube. Jörg. Was ist in den alten Getreidebauern gefahren? Ja, ich kenne seine aufbrausende Art. Seine ganze Familie leidet darunter. Früher, in der Schule, habe ich mich immer vor dem Raufbold gefürchtet. Und seither ist zwar meine Angst verflogen, Jörgs zur Gewalt neigende Natur aber leider nicht. Wenn es im Dorf eine Wirtshausschlägerei gibt, ist er sicher dabei. Doch so? Fluchend humpelt er zum Tisch und stützt sich ab.

»Das Scheißkreuz! Und dieses verfluchte Bein!« Er setzt sich auf einen Stuhl und lässt das linke Bein steif nach vorn stehen.

»Wenn du so sprichst, kannst du gleich wieder so raushumpeln, wie du reingekommen bist«, sage ich.

»Pfff«, zischt er und funkelt mich an.

Ich erhebe den Zeigefinger, ganz so, als würde ich ein Schulkind zurechtweisen. »Welche Laus dir auch immer über die Leber gelaufen ist, für deinen Hexenschuss ist das nur Zunder. So wird es nur schlimmer. Glaub mir.«

Er beißt die Zähne zusammen. Sein eben noch violettwütendes Gesicht ist nur mehr dunkelrot.

»Durchatmen, Jörg. Und dann erzählst du mir, was passiert ist.«

Er holt Luft. »Ich hab mich gebückt und dabei wohl blöd verdreht. Schon ist's mir ins Kreuz geschossen, und jetzt zieht es das ganze Bein runter bis zur Ferse.«

»Ah ja. Der Ischias. Das sind gemeine Schmerzen, wenn der Nerv eingeklemmt ist.«

»Steh mal auf, du alter, grantiger Wutbolzen«, sage ich und zwinkere ihm zu.

Er zieht einen Moment die Augenbrauen zusammen, entspannt sich aber dann.

Man muss wissen, wie man mit bestimmten Menschen spricht. Und Jörg braucht eine härtere Gangart, gepaart mit etwas Humor.

Stöhnend zieht er sich hoch.

Ich trete hinter ihn und lege meine Finger auf sein Kreuz. »Wenn ich es sage, dann schwingst du dein linkes Bein.«

»Mach ich. Ich hab sowieso Lust, jemand ganz bestimmten in den Hintern zu treten«, brummt Jörg.

»Jetzt.« Ich drücke in dem Moment, als er ausholt, schwungvoll auf die eingezwickten Wirbel.

»Kruzifix! Sakrament!«, flucht Jörg vor Schmerz und greift sich auf das eben eingerichtete Kreuz.

»Reiß dich zusammen! Wenn du weiter so den Herrn beleidigst, wirst dich bald nicht mehr rühren können«, drohe ich und lasse meine Fingerknöchel knacken. »Also, sag, wer hat dich so wütend gemacht, dass dir die Hex ins Kreuz geschossen ist?«, frage ich.

»Weiber!«, brummt Jörg. Er streicht sich nebenbei verwundert über den Rücken. Vorsichtig stellt er sich aufrecht hin und wirft mir einen erstaunten Blick zu.

»Gern geschehen«, sage ich.

»Danke«, murrt er und macht sich schon auf den Weg nach draußen.

»Wenn du nicht immer gleich so aus der Haut fahren würdest, dann würde dir auch nicht jede kleine Aufregung so ins Kreuz fahren. Innere Haltung, mein Lieber. Wenn die innere Haltung stimmt, stimmt auch die äußere. Willst du mir nicht vielleicht erzählen, was los ist?«

Er macht, ohne sich umzudrehen, eine wegwischende Handbewegung.

Da muss ihn ja wirklich etwas sehr aufgebracht haben. Was kann es nur sein? Ich habe keine Zeit, nachzufragen, denn der nächste Kunde steht schon mit einem Bein in der Stube.

Bauer Hias mit einem kleinen Ferkel im Arm. Hias ist fast so alt wie ich, aber im Gegensatz zu mir war er nie verheiratet. Vielleicht hängt er auch deshalb so an seinen Tieren.

»Du!«, zischt Jörg und hebt einen Augenblick die Faust.

»Griaß di, Jörg«, sagt Hias unbeeindruckt.

Jörg drängt den Schweinebauern zur Seite und stampft hinaus.

Na, was war das denn eben? Streiten die beiden etwa wieder? Wie viel Wasser muss noch den Bach hinunterfließen, dass die beiden Nachbarn endlich ihre ewige Zankerei beiseitelegen? Ich sehe Jörg kopfschüttelnd nach.

»Ist was zwischen euch?«, frage ich Hias.

»Der spinnt halt wieder rum. Kennen ma doch eh«, sagt Hias gelassen.

Aber mich lässt Jörgs Verhalten nicht kalt. Ich schlucke das beklemmende Gefühl hinunter.

»Kräuterweibi, des Fackerl hat was. Es mag nicht mehr saufen, und der Viechdoktor kann nicht kommen«, erklärt inzwischen Hias und bringt mich damit unweigerlich zum Schmunzeln. Wenn der studierte Tierarzt keine Zeit für ein nicht mehr trinkendes Ferkel hat, dann ist den Leuten im Ort auch die Kräuterrosi recht. Aber egal. Das Helfen liegt mir im Blut.

Helfersyndrom nennt man das, glaub ich. Und einen großen Unterschied zwischen einem bauchwehgeplagten Säugling und einem kleinen Ferkel gibt es nicht. Beiden kann Erleichterung verschafft werden, und so dreh ich mich um und hol schon mal die selbst gekochte Bäuchleinsalbe aus dem Schränkchen. Bauer Hias soll mit seinem Tierlein ähnlich glücklich meinen Hof verlassen wie eine verzweifelte Mutter. Ich greife nach dem großen Tiegel. Fenchel- und Anisgeruch schlägt mir entgegen. Mal sehen, ob Miniferkel nicht gleich am Küchentisch einen gewaltigen Furz lässt, um anschließend wieder zufrieden und quicklebendig an der Zitze der Sau zu saugen.

Das Ferkelchen quiekt und will vom Küchentisch flüchten. Ein gutes Zeichen.

Auch Hias brummt zufrieden. »Rosi, du bist mei Rettung. Magst eh 'nen Speck?«

Bevor ich etwas sagen kann, stürmt Hias hinaus und lässt mich mit der Zwergensau allein. Ich schnappe das Tierlein und streichle es sanft. Das Ferkel schmatzt zufrieden. Der Hunger kehrt anscheinend zurück, und das Schweinchen sehnt sich nach seiner Mutter.

Dass mir Hias als Bezahlung nun eine große Schwarte Speck aufdrängen will, grenzt schon ans Makabere. Ich befreie seinen Viehnachwuchs vom Bauchzwicken, und als Dank erhalte ich den geräucherten Bauch von der tierischen Verwandtschaft des kleinen Patienten. Aber gut, Speck anzunehmen fällt mir nicht halb so schwer wie die fünfzig Euro, die mir Dennis-Franzl vorhin zugesteckt hat. Ich hasse diese Bezahlkultur. Immerhin hab ich lang genug hinter dem Tresen des Ortswirtshauses gestanden und bekomm jetzt meine wohlverdiente Rente. Das mit der Kräuterküche und den althergebrachten Heilverfahren hat sich mehr so nebenbei entwickelt und war nie als Brotberuf gedacht. Aber wenn man die eigenen Kinder mit Kamille, Schmalz und Ringelblume behandelt, dann tauchen eben auch andere Kinder auf und später Freunde von Freunden und Bekannte der Freunde von den Freunden … und plötzlich hat man das Haus voll mit irgendwelchen Leuten, die der Schulmedizin überdrüssig sind.

Und manchmal sind eben auch unangenehmere Kunden dabei. Wie der Jörg. Ob er sich schon beruhigt hat? Wenn ich Zeit hätte, dann würde ich bei seinem Hof vorbeischauen. Irgendetwas liegt in der Luft. Und dass Jörg einfach nur herumspinnt, wie Hias meinte, nein, das glaube ich nicht. Da braut sich ein ordentliches Gewitter zusammen. Bestimmt. Auf mein Gefühl konnte ich mich schon immer verlassen.

So a Sauerei

Rosis kleines Kräuter-ABC – was hilft wogegen:
Anis: Verdauungsbeschwerden, Blähungen • Arnika: kleine Wunden und Verletzungen • Baldrian: Nerven und Schlaflosigkeit • Barbarakraut: stoffwechselfördernd, blutreinigend, harntreibend • Basilikum: krampflösend und beruhigend

Nach dem Ferkel kommen die Krämer-Marie mit ihrem ewigen Hexenschuss, der Holzfäller-Kurt mit einem geschwollenen Insektenstich – der nicht abheilen will – und die Bäcker-Liesl einfach nur zum Reden, weil ihr Mann wieder einmal dem Lehrmädchen hinterherrennt wie ein liebestrunkener Gockel. Dabei ist er schon über fünfzig und kann froh sein, die Liesl an seiner Seite zu haben. Denn ein Adonis ist er nicht, der Bäcker. Eher eine Art übergewichtiger, aufgedunsener und auch nicht durch einen Haufen Geld überzeugender Möchtegern-Casanova, der einfach nur glaubt, unwiderstehlich zu sein – rein durch sein Dasein auf Erden.

Ich bin fertig. Normalerweise kommen an einem Tag vielleicht ein oder zwei Hilfesuchende. Aber heute gab es einen richtigen Ansturm auf meine Kräuterküche.

Ich will mir gerade einen Kaffee machen, da stürmt die Krämer-Marie wieder zur Tür herein. »Der Hias! Der Hias! Er bringt den Jörg um! Das ganze Dorf ist schon da. Die Polizei ist auch schon unterwegs. Des gibt an Mord, Rosi, an Mord! Komm schnell.«

Mist. Ich hab es gerochen, dass mehr hinter Jörgs Ischias-Anfall steckt, als er sagen wollte. Marie packt mich bei der Hand und schleift mich aus meiner Stube. Vom Hexenschuss keine Spur mehr. Ich komme gar nicht recht zum Nachdenken und zum Nachfragen schon gar nicht, so zerrt mich Marie zu ihrem Auto. Sogar das Anschnallen fällt aus, schon tritt sie aufs Gaspedal und braust los. Ich halte mich an diesem Bügel über dem Seitenfenster fest. Zum Glück sind es nur ein paar Minuten auf der Straße.

Die beiden Vierkanthöfe erheben sich zwischen den saftig

grünen Hügeln, der rechte gehört Hias, der linke Jörg. Normalerweise sind die Gebäude an sich schon eindrucksvoll. Sie erinnern mit ihrer Größe, ihrem Baustil und den riesigen angrenzenden Wiesen und Getreidefeldern an längst vergangene Zeiten, als noch Großfamilien samt Knechtschaft auf einem Gut zusammenlebten. Vor Hias' Hof stehen noch historische Ernte- und Feldmaschinen, genauso wie eine uralte Gulaschkanone, notdürftig von einem Garagendach geschützt. Als Ferkelbauer braucht er sie nicht wirklich.

Ein Menschenauflauf blockiert Jörgs Einfahrt. Die Ansammlung raubt mir den Atem. Die halbe Ortschaft hat sich vor dem Hof eingefunden.

Ich steige aus. Marie schnappt sich wieder meine Hand und drängelt sich wie eine Kampfmatrone durch die Leute.

In der Mitte steht, bewaffnet mit einem Jagdgewehr und mit Schaum vorm Mund, der Hias – und hebt drohend die Faust.

»Du Fackerl-Mörder, du hundsgemeiner! I schieß di nieder! I bring di um!«

Jörg hebt beschwichtigend die Hände. Hinter ihm stehen seine Frau Zenzi und seine Tochter Susi. Die beiden Frauen haben tränenverschmierte Gesichter und wimmern leise flehend. Zenzi sieht Hias bittend an. Einen Augenblick lang kommt Hias ins Wanken. Die Wut bröckelt von seinem Gesicht wie alter Putz. Stattdessen blitzt ein Hauch von Bedauern darin auf.

»Es war keine Absicht. Außerdem hättest du deine Ferkel besser einzäunen müssen. Wie oft hab ich dir schon gesagt, dass dein vermoderter Lattenzaun keine Sau aufhält? Wer ist also schuld an dem toten Sauhaufen? Hmm?«, grinst Jörg höhnisch und tritt einen Schritt zur Seite. Hinter ihm liegen fünf tote Ferkel.

»Jörg, bitte. Lass das! Rede nicht so gemein«, jammert Zenzi und zupft leicht an seinem Hemd.

»Halt's Maul, Zenzi. Wenn ich deine Meinung hören will, lass ich es dich wissen«, fährt Jörg seine Frau an und erhebt drohend die Faust. Zenzi zuckt zusammen und weicht einen Schritt zurück.

Hias lässt beim Anblick seiner toten Ferkel das Gewehr sinken und beginnt in sich hineinzuschluchzen. »I … i … i kann's net glauben. Meine armen Fackerln. Meine armen, armen Fackerln. Alle tot. Du, du Mörder, du!« Der Zorn kehrt in Hias' Gesicht zurück.

»Reiß dich zusammen, Hias. Es sind nur Ferkel. Du hast sicher noch andere trächtige Sauen im Stall. Ich zahl dir den Verlust auch, weil ich so ein herzensguter Mensch bin«, höhnt Jörg zu allem Überfluss und spuckt hämisch grinsend einen Batzen Rotz auf den Boden.

Hias explodiert gleich.

Ich schreite ein, bevor Hias einen Fehler macht, und gehe zwischen die beiden Streithähne. Sanft lege ich meine Hand auf Hias' Schulter, trotz Gewehrlauf zwischen uns.

»Was ist geschehen, Hias? Erzähl es mir«, fordere ich und sehe ihm ernst in die rot umrandeten Augen.

Einen Moment flackert sein Blick unsicher, dann bricht der letzte Damm, und er lässt das Gewehr zu Boden fallen.

Ich schließe den Bauern in meine Arme und winke hinter seinem Nacken den Leuten, dass sie verschwinden sollen. Erst als ich über Hias' Schulter verärgert zische, schwirren die meisten ab. Auch Marie macht sich murrend auf den Weg zurück zum Auto.

Hias atmet zitternd ein und löst sich aus meiner Umarmung.

»Komm, setzen wir uns hin«, sage ich und deute auf die verwitterte Bank an der Hausmauer.

Hias blickt aber zu den toten Ferkeln am Boden und ballt erneut die Fäuste.

»Jörg, Zenzi, Susi, stellt euch nicht so dumm an und schafft endlich die Tiere fort!«, schimpfe ich.

Die beiden Frauen lösen sich aus ihrer Erstarrung, nur Jörg macht keine Anstalten, mitzuhelfen. Stattdessen steht er breitbeinig da und lacht: »Ja, Weiber. Schafft die Viecher weg, bevor Hias einen Nervenzusammenbruch erleidet. Ha! Wegen ein paar Ferkeln so einen Aufstand machen. Das schafft auch nur der Hias, die zarte Seele.«

Jörg hat wirklich gar kein Gefühl. Am liebsten würde ich ihm eine Ohrfeige verpassen. Aber dazu ist es bei einem alten Kerl wie ihm zu spät. Alle Erziehungsversuche sind bei dem Unsympath gescheitert. Zum Glück ist Hias aus einem anderen Holz geschnitzt. Er steht in sich zusammengesunken an meiner Seite.

Ich hebe wütend das Gewehr auf und gehe zur Bank. Die alte Flinte lehne ich gegen die Wand. Wer weiß, ob das verrostete Teil überhaupt noch funktioniert oder gleich in der Hand explodiert, wenn man den Abzug drückt. Die Bank gibt unter meinem Gewicht nach. Hias lässt sich schwer neben mir nieder. Die Holzlatten ächzen.

»Also sag, was ist passiert?«, beginne ich.

»Meine Fackerl sind ausgebrochen. Der Zaun is nicht mehr der beste. I muss ihn ausbessern.« Stille. Hias wischt sich über die Stirn und stützt seinen Kopf in die Hände.

Ich halte Schweigen nur schwer aus, aber Männer ticken da anders. Auch mein Horst hat die Pausen zwischen den Worten gebraucht. Also bemühe ich mich um Geduld.

»Und da Jörg, der depperte Sauhund, lässt sein Gift einfach offen rumstehen.«

»Gift?«

»Ja, der Depp hot an ganzen Eimer Giftweizen vor seiner Scheune stehen. Und meine Fackerl. Meine armen Fackerl …«, Hias' Stimme bebt.

»… haben ihn gefressen und sind dran gestorben«, schlussfolgere ich.

»Des hot er extra gemacht! Außerdem, was für an verseuchten Giftweizen hat der denn überhaupt? Dass meine Fackerl gleich dran z'grund gehen?«

Ich schlucke. Jörg war heute Nachmittag so aufgebracht und hat Hias geradezu boshaft angezischt. Aber jetzt noch Öl ins Feuer gießen. Nein. Das wäre dumm. Betont ruhig rede ich Hias gut zu.

»Ich kann mir schwer vorstellen, dass er deine Tiere wirklich absichtlich vergiftet hat. Woher hätte er wissen sollen, dass ausgerechnet heute deine Schweinchen ausbüchsen? Außerdem ist Köderweizen für einen Getreidebauern jetzt auch nicht wirklich so ungewöhnlich. Er muss der Ratten und Mäuse doch irgendwie Herr werden. Für mich hört sich das alles nach einem dummen Unfall an, Hias. Ehrlich.«

»Des glaub i im Leben net!«, zischt Hias und ist drauf und dran, in die nächste Runde des Nachbarschaftskrieges zu gehen.

Alte Fehden dauern ewig hierzulande. Jörg und Hias betreiben solch einen privaten Kleinkrieg. Gründe gab es bisher genug für den Zwist. Die Zenzi, an der beide interessiert waren, die vermeintlich falsche Grundgrenze, Hias' Fahrt- und Wegrecht mitten durch Jörgs Getreidefelder, und, und, und ... Das Ferkelunglück ist nun die Spitze des Eisbergs.

Ich seufze leise und halte Hias am Hemdsärmel zurück, bevor er sich ins Verderben stürzt. »Hias. Mach dich nicht unglücklich. Lass es bleiben. Bitte.«

Wie bestellt saust nun ein Polizeiwagen über den Hügel und bremst direkt vor uns. Sand und Staub wirbeln in einer Wolke auf. Das Fenster fährt herunter. Kurt, der Ortspolizist, späht über den Rand seiner Sonnenbrille.

»Wer wird wo und weshalb schon wieder erschossen?«, brummt er gelangweilt.

»Niemand wird hier irgendwas. Der Jörg hat unabsichtlich Hias' Ferkel vergiftet. Aber ich hab das im Griff. Kannst also wieder zurückfahren, Kurt«, antworte ich an Hias' Stelle.

Endlich bewegt sich auch Jörg und steuert auf den Polizeiwagen zu. Zenzi und Susi kommen auch gerade ums Eck.

»Also alles in Ordnung, Jörg?«, schreit Kurt.

»Ich ersetz dem Hias die Ferkel, und gut ist«, brüllt dieser zurück.

»Meine Fackerl kann niemand ersetzen«, murmelt Hias.

Ich steh auf und leg den Arm um seine Schultern. »Aber es wird besser sein, du nimmst Jörgs Angebot an. Im Gefängnis kannst du dich nämlich gar nicht um deine Ferkelchen kümmern«, rede ich dem traurigen Hias gut zu.

Er brummt widerwillig.

»Na, dann bin ich weg, echte Kriminalfälle lösen. Bis zum nächsten Mal, lieber mit einer der alten Geschichten, die Grundgrenze vielleicht, hmm?«, lacht Kurt und rückt sich die Sonnenbrille zurecht. Das Seitenfenster fährt hoch, Kurt legt den Rückwärtsgang ein und saust davon. Eine weitere Staubwolke vernebelt die Luft.

Zurück bleiben zwei zerstrittene Bauern, ein Wurf toter Ferkel und ein bedrohliches Knistern in der Luft.

Jetzt heißt es: Rosi, die Streitschlichterin im Einsatz. Ich überrede die beiden Nachbarn, sich zu mir zu setzen, und Zenzi, uns eine Flasche Schnaps und einen Krug Most zu bringen. Dann geht es ans Eingemachte. Ich moderiere und beruhige, rede abwechselnd auf Jörg und auf Hias ein.

Es ist eine verzwickte Situation. Einerseits hat Hias seine Ferkel nicht gut genug eingezäunt, andererseits ließ Jörg seine besonders heftige Giftmischung unversperrt am Boden stehen. Hat Jörg doch glatt dem Köderweizen noch eine Extraladung Rattengift beigemengt, dass er sogar atomverseuchte Riesenratten umhauen würde. Es wird geschimpft, geflucht, Schuldzuweisungen werden verteilt, und schließlich finden wir einen Kompromiss. Jörg zahlt für das Gewicht der Ferkel den Fleischpreis von Schnitzeln, schwört, seine Giftmischungen sicherer zu verwahren, und Hias verspricht, das Geld für die Zaunausbesserung zu verwenden.

Es dämmert. Ich verabschiede mich von Jörg.

»Na, da bin ich aber froh, dass du da warst mit deiner weiblichen Friedenstifterei«, sagt er mit falscher Stimme.

»Wie meinst du das?«, frage ich nach.

Er zuckt die Schultern und verengt die Augen zu Schlitzen. »Na, so, wie ich es gesagt hab. Ohne dich hätte mein kleines Versehen wohl bös geendet«, meint er sarkastisch und wirft einen Blick in Richtung Scheune, wo der umgeschüttete Eimer Giftweizen liegt.

Mir läuft ein kalter Schauer den Rücken hinunter, aber ich lasse mir nichts anmerken. »Reiß dich am Riemen, Jörg«, sage ich zum Abschied und drehe mich schnell um, bevor meine Miene mehr verrät, als ich möchte.

Ich bin hundemüde. Deshalb bringt mich Hias nach Hause.

Zum Glück hat der Ferkelbauer nicht allzu viel getrunken, während Jörg ein Gläschen nach dem anderen geleert hat. Auf der Heimfahrt bejammert Hias immer noch leise seine verstorbenen Tiere. Wir halten vor meinem Häuschen.

»Such dir eine Frau, Hias. Du bist doch noch recht fesch für dein Alter, und wenn du dein weiches Herz einer Frau schenken kannst, dann hängst du nicht mehr so an deinen Tieren. Ist schon ein wenig ungesund, deine Sauliebe, hmm?«, frage ich beim Aussteigen.

»Die Zenzi ist vergeben, und eine andere will ich net. Gute Nacht, Rosi, und danke. Ohne dich, da …« Er schüttelt müde den Kopf.

»… da hättest du dich auch nicht zu einer Dummheit hinreißen lassen. Du bist doch ein guter Kerl. Schlaf gut«, sage ich und schlurfe ins Haus.

Spät ist es geworden, und ich bin einerseits erschöpft und andererseits völlig überdreht. Ist auch kein Wunder, nach dieser Saugeschichte. Und Jörgs dumme Bemerkung am Schluss. Geradeso, als wollte er es darauf anlegen, dass ich erahne, welch gemeines Spiel er mit Hias getrieben hat. Inzwischen bin ich mir fast sicher, dass er die Ferkel mit voller Absicht vergiftet hat. Warum sollte er einen Eimer Giftweizen vor die leere Scheune stellen? Zur Ernte ist es noch eine Weile hin. Vielleicht war es ein Fehler, dass ich um jeden Preis den Streit schlichten wollte. Jetzt liegt weiterhin dieses Knistern in der Luft, und der Konflikt brodelt wie ein Kessel Gulaschsuppe vor sich hin, bis er irgendwann explosionsartig überkocht.

Den ganzen Abend hab ich gefühlt, dass etwas nicht passt. Immer wenn Hias den Mund aufgemacht hat, konnte ich förmlich spüren, wie es in Jörg getobt hat. Die beiden haben ein Problem miteinander. Ein gehöriges sogar. Aber welches nur? Ich verstehe die Welt nicht mehr. Und mit Zenzi stimmt auch etwas nicht. Seltsam, das Ganze. Was ist nur der Auslöser, dass plötzlich, nach Monaten der Stille, die alte Streiterei wieder so aufflammt?

Türkei, Türkei ...

Hilfe bei Durchfall
24 Stunden nichts essen, aber viel trinken, dann als Schonkost Haferschleim oder Reisbrei • 1 Apfel schälen, reiben, braun werden lassen und langsam essen.
Salzstangen und Cola helfen • Bei Verdacht auf Vergiftung den Arzt konsultieren • Bei verdorbenem Magen und anschließendem Durchfall hilft medizinische Kohle.

Ich brauche einen Kaffee. Auch wenn ich so spätabends dadurch die halbe Nacht wach liege. Aber der ganze Wirbel lässt mir sowieso keine Ruhe. Jeder Mensch hat seine Schwachstelle, und nach der Aufregung habe ich mir ein Tässchen verdient. Ich lebe überwiegend gesund. Rauche nicht, trinke nur dann und wann ein Glas Rotwein oder ein Bierchen, meide allzu fettiges Essen und bewege mich täglich mehrere Stunden an der frischen Luft.

Doch der Kaffee hat es mir angetan. Schon als junges Mädchen konnte ich dem Duft nicht widerstehen. Der Geruch nach frisch gemahlenen Bohnen, das Röstaroma. Mhmmm. Dazu ein winziges Stückchen dunkle Schokolade. Perfekt. So viel Sünde muss erlaubt sein. Außerdem, wer will schon hundert werden? Ich bestimmt nicht.

Die Türglocke läutet. Fast zehn. Wer kommt um diese Zeit noch? Alle weit und breit wissen, dass ich frühestens um fünf anfange und spätestens um halb acht aufhöre. Jedes Hobby braucht seinen angemessenen Rahmen und Freizeit eben auch. Außerdem dürfte die Neuigkeit des Schweinekriegs nun wirklich den letzten Dorfbewohner erreicht haben.

Die Haustür knarrt, die Scharniere quietschen. Ein paar Tropfen Öl könnten Wunder wirken. Da fehlt ein Mann im Haus. Nicht, dass ich selbst dazu nicht in der Lage wäre ... Neeein. Ich will einfach nicht alles machen. Horst fehlt mir. In handwerklichen, aber besonders in anderen Belangen. Allein sein ist in meinem Alter keine Freude.

Ich richte mich auf. In den Flur gehen und nachsehen, wer so spät aufkreuzt, ist überflüssig. Die Leute finden schon herein.

Gitti streckt ihren blaugrauen Dauerwellenkopf herein und grinst. Ich kichere. Wieso die Friseurin ihr jedes Mal aufs Neue die Farbe »edles Silbergrau« einreden kann, obwohl meine Schwägerin und gleichzeitig beste Freundin genau weiß, dass am Ende erst recht ein blasslila Krauskopf dabei herauskommt, ist ein unlösbares Mysterium.

»Hallo, Rosi. Ich stör doch hoffentlich nicht? Normalerweise melde ich mich an, aber ich brauch deinen Rat, und nach der versauten Zankerei beim Jörg hab ich angenommen, dass du ohnehin noch wach bist.«

»Komm rein, Gitti. Du störst doch nie. Außerdem hast du recht. Mir schwirrt der Kopf. Ich möchte nur zu gern wissen, was da im Vorfeld passiert ist, dass die beiden Streithähne so aufeinander losgehen.«

»Hmm. Schwierig zu sagen. Vielleicht geht es wie jeden Sommer um die Grundgrenze? Weißt doch eh. Der Jörg will doch schon seit Jahrzehnten seine Lagerscheunen vergrößern, aber er darf nicht so nah an Hias' Gehegen bauen.«

»Da könntest du richtigliegen. Aber gleich ein solches Stück aufführen?«

Gitti presst ein ahnungsloses »Pffft« zwischen den Lippen hervor. »Männer brauchen wohl ihren Kleinkrieg. Wenn nicht im Wirtshaus oder auf dem Fußballfeld, dann eben daheim am Hof«, meint sie.

Ich nicke. Es hat wohl keinen Sinn, sich weiter das Gehirn zu zermartern. Jedenfalls nicht jetzt, wo Gitti da ist.

»Nimm dir doch eine Kaffeetasse aus dem Schrank und setz dich. Es ist noch genug Arabica-Röstung in der Kanne. Der Kopi Luwak ist leider aus, und ich muss erst wieder bestellen.«

Gitti verzieht angewidert das Gesicht. »Seitdem du mir das mit dem Tierkot und diesem Nasenbären erzählt hast, rühr ich deinen Spitzenkaffee nicht mehr an. Da nehm ich lieber ein Wasser. Das letzte Mal hab ich sogar Durchfall von deinem Kotkaffee bekommen. Wahrscheinlich war eines der Viecher krank, als gerade Erntezeit war.«

Ich lache. »Keine Sorge. Ist normaler Eduscho-Kaffee, und

außerdem werden die Kopi-Luwak-Bohnen nicht aus Nasenbärenkot gewonnen, sondern aus dem der Schleichkatze. Und bevor du es wusstest, warst du hellauf begeistert und hast mich nach der neuen Kaffeemischung gefragt.«

»Egal, ist trotzdem eklig.«

Sie nimmt sich eine Tasse und setzt sich neben mich. Ihre Riesenhandtasche aus alten Getränkepackungen schmeißt sie auf die Bank. Was die Liebe zu Enkelkindern nicht alles bewirkt. Da läuft meine Gitti doch glatt mit den im Werkunterricht zusammengenähten Tetra-Paks aus der Wertstofftonne herum, nur weil Leonie, die älteste Enkelin, dieses grottenhässliche Teil extra für die Omi fabriziert hat. Keine Frage, es gibt auch schöne Mülltaschen. Farblich aufeinander abgestimmt, in Rottönen oder Blau. Leonie hat jedoch das Talent eines Maulwurfs, farbenblind und nicht fähig, eine einzige gerade Naht zu setzen. Gitti liebt das Exemplar jugendlicher Kreativität dennoch und hat ihre Louis-Vuitton-Tasche, die sie nach jahrelangem Jammern ihrem Alfons abgebettelt hat, gegen das bunte Scheusal aus Verbundstoff getauscht.

Langsam gießt sie sich die schwarze Brühe in die Tasse und kippt drei Löffel Zucker hinein. Noch eine Eigenart, die ich kaum begreifen kann. Bei dieser Zuckerintensität würde ich einen Insulinschock bekommen und von der Bank kippen. Freundinnen sind wir dennoch, und das schon seit Jahrzehnten. Ich kann mich nicht mehr recht erinnern, wen ich zuerst geliebt habe, Horst oder Brigitte. So einen Glücksgriff macht man nur selten. Mir wurden Ehemann und seelenverwandte Freundin gleichzeitig geliefert.

Gitti nimmt einen Schluck. Sie spitzt dabei den Mund so sehr, dass sich zig kleine steile Fältchen darum bilden. Die Zeit kann niemand anhalten. Auch meine sich stets in Bewegung befindliche Gitti nicht.

Ich halte mich noch einen Augenblick zurück, obwohl die Neugierde fast unerträglich ist. Warum ist sie ohne Anmeldung aufgetaucht? »Und was ist los? Wegen der Tote-Ferkel-Geschichte bist du ja wohl nicht da.«

Gitti grinst über den Tassenrand und setzt sie betont langsam ab. »Ich dachte schon, du fragst nie. Hab schon befürchtet, deine Gedanken wären beim Hias hängen geblieben. Hör zu! Ich habe gewonnen!«

Meine Augenbrauen schnalzen hoch. »Wie, gewonnen?«

»Na ja, du kennst doch diesen Fernsehsender, wo sie immer die Reisen verkaufen –«

»Gott, nein! Sag bloß, du fällst auf diese olle Verkaufsmasche herein? Die zielen doch auf willige Opfer ab. Das ist wie bei den Kaffeefahrten: Einen tollen Tagesausflug mit einer kurzen Produktvorführung, und dann hängt man drei Stunden in einem gammligen Wirtshaus herum und hört sich an, wie die neue Bettdecke angeblich die Bettwanzen vertreibt.«

»Du bist gemein. Das ist völlig seriös. Eine Woche all-inclusive in der Türkei. Im Vier-Sterne-Luxusresort ›Brauhaus Garden‹. Sogar unter deutscher Führung steht das Hotel. Das muss was sein. Rosi, bitte. Der Alfons hat gemeint, er käme ums Verrecken nicht mit, weil ja Fußballfinale ist im Herbst.«

Ich klatsche mir die Hand an den Kopf. »Und du willst tatsächlich mich dazu überreden, mein trautes Heim zu verlassen? Glaubst du, ich bin von allen guten Geistern verlassen? Ich hocke mich doch nicht in die türkische Sonne, um erst recht wieder die deutschen Nachbarn um mich zu haben. ›Brauhaus Garden‹, bitteee!«

Doch Gitti meint es anscheinend ernst. Jedenfalls zeugt ihre Mimik von einer Ernsthaftigkeit, dass sich mir die Haare im Nacken aufstellen. Dann schimmern Tränen in ihren grünen Augen. Wie ich diese Nummer hasse. Sie weiß genau, dass ich viel zu schnell Mitleid empfinde und dass mich sofort das schlechte Gewissen plagt, wenn ich eventuell schuld am Trübsal anderer sein könnte.

»Du willst das tatsächlich, oder?«

Ihre Augen leuchten. »Danke, Rosi«, flötet sie und umarmt mich.

Ich weiß nicht, wann ich zugesagt habe, doch offenbar sieht Gitti das anders. Sie beginnt zu quasseln wie eine elektrische

Plapperpuppe. »Gott, das wird toll. Nur wir zwei. Die Männer, das Hotel, die Adria.«

»In der Türkei gibt es keine Adria, die liegt in –«

Sie macht eine wegwischende Handbewegung. »Egal. Wichtig ist, dass du endlich mal rauskommst aus diesem traurigen Alltagstrott. Ich meine … ich vermisse Horst ja auch, aber irgendwie bist du nicht mehr dieselbe seit seinem Tod. Du hängst nur noch im Dorf herum und dabei die meiste Zeit HIER!«

Ich schnappe nach Luft, komme aber gar nicht zu Wort.

»Sieh dich doch um. Du bist der helfende Engel, die allzeit bereite Kräuterrosi, wenn es mal wo brennt, bist du immer zur Stelle, sogar wenn es sich nur um die Ferkel vom Hias handelt, aber … das kann doch nicht alles sein. Du bist zu jung, um ewig am Hof herumzusitzen, Wickel und Kompressen zu machen und Salben zu kochen. Du fährst ja nicht einmal gern Auto, obwohl du könntest.« Sie sieht mich vieldeutig an.

Ich zucke die Schultern. Wo sie recht hat, hat sie recht. Aber ich fühle mich zu Hause am wohlsten, am sichersten, und die Salbenkocherei macht mir mehr Spaß als ein Bummel durch die Stadt. Viel lieber helfe ich dem Hias mit seinem Ferkel, schlichte Streitereien und richte verschobene Wirbel, als dass ich mich durch den Stoßverkehr quäle und mich nur über rote Ampeln ärgere. Außerdem bin ich für mein Alter sehr modern. Seit dem Computerkurs der Volkshochschule bestelle ich alles, was ich bei der Krämerin nicht bekomme, im Internet. Dort kriege ich den Warenhimmel frei Haus geliefert. Sogar meine Lieblings-Palmers-BHs, die es in keinem Laden mehr gibt, weil dieses Modell nicht mehr in ist.

»Dir fehlen ein Tapetenwechsel und ein Mann!«, meint Gitti in einem Tonfall, der keine Widerrede erlaubt.

»Gut. Ich komme mit. Aber ich gebe keinen einzigen Cent aus für diesen Wahnsinn. Und irgendwelche Töpfe-, Pfannen- oder Matratzen-Shows will ich auch nicht sehen.«

»Wirst du nicht. Nur einen kleinen Ausflug in eine Lederfabrik. Die Türken machen die besten Lederjacken«, antwortet sie mit Unschuldsstimme.

Ich seufze und sehe meine beste Freundin schon in einer Nietenjacke und mit Lederstiefeln, die ihr bis zum Po reichen, vor mir. So leicht, wie sie zu beeindrucken ist, fährt sie als Landpomeranze weg und kommt als alte, verrunzelte Bikerbraut in Lederkluft zurück.

Gitti kramt in ihrer Safttüten-Tasche herum und zieht einen Computerausdruck heraus. »Siehst du, hier steht alles.«

Ich werfe einen Blick darauf. Auf dem Werbefoto liegen bierbäuchige, stark behaarte und mit Baseballkappen beschirmte Männer im Rentenalter mit ihren ebenso attraktiven, im Bikini eingezwängten Ehefrauen auf den Sonnenliegen und halten breit lächelnd einen riesigen Bierkrug mit dem bayrischen Wappen darauf ins Bild.

»Ich ziehe mein Angebot, dich zu begleiten, zurück«, stöhne ich.

»Geht nicht. Versprochen ist versprochen, meine Liebe. Du kommst mit, und du wirst dich amüsieren.«

»Bei diesen Mannsbildern? Das bezweifle ich mal stark. Außerdem hab ich gar nichts versprochen.«

»Aber du hast gesagt, dass du mitfliegst. Ich hab doch nur dich, wenn mein Alfons streikt. Ich hoffe nur, er geht unter in den Wäschebergen und ihm brennt alles an, wenn ich nicht da bin.«

Ich muss lachen. »Ach Gitti. Männer kommen mit beneidenswert wenig Wäsche aus. Oder wann hat dein Alfons sich das letzte Mal eine Unterhose gekauft?«

»Noch nie. Das mach ich immer.« Beleidigt nippt sie am Kaffee.

»Siehst du, und anbrennen kann ihm nichts, weil er nicht kochen wird. Zur Not lädt er sich selbst bei eurer Tochter ein oder kauft sich jeden Tag Leberkäs-Semmeln beim Metzger. Also, deswegen brauchst du dir keine Sorgen – oder sollte ich sagen Hoffnungen – machen. Dein Gatte wird prima allein zurechtkommen, sieben Tage dasselbe T-Shirt anhaben und sich von den Köstlichkeiten der Nahversorgungsbetriebe ernähren.« Ich klopfe ihr auf die Schulter.

»Wahrscheinlich hast du recht. Aber den Spaß verderben lasse ich mir nicht von ihm. Soll er doch zu Hause vor der Flimmerkiste vergammeln. Ich mache mir ein paar schöne Urlaubstage mit den türkischen Casanovas.«

»Ich befürchte, du verwechselst die Türkei mit Italien, meine Liebe. Casanovas wirst du dort nicht finden, höchstens ein paar Paschas, und so ein Exemplar hast du doch daheim auf dem Sofa sitzen, oder?«

Gitti lässt sich nicht davon abbringen. Sie ist davon überzeugt, dass die türkische Männerwelt auf sie wartet, und nichts und niemand kann sie vom Gegenteil überzeugen. Erst recht nicht ich, wo ich ihrer Ansicht nach nur in meinen vier Wänden sitze und grau werde. Nun gut. Ich höre ihren Träumereien zu und wappne mich mental auf das, was tatsächlich kommen wird, wie das Prospekt so deutlich aufzeigt: Bier und die dazugehörigen Bäuche. Zum Glück liegen ja noch zwei Monate zwischen der Reise und dem Heute. Wer weiß, was sich bis dahin noch ändert.

»... glaubst du nicht auch?«

»Mhmm?« Ertappt. Ich habe nicht richtig zugehört bei Gittis bunter türkischer Traumwelt-Erzählung.

Sie schlägt mir beleidigt auf die Schulter. Nur ein Klaps, aber meine Müdigkeit verfliegt wie Rauch.

»Du warst gedanklich ganz woanders!«, schimpft sie gespielt empört. Ich zucke die Achseln.

»Ich sagte, es wird Zeit für dich, dir einen neuen Mann zu suchen. Horst lebt nicht mehr, und er würde nicht wollen, dass du –«

»Dass ich was?«, presse ich genervt hervor. Ich habe so eine Ahnung, welchen Vorwurf ich mir gleich anhören kann.

»... du hier versauerst und Spinnweben ansetzt. Ich besteh darauf, gemeinsam mit dir die Sau herauszulassen, wie man so schön sagt. Sich wieder jung fühlen, tanzen gehen, flirten, und vielleicht findest du ja den passenden Mann. Muss ja kein Pascha sein, sondern ein anderer Urlauber vielleicht?« Sie klimpert mit den Wimpern.

Ich schüttle den Kopf. »Ich mag dich echt, Gitti, aber wenn du mich nur verkuppeln willst, dann werde ich vor dem Abflug ganz spontan krank.«

Sie prustet vor Lachen. »Weil ich dir das abnehmen würde, du Kräuterhexe. Du wirst doch nie krank. Außerdem braucht jede Frau eine Schulter zum Anlehnen.«

Ich schüttle noch vehementer den Kopf. Es ist zwecklos. Gitti wird nie verstehen, dass ich ein anderer Typ Mensch bin als sie. Ich starte ein Ablenkungsmanöver und erzähle von Hias' Besuch vor dem Ferkeldesaster, seiner Speckbezahlung und meinen Gedanken über das Verspeisen der Patientenverwandtschaft.

Gitti lacht und meint schließlich, dass ich dieses Gewissensproblem bei einem Pascha aus dem Urlaub wohl nicht mehr haben würde. »Dann kommt nämlich kein Schwein mehr auf den Tisch. Weder als Braten noch als Kunde. Also vielleicht ist doch ein –«

»Schluss jetzt, meine Liebe. Es ist spät. Du hast erreicht, was du wolltest, und ich begleite dich auf deiner unsäglichen Reise in den Süden, aber jetzt will ich nur noch ins Bett. Wer weiß, ob der Hias nicht morgen mit einer ganzen Wagenladung Bauchweh-Ferkel vor der Tür steht oder der Jörg zur Abwechslung einen Kuhstall vergiftet hat.«

Gitti erhebt sich unter leisem Protest, obwohl sie eigentlich ganz zufrieden wirkt. Ich begleite sie hinaus, und als ich wieder allein in meinem Häuschen bin, schweift mein Blick unwillkürlich zu unserem Hochzeitsfoto hin.

»Ach Horst, deine Schwester …«, seufze ich und glaube, seine tiefe Stimme hinter mir zu hören: »Ich weiß, Liebes. Sie ist ein wenig verrückt, aber deshalb …«

»… mag ich sie ja … und dich noch viel mehr«, beende ich den Satz mit stummen Lippen.

Die Leere im Haus ist bedrückender als sonst, die Stille umfassender, mein Herz einsamer.

Dorfleben und -sterben

Nerventee
1 Teil Johanniskrautblätter • 1 Teil Baldrianwurzel • 1 Teil Kamille • 1 Teil Hopfen • 1 Teil Melisse • 1 guter TL Süßholzwurzeln • 1–2 zerkleinerte Steviablätter
1 gestrichenen EL Teemischung mit 500 ml Wasser aufgießen und ca. 5 Minuten ziehen lassen.

Ein neuer Morgen, ein neuer Sonnenaufgang und neue Herausforderungen. Hoffentlich wird dieser Tag weniger aufregend als der gestrige. Jörgs boshaftes Grinsen taucht vor mir auf, und sofort sticht mich der Bauch. Schnell wische ich den Gedanken an Jörg weg.

Die Milch ist aus (der gestrige Kaffeekonsum ist schuld), und außer jeder Menge Hühnereier (die meine sieben Hennen fleißig legen) und dem Riesenspeck von Hias herrscht gähnende Leere im Kühlschrank. Zeit, einkaufen zu fahren, wenn ich mich nicht nur von Rühr- und Spiegeleiern mit Speck ernähren will.

Ich bin altmodisch veranlagt, deshalb muss eine Einkaufsliste geschrieben werden. Die Kühlschranktür fällt knatternd zu, die Küchenlade mit den Schreibutensilien quietscht erbärmlich, und die Stuhlbeine knarren auf dem Holzboden, dass ich nicht weiß, was zuerst in sich zusammenbricht – der Stuhl oder die Bodenplatte, die in den Keller rasselt.

Ich schreibe flink die Lebensmittelliste fertig, ergänze sie um Waschpulver, Spülmittel und ein paar andere Kleinigkeiten und starre auf die Küchenuhr. Halb neun. Der Laden öffnet in einer halben Stunde, und bei dieser Liste muss ich wohl oder übel den Wagen nehmen.

Gitti hat mit einer Sache recht. Ich hasse Autofahren und entscheide mich spontan für eine Tasse Nerventee, nach meinem Geheimrezept gemischt. Die Leute schwören darauf und meinen, es sei eine ganz besondere Rezeptur, dabei habe ich die üblichen Entspannungskräuter Johanniskraut, Baldrian, Kamille, Melisse nur um Süßwurzeln und ein paar Steviablätter erweitert.

Doch der Geschmack wird einzigartig dadurch und erinnert kein bisschen mehr an die faden, nach Heu schmeckenden Drogerie-Tees. Außerdem sammle ich die meisten Kräuter selbst oder baue sie an.

Ich bilde mir ein, schon ruhiger zu werden. Frisch gestärkt, mit Liste und Einkaufskorb bewaffnet, mache ich mich auf in die Garage.

Da steht er. Blank geputzt, rot glänzend, wie frisch poliert. Der Citroën 2CV, Baujahr 1972. Horsts heiß geliebte Ente. Nach seinem Tod habe ich den neuen Nissan Micra verkauft und die Ente behalten. So hätte Horst es sich gewünscht. Nicht einmal Raphael oder Daniela ließ er mit seinem Schmuckstück herumbrausen. Nur mich.

»Es muss einen Unterschied geben zwischen der Frau, der man volles Vertrauen schenkt, und den Kindern, von denen man das Beste hofft«, sagte er immer augenzwinkernd.

Deshalb halte ich den Oldtimer in Ehren. Obwohl bei meiner Lust am Selberfahren ein Verkauf das Naheliegende wäre. Mit dem Geld könnte ich bis zu meinem Tod mit dem Taxi einkaufen fahren. Aber was soll's? Eine alte Frau darf ihre Sentimentalitäten haben. Und Donald, so nenn ich die Ente im Geheimen immer, gehört eben in diese Kategorie.

Ich steige ein. Der Motor rattert. Mein flaues Gefühl im Magen wird leichter. Ich gebe Gas. Ich kann Auto fahren. Ich kann das. Und ich brauche keinen Mann.

»Guten Tag, Rosi. Was darf's denn sein?« Marianne, die immer hinter der Feinkosttheke steht, lächelt mich freundlich an.

»Zehn Dekar Gouda, zehn Edamer und ein großes Eck Almkäse, einen Laib Schwarzbrot, wie immer das Dunkle, und drei Semmeln«, rattere ich automatisch herunter.

Marianne richtet die Bestellung zusammen. »Dein Tipp mit der Hefe ist übrigens Gold wert. Kaum noch Pickel im Gesicht, siehst du?« Sie streckt den Kopf über die Theke und präsentiert mir ihre Wangen.

»Ja, ja. So eine Germmaske wirkt Wunder bei Akne. In ein

paar Jahren wirst du übrigens wieder froh über jeden Pickel im Gesicht sein. Da wünschst du dir dieses Zeugnis deiner Jugend zurück, wenn dich eine Faltenlandschaft im Spiegel anlacht.«

»Ha, ha. Das glaub ich kaum. Außerdem vergehen noch Jahrzehnte, bis ich Falten bekomm. Ich bin doch erst einundzwanzig!«

Sie reicht mir den Käse. Ich packe ihn in den Korb.

»Nicht, wenn du so weiterrauchst, meine Liebe. Nikotin ist das reinste Gift für die Haut!«

»Aber gut für die Figur. Der Markus mag nur Schlanke!«, scherzt sie und klatscht sich auf die Hüften. Dann gibt sie mir das Brot.

»Wenn du meinst, Kind. Ich bin ja der Meinung, dass ein wenig Fett an den richtigen Stellen der Schönheit dient. Aber ihr jungen Dinger lauft ja lieber als lebendiger Kleiderständer herum als mit den Kurven einer echten Frau. Mir ist Marylin Monroe jedenfalls zehnmal lieber als diese Kate Moss oder wie der Hungerhaken heißt.«

»Die Marilyn hat aber auch geraucht!«, lacht Marianne.

Ich schüttle den Kopf. Bei manchen Menschen landen meine Ratschläge auf unfruchtbarem Boden. Da könnte ich ebenso gut versuchen, Goldstücke anzusäen. Aber wenigstens macht Marianne die Gesichtsmaske regelmäßig. Ihre Haut sieht tatsächlich viel gesünder und reiner aus als vor ein paar Wochen.

Mein Einkauf zieht sich in die Länge. Kaum dass ich denke, ich könnte raus aus dem kleinen Laden, hat mich auch schon der oder die Nächste in einen Plausch verwickelt. Der gestrige Nachbarschaftsstreit hat das Dorf in Aufregung versetzt, und ich werde neugierig ausgefragt. Aber das stört mich nicht. Ich mag es, dass jeder jeden kennt, selbst wenn das mit geringfügigen Nachteilen behaftet ist.

Endlich schaffe ich es an die Kasse. Frau Meinrich, Maries Schwester, alias die Krämer-Christl, sitzt davor, die Brille schrecklich weit unten auf der Nasenspitze. Am liebsten würde ich mich über das Band beugen und sie ihr hochschieben.

»Na, Rosi, alles gefunden?«

Ich nicke und lege den Einkauf aufs Band.

»Und alles in Ordnung bei dir? So viel Aufregung. Gestern das mit dem Hias. Und dann noch dein Raphael. Ts, ts, ts. Ich könnte nicht so ruhig bleiben, wo doch die Versicherung von deinem Jungen in diesen Skandal verwickelt ist. Ich hoffe mal, du warst so klug und hast deinem Sprössling nicht dein hart Erspartes anvertraut. Aber es ist ja auch eine Frechheit, dass sich diese Bürofritzen mit unserem Geld in Bulgarien am Strand tummeln. Und diese armen Mädchen erst. Ich mein, diesen Beruf gibt es überall auf der Welt, und man nennt ihn nicht umsonst das älteste Gewerbe –«

»Halt. Was erzählst du da, Christl?« Ich komme nicht ganz mit.

Christl stoppt ihr Geplapper ebenso wie das Über-den-Scanner-Ziehen der Waren. Sie schiebt sich die Brille hoch und klappt den Mund auf. »Siehst du nicht fern? Seit gestern Mittag läuft nichts anderes mehr als dieser Bordellurlaub der Versicherungsgesellschaft, und dass Tausende brave Bürger ihr Erspartes verloren oder zumindest große Verluste erlitten haben, während sich die Topvertreter die Sonne auf den Bauch scheinen ließen. Ist dein Raphael nicht auch ein höheres Tier bei der Versicherung?«

»Er bildet es sich zumindest ein«, flüstere ich.

Christl schaut mich erstaunt an. »Du weißt tatsächlich nichts darüber, oder? Ich hatte ja die Hoffnung, von dir Hintergrundinformationen zu bekommen. Schade.«

Ich zucke die Schultern, obwohl es in mir kocht. »Der Fernseher läuft bei mir nur selten, und Raphael … tja, der Junge meldet sich nur, wenn er etwas braucht. Und da er sich nicht gerührt hat, nehme ich an, ihn betrifft die Sache nicht.«

»Oder er sitzt bereits in U-Haft und hat sein einziges Telefonat an eine der jungen Bulgarinnen verschwendet.« Christl zwinkert belustigt und verschluckt sich beinahe vor Kichern über ihren eigenen Scherz. »Wenn du aber was erfährst von deinem Bub, dann erzählst du es mir doch.«

»Natürlich. Dir und dem Lokalblatt.«

Einen Moment lang wirkt sie erschrocken, dann beschließt sie anscheinend, dass ich einen Witz gemacht habe, und beginnt schallend zu lachen. »Du bist gut, Rosi! Das macht dann dreiundfünfzig neunundsiebzig, bitte.«

Ich lege ihr das Geld hin und räume den Einkauf zurück in den Korb. Noch beim Hinausgehen ärgere ich mich. Ich weiß bloß nicht, was mir mehr zusetzt: von der Klatschtante des Ortes über die möglichen Probleme meines Sohnes informiert zu werden oder dass Raphael überhaupt so dämlich ist, sich in dieser Firma einzubringen. Aber der Größenwahnsinn hat ihn bereits in Kindheitstagen befallen, und die kleine, seriöse Stelle bei der hiesigen Versicherung war ihm bald zu mickrig. Im Grunde seines Herzens ist er zwar ein guter Junge … aber er wollte mehr. Und davon hat er anscheinend auch bekommen.

Ach, hätte ich doch ein Handy. Ich habe mich standhaft gegen die ewige Erreichbarkeit gewehrt, aber jetzt? Telefonzellen gibt es auch keine mehr. Die wurden mit der Erfindung der Mobiltelefone eingestampft. Ich muss Raphael dringend erreichen. Ich bin doch seine Mutter! Wenn jemand das Recht hat, über sein Leben und seine Probleme Bescheid zu wissen, dann doch wohl ich, oder? Es ist eine Schande, dass er sich nicht bei mir gemeldet hat. Da muss ich im Krämerladen erfahren, dass mein Sohn in der Patsche sitzt. Nicht, dass mich der Dorftratsch ärgert. Er ist sogar gut, manchmal zumindest. Hier interessieren sich die Menschen wenigstens für einen, und man liegt nicht monatelang tot im Häuschen, bis ein einsamer Wanderer die vertrocknete Mumie findet.

Donald wartet brav auf dem Parkplatz auf mich. Ich lade die Einkäufe auf den Beifahrersitz. Schnell nach Hause mit mir! Raphael anrufen!

Ich habe noch nicht einmal richtig vor meinem Haus angehalten, da stürmt Gitti auf mich zu und reißt die Beifahrertür auf, dass Donald nur so wackelt. Arme Ente. Gitti quetscht sich ins Wageninnere.

»Frag nicht, gib Gas. Fahr schnell rüber zum Hias.«

»Wieso zum Hias?«, frage ich verdattert.

»Er hat den Jörg umgebracht.«

»Du täuschst dich, meine Liebe. Er wollte gestern den Jörg umbringen, aber wie du dich bestimmt erinnerst, hab ich das verhindert«, antworte ich.

»Hinausgezögert vielleicht, und das auch nur um ein paar Stunden.« Gitti stellt die Tetra-Pak-Tasche zu ihren Füßen. »Jetzt fahr endlich und verplempere nicht so viel Zeit. Ich will sehen, wie sie ihn festnehmen. Das ist so aufregend. Wie im Fernsehen.« Gitti strahlt.

Ich ärgere mich. »Spinnst du? Ich fahr gar nirgends hin, bevor du mir nicht erklärt hast, was los ist.«

»Du bist gemein.«

Sofort packt mich das schlechte Gewissen. Nett war ich wirklich nicht, aber ich habe doch momentan andere Sorgen. Meinen Raphael erreichen, zum Beispiel. Doch Gitti redet schon voller Begeisterung weiter.

»Aber hör zu, Rosi«, sagt sie, und ihre Augen leuchten beängstigend. »Der Jörg ist tot im Moor gefunden worden. Heute Vormittag. Und wer wird ihn wohl in den Sumpf gestoßen haben, na?« Gitti macht eine bedeutungsvolle Pause, bevor sie ihre Frage selbst beantwortet. »Der Hias natürlich. Gestern haben alle gehört, dass er den Jörg niederschießen will. Und jetzt gib endlich Gas.«

Ich lege den Gang ein und fahre los. »Der Hias? Wirklich der Hias?«, murmle ich leise und schüttle den Kopf. Das kann ich nicht glauben.

Vor den beiden Bauernhöfen Blaulichtgeflatter. Es haben sich wieder einige Schaulustige versammelt. Ich stelle meine Ente an den Wegrand und steige aus. Gitti stürmt nach vorn und beginnt sogleich, den erstbesten Neugierigen zu befragen.

Ich sondiere erst die Lage und verschaffe mir einen Überblick. In den Augenwinkeln sehe ich Kurt, unseren Ortspolizisten. Er steht direkt an Hias' Hauseck und spricht gerade mit einem weiß gekleideten Mann, vielleicht einem Arzt. Ich pirsche mich an, weiche den Dorfbewohnern aus und komme abrupt vor einer zierlichen Polizistin zum Stehen.

»Tut mir leid. Sie können hier nicht weiter. Es ist abgesperrt.«

»Ich bin eine enge Freundin vom Hias, kümmere mich um seine Gesundheit. Können Sie mir vielleicht Auskunft geben, wie es ihm geht? Bitte?«

Die junge Frau sieht sich hilflos um. Sie weicht meinem Blick aus. Ich bemerke, dass Kurt aufhört, mit dem Arzt zu sprechen.

»Kuuurt!«, schreie ich und winke. Er sieht mich. Ich winke heftiger. Sogar auf die Entfernung erkenne ich, dass er rot wird. Kurt klopft sich auf den beträchtlichen Bauch. Noch so ein Zeichen, dass er verlegen ist. Ich kenne Kurt, seit er in den Windeln gelegen ist. Jahrzehntelang war er der beste Freund von meinem Sohn Raphael, und wahrscheinlich ist er es auch heute noch. Wenn die Umstände andere wären, würde ich ihn jetzt um Rat wegen meines Jungen fragen. Aber Kurt ist hier, weil es einen Mord gegeben hat. Einen echten, wirklichen Mord. Da sind Raphaels Probleme Lappalien. Ein Schauer läuft mir den Rücken hinunter. Ich schlucke. Kurt kommt auf mich zu. Er bleibt vor mir stehen, schickt die Polizistin fort und lächelt schief.

»Na, Rosi. Blöde Geschichte, hmm«, brummt er.

Ich nicke. »Ist es also wahr. Der Jörg ist tot.«

Jetzt nickt er und nimmt seine Polizeikappe ab. Der Schweiß glänzt auf seiner Stirn wie kleine Strasssteinchen.

»Du, Rosi, weißt eh. Ich darf dir eigentlich nichts sagen.«

»Kurt«, sage ich und setze meinen vorwurfsvoll-bemutternden Blick auf. Er sieht mich an und seufzt.

»Komm mit. Müssen ja nicht alle hören«, sagt er und zupft an meinem Ärmel. Ich folge ihm. Die Blicke skeptischer Polizisten durchlöchern mich. Wir betreten den Innenhof. Kurt bleibt vor dem Stall stehen.

»Also, pass auf«, flüstert er und sieht sich nervös um. »Der Jörg ist in der Nacht verschwunden. Du weißt ja, dass er oft durchs Moor gestreift ist, um seine Fotos zu knipsen. Und gestern war Vollmond.« Vielsagend hebt er die Augenbrauen.

»Hm. Das ist ja kein Geheimnis. Vollmond macht das beste Licht.«

»Eben. Und der Hias als sein Nachbar wusste das schon hundertmal. Also …« Kurt setzt sich seine Kappe wieder auf. »Jörg ist diesmal nicht, wie gewohnt, mitten in der Nacht zurückgekehrt, sondern blieb verschwunden. Die Zenzi und die Susi haben sich dann am Morgen auf die Suche gemacht und …«, Kurt schluckt, »… na ja. Der Jörg lag mit dem Kopf nach unten treibend im Morast. Susi hat ihn gefunden und ist heulend Richtung Zuhause und dem Hias direkt in die Arme gelaufen. Und der soll gesagt haben: ›Recht geschieht's dem Ferkelmörder.‹«

»Und deshalb soll der Hias ihn ins Moor gestoßen haben?«

Kurt zuckt die Schultern. »Nach den toten Schweinchen gestern und den Drohungen, die Hias für das halbe Dorf hörbar geschrien hat … liegt der Verdacht recht nahe, oder?«

Ich stemme die Hände in die Hüften. »Bitte, Kurt. Der Hias?«

Kurt seufzt. »Ich kann es auch nur schwer glauben. Aber vorerst müssen wir in alle Richtungen ermitteln. Und die naheliegende Lösung ist oft die richtige.«

Eine kurze Pause entsteht und legt sich schwer wie Blei um mein Herz. Wie könnte ein Mann, der seine Tiere so gernhat, meistens freundlich ist und noch nie jemandem etwas Schlimmes angetan hat, so plötzlich zum Mörder werden? Hat Hias sich nicht gestern nach dem Gespräch wieder versöhnlich gezeigt? Da ist der Jörg schon eher der Typ Mensch, der Ernst macht. Zenzi war mehr als einmal mit blauen Flecken und Verstauchungen bei mir in der Stube, weil sie angeblich gestolpert oder die Treppe hinuntergeflogen ist. Aber mein ganzes Einreden hat nichts gebracht. Sie hat zu ihrem Jörg gehalten. Wer weiß schon, warum. Wenn ich an Zenzis Stelle gewesen wäre, hätte ich mich damals bestimmt für Hias entschieden. Er würde nie jemanden absichtlich verletzen. Er gehört einfach nicht zu der Sorte Mann, die tatsächlich ausflippt. Herumbrüllen, in Ordnung. Halbherzige Drohungen ausstoßen, okay. Aber dann Ernst machen? Nein.

»Vielleicht war es nur ein Unfall. Jörg hat gestern ziemlich tief ins Schnapsglas geschaut«, gebe ich zu bedenken.

»Hoffentlich hast du recht. Es wär ja nicht das erste Mal, dass jemand im Suff ausrutscht und ertrinkt.«

Ich will etwas antworten, als sich die Haustür öffnet und Hias von zwei Polizisten herausgebracht wird. Er blinzelt gegen das Sonnenlicht und sieht mich.

»Rosi, Rosi. Meine Fackerl! Schaust auf meine Fackerl, bitte. I bin bald wieder da.«

»Mach ich!«, rufe ich ihm hinterher.

Hias wird durch den Innenhof geführt. Kurt und ich folgen dem Polizistengeschwader. Draußen schimpfen und murren die Dorfleute. Es dauert nur eine Minute, schon fällt das erste Mal das Wort »Mörder«. Anklagend schwebt es über der verschworenen Gemeinschaft.

Hias wirft mir einen letzten flehenden Blick zu, bevor er hinter den abgedunkelten Scheiben des Polizeiautos verschwindet.

»Mörder! Mörder!«, ertönen die Rufe lauter.

Kurt stellt sich der Menge. »Leute! Es ist noch nichts bewiesen! Sagt nichts, was ihr später mal bereuen könntet. Der Hias gilt so lange als unschuldig, bis seine Schuld bewiesen ist.«

Dann dreht er sich einen Augenblick mir zu und murmelt: »Rosi, ich geb dir Bescheid, wenn ich etwas weiß. Ich muss jetzt los.« Er zeigt in die Richtung des Polizeiwagens.

»Der Hias würde so etwas nie tun«, flüstere ich.

Kurt nickt und geht zum Auto. Er steigt ein, und der Wagen fährt davon. Die Dorfbewohner tuscheln miteinander.

Gitti taucht neben mir auf. »Und? Was hast du herausgefunden?«, will meine beste Freundin wissen.

»Nichts. Gar nichts«, antworte ich und erhalte als kleinen Dank sogleich einen leichten Klaps auf die Schulter.

»Lass uns heimfahren und nachdenken. Hier stehen wir auch nur dumm herum.«

Gitti stimmt mir zu. Wir bahnen uns den Weg zu Donald. Im Inneren meiner Ente riecht es stark nach Bergkäse. Auf Abruf knurrt mein Magen.

Daheim werde ich uns erst einmal eine ordentliche Jause zubereiten. Ein leerer Bauch studiert nicht gern, heißt es, und mein Bauch sehnt sich nach einem ordentlichen Essen. Dann kann mein Gehirn auch wieder seine Dienste tun.

Man muss auf Körper und Geist achten, höre ich Horsts liebevolle Ermahnung in mir. Er kannte mich besser als ich mich selbst und wusste, wie leicht ich mich vernachlässige, zum Wohle der anderen.

Ich fahre los, und erst als mein kleines, beschauliches Häuschen vor mir auftaucht, fühle ich mich wieder einigermaßen ruhig. Der Tod ist in unser Dorf eingekehrt. Zuerst die Ferkel – und jetzt der Jörg.

Schuld und Unschuld

Erste Hilfe bei Augenringen
2 Beutel schwarzen Tee auf die Augen legen • Kalte Löffel (aus dem Kühlschrank) auflegen • Gurkenscheiben • Warmen, ungewürzten Kartoffelbrei auf den Lidern abkühlen lassen.

Ich kann mich schwer konzentrieren, obwohl ich bei meiner Arbeit eigentlich alle Sinne beisammenhaben sollte. Das Gespräch mit Gitti hat keine neue Erkenntnis gebracht. Außer dass wir beide an Hias' Unschuld glauben. Am Nachmittag habe ich kurz nach Hias' Schweinen gesehen. Aber erstaunlicherweise wurden die Tiere bereits von Zenzi und Susi versorgt. Die Gesichter beider Frauen waren geschwollen und die Augen rot vom Heulen. Auf meine Frage, wieso sie dem angeblichen Mörder ihres Mannes und Vaters helfen, bekam ich nur die flapsige Antwort: »Die Schweinderl können nichts dafür. Brauchst nicht wiederkommen. Wir machen das schon.«

Ich wollte dann schon wieder gehen, aber die Zenzi ist mir nachgeeilt und hat mich zurückgehalten. Sie hat sofort losgeweint. »Meinst du, dass der Hias meinen, meinen ... Jö... Jörg ...?«

»Nein. Und du?«, habe ich gefragt.

Sie hat nur den Kopf geschüttelt und ist schweigend zurück in den Stall. Seltsam, das Ganze.

Und jetzt sitzt vor mir die Krämer-Marie und redet auch nur über den Mordfall. Mir schwirrt der Kopf.

»... habe ich immer schon gesagt. Ich versteh sowieso nicht, warum sich die Zenzi damals für den Jörg entschieden hat. So ein grober Kerl. Weiß doch jeder, dass dem auch mal die Hand ausgerutscht ist, wenn ihm etwas nicht in den Kram gepasst hat. Aber dass der Hias ihn dann einfach im Moor ersäuft wegen ein paar Ferkeln? Früher, vor zwanzig Jahren, hätten die beiden das austragen ... AUA!«

»So, jetzt bist du wieder gerade. Tut es noch wo weh?«, frage ich und lächle unschuldig. Gut, es war vielleicht nicht ganz die feine englische Art, dass ich Marie mit so einem Ruck gerade gerichtet habe, aber ihre alten Kamellen weiter ertragen?

Marie stöhnt und biegt ihre Wirbelsäule durch. »Oh?«, sagt sie erstaunt. »Weg. Ich fühl mich ja gleich wieder wie dreißig.«

»Nur nicht übertreiben, meine Liebe. Wenn du dir heute oder morgen das Kreuz mit dem Bierkistenschleppen erneut verdrehst, helfe ich nämlich nicht mehr.«

Marie lacht und zwinkert mir zu. »Als ob du Nein sagen könntest.«

»Nein«, murre ich beschämt.

Sie lacht nur noch lauter. »Rosi, Rosi. Dank dir schön. Na dann.« Marie klopft sich auf die drallen Oberschenkel und steht viel zu schnell für ihren empfindsamen Rücken auf.

Manche lernen es nie.

»Dann sind wir mal gespannt, was die Polizei rausfindet. Du bist doch gut bekannt mit dem Kurt, oder? Kannst du da nicht vielleicht …?«

Ich zucke die Schultern.

Marie lächelt. »Wenn es etwas Neues gibt, sagst du mir Bescheid?«

Widerwillig nicke ich. Marie geht endlich. Ich setze mich müde an meinen Küchentisch. Meine Gedanken rattern durcheinander. Hias, Jörg und dann wäre da noch dieses Gerücht über meinen Raphael. Neben dem Moorunglück darf ich meine eigene Familie nicht vergessen. Ich muss herausfinden, was es mit Christls Gerede von wegen Versicherungsbetrug auf sich hat. Ich stehe auf und schleppe mich zum Telefon. Raphaels Nummer kenne ich auswendig. Es klingelt. Keiner nimmt ab. Als Nächstes die Handynummer. Gleiches Spiel wie vorher. Warum geht der Junge nicht ran? Ich werde wütend.

»Melde dich! Ich hab ein Recht zu wissen, was los ist!«, spreche ich scharf auf die Mobilbox. Dann atme ich durch und fahre viel sanfter fort. »Raffi, ich bin doch deine Mama. Ich mach mir Sorgen, Junge. Bitte ruf an, ja? Vielleicht kann ich dir helfen. Hab dich lieb.« Erschöpft lege ich auf und starre das Telefon an. Schweigen. Es ist zum Verrücktwerden. Morgen werde ich meine Tochter zur Rede stellen. Daniela weiß bestimmt etwas. Und wenn ich das getan habe, mache ich mich dran, den Mordfall zu lösen. Wäre ja gelacht, wenn ich die Ruhe im Dorf nicht wiederherstellen könnte.

Der Weg nach oben in mein Schlafzimmer fällt mir schwerer als sonst. Das Alter macht sich halt doch bemerkbar. Ein wenig zumindest. Das Bett kommt mir leer vor. Ich strecke meine Hand aus, dorthin, wo Horst sonst stets gelegen hat. Ich vermisse die abendlichen Gespräche im Bett. Besonders an Tagen wie diesen, wo mich die Gedanken nicht zur Ruhe kommen lassen.

Rosi, du bist nicht für die ganze Welt zuständig, höre ich Horsts beruhigende Stimme. Ich meine, seine Lippen auf meiner Wange zu spüren, und sinke in einen unruhigen Schlaf.

Wirre Traumbilder, ein beängstigendes Kaleidoskop aus Gesichtern, Gefühlen und Wörtern, begleiten mich durch die Nacht, Jörg schwimmt als aufgedunsene Wasserleiche vorbei und hebt drohend die Faust. »Hias! Mörder! Verflucht seist du!«, ruft er, und schwarzes Moorwasser blubbert aus seinem Rachen, als wäre es das Blut der Hölle. Ich wache mit den ersten Sonnenstrahlen auf, schweißgebadet und von den Traumfratzen geplagt. Schon lange habe ich mich nicht mehr so erschöpft und schlapp gefühlt.

Der Kaffee schmeckt bitter. Die Semmeln sind hart geworden. Ich habe vergessen, sie einzutüten. So sollte kein Morgen beginnen. Die gestrigen Vorkommnisse werfen einen tiefen Schatten über mein Leben. Ich balle entschlossen die Hände. Rosi, du bist doch kein Jammerlappen, tu was, sag ich mir und mache mich auf den Weg nach draußen. Zuerst lasse ich die Hühner aus dem Stall und sammle die Eier ein.

Dann beschließe ich, zu Fuß zu meiner Tochter zu gehen. Von Kurt oder Hias habe ich noch nichts gehört, also packe ich mal lieber die Sache mit meinem Jungen an. Heute ist Mittwoch, und Daniela hat nur drei Stunden in der ersten Klasse. Danach darf die Handarbeitslehrerin ran. Wenn ich also langsam marschiere und beim Bäcker vorbeischau, um zwei Kipferl zu kaufen, dann muss ich wahrscheinlich nicht allzu lange auf Daniela warten. Gesagt, getan.

Der Juni ist besonders schön im Moor. Genau zwischen Frühling und Sommer sind die Wiesen und Wälder noch in saftiges Grün getaucht, während schon der Duft von reifen Beeren und Kräutern in der Luft liegt. Auch der eigentümliche Geruch des Moores steigt mir dezent in die Nase. Ich habe diese Gegend immer geliebt. Konnte mir nie vorstellen, woanders zu leben. Einige Menschen zieht es in die Berge oder in die Stadt. Doch ich bin glücklich hier inmitten sanfter Hügel, grüner Wälder, sumpfiger Böden und Birkenbäume, die sich wie bleiche Gerippe aus dem Moor erheben. Traurig, dass diese wundervolle Landschaft Jörgs Tod bedeuten musste. Ich seufze. Der Ortskern taucht vor mir auf. Das schöne Dorf Ibm, das zu Eggelsberg gehört. Die kleine rosa Kapelle inmitten der Straßengabelung. Fast wie eine Verkehrsinsel. Der kleine Bäckersladen ein paar Häuser weiter ist bis Mittag geöffnet. Ich hole drei Butterkipferl. Wenn mir Daniela einen guten Kaffee kocht, wird das mein zweiter Tagesanfang.

Keine fünf Minuten später bin ich vor Danielas Häuschen. Seltsam. Die Tür steht offen. Trotz der warmen Temperaturen bekomme ich eine Gänsehaut. Ich stoße die Haustür auf und trete ein.

»Dani? Daniela?«

Ein Stuhlbein quietscht. Schlurfen.

Ich schlucke. »Dani?«, frage ich erneut.

Die Wohnzimmertür geht auf, und vor mir steht mit rot geäderten Augen, aufgedunsenen Wangen und starrem Blick – Daniela.

Was macht sie hier nur? Um diese Zeit? Es ist kurz nach zehn. Sollte sie nicht in der Schule sein?

»Mama«, schluchzt sie und fällt mir um den Hals.

Ihr Rock könnte mir gehören. Ihr Brillengestell auch. Meine Güte, wieso sieht meine noch nicht einmal fünfunddreißigjährige Tochter aus wie meine ältere Schwester? Ich klopfe ihr auf die Schultern und schiebe sie sachte weg.

»Na, Süße, Lust auf Butterkipferl mit Marmelade? Du hast doch noch ein Gläschen Erdbeere, oder?«

Ich drücke ihr die Papiertüte in die Hand. Daniela nickt. Ihr Äußeres ist noch erschreckender als vorhin angenommen. Sie sieht aus, als hätte sie die ganze Nacht durchgeheult. Aber doch hoffentlich nicht wegen Raphael. Mir wird eng ums Herz, aber ich nehme mich zusammen. Ich gehe in die Küche und werfe die Kaffeemaschine an. Außerdem lege ich zwei Esslöffel ins Eisfach.

»Bist du krank?«, frage ich, während ich den Tisch decke, Marmelade und Butter suche.

Daniela hat sich auf den Stuhl plumpsen lassen. Sie seufzt. Ich hole die Löffel und gebe sie ihr in die Hand. Ganz automatisch drückt sie sie auf ihre Augen. Meine jahrelangen Tipps zeigen ihre Früchte.

Dann nimmt sie die Löffel wieder hinunter und hypnotisiert die Tischplatte. Traurig, wie sie so zusammengesunken dahockt. Aber ich lasse ihr Zeit. Stattdessen hole ich die Milch aus dem Kühlschrank.

»Kaffee, Tee, Schnaps?«, frage ich, um die drückende Stille zu durchbrechen.

Daniela lacht, obwohl es sich mehr nach Weinen anhört.

»Also Schnaps«, stelle ich fest und hole die Flasche und zwei Gläser aus dem Schrank. Glücklicherweise kenne ich mich in ihrer Küche genauso gut aus wie in meiner eigenen. Ich setze mich ihr gegenüber und schenke ein. Manchmal gibt es solche Situationen, wo schon am Vormittag ein Stamperl nötig ist, um ein größeres Desaster zu vermeiden.

Daniela schüttelt den Kopf. »Nein, Mama, lass mal. So viel könnt ich gar nicht trinken, dass das wieder gut wird.«

»Wieso? Hast du einen unliebsamen Kollegen ins Moor geworfen? Oder hast du etwa den Werkbeitrag hinterzogen und dir auch auf Kosten deiner kleinen Klienten einen Urlaub mit speziellen Diensten geleistet?«

Einen Augenblick lang sieht sie mich verdattert an. »Ach, du meinst wegen dem Jörg. Nein. Und so eine Betrugsgeschichte wie der Raphael, das könnte ich mit den paar Euro vom Werkbeitrag auch nie zustande bringen.«

»Aha«, sage ich. »Was weißt du von Raphael?«

Daniela schluckt. Sie schüttelt den Kopf. »Raphael hat Stein und Bein geschworen, dass er keine Ahnung hatte, womit seine Reise und die Mädchen bezahlt wurden. Mehr hat er mir nicht erzählt.«

»Also war Raphael dran beteiligt. Kein Wunder, dass er sich nicht meldet. Und du weißt wirklich nicht genauer Bescheid? Ihr zwei habt schon immer wie Pech und Schwefel zusammengehalten, und du hast ihn schon als kleines Mädchen bei jeder Schandtat gedeckt.« Ich seufze.

Daniela lächelt traurig. »Tja, anscheinend hab ich so ein Talent bei Männern.«

Ich horche auf. Daniela weint erneut los.

»Na, na. So schlimm wird's schon nicht sein.«

»Doch, ist es. Er zieht die Putzfrau mir vor!«

Ich stehe auf der Leitung. Habe weder eine Ahnung, wer mit *er* gemeint ist, noch, um welche Reinigungskraft es sich handelt.

Daniela schluchzt auf, bemerkt aber meine Verwirrung. »Der Wimmer.«

»*Der* Wimmer?« Mir bleibt die Luft weg. »Du, du … hattest was mit dem Schuldirektor?«

Daniela schüttelt es nur noch. Ein richtiger Weinkrampf durchzuckt ihren Körper.

Ich muss mich erst sammeln. Zu viele Gedanken schwirren mir durch den Kopf. Ja, was ist denn diesen Sommer nur los, dass die Welt so aus den Fugen gerät. Der Wimmer? Erstens ist Herr Direktor Wimmer nur ein paar Jährchen jünger als ich. Zweitens ist er seit mindestens dreißig Jahren verheiratet und hat zwei Söhne, die beide besser zu Daniela passen würden als er. Und drittens … oh mein Gott, ich habe mit ihm auch schon geschmust. Vor Horst oder besser gesagt, um Horst eifersüchtig zu machen … Was mir auch gelungen ist. Immerhin haben Horst und ich danach viele Jahrzehnte eine glückliche Ehe geführt. Ich greife nach dem Schnapsglas, das eigentlich für meine Tochter vorgesehen war. Vier Schreckensnachrichten in zwei Tagen – die Ferkel, der tote Jörg, mein betrügender Raphael und jetzt auch noch eine liebeskummergeplagte Daniela. Das ist zu viel. Da hilft kein Kaffee und auch meine beruhigende Kräuterteemischung nicht mehr. Hochprozentiges muss her.

»Mama! Und das um kurz nach zehn!« Daniela hört vor lauter Entsetzen auf zu weinen.

Ich zucke die Schultern und gieße nach. »Erzähl!«, fordere ich.

Daniela beginnt mit ihrem Bericht.

Ich fühle, wie mein Gesicht die Farbe verliert. »Seit drei Jahren? Ich kann es nicht glauben. Und seine Frau hat nie bemerkt, dass ihr miteinander … Und ich dachte immer, du würdest keinen Mann an dich heranlassen.«

Daniela geht auf meine Aussagen nicht ein. »Ich habe ihn geliebt, Mama. Aber jetzt musste diese doofe Putzfrau kommen, nur weil Frau Motte nicht mehr arbeitet.«

»Frau Motte ist siebenundsechzig Jahre alt, Kind! Ihr kannst du nun wirklich keinen Vorwurf machen, dass sie nicht mehr die Böden wischt und die Kaugummis von den Pulten kratzt.«

Nun greift auch meine Tochter zum Glas und nimmt einen kräftigen Schluck Marillenschnaps. Sie verzieht das Gesicht. »Das ist mir schon klar. Er hat mich einfach gegen diese fünfundzwanzigjährige südländische Schönheit getauscht. Jetzt ist sie sein Zuckerschnütchen.«

Mir wird übel, aber der Alkohol ist nicht schuld daran. »Er war immer schon ein Hallodri, Daniela. Mich wundert es nur, dass er überhaupt die Lehrerausbildung geschafft hat.«

»Das hat er auch nur, weil er mit seiner Professorin …« Daniela schlägt sich entsetzt die Hand auf den Mund.

Ich lache. »Genauso ein Verhalten passt zu ihm. Schon als junger Mann griff Hubert den Damen lieber unter den Rock als zu einem Buch. Seine Frau, die Herta, tut mir nur leid.«

»Mir auch. Ich hab schon mit dem Gedanken gespielt, ihr alles zu sagen«, flüstert Daniela.

»Oh nein. Tu das bloß nicht. Die Leidtragende bist am Ende

dann du, Kindchen. Ich spreche aus Erfahrung. Nur ein einziges Mal hab ich den werten Herrn Direktor geküsst …« Daniela wird grün im Gesicht. Ich tätschle ihre Hand.

»Lang vor deiner Zeit. Damals war ich selbst noch blutjung und ungebunden. Aber es war ein Fehler. Er hat mich hinterher als leicht zu haben hingestellt, und wenn Horst ihn nicht zurechtgestutzt hätte, na dann …« Ich verliere mich in der Erinnerung. »Dein Vater war schon immer der Einzige für mich, weißt du. Aber er hat gezögert … damals. Und diesen kleinen Schubs brauchte er einfach. Die Eifersucht ist ein mächtiges Gefühl und bewirkt so manches Wunder. Keine zwei Monate nach diesem Ausrutscher war ich glücklich verheiratet.«

»Meinst du damit, ich soll mir einen anderen suchen und Hubert eifersüchtig machen?« Daniela guckt mich groß an.

Das war nun wirklich nicht meine Absicht, sie auf diesen absurden Gedanken zu bringen. »Nein. Du bist viel mehr wert, als dieser Schuft dir bieten kann. Lass ihn ruhig mit seiner Putzfrau glücklich werden. Wenn diese Dame wirklich eine solche Schönheit ist, wie du sagst, dann wird sein Vergnügen nicht von langer Dauer sein. Und vielleicht bekommen die Leute ja diesmal rein zufällig etwas von der prekären Angelegenheit mit. In einem kleinen Dorf weiß man nie, wer zur rechten Stunde in der Schule etwas braucht. Eine fürsorgliche Mutter vielleicht, die ihrem Sohn die vergessenen Schulbücher holen will?«

»Mama, du bist echt böse.« Daniela lacht und wischt sich die restlichen Tränen aus den Augen.

Ich zucke belustigt die Schultern. »Kann doch sein, oder? Und du, mein hübsches Mädchen, nutzt die letzte Schulwoche, um dich … wie soll ich sagen … optisch zu verändern.«

Meine Tochter sieht an ihrer altmodischen Bluse und dem geblümten Rock hinunter. »Wieso?«

»Na, weil ich, wenn du deine Kleidung in meinen Schrank hängen würdest, nicht erkennen könnte, ob es nun deine ist oder meine. Du bist im besten Alter, Daniela, und ziehst dich an wie deine eigene Oma.«

Daniela fährt sich mit den Händen über den Rock. »Du hast

recht. Ich habe mich nur so gekleidet, weil Hubert es so wollte. Ich sollte ihm keinen Grund zur Eifersucht geben, hat *er* immer gesagt.«

Ich nicke. Unser Gespräch nimmt nun einen anderen Verlauf. Wir reden über Hias, dann wieder über Raphael und schließlich erneut über Kleidung. Als mich Daniela kurz vor zwei bei mir zu Hause absetzt, lächelt sie.

Hoffentlich beherzigt sie meinen Rat. Es wäre zu schade, wenn meine Tochter ihr Leben mit einem alten Mann in der, ich glaube, der richtige Name wäre Fast-schon-End-life-Krise vergeuden würde. Und mit einem wie dem Wimmer bekomme ich wohl nie Enkelkinder.

Ich leg mich kurz auf die Ofenbank und schließe die Augen. Der Schnaps hat mein Gehirn in weiche Watte gebettet, und ich gleite in einen angenehm warmen Halbschlaf.

Nachdem ich mich ausgeruht habe, rufe ich bei der Polizeidirektion an. Kurt ist nicht zu erreichen, und so erfahre ich nichts Neues. Die Warterei macht mich nervös, und ich bin ehrlich froh, als der Nachmittag heranbricht und mit ihm die Gäste ins Haus strömen. Ich bin nach den aufregenden letzten Stunden nicht ganz bei der Sache. Doch zum Glück finden heute nur leichte Fälle den Weg in meine Stube. Ein Insektenstich, ein steifes Genick.

Ich bin schon früher mit der Arbeit fertig und setze mich vors Haus auf die Sonnenbank. Die Abendsonne taucht die Wiesen in rötlich goldenes Licht. Ich richte mir draußen mein Abendbrot.

Gitti taucht pünktlich zum Essen auf. Schwer bewaffnet mit Urlaubsprospekten, um mir den Türkeiaufenthalt schmackhaft zu machen.

»Sag mal, wie kannst du jetzt an Urlaub denken? Wo der Hias im Gefängnis sitzt und mein Sohn in irgendeine ominöse Versicherungsaffäre verwickelt ist?« Danielas tragische Liebesgeschichte verschweige ich lieber. Ich vertraue Gitti zwar, aber sicher ist sicher. Einen Skandal kann meine Tochter gewiss nicht gebrauchen.

Gitti schenkt sich eine Tasse Nerventee ein. »Ach, der Kurt ist mir vorhin mit dem Hias als Beifahrer entgegengekommen. Sieht ganz so aus, als wäre er nicht länger verdächtig, wenn ihn der Dorfbulle schon höchstpersönlich heimfährt.«

»Wirklich? Dann ruf ich gleich mal beim Hias an«, sage ich und stehe auf.

»Wenn du meinst. Aber ich darf schon weiteressen?«, fragt Gitti. Ich nicke, aber sie sieht es schon gar nicht mehr. Sie versinkt bereits in der Hochglanzwelt von »Brauhaus Garden« und »Weißwurst-Paradise«.

Das Telefon steht bei mir im Vorraum und ist fast so alt wie Donald. Schon vor Jahren wollte man mir eines mit Tasten aufschwatzen, aber ich bin hart geblieben. In anderen Dingen bin ich modern. Auf meinen Computer zum Beispiel möchte ich nicht verzichten. Aber warum soll ich ein Telefon, das noch einwandfrei funktioniert, wegschmeißen?

Ich wähle Hias' Nummer. Es läutet nur ein einziges Mal.

»I bin kein Mörder. Lasst mi in Ruhe!«, schreit Hias in den Hörer.

»Hallo?«, frage ich vorsichtig zurück.

»Ah, Rosi. Du bist's. Tut mir leid.«

»Alles in Ordnung?«, hake ich nach.

»Hmm. Willst mit'm Kurt reden?« Hias klingt genervt.

Anscheinend wird er am Telefon terrorisiert. »Ja. Gib mir den Kurt«, sage ich, und einen Atemzug später höre ich Kurts Stimme.

»Rosi«, brummt er.

»Kurt«, antworte ich und warte. Am einfachsten bekommt man sein Gegenüber dazu, etwas zu erzählen, wenn man schweigt.

»Also. Hmm. Schwierig. Hmm. Also – wie es aussieht, war Jörgs Tod vielleicht doch ein Unfall. Es gibt zumindest keinen eindeutigen Beweis, der etwas anderes aussagen würde. Im Moor ist das auch schwierig. Der Sumpf verschluckt einiges. Hias ist fürs Erste auf freiem Fuß.«

»Gott sei Dank«, keuche ich.

»Ja. Der Doc hat einen Blutalkoholspiegel gemessen, der einen Ochsen umgehauen hätte. Genaueres weiß man aber erst, wenn die Obduktion ganz abgeschlossen ist. Aber wollen wir hoffen, dass der Jörg einfach im Suff ausgerutscht und im Moor versunken ist.«

Die Leitung rauscht.

»Zum Glück. Also ist der Hias unschuldig.«

Es knistert im Hörer.

»Na ja, so kann man das auch nicht sagen. Er ist aufgrund mangelnder Beweise nicht mehr in Untersuchungshaft. Sein Alibi ist jetzt nicht das wasserdichteste, aber zumindest hat er eines.«

»Alibi?«, will ich wissen.

»Hmhm. Das kann ich dir wirklich nicht sagen, Rosi. Schon allein, weil der Todeszeitpunkt im Moor nicht so leicht zu ermitteln ist. Wir müssen einfach abwarten.«

»Jetzt hörts endlich auf, über mi zu reden, als wär i ned da!«, tönt Hias' empörte Stimme aus dem Hintergrund.

Kurt hält anscheinend den Hörer zu und spricht gedämpft mit Hias. Ich lausche, verstehe aber nichts.

Dann ist Kurt wieder in der Leitung. »Rosi, ich muss jetzt Schluss machen. Bis das mit den Spuren im Moor geklärt ist, kann ich dir auch nichts Genaueres sagen. Es marschieren so viele Menschen durchs Moor, da ist das Auseinanderhalten von tatrelevanten Spuren mit den alltäglichen schwieriger als auf einem Feld. Und auch ein blauer Fleck kann verschiedene Ursachen haben. Gerade als Landwirt haut man sich schon mal wo an. Fürs Erste ist Hias wieder daheim. Der Jörg wird nach der Untersuchung freigegeben, und wenn wir keine eindeutigen Beweise finden, ist nach der Beerdigung hoffentlich Gras über die Sache gewachsen.«

»Wenn du dich da mal nicht täuschst«, flüstere ich und denke daran, wie nachtragend die Menschen hier sein können. »Danke, Kurt«, sage ich und halte mich zurück, Kurt nach Raphael zu fragen. Wie gern würde ich in Erfahrung bringen, ob Kurt etwas von meinem Sohn gehört hat. Aber er ist bei Hias, und da gehören meine Familienprobleme nicht hin.

»Gern geschehen. Und, Rosi? Das Gespräch bleibt unter uns. Ich will keine Probleme mit meinem Chef bekommen, weil ich dir Ermittlungsergebnisse mitteile.«

»Du kannst beruhigt sein, Kurt. Gute Nacht.«

Ich lege auf und atme durch. Eigentlich sollte ich mich erleichtert fühlen, aber mich drückt das Herz. Ich rede mir selbst gut zu. Vielleicht, ja vielleicht ist die Jörg-Angelegenheit wirklich geklärt und zieht keine Nachwehen hinter sich.

Mein Magen knurrt. Essenszeit, bevor Gitti mir alles vor der Nase wegstibitzt.

Mit Knödli im Dödli ist vögli net mögli (Schweizer Sprichwort)

Erste Hilfe bei Bienenstichen
Zwiebelscheiben auflegen • 1 frisches Spitzwegerichblatt auf den Stich drücken
Gegen den Juckreiz helfen: Zitronensaft, Essig oder Zwiebelsaft
Auch Speichel hilft, daher lecken sich Tiere verletzte Hautstellen auch stets ab. Es sollte aber immer der eigene Speichel sein.

Gitti ist neugieriger als jedes Waschweib.

»Warum hast du mir beim Telefonat nicht gleich zugehört?«, will ich wissen.

»Weil sich das nicht gehört«, antwortet sie, und wir lachen. Das Schwarzbrot schmeckt köstlich, und mein Bauch ist nach ein paar Bissen wieder versöhnt. Eigentlich möchte ich mit Gitti über Raphaels Versicherungsskandal reden und in Erfahrung bringen, ob sie mehr weiß. Sie hört mir aber nur mit einem halben Ohr zu.

»Ach, ich hoffe nur, dass wir in der Türkei auf fesche Männer treffen. Nicht dass nur dein Sohn in den Genuss zwischenmenschlicher Wärme kommt«, beginnt Gitti ihr Lieblingsthema.

Ich rolle mit den Augen. Das Telefon schrillt. Gott ist mir gnädig und schickt mir das erlösende Läuten.

»Ich besorg dir ein Schnurlostelefon«, meint Gitti leicht sauer.

»Das lässt du schön bleiben. Diese Giftstrahlen brauch ich nicht«, erwidere ich und flüchte in den Flur.

Gitti mault leise vor sich hin.

Ich nehme den Hörer ab. Es rauscht. »Hallo? Hallo?« Ich komme mir reichlich dumm vor, so in den Hörer zu schreien.

»Mama?«

»Raphael? Bist du das?«

»Ja, Mama. Hast du einen Moment Zeit?«

Mir fällt ein Stein vom Herzen, weil sich mein Junge meldet. Das Rauschen wird immer lauter. Dumme Technik. Sicher telefoniert er mit seinem Handy in der unmöglichsten Gegend. »Natürlich. Wo steckst du denn? Ich kann dich kaum hören.«

»Ich bin auf dem Weg nach Tschechien. Du, wenn die Polizei nach mir fragt, dann sagst du bitte, dass ich auf einem lang geplanten Urlaub bin, okay?«

Mein Hals wird trocken. Schon wieder Polizei? Wo gerade das mit Hias einigermaßen geklärt ist? Was hat mein dummer Junge denn bloß angestellt? Er wird doch nicht wegen dieser Versicherungssache das Land verlassen. Das würde ich nicht ertragen. Auch wenn wir manchmal Meinungsverschiedenheiten haben, liebe ich Raphael, und ich möchte meine Kinder in der Nähe wissen.

»Wieso denn das? Ist es wegen dieser Sache mit den Prostituierten? Du hast doch damit nichts zu tun, oder?«

»Eigentlich nicht, aber … Mama, es ist kompliziert.«

»Diesen Satz kenn ich zur Genüge. Was hast du getan?«

Die Verbindung knackt wie verrückt.

»Nichts … schwöre … dir … Blöde Unterschrift … und Kontodaten … wurde reingelegt.«

Ich verstehe nur Bruchteile, doch das reicht.

»Ach, mein dummer Bub. Kannst du nicht einfach wie jeder normale junge Mann deiner Arbeit nachgehen? Immer manövrierst du dich in solche Schlamassel, und das, obwohl du eigentlich ein guter Kerl bist. Ich erinnere dich nur an …« Ich kann nicht ausreden.

Das Rauschen hört auf, und Raphael schreit in den Hörer, dass ich das Telefon ein Stück weghalten muss, um nicht taub zu werden. »Mama, bitte komm mir jetzt nicht mit Vorwürfen. Ich bin in einer Woche wieder hier und hab bis dorthin hoffentlich alles erledigt. Es wäre nur prima, wenn du die Bullen hinhalten könntest. Erzähl ihnen, was weiß ich … einfach, dass ich auf Urlaub bin, der schon seit Monaten geplant war. Ich hab dich lieb. Tschüss.«

Es knackt. Ich starre das Telefon in meiner Hand an. So ein Lümmel. Legt einfach auf. Nicht einmal ein Wort des Abschieds konnte ich ihm mitgeben. Ich lasse den Hörer auf die Gabel fallen. Kalte Wut überkommt mich. Mein werter Sohnemann wird sich wie gewöhnlich irgendwie aus der Sache herauswinden, wie ich ihn kenne. Ich wünschte nur, er würde endlich dazulernen. Aber wie es scheint, ist seine Lernfähigkeit begrenzt. Wie sagt man so schön: Kleine Kinder, kleine Sorgen; große Kinder, große Sorgen.

Ich möchte gerade wieder zu Gitti gehen, als es schon wieder läutet. Nimmt das heute gar kein Ende mehr? Genervt nehme ich ab. »Was ist denn noch, Raphael?«

Stille.

»Entschuldigung, spreche ich nicht mit Frau Beingruber?«

Eine dunkle, tiefe Stimme. Ich werde rot. Ja, sogar in meinem Alter funktioniert das mit dem Erröten leider noch ausgezeichnet. »Ähm. Doch. Bin am Apparat.«

»Gut. Ich habe gehört, Sie können bei diversen Leiden helfen, wo die Kunst der Ärzte nicht mehr greift.«

»Ähm, ja, wird wohl stimmen.«

»Ich hätte gern einen Termin.«

So ein seltsames Gespräch. Meistens stehen die Leute aus der Umgebung am Nachmittag einfach vor der Tür, und nur hin und wieder ruft jemand an, um einen Termin zu machen. Aber diese Stimme, die Aussprache … mein Gefühl sagt mir, dass der Anrufer aus der Gegend sein muss. Seltsam. Ich zucke die Achseln.

»Bei mir kann man einfach kommen, wenn's passt. Am Nachmittag so ab halb fünf bis halb sieben bin ich für die Wehwehchen da.«

»Ich hätte gern einen Termin außerhalb der normalen Geschäftszeiten. Muss mich ja keiner sehen.«

»Also, schämen braucht sich keiner, der zur Kräuterrosi kommt«, antworte ich empört. Kurzes Schweigen. Ich höre die langsamen Atemzüge.

»Das ist mir bewusst, Frau Beingruber. Es wäre nur sehr freundlich von Ihnen, eine Ausnahme zu machen. Ich bin zeitlich flexibel, möchte nur niemandem begegnen. Das hat aber nichts mit Ihnen zu tun, sondern mit mir.«

Ich überlege, doch die Neugierde siegt. »Gut. Dann kommen Sie morgen Abend gegen halb zehn. Ein Meuchelmörder werden Sie schon nicht sein. Und wenn doch … Ich weiß mich zu wehren.«

Lachen. »Das können Sie bestimmt. Vielen Dank. Dann bis morgen Abend. Wiederhören.«

»Auf Wiederhören.«

»Das ist bestimmt ein Prominenter. Vielleicht dieser deutsche Schauspieler, der immer so lustige Sachen macht. Der von der Zeichentrick-Sissi.« Gitti träumt laut.

»Karlheinz Böhm? Ich dachte, der ist schon tot. Oder zumindest in Afrika bei so einem Hilfsprogramm.«

Gitti boxt mich leicht in den Oberarm. »Doch nicht der. Der ist gestorben, und außerdem wäre er zu alt gewesen, um interessant zu sein. Ich meine diesen jungen. Den Tramitz. So heißt er.«

Ich lache. »Und du glaubst, der Tramitz kommt zu mir und lässt sich das Kreuz richten.«

»Warum nicht?« Gitti ist beleidigt.

Ich lege den Arm um sie. »Weißt du was? Ich ruf dich gleich danach an. Und wenn es tatsächlich der Tramitz ist, dann besorg ich dir ein Autogramm.«

Gitti ist versöhnt. Für den Rest des Abends verschont sie mich mit dem leidigen Männerthema, und auch Hias' Mordgeschichte ist vergessen. Stattdessen malt sie sich aus, welche Berühmtheit morgen ihre beste Freundin besucht. Mit ihrer Phantasiegeschichte vertreibt sie mir sogar für ein paar Stunden meine Sorgen.

Als ich im Bett liege, muss ich zugeben, dass auch ich gespannt bin. Nach einem Meuchelmörder hörte sich die Stimme jedenfalls nicht an. Hoffentlich. Bei meinem derzeitigen Glück, in Kriminalfälle verwickelt zu werden, kann ich nur beten, dass es sich wirklich um einen Prominenten mit Kreuzzwicken handelt. Sobald ich die Augen schließe, tauchen sofort entweder Jörg oder mein armer Raphael vor mir auf. Vielleicht hätte ich dem Unbekannten am Telefon doch absagen sollen. Noch mehr Aufregung, und ich brauch selbst bald eine Kräuterhexe, die mir hilft.

Nächster Abend. Kurz nach neun. Ausnahmsweise ein Tag ohne neue Überraschungen. Keine Polizei. Kein Hias. Kein Raphael. Der aufregendste Kunde war der kleine Marcel, dessen Hand nach einem Bienenstich auf die doppelte Größe angeschwollen ist. Zum Glück habe ich immer Zitronen im Haus. Außerdem musste mir Marcel versprechen, beim nächsten Mal sofort ein Spitzwegerichblatt auf den Stich zu drücken. Jetzt bin ich aber allein und atme die ungewohnte Stille ein. Gitti ist eben gegangen, und ich warte auf meinen späten Gast. Meine liebe Gitti hat mir eine Dose Pfefferspray hiergelassen. Ablaufdatum vor fünf Jahren überschritten. Sie meinte aber, das Ding wäre besser als nichts. Ich stelle die Dose lächelnd auf die Küchenplatte und lege den Schnitzelklopfer daneben. Wahrscheinlich greife ich im Notfall eher zu Zweitem.

Es klopft.

»Herein.«

Ein Mann mit dunklem langen Mantel und einem tief ins Gesicht gezogenen Hut tritt ein. Ich blinzle und verkneife mir ein Kichern. Der Herr sieht aus wie aus dem Fernsehen. Als wäre er geradewegs aus einem Agentenstreifen zu mir in die Stube gehüpft. Doch bedrohlich wirkt er keineswegs. Eher verloren, und ich vermute, hinter dem hochgeschlagenen Mantelkragen verbirgt sich ein recht schmächtiges Kerlchen.

»Grüß Gott.«

»Guten Abend, Frau Beingruber, und nochmals vielen Dank, dass Sie sich um diese Zeit meiner annehmen.«

»Schon gut. Jetzt legen Sie erst einmal Ihren Hut und Ihren Mantel ab, dann setzen Sie sich hierhin und erzählen mir, wo der Schuh drückt.«

Der Mann gehorcht. Erstaunlicherweise ist er nicht so dünn wie vermutet. Vor allem aber ist er älter. In meinem Alter, würde ich schätzen. Er hängt den Mantel über den Stuhl und setzt sich. Den Hut legt er auf seine Oberschenkel und dreht ihn, als bräuchte er eine Ablenkung.

Ich setze mich zu ihm. »Nun, Herr …«

»Schmitt.«

»Nun, Herr Schmitt. Wo zwickt es denn?«

Er schluckt und starrt weiter auf seine Kopfbedeckung.

Ich warte. Die Uhr tickt im Hintergrund.

»Sie müssen mir schon sagen, was Sie zu mir führt. Ist es der Nacken, das Kreuz, der Bauch, die Beine?«

Er schüttelt den Kopf.

Es ist zum Verzweifeln, und ich muss mich beherrschen, damit mir nicht der Geduldsfaden reißt. Schließlich gibt es für mich allerhand zu tun. Wenn er wenigstens doch der Tramitz wäre, oder von mir aus sogar der wiederauferstandene Böhm … aber einfach so schweigend in meiner Stube hocken und Hüte anstarren, dafür ist mir meine Zeit zu kostbar. Immerhin bin ich keine fünfzig mehr. Endlich sieht er auf. Seine stahlblauen Augen fixieren mich, und ich erahne, dass er in früheren Zeiten einmal ein fescher Mann gewesen sein muss.

Er räuspert sich und beginnt mit fester Stimme. »Ich bin der Bumshütten-Sepp, und er steht nicht mehr.« Er lässt seinen Blick einen Moment lang erneut auf dem Hut ruhen, der sein wichtigstes Teil bedeckt, und sieht mich danach ernst an.

Ich halte mir den Bauch vor Lachen und schnappe nach Luft. Es dauert einen Moment, bis ich die Sprache wiederfinde.

»Das ist ein guter Scherz. Wer schickt Sie? Die Gitti, hab ich recht? Oder die versteckte Kamera?« Ich sehe ihn an.

Seine Augen funkeln zornig, und seine Wangen bekommen rote Flecken.

Mir bleibt das Lachen im Hals stecken. Langsam fange ich mich wieder. Ich spüre, wie nun auch mir das Blut ins Gesicht schießt. »Es tut mir leid. Das war gar kein Witz, oder? Sie meinen das ernst. Und ich dachte, meine Freundin möchte mich auf den Arm nehmen. Bitte verzeihen Sie.«

Er hustet. »Schon gut. Solche Patienten haben Sie wahrscheinlich nicht alle Tage.«

»Das ist wohl wahr. Die meisten haben's mit dem Kreuz. Nicht mit dem …«

»… Penis.« Er lässt die Schultern sinken und seufzt. »Aber so ist es nun mal. Ich bin jetzt zweiundsechzig, und sieben bildhübsche Mädchen arbeiten für mich, und nichts geht mehr.«

»Müssen Sie denn mit den Mädchen? Ich dachte, die Damen arbeiten für Ihre Besucher. Und was sagt überhaupt Ihre Frau, wenn Sie mit Ihren Bediensteten …«, rutscht es mir heraus, bevor ich überhaupt zum Nachdenken komme. Eine schnelle Zunge war schon immer mein Problem. Das werde ich wohl nicht mehr ändern können.

»Nein. Ich muss nicht und tu es auch nicht. Nur mit der Silvana. Frau hab ich leider keine, und die Silvana ist schon seit zwölf Jahren bei mir im Haus. Wenn ich der Puffvater bin, dann ist sie wohl die Mutter. Irgendwann hat es sich eben so ergeben, dass wir beide – aber na ja, die Silvana ist jetzt fünfunddreißig und möchte mehr, als ich ihr bieten kann.«

Ich verstehe die Situation nicht ganz, und weil ich nicht dafür bekannt bin, mit meiner Meinung hinter dem Berg zu halten, frage ich einfach nach. »Kann diese Dame nicht dafür einen Kunden mehr bedienen? Wenn sie mehr will?«

Er sieht mich ungläubig an und stößt dann laut die Luft aus. »Ach, das können Sie ja nicht wissen, wenn Sie nicht vom Fach sind.« Er lächelt.

Ich lächle zurück.

»Es ist so, dass die Damen zwar immer wieder einmal ihren Spaß bei der Arbeit haben, aber Arbeit ist Arbeit, und ich habe der Silvana Vergnügen und was fürs Herz bereitet, keine zusätzliche Arbeit. Aber wenn der kleine Sepp so gar nicht mehr will und auch die Ärzte ratlos sind, dann …«

»Kommt die Silvana nicht auf ihre Kosten.«

»Genau.« Er starrt wieder auf den Hut. »Also, können Sie mir helfen? Am besten, ohne dass alle in der Gegend erfahren, dass der Bumshütten-Sepp nicht mehr kann. Ich hab einen Ruf zu verlieren, Sie verstehen?«

Ich lache wieder, aber diesmal stört es ihn nicht. Ich sehe mir den armen Mann an und muss ehrlich gestehen, dass ich seine Bredouille nachvollziehen kann. Ist auch zu dumm, wenn der Chef seine Handwerkskunst nicht mehr versteht.

»Ehrlich gesagt, habe ich keine Ahnung. Es kamen zwar schon Männer zu mir mit diesem Problem. Aber die hatten eine Diagnose – Probleme mit der Prostata und so. Da helfen natürliche Mittel wie Kürbiskerne und Tees.«

Er stöhnt, und es klingt traurig. »Damit kann ich leider nicht dienen. Körperlich ist alles bestens, meint der Arzt. Auch diese blauen Pillen wirken nicht. Deshalb muss das Problem hier liegen.« Er tippt sich an die Schläfe und sieht mich hilfesuchend an.

»Wäre in diesem Fall nicht ein Psychologe die richtige Adresse? Ich bin nur eine alte Frau mit Lebenserfahrung und Kräuterwissen, keine Seelenklempnerin.«

Er macht mit der Hand eine wegwerfende Bewegung. »Ach, diese Schnösel. Ich lasse mir doch nicht von einem Kerl oder einem Mädchen, die wesentlich jünger sind als ich, etwas über Sex erzählen. Ich bin weder verklemmt, noch habe ich irgendein Problem mit Sex. Er steht nur einfach nicht. Das ist schon alles!«

Ich reiße entschuldigend die Hände in die Höhe. »Schon gut. Ich dachte ja nur. Nicht dass ich Sie enttäusche.«

»Enttäuscht bin ich höchstens von mir selbst. Jahrzehntelang übe ich nun schon diesen Beruf aus, und die Mädchen arbeiten gern bei mir im Haus, weil sie wissen, dass ich mich um ihre Probleme kümmere. Und jetzt, jetzt … geh ich schon gar nicht mehr gern in die Arbeit, weil ich die notgeilen Kerle nicht ansehen kann. Und wie sie mit ihrer Potenz angeben, während bei mir tote Hose herrscht.«

»Na, da sehe ich schon mal einen Großteil des Problems begraben. Wahrscheinlich haben Sie sich in der langen Zeit einfach sattgesehen.«

Er nickt.

Ich stehe auf. Eine gute Gastgeberin bemerkt den Moment, wenn ein Schnaps gefragt ist. Wortlos stelle ich die Flasche und zwei Gläser auf den Tisch. Es ist wie bei meiner Tochter. Zuerst zögert mein Besucher einen Moment, doch dann greift er dankbar zu dem altbewährten Heilmittel. Er trinkt und erzählt. Ich nippe und höre zu. Nach einer Stunde wechseln wir zum Du, nach einer zweiten laufen die Tränen. Nach der dritten Stunde habe ich so viel Mitleid mit dem armen Sepp, dass ich ihn am liebsten in den Arm nehmen möchte. Er glaubt, er hätte Probleme mit seinem Ding. Dabei hat er Probleme mit seinem scheinbar vergeudeten Leben. Meine Diagnose steht: Sehnsucht nach mehr als nach Sex. Das ist es, was dem Mann fehlt. Doch ich sage nichts.

Um halb zwei Uhr morgens wähle ich eine Telefonnummer, von der ich dachte, sie nie zu brauchen. Silvana holt Sepp ab. Ich wechsle ein paar Worte mit der jungen, attraktiven Frau, und wir einigen uns darauf, dass sie mit Sepp übermorgen wiederkommen soll.

Hundemüde falle ich ins Bett. Ich schlafe mit dem Gedanken ein, dass der Zufall mir ausgerechnet jetzt einen Bordellbetreiber ins Haus geweht hat, wo sich mein Sohn mit Prostituierten am Strand herumgetrieben hat. Vielleicht kann nicht nur ich dem Sepp helfen, sondern der Sepp auch mir.

Dann fällt mir Gitti ein, und ich erschrecke. Morgen werde ich mich gegen Gittis Vorwürfe wappnen müssen, weil ich sie nicht, wie versprochen, angerufen habe. In ihrer Phantasie hatte ich wahrscheinlich einen aufregenden Abend mit irgendeiner Lokalprominenz. Diese Enttäuschung wird sie erst wegstecken müssen.

Kräuterrosi, zweiundsechzig, ledig, sucht ...

Erste Hilfe bei Morgenmüdigkeit
Sich noch im Bett liegend richtig durchstrecken • Nach dem Aufstehen vors geöffnete Fenster stellen und ein paar tiefe Atemzüge machen • Ein paar Dehnübungen vor dem offenen Fenster oder besser noch auf der Terrasse oder auf dem Balkon machen • Ausgiebig gähnen – dadurch kommt mehr Sauerstoff ins Gehirn • Kaffee trinken • Duschen und dabei von kühl auf warm wechseln, mit kühl aufhören.

Es poltert. Wer um Himmelherrgotts willen stört meinen Schönheitsschlaf? Ich werfe einen Blick auf den Wecker, der rot, zerbeult und beinah so alt wie ich auf dem Nachttisch steht. Kurz vor zehn. So lange habe ich schon seit Jahren nicht mehr geschlafen. Das Gerücht stimmt nämlich leider: Das Alter raubt einem den Schlaf ... und manchmal auch die Möglichkeit, sich anderweitig die Zeit zu vertreiben. Sepps trauriges Lächeln blitzt in meinen Gedanken auf. Ich bin wirklich zu mitfühlend. Oder steckt vielleicht sogar mehr dahinter? Hat Gitti etwa recht, dass ich mir im Innersten einen Mann herbeisehne? Neiiiin! Schnell vertreibe ich den absurden Gedanken.

»Rosi! Frau Beingruber! Irgendjemand hier?«

Die Stimme ist mir vertraut, aber dennoch im ersten Moment unbekannt. Langsam richte ich mich auf und stelle die Füße auf den Boden. Eine alte Frau ist kein Eilzug, zum Donner noch mal! Schritte kommen näher. Anscheinend hat es der morgendliche Eindringling eilig, mich aus dem Bett zu stauben. Wahrscheinlich ein frühzeitlicher Hexenschuss, der noch vor einem wichtigen Geschäftstermin eingerichtet werden soll. An Tagen wie diesen hadere ich mit der Entscheidung, mein Wissen und Können der Allgemeinheit zur Verfügung gestellt zu haben. Ich seufze. So müde wie heute habe ich mich lange nicht mehr gefühlt. Zuerst strecke ich mich ordentlich im Bett. Der Kreislauf muss in Schwung gebracht werden.

»Bin gleich da!«, rufe ich noch halb liegend, bevor der Besucher sich noch auf den Weg in mein Schlafzimmer macht. Ich sehe zwar noch recht ansehnlich aus und habe weniger Fett und

Hängebauch als andere Damen meines Jahrgangs ... Doch halb nackt vor Wildfremden herumtanzen gehört sich einfach nicht. Vielleicht sollte ich tatsächlich dazu übergehen, die Haustür zu versperren. Die Zeiten haben sich geändert, und Gitti hat mich mehr als einmal vor Meuchelmördern, Diebesgesindel und allerlei Pack gewarnt. Ich stehe auf und schüttle den Kopf. Wenn's so weit kommt, dass ich den Leuten nicht mehr vertrauen kann, dann schaufle ich mir mein eigenes Grab.

Ich schlurfe zum Polstersessel, wo mein Morgenrock hängt. Dieses braune, weiche Möbelstück ist auch so ein Überbleibsel von meinem Mann. Stundenlang konnte er in dem Ding sitzen und Zeitung lesen. Damals schon war mir das hässliche Teil ein Dorn im Auge, aber jetzt? Jetzt schaffe ich es nicht, ihn wegzuwerfen. Wenn ich im Halbschlaf meinen Blick darübergleiten lasse, dann sehe ich Horst darin lümmeln. Die großen Zeitungsblätter auf seinen Oberschenkeln, den Kopf nach vorn gekippt, die Lesebrille auf der äußersten Nasenspitze. Weggedämmert in der Dämmerung des frühen Abends. Ich höre sogar sein leises Schnarchen, und mir wird warm ums Herz. Die Liebe ist eine seltsame Sache. Zu Beginn tost sie wie das sturmdurchbeutelte Meer in einem, ist wie ein sprudelnder Quell, ein reißender Fluss, dann wird sie zum breiten, stetigen Fluss, zum gleichmäßig, langsam fließenden Gewässer, bis sie sich zum See verwandelt. So still und leise, dass man sie kaum noch wahrnimmt. Doch wenn einem diese ruhige Liebe aus der Seele gerissen wird, dann bleibt nur noch trockenes Land über, und man verdurstet innerlich, lebt bloß noch für die Erinnerung. Die fahlen Bilder jenes Sees, jenes Flusses, jenes Meeres, das einen einst so unauffällig nährte.

»Rosi?« Das laute Klopfen an der Schlafzimmertür reißt mich aus meinen Gedanken.

»Komme schon.« Ich öffne die Tür, und vor mir steht Kurt, der Polizist und gleichzeitig Jugendfreund meines Buben. Kein Wunder, dass mir die Stimme bekannt vorgekommen ist.

»Hallo, Kurt. Ist was mit dem Hias?«

Kurt lacht und klatscht sich mit der Hand auf seinen beträchtlichen Bauch. »Nein, nichts Neues. Er ist aus Beweismittelmangel in Freiheit, und die Untersuchungen ziehen sich noch eine Weile hin. Ich bin zur Abwechslung wegen dem Raphael da.«

»Ach Gott, ja. Ich wollte sowieso mit dir darüber reden. Aber am Telefon, als du bei Hias warst, kam mir falsch vor. Raphael hat mich auch schon vorgewarnt, dass vielleicht bald euresgleichen vor der Tür steht.«

»Unseresgleichen. Du meinst wohl eher, dein Freund und Helfer stattet dir einen Besuch ab.«

Ich zucke die Schultern. »Freund? Darüber lässt sich streiten, nachdem du meinen Jungen erst so richtig zum Ausgehen und Saufen gebracht und dann die Seiten gewechselt hast.« Kurt nimmt meinen tadelnden Blick gelassen hin. »Helfen aber kannst du mir wohl. Ich muss noch kurz ins Bad, und du …« Ich tippe ihm an die Brust und lächle breit. »… machst mir einen schönen Kaffee. Auskennen tust du dich ja im Haus. Hast immerhin oft genug bei Raphael übernachtet.« Kurt nickt. Wir schlagen gegensätzliche Richtungen ein. Er hinunter zur Küche und ich zum Bad.

Es wundert mich, dass ich noch zu Augenringen fähig bin. Aber es zeichnen sich klar und deutlich welche in meinem Gesicht ab. Am besten lege ich mir später zwei Beutel schwarzen Tee auf die Lider. Dann sehe ich wieder frisch aus. Ich blinzle, und ein leiser Freudenschrei entweicht meiner Kehle. Die Warze ist weg! Ein rosa Fleck, wo die Haut erst richtig verheilen muss, ist das einzige Überbleibsel meines Hexenmals. Wunderbar. Warzenkraut und eine durchzechte Nacht, und schon ziert eine neue Haut mein Antlitz.

Ich zwinkere dem grauen Mädchen im Spiegel zu. »Gut siehst du aus, meine Liebe«, meine ich und wasche mich in bester Laune.

Die Kaffeemaschine gluckert, die Porzellantassen stehen bereit, und Kurt sitzt auf dem Stuhl und blickt traurig aus dem Fenster.

»Na, Kurt. Erzähl, was treibt dich zu mir in die Stube, wenn es nicht wieder eine neue Leiche ist? Und rück lieber gleich mit der ganzen Wahrheit heraus, sonst muss ich später Raphael jedes Wort aus der Nase ziehen.«

Die Maschine gurgelt ein letztes Mal auf. Ich nehme die Kaffeekanne heraus und schenke uns ein. In der Brotlade liegt noch das Schwarzbrot von gestern, im Kühlschrank stehen die Marmelade und die Butter. Ich stelle alles auf den Tisch. »Bedien dich ruhig, Junge. Dass du mir nicht vom Fleisch fällst während deiner harten Arbeit.«

»Harte Arbeit ist gut … und mager werden auch.« Er klopft sich erneut mit der Hand auf den runden Bauch. »Normalerweise ist es doch seelenruhig bei uns im Ort, und ich muss froh sein, wenn zumindest ein Verkehrssünder abzumahnen ist.« Kurt lacht und schmiert sich ordentlich Butter aufs Brot.

»Ja, die Geschichte mit dem Hias und dem Jörg gibt mir zu denken. Die Leute im Dorf sagen das auch, und auch wenn das meiste Geschwätz ist, ein Fünkchen Wahrheit liegt stets im Tratsch vergraben. Der Ursprung der ganzen Misere liegt weit mehr als fünfundzwanzig Jahre zurück«, gebe ich zu bedenken.

Kurt zieht die Augenbrauen hoch und beißt vom Brot ab.

»Na, der Jörg hat damals dem Hias die Zenzi ausgespannt. Seither hat der Hias nur noch seine Ferkel, die er wie Kinder behandelt, und der Jörg war auch nicht wirklich glücklich mit seiner Zenzi. Die Ehe hat von Anfang an gekriselt. Mehr als einmal hat er fremdgenascht. Und dazu noch diese Grundgrenzgeschichte … ein Trauerspiel ist das. Dabei waren die beiden Männer als Jungen noch Freunde. Und nun?«

Kurt stöhnt. Krümel fallen aus seinem Mund und bleiben wie Streusand auf dem Tischtuch liegen. »Ja, ja, die Frauen. Schlussendlich sind sie uns Männern Sorgen und Segen zugleich.«

Ich zucke die Schultern und nehme einen Schluck Kaffee. Der Anflug von Heiterkeit im Raum erlischt. Ich rühre meine braune Brühe, und Kurt kaut ernst auf seinem Brot.

Er räuspert sich und durchbricht damit die unangenehme Stille. »Also, Rosi, um zur Sache zu kommen, Frauen haben auch etwas mit meinem Besuch zu tun. Der Raphael steht auf der Fahndungsliste deswegen.« Schweigen.

Ich stelle meine Tasse ab und sehe dem ehemals besten Freund meines verzogenen Jungen in die Augen. »Wegen dieser Versicherungssache, ich weiß«, bekenne ich tonlos. »Was genau hat er denn angestellt, dieser Unglücksrabe?«

Kurt wird rot und greift vor lauter Verlegenheit zu einer weiteren Scheibe Brot, die er mit Butter erstickt. »Eigentlich darf ich dir das ja nicht sagen, aber weil du es bist und der Raphael … mein Kumpel.« Seine grauen Augen fixieren mich. Er legt das Buttermesser zur Seite und lässt auch das Brot liegen.

Mir wird ganz mulmig zumute. Besonders durch die Stille, die in der Luft hängt wie alter Weihrauch und mir den Atem raubt. »Wie viel Geld hat der Bub denn hinterzogen? Vielleicht … ich hab ja einiges gespart.«

Kurt schüttelt den Kopf. »Das mit dem Geld, das waren wahrscheinlich andere aus der Firma. Sein Delikt ist Menschenhandel. Darum sagte ich ja vorhin Frauen …«

Ich falle aus allen Wolken. »Menschenhandel! Ich bitte dich, Kurt. Dafür ist Raphael erstens zu feige und zweitens nicht klug genug. Du kennst ihn. Er hätte nicht genug Mumm und Grips, um so etwas durchzuziehen.«

Kurt presst die Lippen aufeinander.

Ich nehme mit zitternder Hand meine Kaffeetasse und kippe die restliche Brühe in mich hinein. Zur Nervenberuhigung, zur Ablenkung, zu weiß Gott was.

Kurt atmet laut aus und beginnt zu sprechen. »Ehrlich gesagt, denke ich mir das auch. Aber die Kollegen in Bulgarien haben den Betreiber dieses … Etablissements … befragt. Hauptsächlich wegen des Urlaubs, der Gäste und der Dienste, die vermittelt wurden. Und der Puffbetreiber hat alles offengelegt. Dabei kam heraus, dass Raphael zwei Frauen freigekauft haben soll. Mit dem Geld seiner Kunden, wie wir vermuten. Und die beiden Damen soll er nun irgendwo hier verstecken.«

»Hier? Also in meinem Haus nicht. Und dass die Frauen, egal, welchem Beruf sie nachgehen, in Raphaels versauter kleiner Wohnung hausen sollen, kann ich mir beim besten Willen nicht vorstellen.« Ich verschränke die Arme vor der Brust.

Kurt lacht.

Der Klang tut gut, und meine Nerven beruhigen sich allmählich. »Nun mal ernsthaft, Kurt. Traust du Raphael das zu?«

Er schüttelt den Kopf. »Nein. Aber dass er so blöd ist und sich von anderen für kriminelle Machenschaften benutzen lässt, das wohl. Und deshalb möchte auch ich ihn verhören … mit meinem Boss. Der glaubt sowieso schon, dass wir hier in einem Nest voller Schwerkrimineller sitzen, aber vielleicht kann ich Raphael ja noch irgendwie raushelfen. Der Freundschaft wegen.«

Ich lege meine Hand auf seine Schulter. »Du bist ein guter Kerl, Kurt, und ich wünsche meinem Idioten von Sohn, dass er schnellstmöglich seinen Hintern von Tschechien hierherbewegt und sich dir freiwillig stellt.«

»Tschechien also. Na wenigstens ist die Chance, dass er dort in eine Grenzkontrolle gerät, gering. Wenn du etwas von ihm hörst, dann richte ihm aus, dass er sich bei mir melden soll.«

»Mach ich, Junge. Versprochen. Und wenn du neue Erkenntnisse hast, egal, ob über meinen Buben oder den Hias, dann sagst mir Bescheid, gell?«

Kurt nickt. Wir frühstücken zu Ende, doch die Stimmung bleibt getrübt. Kurt verabschiedet sich schließlich und lässt mich allein zurück mit dem Wirrwarr meiner Gedanken. Mein armer Horst würde sich im Grab umdrehen, wenn er wüsste, welch missratene Kröte aus dem süßen Baby von damals geworden ist.

»Es war der Tramitz! Stimmt's?«

Vor Schreck lasse ich den Teller fallen. Hunderte kleine Porzellansplitter liegen am Holzboden. »Mensch, Gitti, musst du mich so erschrecken? Du willst wohl, dass ich einen Herzinfarkt bekomme«, schimpfe ich.

Gitti steht seelenruhig hinter mir und mustert mich mit wütendem Blick. »Hättest du gestern wie versprochen angerufen, wäre das hier nicht passiert.«

Ich seufze innerlich und schlurfe in Richtung Abstellkammer. Gitti verfolgt mich. Unerbittlich wie ein kleiner Jagdterrier ist sie mir auf der Spur, und ich kann fast das Zähnefletschen hören, weil ich ihr nicht auf Kommando Rede und Antwort stehe. Äußerlich gelassen, krame ich den Besen und die Schaufel hervor. Gitti bemerkt wohl, dass sie mit ihrer forschen Art heute kein Glück hat.

»Wie lange willst du mich noch warten lassen? Du weißt doch, dass ich schrecklich neugierig bin«, säuselt sie und nimmt mir die Schaufel ab.

»Ich muss dich enttäuschen, beste Freundin. Keine Prominenz. Nur ein Herr, der mit seinem speziellen Problem keine Aufmerksamkeit erregen will«, gebe ich mich geschlagen.

Gemeinsam beseitigen wir die Splitter in der Küche. Gitti wirkt enttäuscht und leert den Inhalt der Schaufel in den Mülleimer. »Und warum, bitte, hast du dich dann nicht gemeldet?«

»Ich war erst nach Mitternacht fertig und wollte nicht stören.«

»Und heute Morgen? Da hättest du doch zum Hörer greifen können. Vorgestern wolltest du das Teil gar nicht aus der Hand legen, so viel hast du telefoniert.« Der Vorwurf in ihrer Stimme ist nicht zu überhören.

»Ja, hätte ich. Wenn die Polizei nicht erneut aufgekreuzt wäre.«

»Polizei? Der Hias?« Gittis Augen leuchten. Sie wittert die Chance, doch noch etwas Aufregendes zu erfahren.

Ich brühe uns einen Tee und erzähle ihr nebenbei, welch abstruse Geschichte Kurt mir aufgetischt hat.

»Frauenhandel. Nein, nein, nein. Dein Junge mausert sich vom kleinen Versicherungsvertreter zum echten Ganoven«, meint sie abschließend.

Ich kann ihr nur schweren Herzens zustimmen. Obwohl ich meine Zweifel an der Sache hege. Irgendetwas ist faul. Ich weiß nur noch nicht, was.

Es wird Mittag, und langsam wünsche ich mir, dass meine beste Freundin mein trautes Heim verlässt und in ihr eigenes zurückkehrt. »Nichts für ungut, Gitti. Aber ich bin nun einmal keine fünfzig mehr, und daher von gestern Nacht und heute

Vormittag ziemlich geschafft. Bevor die nächsten Hilfesuchenden eintrudeln, würde ich mich gern ein wenig ausruhen.«

Gitti trinkt ihre dritte Tasse Tee leer und zuckt die Achseln. Andere Menschen würden bei so vielen Nervenkräutern wohl in einen gelassenen Halbschlaf fallen, aber Gittis Energie ist schier unerschöpflich. »Nun gut. Dann geh ich mal.« Sie steht auf und dreht sich im Türstock um. »Ich hab übrigens über dich nachgedacht, Rosi.«

»Dafür hattest du nach all dem Trubel noch Zeit?«

»Mhm. Meiner Meinung nach leidest du an der stärksten Form des Helfersyndroms. Deshalb laufen dir die Probleme auch nur so zu. Was dir fehlt, ist ein Mann.«

Ich will sie unterbrechen, doch ihr entschlossener Blick lässt mich meine Kommentare hinunterschlucken. »Und weil du nichts dagegen tust, hab ich dich bei einer Single-Sendung im Radio angemeldet. Du weißt schon, ›Herzsuche nach zehn‹.«

»Du hast was?« Mir bleibt das eben Genannte fast stehen.

»Du bist am Samstag auf Sendung, ob du willst oder nicht. Um zwanzig Uhr wird aufgezeichnet. Wenn es sein muss, nehm ich meinen Mann mit, und wir halten dir den Telefonhörer ans Ohr gepresst.«

Ich schnappe nach Luft. Heute ist wohl wirklich nicht mein Tag. Fehlt nur noch, dass Daniela aufkreuzt und mir beichtet, vom Schuldirektor schwanger zu sein. Ich sehe rot. Wildes, zorniges Rot. »Das … das … kannst du nicht ernst meinen.«

Gitti steht plötzlich vor mir und schließt mich in ihre Arme. »Es ist nur zu deinem Besten. Um zehn Uhr kommst du dann auf Sendung. Deine Vorstellung lautet: ›Kräuterrosi, 62, ledig, sucht‹. Ist das nicht klasse?«

Ich bekomme kaum Luft. »Ganz klasse, Gitti«, keuche ich.

Gitti lässt mich los und tätschelt meine Hand. »Ich wusste doch, dass du Vernunft annimmst. Außerdem hattest du recht, als du vor ein paar Tagen meintest, in der Türkei würdest du sowieso nicht fündig werden. Bierbäuchige Saufkumpanen oder südländische Heiratsschwindler. Nein. Ein strammer Kerl aus unserer Gegend ist genau das Richtige für dich.«

Ich nicke wie ein Roboter. Gitti drückt mir ein Küsschen auf die Wange. Und ich werde ein zweites Mal mit schwirrendem Kopf verlassen. Ich sinke auf die Bank zurück und liege ganz flach. Im Herrgottswinkel schwebt eine einsame Spinne am Faden und versucht, ein Netz zu spannen, um ahnungslose Fliegen zu fangen. So eine Fliege, das bin ich. Die Spinne, das sind die anderen. Und ihr Netz hält mich schon fest umschlossen. Sie wollen mich aussaugen. Einfach so, ohne Grund. Ich lache hysterisch, bis mir die Tränen kommen. Wahrscheinlich musste ich jenseits der sechzig werden, um in den Wahnsinn hinabgleiten zu können. Bisher habe ich mich durch nichts unterkriegen lassen. Zwei Geburten, jahrzehntelange Schufterei, Horsts Tod … Nicht einmal der ertrunkene Jörg konnte mich erschüttern. Und sogar den Verdacht, dass Raphael in Frauenhandel verwickelt sein soll, habe ich irgendwie überstanden. Aber all das waren nur Vorbereitungskurse auf die heutige Stunde.

Mein letztes Lachen verklingt krächzend im Haus. Ich setze mich auf. Meine Wirbel knacken. »Mich bringt nichts um! Kein Moormord und erst recht nicht mein krimineller Sohn oder meine durchgedrehte Freundin«, sage ich zu mir selbst und meine es auch so.

Hilft der Domina-Effekt?

Hausmittel bei Erektionsstörungen
Großzügige Verwendung von bestimmten Küchenkräutern und Gewürzen: Liebstöckel, Petersilie, Knoblauch • Wechselduschen • Ausreichend Schlaf • Stressreduktion • Ginseng-Wurzel

Silvana stolziert zur Tür herein. Sepp folgt ihr mit herabhängenden Schultern. Seit Gittis Eröffnung, dass ich mir in der Kuppelshow einen Mann suchen soll, hat sich zum Glück nichts Aufregendes mehr ergeben. Raphael ist weiter verschollen, Daniela läuft wohl noch immer mit gebrochenem Herzen umher, und der vermeintliche Mordfall hat sich nach der Obduktion in einen höchstwahrscheinlichen Unfall verwandelt.

Kurt hat mir Details berichtet, die eigentlich nur die Polizei wissen dürfte. Aber ich bin erleichtert, dass Hias weiter in Freiheit bleibt. Fraglich ist nur, ob die verwischten Fußabdrücke im Moor tatsächlich von den täglichen Touristen sind. Aber welcher Wanderer ist so dumm und tritt freiwillig neben den befestigten Weg? Die Gefahr zu versinken wäre zu groß. Man müsste schon lebensmüde sein. Selbst unsereins geht nur über Holzstege durch den Sumpf. Nur Jörg mit seiner Fotografiererei und ein paar Ausgewählte, die sich um die Pflege des Moors kümmern, kennen den Sumpf gut genug, um ihn zu durchwandern. Außerdem ist da noch diese Verletzung an Jörgs Bein. Sie kann einfach von der Arbeit am Hof herrühren oder von einem Tritt, der zu seinem Sturz geführt hat. Jörgs Tod bleibt also mysteriös. Die Leute im Dorf haben sich, im Gegensatz zu den polizeilichen Ermittlungen, eine eigene Meinung gebildet und meiden Hias. Ist das verwerflich? Ich weiß es nicht. Hias tut mir jedenfalls leid. Selbst wenn Jörgs Tod kein Unfall war, tu ich mich schwer, an Hias' Schuld zu glauben.

Mein Gedankenkarussell kreist natürlich weiter um die Probleme meiner Liebsten. Und so ist der Besuch des Puffbetreibers und seiner Mitarbeiterin eine willkommene Abwechslung. Schon allein der Anblick der aufgedonnerten Liebesdienerin und des zerknautschten Alten im Hintergrund reißt mich aus meinen Grübeleien.

»Silvana, Sepp. Schön, dass ihr da seid. Kaffee, Tee, Hochprozentiges?«

Sepp schüttelt energisch den Kopf. Ich sehe den Hut schon durch den Raum segeln. Doch die graue Kopfbedeckung hält. »Bloß nicht. Das letzte Mal hat mir gereicht. Wasser, bitte«, meint Sepp.

Ich deute auf die Sitzbank. Silvana nimmt als Erste Platz und rückt bis zum Herrgottswinkel vor. Sie wirft einen skeptischen Blick hinauf, so als bestünde ernsthaft die Gefahr, von dem Holzkreuz erschlagen zu werden.

Dann lächelt sie. »Für mich auch ein Wasser, bitte«, sagt sie mit schwerem osteuropäischen Akzent.

»Gut, aber wenn ihr Magenläuse bekommt, trage ich keine Schuld daran«, erwidere ich und hole zwei Gläser, während Sepp sich ebenfalls auf die Bank quetscht. Ich stelle die Wassergläser und eine Tasse Tee für mich auf den Tisch. Sepp hat endlich seinen Hut abgenommen und neben sich auf die Bank gelegt. Ich muss lächeln, als ich seine Altherrenfrisur sehe. Wie diese gelbe Komikfigur, die Raphael so gern mochte, trägt er seine spärlichen grauen Haare über die Glatze gekämmt. Und dieses Mal hat der Hut die künstlerische Frisur etwas verrückt, wodurch Sepp auch etwas verrückt aussieht. Ganz vorn hält die Haarpracht noch, doch hinten steht eine Strähne wild hinauf. Silvana deutet meinen Blick richtig, spuckt einmal kräftig in ihre Hände und plättet das widerspenstige Büschel. Nun muss ich lachen. Sepp wird rot, nuschelt Silvana ein leises Danke entgegen und senkt schnell den Blick. Wie kann ein so schüchterner und leicht in Verlegenheit zu bringender Mann einen solchen Betrieb leiten? Und das auch noch mit Erfolg?

Ich räuspere mich. »Ja, ja. Die Leiden des Alters. Bei den Herren sind's die Haare und bei den Frauen die Speckrollen und die Hängebrüste.«

Sepp guckt erstaunt hoch.

Silvana atmet schwer aus. »Wem sagen Sie das? Bei mir hat

auch schon Dr. Silikon nachgeholfen.« Sie greift sich an die Brüste und gurrt vor Lachen.

»Hätte nicht sein müssen«, meint Sepp, und ich glaube einen leicht genervten Unterton in seiner Stimme zu hören.

»Natürlich musste sein! Kunden wollen viel. Wollen sehr viel.«

Sepp zuckt die Schultern und fasst sich verlegen an die eben angeklebten Haare.

»Nun gut. So weit zu den üblichen Alterserscheinungen«, lenke ich ab, »was mich aber wirklich interessiert, ist, wie ihr beide in ... in dieses Geschäft gefunden habt ... und auch zueinander?« Den letzten Teil formuliere ich als Frage.

Sepp hüllt sich in Schweigen. Silvana packt aus. Sie erzählt ihre Geschichte, die wie die von Hunderten anderen leichtgläubigen Mädchen klingt. Sie glaubte den Versprechungen an eine verheißungsvolle Zukunft im Westen als Kellnerin oder Kindermädchen für ach so gut betuchte Familien und landete schließlich auf dem Strich. Sepp hätte sie entdeckt, auf der Straße, und von ihrem vorigen Zuhälter freigekauft. Das Leben in Sepps Bumshütte sei mit dem davor nicht zu vergleichen. Und irgendwie wollte sie sich erkenntlich zeigen. Dem einsamen Kerlchen etwas Gutes tun.

Ihr Bericht lässt mich an Raphael denken und den Vorwurf, dass er in einen Frauenhandel verwickelt sein soll. Wenn das stimmt, werde ich ihm die Leviten lesen, aber gehörig. Ich verdränge meinen Gedanken, obwohl Sepp vielleicht wirklich der Richtige wäre, um ihm von meinen Sorgen zu erzählen. Aber fürs Erste muss ich mich um sein Problem kümmern.

»Ich wollte aber zuerst nicht. Privates und Geschäftliches vermischen ... ist noch nie gut gegangen«, brummt Sepp.

»Sehr gut es ging, es geht. Er ja so einfühlsamer Brummbär. Darfst Geknurre nicht abnehmen, Rosi. Sepp ist ganz Lieber.« Sie tätschelt seinen Oberschenkel.

Sepp mault weiter. Dieses Mal unverständlich.

»Wieso hast du dich dann doch eingelassen, Sepp?«, frage ich.

»Na ja. Ich war irgendwie ...«

»Einsam?«

Er wirft mir einen vernichtenden Blick zu. »Ich bin halt ein Mann. Was soll ich machen?«, meint er kalt.

Doch ich nehm es ihm ebenso wenig ab wie Silvana.

Diese lacht und tätschelt Sepps Oberschenkel, so wie ich Schnitzel klopfe. »Jajajaja. Ein Mann.« Sie lächelt mich verschmitzt an. »Rosi, glauben Sie ihm nix. Er ist Romantiker tief im Herzen. Aber ich bin Hure. Und zwar gute Hure.«

»Das kann ich mir gut vorstellen, Silvana. Wenn ich Sie um Ihre Meinung fragen dürfte: Warum glauben Sie, dass es beim Sepp nicht mehr … klappt?« Ich gehe in die Offensive.

Sepp nimmt es mir anscheinend übel. Sein Kopf gleicht einem bald explodierenden Druckkochtopf.

»Weil Sepp will Liebe machen. Ich nix Liebe machen. Ich mache Sex, und Sepp weiß das auch. Am Anfang war okay. Aber mit den Jahren.« Sie sieht ihn voller Zuneigung an. »Vielleicht braucht Sepp anderes Frau. Frau mit Herz. Mit Herz für Liebe.«

»Liebe. Pah! Ich glaub, ich geh lieber. Eigentlich war ich hier, um ein Kräuterchen zu bekommen, dass er wieder steht. Stattdessen werde ich zugelabert. Da hätte ich gleich den Psychofritzen wählen können. Ich und Liebe. Liebe ist ein Geschäft! Sonst nichts.« Sepp springt auf, so schnell es seine alten Knochen zulassen. Er eilt aus der Stube.

Silvana bleibt sitzen und schüttelt den Kopf.

»Und nun?«, will ich wissen.

»Sepp kann nicht weg. Ich haben Schlüssel. Du müssen helfen. Ich warte.« Sie fischt den Autoschlüssel aus ihrer knallroten Handtasche und legt ihn auf den Tisch.

Ich nicke. Vielleicht schaffe ich es mit etwas Zartgefühl, die harte Schale des Puffbetreibers zu knacken. In seiner Situation hilft ihm nämlich kein Kraut der Welt. Einsicht muss noch immer in einem selbst wachsen und nicht auf der Wiese.

Er steht im Mondlicht. Ich gehe zu ihm und huste leise, dass er nicht erschrickt. Eine Weile lang starren wir gemeinsam über die Felder.

»Willst du dich nicht auf die Sonnenbank setzen? Meine Beine brauchen eine Ruhepause«, eröffne ich das Gespräch und schlurfe, ohne mich weiter nach ihm umzuschauen, zur Bank. Er tut es mir nach, lässt sich mit einem leisen Stöhnen auf die Bank nieder.

»Ich bin einfach schon zu alt für dieses Geschäft«, beginnt er. Ich höre zu, unterbreche ihn nicht, nun, wo er schon mal redet. »Früher. Ja, früher, da hat es mir Spaß gemacht. Als mir mein Vater das Haus vermacht hat, war ich gerade einundzwanzig. Heiß wie das Feuer und abenteuerlustig wie Clint Eastwood. Unser Bordell war das erste hier in der Gegend, musst du wissen. Und ich war verdammt stolz darauf, das Gewerbe aus den Hintergassen in ein anständiges Haus zu holen. Meinen Mädchen ist es immer gut ergangen. Ich hab für sie gesorgt, und wenn eine aussteigen wollte, eine Familie gründen und so, dann hab ich sie unterstützt … und jetzt, jetzt bin nur noch ich übrig. Ich und eine Horde Frauen, die allesamt meine Töchter und Enkelinnen sein könnten. Und Nachfolger hab ich keinen.«

Er verstummt. Ich denke nach.

»Und das Bordell verpachten oder eines der Mädchen zur Chefin befördern?«

Sepp lacht. »Du hast keine Ahnung vom Geschäft, liebe Rosi. Bei einem Pächter weiß man nie, welchen Charakter er hat. In diesem Metier treiben sich allerhand Perverse herum. Sadisten, denen es Spaß macht, wenn die Mädchen leiden. Oder einer von diesen neuen Zuhältern, bei denen der Umsatz über die Gesundheit geht. Dann müssen die Mädels im Akkord arbeiten, nur um Kohle herbeizuscheffeln. Nie im Leben gehe ich das Risiko ein. Und von den Mädels ist keine dabei, die den Laden führen könnte. Die Bumshütte wäre ruck, zuck Geschichte und von irgendeinem Großunternehmer geschluckt. Die Zeiten haben sich geändert. Leider. Und ich mich auch. Ich bin wohl wirklich zu alt.« Er seufzt.

Ich lege die Hand auf seine Schulter. »Na, na. Das würde ich so nicht sehen. Aber eines weiß ich bestimmt: Wenn du dich so unter Druck setzt, dann ist es kein Wunder, wenn du schlappmachst. Und das mein ich jetzt nicht nur auf den kleinen Sepp bezogen.«

»Du hast recht«, gibt er heiser zu. »Ich werde wohl kürzertreten müssen. Die Silvana wird schon verstehen, dass *das* jetzt nicht mehr geht. Und der Laden … läuft auch sicher, wenn ich nicht jede Nacht von fünf bis in die Morgenstunden parat stehe. Oder?«

»Bestimmt. Ganz bestimmt. Ich misch dir jetzt erst mal ein paar Kräuter zusammen. Aber Wunder brauchst du dir keine erwarten. Die Mischung ist nur als Anregung und Unterstützung gedacht. Wenn es hier«, ich deute auf den Kopf, »und hier«, ich zeige auf das Herz, »nicht stimmt, dann hilft gar kein Mittelchen. Du musst mit dir ins Reine kommen, Sepp. Dann geht und steht auch alles wieder. Wirst sehen.«

Er nickt. »Und wann darf ich wiederkommen? Ohne Silvana vielleicht?«, fragt er nach einer kurzen Pause.

Ich lache. »Vor mir aus kannst du gern die nächsten Tage mal vorbeischauen. Und natürlich ohne Silvana. Sie ist ganz schön tonangebend, nicht?«

Er hüstelt. »Sie ist auch die einzige Domina, die ich hab.«

»Und ausgerechnet mit ihr hegst du eine intime Beziehung? Mit der Peitschen-Madame im Laden?«

Er lacht. »Ich glaub, ich war ihr Ausgleich. Aber wie gesagt. Jetzt mach ich erst einmal Sexurlaub. Und damit mein ich nicht das, was allgemein darunter verstanden wird. Sondern trenne wieder Beruf und Privatleben, wie es sich gehört.«

Ich schlucke und muss an meinen Sohn denken.

Sepp sieht mich verwundert an. »Hab ich etwas Falsches gesagt?«

»Nein, nein. Es ist nur, dass …« Und so erzähle ich dem Sepp von meinen Sorgen. Ich lasse nichts aus, teile ihm meine Gedanken über Raphael und Daniela mit und rede schließlich sogar von der geplanten Radiosendung. Auch über Hias reden wir und kommen über diesen Umweg zum eigentlichen Thema zurück. Die Einsamkeit macht seltsam: Mann lässt sich mit einer Hure ein, umgibt sich mit einer Herde Ferkel oder vergnügt sich in bulgarischen Bordellen, um sein Herz zu trösten … und Frau, ja Frau lässt sich mit dem Chef ein – egal, ob nun Direktor oder

Bumshüttenboss –, macht bei peinlichen Radiosendungen mit, und schlussendlich sind und bleiben wir hoffnungslos verlorene Liebende.

Die Zeit verstreicht. Der Mond steigt immer höher, und als wir nach einem schier endlosen Gespräch zurück ins Haus gehen, liegt Silvanas Kopf schwer auf der Tischplatte. Sie schnarcht leise.

»So viel Schlaf hat sie in den letzten Jahren wohl nie des Nachts bekommen«, scherzt Sepp. Er weckt sie sanft auf. Sie faucht ihn zum Dank an und verabschiedet sich bei mir auf ebenso wirsche Weise. Zum Glück hat sie ihre Peitsche nicht dabei. Die beiden fahren nach Hause, und ich bleibe mit schwirrendem Kopf zurück. Ich nehme mir fest vor, morgen den Hias zu besuchen. Beim letzten Telefonat hörte er sich unglücklich an. Das mach ich, außer wenn wieder die Polizei vor der Tür steht und meine Pläne durchkreuzt.

Ich krieche in mein Bett und fühle mich seltsam befreit, obwohl meine Gedanken eine Polka tanzen. Die Unterhaltung mit Sepp hat mir gefallen. Es war fast so wie damals. Damals, als ich Horst meine Sorgen erzählen konnte. Was er wohl dazu sagen würde, dass ich mir die Nächte mit einem Zuhälter um die Ohren schlage? Wahrscheinlich würde er lachen und mir auf die Schulter klopfen mit den Worten: »Rosi-Schatz, du warst schon immer eine besondere Frau. Und wie sagt man immer? Stille Wasser sind tief.« Schließlich schlafe ich mit einem Schmunzeln auf den Lippen ein.

Der nächste Morgen beginnt geruhsam. Das leise Zwitschern der Vögel weckt mich, und ich mache mich auf in den kleinen Hühnerstall, um meine Hennen ins Freie zu lassen. Wie kleine Kätzchen laufen sie um meine Beine und gackern vergnügt. Die beste Entscheidung der letzten fünf Jahre war, den Gockel abzuschaffen. Seither bin ich der Hahn im Korb, und die Hennen umtänzeln mich mit der Begeisterung, die vormals dem Herrn des Mists entgegengebracht wurde. »Schon gut, meine Pipperl. Raus mit euch auf die Wiese. Sucht euch ein paar Würmer und Körner«, treibe ich die Tiere sanft an.

Danach gönne ich mir ein kleines Frühstück und mache mich auf den Weg zu Hias.

Das Gegrunze der Schweine hallt über den ganzen Hof. Ich hab schon im Stall nachgesehen und bei den Gehegen. Der kaputte Zaun wurde bereits ausgetauscht. Normalerweise ist Hias immer bei seinen Ferkeln zu finden. Aber heute. Wo ist er?

»Hiiiiaaas!«, rufe ich nochmals zur Sicherheit. Dann geh ich zum Haus. Die Tür steht sperrangelweit offen. »Hiiiaaaas?« Niemand da. Ob ich reinsoll, mich umsehen? Bei mir zu Hause stehen die Leute auch einfach in der Stube. Also, warum nicht? Es ist schon seltsam, dass ich mir überhaupt nichts dabei denke, wenn es um meine Stube geht, ich aber bei Hias … irgendwie Skrupel … habe, reinzugehen.

Im Haus ist es trotz des hellen Tages dunkel. Das haben alte Bauernhöfe so an sich, mit ihren kleinen Fenstern, den niedrigen Decken und den Holzbalken am Plafond.

Hias' Stube ist nicht wirklich anders als meine. Staubiger und schmuddeliger halt. Das Frühstücksgeschirr steht noch auf dem Tisch, und daneben stapeln sich Flugblätter, Zeitungen und Postwurfsendungen. Aber er ist auch nur ein Mann, und Männer haben andere Prioritäten. Bestimmt quietscht und knarrt bei ihm keine einzige Tür. Es ist unheimlich still. Ich höre nicht einmal mehr die Schweine. Augenscheinlich ist wirklich niemand da. Ich will schon wieder gehen, als ich ein rosa verziertes Papier auf dem Küchentisch sehe. Inmitten von Reklame und Werbung. Kleine geschwungene Buchstaben winden sich darauf. Meine Neugierde ist geweckt. Ich schlucke, trete näher. Eine fein säuberliche Handschrift. Mit ziemlicher Sicherheit eine Frau. Ich beginne zu lesen.

… darf es nie erfahren. Sonst passiert ein Unglück. Es war ein Fehler. Ein großer Fehler. Aber die Zeit lässt sich nicht zurückdrehen. Sie ist mein unbarmherzigster Gegner. Jedes Mal wenn ich daran denke, wenn ich das wasserklare Blau in den Augen sehe, wenn ich an die zarten …

Ich weiß doch auch, dass es unerträglich ist. Aber wollen wir unser Unglück tatsächlich wie eine ansteckende Krankheit weitertragen? Dieses unsagbare Geheimnis? Ist es nicht schon genug, dass ich Jö…

»Rosi, was mochst du da?«

Ich fahre herum. Hias steht in der Tür.

»Ich wollte nur nach dir sehen. Du hast voriges Mal so verzweifelt geklungen, und am Telefon erreich ich dich nicht.«

»I hob es ausgesteckt. Die Leit. Die Leit sind arg. Lassen mich nicht in Ruh. Und das, obwohl die Polizei auch sagt, dass i unschuldig bin.« Hias drängt sich vorbei und setzt sich auf die Bank. Ganz beiläufig schiebt er die Werbezettel zusammen. Der handgeschriebene Brief verschwindet in der Flut an Milch-, Wurst- und Käse-Sonderangeboten.

Ich setze mich zu ihm, versuche, seinen Worten zu folgen, aber meine Gedanken hängen an dem Brief. Ist er tatsächlich, wie ich vermute, von Zenzi? Wer darf was nicht erfahren? Welches Geheimnis? Verstohlen mustere ich Hias. Seine Augen sind blau. Wasserklar blau. Ich schlucke. Hat er etwa immer noch was mit der Zenzi? Die beiden sind ja fast so alt wie ich. Aber möglich ist heutzutage alles. Hat Jörg es dann vielleicht herausgefunden? Sind die Männer im Moor doch in einen Streit geraten? Oder ist der Brief aus alten Zeiten, und Hias hat ihn aus Sentimentalität hervorgekramt?

So viele Fragen. So wenige Antworten. Eines ist nun aber klar. Es steckt mehr hinter der ganzen Sache, als die Polizei glauben will.

Hias redet wie ein Wasserfall. Er tut mir leid. Sogar wenn er bei Jörgs Tod irgendwie sein Händchen im Spiel gehabt hat, will ich an einen Unfall glauben. Hias ist einfach kein Mörder. Ich verspreche ihm, bald wiederzukommen.

Auf dem Nachhauseweg geistern mir die immer gleichen Fragen im Kopf herum. Es wäre wohl besser gewesen, ich hätte meine neugierige Nase nicht in Hias' Angelegenheiten gesteckt. Hätte nur dieser Brief nicht einfach so auf dem Tisch gelegen …

Müde lasse ich mich auf meiner Sonnenbank nieder. Vielleicht klären sich hier, vor meinem Häuschen, meine Gedanken. Wie schön beschaulich es doch ist. Eine Oase des Friedens. Ein Zufluchtsort für Fragende und Sorgengeplagte. Ich schließe die Augen, lasse mich an der Nasenspitze von den wärmenden Sonnenstrahlen kitzeln und hoffe auf einen Geistesblitz.

Als ich die Augen wieder öffne, steht Daniela vor mir. Sie lächelt schüchtern. Ihr Anblick verdrängt sogleich Hias aus meinem Gehirn. Aber manchmal ist eine kleine Ablenkung genau das Richtige, um eine Lösung für ein Problem zu finden.

»Hallo, Mama.« Ihre Stimme gleicht der einer halskranken Maus. Wie immer hängt ein langweiliges Kleid an ihrem Körper. Meine Standpauke von letztens hat wohl nicht die nötige Wirkung gezeigt, obwohl meine Tochter recht einsichtig tat.

Ich nicke mit dem Kinn und deute ihr, sich neben mich zu setzen. »Und, alles in Ordnung, Schatz? Letzte Schulwoche gut überstanden?«, frage ich.

Daniela nickt. »Außer meinem gebrochenen Herzen ist alles in Ordnung. Zum ersten Mal bin ich froh, dass ich wochenlang der Schule fernbleiben kann.«

»Noch immer so schlimm?«

Daniela brummt. »Ich könnte in die Luft gehen vor Wut.«

»Männer sind den ganzen Kummer nicht wert, Kind. Du solltest jetzt endlich mal auf dich schauen. Haben wir nicht über deinen Kleidungsstil gesprochen?«

Daniela schluckt nervös und schüttelt schließlich den Kopf. »Ich weiß einfach nicht, was mir steht. Nach unserem letzten Plausch bin ich gleich ins Einkaufszentrum gefahren. Aber irgendwie hat mich das ganze Zeug überfordert. Wahrscheinlich war ich zu lange mit Hubert zusammen. Ich kann gar nicht mehr jung sein.«

Die Wut kocht in mir hoch. »Quatsch, Kind! Du wirst dir dein Leben nicht wegen diesem Hallodri versauen.«

»Aber was soll ich denn tun? Ich hab einfach kein Händchen für Mode, für Männer, für …« Daniela schluckt. Sie kämpft mit den Tränen.

Ich lege meine Hand tröstend auf ihre. »Sag mal, hast du keine Freundin, die dir helfen könnte? Bei der Kleiderauswahl?«

Sie schüttelt den Kopf. Jetzt kullern die Tränen tatsächlich hinunter.

Eine Idee blitzt in mir auf, aber sie ist so abstrus, dass ich sie am liebsten wieder verwerfen möchte. Daniela sieht mich verheult an. Dieser Blick gibt den Ausschlag. Ich springe auf und klatsche in die Hände. »Besondere Umstände erfordern besondere Maßnahmen«, meine ich entschlossen.

Daniela atmet tief ein.

»Lass die Mama nur machen. Ich kenne genau die richtige Person für dein Kleidungsproblem!«

»So?« Ein klein wenig Hoffnung schwingt in ihrer Stimme mit.

»Ja. Die Dame arbeitet hauptsächlich mit Männern zusammen und weiß, was denen gefällt. Eine Männerversteherin, sozusagen. Ich ruf Silvana gleich an. Du wirst sie mögen, mein Schatz. Und außerdem wird sie dir ein paar Unterrichtsstunden in Selbstwert und Selbstbewusstsein geben.«

Daniela sagt nichts zu meinem Vorschlag, zuckt bloß müde die Schultern. Ein Bild zum Heulen, meine Tochter. So ein hoffnungsloser Fall braucht vielleicht wirklich die Zuwendung einer dominanten Person, die ihr zeigt, wo es langgeht.

Ich gehe hinein und wähle die Nummer des Bordells. Sepp geht ran. Ich erläutere ihm kurz mein Problem.

Er lacht und ist sofort einverstanden, seine Mitarbeiterin für etwas andere Zwecke zu verleihen. »Ich frag die Silvana, wenn sie wach ist. Aber ich glaub, sie ist einverstanden.«

»Wunderbar. Wie viel wird mich ihre Beratung kosten?«

Sepp brummt in den Hörer. »Ach, Rosi. Das ist ein Tauschgeschäft. Du hilfst mir, und ich helfe dir. Außerdem wird es sowieso wieder einmal Zeit, dass meine Domina einen Extrazuschuss für die äußeren Werte erhält«, fügt er schnell hinzu. »Nur zufriedene Angestellte sind gute Angestellte. Und für meine Mädels mach ich fast alles. Ein kleiner Nachmittagseinkauf ist das Mindeste, was ein guter Vater seinen Kinder sponsert.«

»Du meinst Puffvater?«

»Natürlich. Oder glaubst du, es gibt nur Puffmütter?«

Ich kichere. »Dann höre ich von dir?«

»Ich rufe dich mittags an. Aber du kannst deine Tochter schon auf einen Ausflug in die Edelboutiquen des Landes vorbereiten.«

»Danke, Sepp«, sage ich und verabschiede mich.

Daniela hockt weiter geknickt auf der Bank.

»Meine Süße, wenn alles klappt, steht dir heute Nachmittag die Topberaterin der Gegend zur Verfügung. Eine ganz besondere Kundin von mir«, heitere ich sie auf.

»Ob das etwas bei mir bringt?«, zweifelt sie.

»Natürlich, Daniela. Wenn du auch nur einen Funken Feuer von mir in dir trägst, dann dürfen sich die Männer warm einpacken. Was war ich früher für ein Wildfang. Und immerhin bist du meine Tochter und dazu eine ganz bezaubernde Frau. Also, Kopf hoch!«

Daniela bleibt noch eine Weile bei mir. Wir reden über Raphael, aber leider kann sie mir auch keine Neuigkeiten von ihrem sauberen Bruder berichten. Ich muss wohl warten, bis sich mein Sohn meldet, und das Beste hoffen. Sein Handy hat der Schuft vorsorglich ausgeschaltet. Denn egal, wann ich es probiere, ich komme nie durch. Dann verspricht Daniela mir, sich für den Nachmittag nichts vorzunehmen, und geht nach Hause. Es wird Zeit für ein Mittagessen.

Von starken Frauen und schwachen Männern

Hilfe bei brüchigen Nägeln
Nagelbäder in Olivenöl oder Zitronensaft • Siliziumhaltige Kieselerde einnehmen • Nahrungsmittel, in denen die B-Vitamine vorkommen (Vollkornprodukte) • Milchprodukte wegen des Kalziums und Eisens • Sonnenlicht im gesunden Ausmaß • Regelmäßiges Kürzen

Daniela kommt eine halbe Stunde zu früh und löchert mich mit Fragen über ihre Einkaufsbegleitung. Immer wieder kaut sie nervös an ihren Fingernägeln. Sie bräuchte dringend eine stärkende Nagelkur mit Ölbädern und der richtigen Ernährung. Aber in ihrem seelischen Zustand sind die brüchigen Nägel wohl das kleinste Problem. Schon zum zehnten Mal fragt sie mich, wer denn gleich kommen würde. Ich halte dicht. Wenn sie erfährt, dass sie mit einer Prostituierten verabredet ist, läuft sie vielleicht vor Panik weg. Endlich höre ich den Audi auf dem Schotter knistern.

»Sie sind da«, stelle ich fest und scheuche Daniela nach draußen. Zu meiner Freude steigt zuerst Sepp aus. Daniela zieht fragend die Augenbrauen hoch. Sepp schlurft um den Wagen und öffnet die Beifahrertür. Silvana steigt aus, richtet sich geschmeidig den Minirock und die große schwarze Sonnenbrille.

Daniela fällt aus allen Wolken. »Ist sie das, was ich denke?«, flüstert sie.

»Ja. Pretty Woman, wie sie leibt und lebt.«

Daniela wird weiß im Gesicht. Ihr Fluchtinstinkt, gepaart mit Angstschweiß, ist beinahe zu riechen. Ich gehe auf meine beiden Gäste zu. Daniela folgt mir mit Abstand.

Silvana bleibt vor uns stehen, lüftet die Sonnenbrille und mustert meine Tochter mit raubkatzenartigem Blick. »Viel Arbeit, aber gute Substanz«, stellt sie fest und streckt Daniela die Hand zum Gruß entgegen. »Ich bin Silvana. Und wie es aussieht, brauchen du dringend Hilfe.«

Meine Tochter ergreift schüchtern die Hand. »Daniela«, nuschelt sie.

»Etwas mehr Energie, junge Dame. So riecht Mann nur

leichte Beute, und das wir nicht wollen sein, oder?«, ermahnt Silvana streng.

Daniela schüttelt den Kopf.

Sepp greift ein, bevor Silvana mein Mädchen noch ganz verschreckt. »Lass ihr Zeit, Silvie. Hallo, Rosi. Schön, dich kennenzulernen, Daniela«, meint er und schnappt die Hand meiner Tochter, um ihr einen Kuss daraufzuhauchen. Daniela wird rot.

»Bei mir machst du das aber nie«, beschwere ich mich im Scherz.

»Du hast mehr verdient«, sagt er und drückt mir einen Schmatz auf die Wange.

Nun schießt mir das Blut in den Kopf. Ich schlage ihm leicht auf den Arm. »Du Dödel.«

Sepp lacht. »Du hast es herausgefordert.«

Eine Minute lang stehen wir unschlüssig herum, dann ergreift Sepp die Initiative. »Und, wollen wir, meine Damen?«, fragt er und bedeutet mir, in den Wagen zu steigen.

»Ich komme nicht mit«, wiegle ich ab.

»Natürlich tust du das. Du setzt dich schön brav mit mir ins Kaffeehaus, während die Jugend die Geschäfte unsicher macht. Ich werde doch nicht wie ein einsamer Chauffeur allein im Wagen warten, wenn eigentlich so eine nette Gesprächspartnerin zur Verfügung steht.«

»Schleimer«, sage ich und fühle mich dennoch geschmeichelt.

»Feigling«, antwortet er. Wir kichern, und ich komme mir wie Jahrzehnte zurückversetzt vor. Die beiden Mädchen schütteln den Kopf über so viel altersmäßige Blödelei. Aber Sepp hat mich erfolgreich überredet, und so folge ich seiner Bitte.

Daniela und ich sitzen hinten, Silvana und Sepp vorn. Wir fahren in die Stadt. Daniela bombardiert mich mit fragenden Blicken, auf die ich ihr keine Antworten geben kann. Ich kann mir vorstellen, welche Gedanken durch ihr Gehirn jagen. Es mag erschreckend für sie sein, auf diesem Weg zu erfahren, dass meine Kunden nicht nur Bauern und angesehene Dorfbewohner sind. Der Verkehr wird mehr, die Häuser und Verkehrsschilder auch. Wir haben Salzburg erreicht und halten schließlich beim Designeroutlet.

Ich mag die Atmosphäre in Tiefgaragen nicht. Das Gefühl, unter der Erde zu sein, mit hundert die Luft verpestenden Autos, an denen man im Notfall erstickt, hat mir noch nie gefallen. Unter der Erde sollten nur die Maulwürfe leben. Menschen können eventuell die Kartoffeln dort lagern, aber sonst … ist es der Platz des Todes. Ich denke an Jörg, das Bild einer verschrumpelten Moorleiche steigt in meinem Geiste auf, obwohl ich genau weiß, dass Jörg nie so ausgesehen hat. Schnell schlucke ich den bitteren Geschmack in meinem Mund hinunter, der mit der grausigen Vorstellung aufgetaucht ist, und steige aus. Zum Glück hat Sepp gleich vor dem unterirdischen Eingang geparkt. Auf dem Frauenparkplatz. Aber wir sind ja auch zu drei Viertel weiblich – und das restliche Viertel leidet momentan unter Männlichkeitsverlust. Silvana und Sepp steigen gut gelaunt aus. Daniela und ich folgen den beiden.

»Kaffee und Kuchen für uns, schicke Kleider für die Jugend«, meint Sepp, als wir den Einkaufspalast betreten. Silvana schnappt Danielas Arm und hakt sich ungefragt bei ihr ein.

»Bis in vier, fünf Stunden«, meint sie und zwinkert uns zu. Daniela wird von ihr weggezerrt. Wie ein hilfloses Schulmädchen von seiner strengen Gouvernante.

Sepp sucht uns ein nettes Kaffeehaus, in dem wir die Wartezeit überbrücken können. Wir bestellen. Eine Melange und eine Linzer Torte für mich, einen Espresso und eine Sacher für ihn. Der Kellner bringt in Windeseile die gewünschten Leckereien.

»Meinte Silvana das vorhin ernst mit den fünf Stunden?«, frage ich.

»Natürlich. Oder warum, glaubst du, wollte ich dich mit dabeihaben. Das dauert.«

Ich schlucke. »Hoffentlich kommt heute Abend kein Notfall und hofft auf meine Hilfe.«

»Auch du brauchst mal einen Abend frei«, stellt Sepp ernst fest.

Ich muss ihm insgeheim recht geben. Seit Horsts Tod habe ich jeden Tag, sogar sonntags, Patienten empfangen. Ein Abend ohne mich wird das Gesundheitssystem der Provinz schon nicht zu Fall bringen, oder? Außerdem machen das Rentnerinnen so. Am Vormittag lesen sie Zeitung, trinken Tee und machen ein wenig Haushalt – und am Nachmittag sitzen sie beim Kaffeeklatsch und erzählen sich die neuesten Neuigkeiten – wer mit wem und was. Ich betrachte mein Gegenüber, das so gar nicht dem Klischee einer Kaffeetante entspricht. Ich gehöre wohl doch nicht zur Kategorie Standard-Pensionistin.

Sepp lächelt mich an. »Wie bist du eigentlich an zwei so grundverschiedene Kinder gekommen? Du bist doch der Inbegriff von Bodenständigkeit und hast einen Kriminellen als Sohn und ein verbittertes Mauerblümchen als Tochter«, fragt er unverhohlen.

Ich weiß im ersten Moment nicht, ob ich seufzen, weinen oder meine Kinder wütend verteidigen soll. Ich entscheide mich für Ersteres und steche mir ein Stück Linzer mit der Gabel herunter. »Wer weiß das schon, was aus den eigenen Kindern einmal wird. Ich möchte dir gern sagen, dass beide – Raphael und Daniela – einen guten Kern haben. Aber was würde es bringen? Du kennst bisher nur die schlechtesten Seiten von ihnen. Und ich trage Schuld daran. Immerhin habe ich dir die Ohren vollgesungen mit den Sorgen, die mir mein Nachwuchs bereitet. Aber eigentlich … sie sind beide prima. Eben meine Kinder.«

Er greift über den Tisch und nimmt meine Hand. »Ich hätte gern deine Sorgen, Rosi. Aber dafür ist es zu spät.«

Da ist er wieder. Der traurige Mann hinter der Maske des Zuhälters. Augenblicklich wischt er sich die Verletzlichkeit aus seinem Gesichtsausdruck und strahlt mich an. »Was soll's. Lass uns über dich reden. Wie bist du zu deiner Tätigkeit als Kräuterhexe gekommen?«

»Hexe. Ts, ts, ts. Dann pass mal lieber auf, dass ich dir keinen Fluch an den Hals zaubere, wenn du mich so nett betitelst«, schäkere ich und beginne sogleich, ihm meine Geschichte zu erzählen. Er ist ein guter Zuhörer, und ich fühle mich wohl in dem glitzernden Einkaufsparadies, das das Kaffeehaus umgibt. Junge Leute mit Einkaufstüten sausen an uns vorbei. Alte, auftoupierte Schwadronen mit grellrotem Lippenstift und dazu passendem Nagellack an den Fingern. Nur selten marschieren Männer vorbei. Und wenn ja, dann sind es entweder babysittende Väter, gestresste Geschäftsmänner – auf dem Weg zu einem Gesprächstermin – oder gelangweilte Tütenträger, die ihren Frauen und Freundinnen hinterherhecheln. Mir gefällt der Gedanke, dass die vorbeischwirrenden Menschen uns wohl als graues Ehepaar sehen oder vielleicht auch als zwei dem tristen Alltag des Altersheim entflohene Insassen … aber bestimmt nicht die Kräuterhexe und den Provinzzuhälter in uns erkennen.

»Du bist mit den Gedanken ganz woanders«, ertappt mich Sepp beim Träumen.

Ich fahre hoch und nippe an meinem Kaffee. »Ja, so war das bei mir mit der privaten Praxis«, lenke ich ab, »aber wenn ich über die letzten Tage so nachdenke, dann hätte ich wohl besser eine kleine Privatdetektei aufgemacht.«

Sepps Augenbrauen schnalzen hoch. »Wieso?«

Und schon sind wir mitten im Thema. Ich erzähle Sepp von dem Brief und meinem Verdacht, dass die Zenzi mit dem Hias noch immer ein Verhältnis hegt.

»Ja, Eifersucht kann ein starkes Motiv sein. Glaubst du, die Zenzi hat Hias beauftragt, sie vom unliebsamen Ehemann zu befreien? Und er hat es vor lauter Liebesblindheit gemacht, in der Hoffnung, danach freie Bahn zu haben?«, fragt Sepp.

»Hmmm. Ich bin mir nicht sicher. Zenzi hat schon gern das Sagen, und ich trau ihr auch zu, dass sie hinter Jörgs Rücken eine Affäre hatte. Aber der Hias? Irgendwie passt ein Mord nicht zu ihm. Vielleicht war es doch ein Unfall. Die beiden Kerle treffen im Moor aufeinander, streiten wegen der toten Ferkel und wegen der einen Frau in ihrem Leben, ein Handgemenge, zu viel Alkohol … ach, was weiß ich? Es ist halt der Brief, der mich so stutzig macht. Hätte ich doch gar nicht erst geschnüffelt. Als ob mir meine eigene Familie nicht schon genug Sorgen bereitet.« Ich seufze und stütze den Kopf in meine Hände.

»Was geschehen ist, ist geschehen. Und mal ehrlich: Du willst die Sache doch eigentlich klären, oder?«, fragt mich Sepp und reißt mich damit aus meinem Anflug von Selbstmitleid.

»Du hast recht!«, sage ich und straffe meine Schultern.

»Siehst du. Wie willst du also vorgehen? Kann ich dir irgendwie helfen?«

»Du willst mir helfen? Ich dachte, ich soll dir bei deinem Problemchen –«

»Ach was!«, unterbricht mich Sepp. »Ich bin Bordellbetreiber, und die kennen sich aus im Sumpf des Verbrechens. Außerdem lenkt es mich von meinem Problemchen ab, wenn ich endlich wieder einmal in den Sog der Kriminalität abtauchen kann.« Er lacht.

Ich kichere mit. »Sumpf des Verbrechens … und du! Wirklich, Sepp. Das nimmt dir keiner ab.«

»Aufgepasst. Ich bin ein gefährlicher Rotlichtbaron«, scherzt er und zieht die Augenbrauen zusammen.

»Sepp, wenn ich es mir recht überlege, dann habe ich mir einen Zuhälter immer anders vorgestellt. Nicht so«, sage ich und deute auf ihn.

»Ach, wie denn?« Sepp richtet sich auf.

»Na ja, wie im Fernsehen. Mit Goldketten, bewaffnet, schmierig … richtig kriminell. Aber du erweckst eher den Eindruck, als wärst du treusorgender Ehemann und würdest zu Hause gern deine fünf Enkelkinder hüten.«

»Dann enttäusche ich also deine Erwartungen?« Er lässt die Schultern fallen. »Du hast schon recht, meine Liebe. Mit den Fernseh-Puffvätern kann ich nicht mithalten. Dieses Geschäft ist vielleicht in Hamburg oder Wien gefährlich und aufregend, bei uns in der Pampa ist mein Puff einfach nur ein Betrieb wie jeder andere. Wir bieten Leistungen gegen Geld. Völlig langweilig und unspektakulär.«

»Schon gut. Du wolltest ja wissen, was ich mir unter einem Bordellbetreiber vorstelle«, tröste ich ihn.

Sepp schmunzelt. »Eines kann ich dir versichern: Mit deiner Meinung bist du nicht allein.«

Er wirkt plötzlich niedergeschlagen auf mich, und ich stelle mir unwillkürlich die Frage, wie oft ihm sein Beruf und die damit verbundenen Vorurteile wohl zum Verhängnis wurden.

Silvana und Daniela schwirren schwer bepackt in unsere Richtung. Meine Tochter lacht und sieht richtig lebendig aus.

»Na, ihr Süßen, die fünf Stunden sind aber noch nicht um«, bemerkt Sepp, als sich die beiden zu uns setzen.

»Schon. Ist auch nur kurze Pause. Schnell etwas trinken und dann ab zum Friseur«, meint Silvana.

»Mama, ich lass die Tüten bei dir, okay?«, keucht Daniela atemlos und lässt sich auf den Stuhl plumpsen.

Ich nicke. »Wie es scheint, bist du fündig geworden?«, will ich wissen.

»Ja. So viel Geld habe ich die letzten fünf Jahre nicht auf einen Schlag ausgegeben.«

»War aber nötig«, stellt Silvana kühl fest und ruft im nächsten Moment lauthals den Kellner zum Tisch. Dieser kann die Augen kaum von der vollbusigen dunklen Schönheit lassen und fragt dreimal nach, bis er die Cola und den Wodka Lemon auch tatsächlich auf seinem Schreibblock stehen hat.

»Männer«, winkt Silvana gekünstelt genervt ab.

»Ja, Männer«, schmachtet Daniela. Ihr steht die Sehnsucht nach einer festen, soliden Verbindung ins Gesicht geschrieben.

»Wenn du weiter so tust, als ob Mann ist König, dann du immer bleiben Dienstmagd«, stellt Silvana rüde fest.

»Meinst du?«

»Natürlich. Männer sind schwach, aber wenn du ihnen Gefühl gibst, sie seien wie König, dann sie werden zum Pascha. Du musst Mann Gefühl geben, er sein stark und männlich, aber so, dass er Stärke für dich einsetzt.«

Daniela sieht die Prostituierte ahnungslos an.

Mein Mädchen hat tatsächlich keinen Schimmer von der Herrenwelt. »Silvana meint das so, wie ich deinen Vater immer geführt habe. Weißt du noch, dass er lange Zeit der Meinung war, der alte Hühnerstall würde noch Jahrzehnte taugen?«

Daniela nickt.

»Dabei war er völlig verdreckt, und der Mist musste immer von den Brettern geschrubbt werden. Horst zu erklären, dass der Bau eines neuen Stalls mit einem Durchfallgitter und abwaschbaren Blechen längerfristig die klügere Idee ist, wäre bloß vergebene Liebesmüh gewesen. Also hab ich ihm einen Hexenschuss vorgetäuscht und ihn den alten Stall reinigen lassen. Am nächsten Tag waren wir rein zufällig beim Hias eingeladen, und der hatte, auch ganz rein zufällig, genauso einen Stall, wie ich ihn wollte. Tada! Horst war begeistert und dazu felsenfest davon überzeugt, dass er die Idee zum neuen Hühnerstall hatte. So macht man das mit den Männern. Überlegt und hintergründig.«

Daniela staunt. »Du warst ganz schön schlau, Mama.«

»Manipulativ nenne ich das«, sagt Sepp und kassiert als Strafe einen leichten Boxer, gepaart mit bösen Blicken von Silvana.

»Nix Manipulation! Ist gut für Männer! Allein brauchen die Herren viel zu lange, um kapieren, was gut ist.«

Wir drei Frauen nicken einstimmig, Sepp verdreht die Augen, schmunzelt aber dabei. So ist das mit dem männlichen Geschlecht. Angesichts einer haushohen Überlegenheit an weiblicher Stärke ziehen sie den Kopf ein.

Danielas Handy läutet. Sie kramt in ihrer Tasche und zieht das Uralt-Exemplar heraus. Obwohl die Mehrheit der Bevölkerung mit flachen Alleskönnern herumläuft, schwört meine Tochter auf ihr Schlachtschiff mit Antennen-Noppel. Ich glaube, wenn es eines mit Wählscheibe geben würde, dann wäre sie die erste Besitzerin im Umkreis von hundert Kilometern. Aber was soll's. Immerhin hat sie eines. Ich zähle mich noch immer zum Kreis der Mobilfunk-Verweigerer. Und das trotz des vermeintlichen Vorteils, stets erreichbar zu sein.

Daniela reißt die Augen auf, als sie die Nummer am Display sieht. »Raphael«, keucht sie, und ich sehe ihr an, dass sie keine Lust verspürt, mit ihrem Bruder zu reden. Wahrscheinlich hat sie Angst, in seine Geschichte hineingezogen zu werden.

»Gib schon her!«, fordere ich, und einen Moment später liegt das vibrierende Etwas in meiner Hand.

»Der grüne Knopf«, meint Daniela.

Ich seufze leise. Auch wenn ich alt bin ... blöd bin ich nicht. Ich drücke auf die richtige Taste und nehme das Gespräch an. »Junge, was gibt's?«, frage ich.

Raphael schweigt einen Augenblick. Er muss den Schock erst verkraften, seine Mutter am Apparat zu haben anstatt der leicht zu beeinflussenden Schwester. Seine Anspannung ist beinahe greifbar. Alle am Tisch sind mucksmäuschenstill und mustern mich mit großen Augen.

»Mama. Du? Aber egal. Hör mal, du musst mir einen Riesengefallen tun.«

»So, muss ich?«

Die Leitung knistert.

»Bitte, Mama. Es ist wichtig. Ich erklär dir alles, wenn ich wieder da bin.«

»Das erklärst du mal lieber dem Kurt. Er war nämlich bei mir, in aller Herrgottsfrühe, um sich nach dir zu erkundigen. Meine Güte, Bub, in welchen Schlamassel hast du dich bloß hineingeritten?«

Ich höre seinen schweren Atem, und schon überkommt mich das Mitgefühl. Dummes, weiches Mutterherz. Aber er ist doch noch immer mein kleiner Raffi, egal, welchen Mist er auch baut. »Sag, was soll ich für dich machen?«

»Danke, Mama. In meiner Wohnung liegt auf der Garderobe ein großes Kuvert. Schick es mir an die folgende Adresse ...«

»Warte kurz, ich brauch einen Stift.«

Daniela kramt einen aus ihrer Handtasche. Schon gut, dass Lehrerinnen dazu neigen, immer und überall mit Schreibzeug bewaffnet herumzulaufen. Ich kritzle auf die Serviette.

»Dänemark?«

»Was macht Raffi in Dänemark?«, fährt mir Daniela dazwischen, dass ich kein Wort mehr verstehe.

»Danke, Mama. Ich muss Schluss machen!«

Es klickt. Mein Sohn ist in den Unweiten der Europäischen Union verschwunden, und als einziger Beweis unseres verrückten Telefonats bleibt mir die vollgekritzelte Serviette.

Drei neugierige Augenpaare starren mich an. Ich erwidere

mit einem Lächeln: »Ja, Dänemark. Ich weiß auch nicht, warum. Ein Auslieferungsabkommen dürfte innerhalb der EU ja überall bestehen. Hoffentlich passiert ihm nichts. Warum muss er auch immer solche Sachen machen?« Ich stoße laut die Luft in meinen Lungen aus. Erst jetzt merke ich, welche Anspannung sich in mir aufgebaut hat. Kinder! Kleine Kinder, kleine Sorgen, große Kinder, große Sorgen – meine Kinder – immens große Sorgen.

»Ich habe keine Ahnung, was ich machen soll. Er will, dass ich ihm etwas aus seiner Wohnung schicke. Ein Kuvert, das er angeblich vergessen hat. Aber mach ich mich nicht mitschuldig, wenn ich ihm helfe … bei was auch immer?«

»Und Raphael hat dir kein Wort gesagt, warum er den Umschlag braucht?«, fragt Daniela.

»Pfffhhh? Wer weiß das schon. Immerhin hast du mir ins Gespräch reingequatscht«, antworte ich schärfer als beabsichtigt. Daniela läuft rot an, und ihre Augen schimmern verdächtig. Schon plagt mich das schlechte Gewissen. Ich will sie beruhigen. »Ach Schätzchen, du kennst doch deinen Bruder. Selbst wenn er etwas gesagt hätte, heißt das noch lange nicht, dass es die Wahrheit wäre. Also ist es eigentlich egal, oder?«

Daniela blickt betroffen auf ihre Finger und beginnt damit, an den Nägeln herumzuzupfen. Worauf Silvana sie gleich mit einem scharfen »Ts, ts, ts« ermahnt. Daniela seufzt und hört auf, ihre kurzen, brüchigen Nägel zu malträtieren.

»Nun denn, meine Damen. Ab mit euch zum Friseur. Nach dem Bummel statten wir der Wohnung des Sohnes dieser bezaubernden Frau einen Besuch ab.« Sepp klingt so überzeugt, dass keiner Einwände erhebt. Er lächelt mich ermutigend an. »Blut ist dicker als Wasser, und wenn Raphael etwas braucht, dann wirst du ihm helfen«, fügt er mit einer bewundernswerten Selbstverständlichkeit hinzu.

Ich nicke, und ein Gefühl krabbelt durch meinen Bauch, von dem ich dachte, es schon lange nicht mehr zu besitzen. Wärme, die nur ein Mann in einer Frau auslösen kann. Ich schäme mich im nächsten Moment dafür. Rosi, dafür bist du zu alt! Außerdem entspricht Sepp so gar nicht deinen Erwartungen. Er ist ein

Puffvater, zum Teufel! Und mit meinem Horst so gar nicht zu vergleichen.

Ich sehe Sepp in die Augen, und das Kribbeln wird stärker.

Zum Glück steht er auf und winkt dem Kellner. »Wir gehen jetzt auch bummeln, Rosi. Was meinst du?«, lenkt er mich von meinem Chaos ab, während er die Geldscheine auf den Tisch zählt.

Ich bin dafür.

Von Söhnen, Töchtern und Männern

Hausmittel bei Prellungen und blauen Flecken
Sofortmaßnahme: Kühlen der verletzten Stelle • Frische Arnikablätter auf den Bluterguss legen, ersatzweise Arnikasalbe • Kühle Essigumschläge (2 EL Essig auf 250 ml Wasser) • Zwiebelhälfte auflegen

Ich streichle gedankenverloren die Plastiktüte auf meinem Schoß. Sepp hat mich zu einem Kleid überredet, das ich wahrscheinlich nie tragen werde. Ein schwarz-weißes Cocktailkleid à la Audrey Hepburn. Puristisch, elegant, raffiniert. Daniela zupft sich währenddessen an der noch ungewohnten Frisur. Aber sie sieht gut aus mit den honigblonden Strähnchen, den weichen Locken, dem dezenten Make-up und ohne Brille. Sogar die Nägel sind gemacht. Auch die enge Jeans und die dunkelgrüne Bluse stehen ihr ausgezeichnet. Endlich sieht man, dass sie eine wohlgeformte Figur hat. Schöne, große Brüste, eine schmale Taille und weibliche Hüften. Eigentlich ein Männertraum. Der Wagen schaukelt über die Landstraße, eine schwere Gemütlichkeit breitet sich aus. Frank Sinatra singt aus den Lautsprechern, Sepp tippt im Takt mit den Fingerspitzen auf dem Lenkrad herum und Silvana auf ihrem Handy.

»Hier rechts?«, reißt Sepp mich aus meinen Gedanken.

Ich brumme zustimmend. Ich versuche, mich in mein neues Kleid zu träumen. Und wie ich damit tanzen gehe. Früher war ich eine ausgezeichnete Tänzerin. Foxtrott, Discofox, Boogie, nichts war mir fremd, und Horst und ich haben stets eine gute Figur auf dem Parkett gemacht. Nun ja, vielleicht heiratet ja demnächst jemand im Dorf. Dann zwänge ich mich ausnahmsweise nicht in mein Dirndl, sondern in dieses edle Stück. Als würde Sepp meine Gedanken erraten, fixieren mich seine Augen durch den Rückspiegel.

»Nun, Rosi, wollen wir am Samstag ein Tanzcafé unsicher machen?«

Silvana fährt erstaunt hoch und blickt ihren Chef und einstigen Liebhaber mit großen Augen an. Daniela starrt mir ins Gesicht. Ich werde rot.

»Ja, gern. Oder nein, es geht ja nicht. Ich will am Nachmittag Hias besuchen, und am Abend, da kann ich erst recht nicht. Wegen dieser dämlichen Radiogeschichte, in die Gitti mich hineinmanövriert hat.«

»Radiogeschichte?«, will Daniela wissen, und schon sind wir beim nächsten unangenehmen Thema. Da möchte ich doch fast lieber über Raphael oder über Hias reden.

Alle außer mir finden diese Kuppelshow-Idee witzig und lachen darüber.

»Nun, endlos lang kann dieses Telefoninterview ja nicht dauern. Ich bin um acht bei dir, wir stehen die Aufzeichnung gemeinsam durch, und danach fahren wir ins Tanzcafé. Ich kenn da in Burghausen drüben ein richtig nettes. Piano-Bar heißt es, liegt gleich hinter der Grenze, und es sind garantiert keine halben Kinder dort«, schwärmt Sepp.

Ich schlucke und überlege fieberhaft, ob ich mich rausreden soll aus der ganzen Tanzgeschichte. Und doch, die Vorstellung, am Abend auszugehen, reizt mich. Ich nicke verlegen.

Sepp hat es wohl im Rückspiegel gemerkt. »Wunderbar. Silvana, du kommst doch allein im Laden zurecht, oder?«

»'türlich, Boss«, antwortet sie mit rauchiger Stimme.

Ich bin mir nicht ganz sicher, ob sie Sepps Plan befürwortet, aber dann dreht sie sich um und zwinkert mir zu. Meine Wangen glühen. Gütiger Gott, wie bin ich in diese Situation bloß hineingeschlittert? Und seit wann hegen Sepp und ich so etwas wie eine Freundschaft? Mit Küsschen, Verabredungen und Plauschereien? War er nicht bis vor ein paar Tagen nur ein Kunde?

»Wir sind angekommen, glaube ich«, sagt Sepp.

Tatsächlich. Ich blicke an der Hausmauer hoch, hinauf zu den Fenstern, hinter denen mein Sohn sein Leben führt.

»Wohin hat er seinen Schlüssel gelegt?«, fragt Daniela.

»In die Garage«, antworte ich.

Wir steigen alle vier aus und marschieren zu den überdachten Abstellplätzen. Raphaels Motorrad – noch so eine Unart von ihm – steht auf seinem Platz. Das Cabrio ist natürlich nicht hier.

Ich bücke mich und fische ein kleines Plastiksäckchen aus dem riesigen Auspuff. Meine Finger sind ganz schwarz.

»Tolles Versteck«, murmelt Silvana sarkastisch.

Mich lassen die Öl- und Rußflecken kalt, und so wische ich mir die Finger einfach an meinem alten Kittel ab. »Auf geht's«, motiviere ich mich selbst.

Wie die Schulkinder marschieren wir paarweise ins Haus. Der Lift bringt uns beinahe lautlos ins oberste Geschoss. Der Schlüssel entsperrt mit einem lauten Klack das Schloss, und die Tür springt auf.

»Zum Glück war die Polizei nicht hier und hat die Tür versiegelt«, meint Sepp.

Ich schnappe nach Luft. Daran habe ich gar nicht gedacht. Aber wenn ich es mir recht überlege, wäre es tatsächlich möglich gewesen, dass die Polizei seine Wohnung durchsucht hätte. Der typische Geruch einer Junggesellenbude schlägt mir entgegen. Silvana keucht angesichts des Socken-, Wäsche-, Zu-wenig-lüften-Aromas. Sie bleibt im Vorraum stehen wie auch Daniela. Sepp und ich treten ein. Auf der Garderobe liegt ein großer weißer Briefumschlag. Ich nehme ihn mit zitternden Händen.

»Guck rein!«, fordert Sepp mich auf. Ich werfe ihm einen zweifelnden Blick zu. »Na, immerhin stiftet er dich zu kriminellen Machenschaften an. Unterstützung von Flüchtigen«, fügt er halb im Scherz hinzu.

Mir wird flau im Magen. Was, wenn im Umschlag etwas steckt, das ich nicht vertreten kann? Dann bin ich nicht nur gezwungen, meinen Jungen hängen zu lassen, sondern muss wohl oder übel das Kuvert der Polizei aushändigen. Ich schlucke. Die Neugierde siegt über die Angst. Mit feuchten Fingern öffne ich den Umschlag und sehe hinein.

»Und?«, fragt Daniela und beugt sich neugierig vor.

»Geburtsurkunde, Staatsbürgerschaftsnachweis, Meldebescheinigung«, rattere ich herunter.

»Oh mein Gott!« Ein Foto segelt heraus und fällt auf den Boden. Eine junge Frau, die keck ihre nackten Brüste in die Kamera hält, ist darauf abgelichtet.

»Ich schätze mal, dass diese Dame eines der beiden Mädchen ist, die dein Sohn aus dem Urlaubsbordell freigekauft hat«, schlussfolgert Sepp. Er bückt sich und studiert das Foto. »Guter Körper, natürliche Brüste, reine Haut«, lautet sein Resümee, für das ich ihn am liebsten lynchen würde.

»Kannst du nicht normal sein?«, frage ich und reiße ihm das Bild aus der Hand. Schnell stopfe ich die nackten Tatsachen zurück in den Umschlag.

Sepp zuckt gleichgültig die Schultern. »Job ist Job. Und ich hab nun einmal ein Auge für so etwas.«

»Du meinst echt, das Mädchen ist …?«

»Eine Professionelle, ja. Und wenn du mich fragst, benötigt man diese ganzen Dokumente, die dein Junge braucht, nur für eines.«

Meine Wut ist verraucht, und ich starre ihn gespannt an. »Und was wäre das?«

Sepp schüttelt lachend den Kopf. »Nein, meine Liebe, ohne totale Gewissheit verrate ich nichts. Das ist besser. Aber wenn mein Verdacht sich erhärtet, kommen spannende Zeiten auf dich zu.«

Ich werde unsicher. »Soll ich den Umschlag dann überhaupt wegschicken?«, frage ich.

»Selbstverständlich tust du das«, höre ich aus drei Mündern. Offenbar haben alle eine Ahnung, was Raphael mit den Unterlagen anstellen will, bis auf mich. Oder vielleicht hab ich doch eine Idee? Aber nein! Das wäre zu abstrus, das tut mein Junge nicht.

Noch am gleichen Abend, kurz vor Ladenschluss, stürmen wir das Postamt, um den Umschlag auf seine Reise zu schicken. Das mulmige Gefühl in mir bleibt, Sepps wissendes Grinsen auch. Wir liefern zuerst Silvana beim Bordell ab, das auf dem Weg liegt, dann meine Tochter, und als Letztes fährt Sepp mich heim.

Die Sonne geht bereits unter, und vor meiner Haustür sitzt Hias mit seinem überlebenden Ferkel auf dem Arm. Das Tier ist bestimmt nur ein Vorwand, um mit mir zu reden. Hias steht auf, als er den Wagen herbeifahren sieht. Ich werfe Sepp einen hilfesuchenden Blick zu. Er nickt. Wir steigen aus. Sepp folgt mir und trägt meine Einkaufstüte. Einen Moment glaub ich, Hias lässt vor Schreck sein Tierchen fallen, so entsetzt starrt er Sepp an. Sepp hingegen hat sich allem Anschein nach an den Gedanken gewöhnt, mit mir in Verbindung gebracht zu werden. Immerhin kreuzt er nun zu allen Tages- und Nachtzeiten bei mir auf und verlangt keine Sondertermine nach Ladenschluss mehr.

Ich lächle die beiden Männer an. »Sepp, das ist Bauer Hias. Hias, das ist –«

»Der Bumshütten-Sepp.«

»Ja, wir kennen uns«, meint Sepp schmunzelnd.

Hias wird tomatenrot im Gesicht, und ich verdrücke mir ein Lachen. »Natürlich«, antworte ich, worauf Hias noch röter wird, wenn das denn überhaupt möglich ist. »Was ist los?«, lenke ich die Aufmerksamkeit auf das zappelnde Ferkel, obwohl ich genau weiß, dass Hias' Besuch einen anderen Grund hat.

»I woas a net. Oba es tuat so blöd.«

Ich nicke und lasse meine Hand über das kleine Borstentier gleiten. »Was meinst du mit blöd tun?«

»Es hatscht«, antwortet Hias.

Mir entweicht ein Lächeln. »Ja, ja. Probleme mit dem Kreuz machen einen zur armen Sau. Bring das Ferkel rein, ich seh mir die Wirbelsäule an und find sicher einen Grund, warum es nicht richtig läuft.«

Hias nickt und wirft einen zweifelnden Blick auf Sepp, weil dieser keinen Meter von meiner Seite weicht.

Aber er muss sich mit Sepps Anwesenheit abfinden. Ich schicke ihn jedenfalls nicht weg.

»Gehen wir?«, frag ich Hias.

»Jo freilich.« Hias humpelt mir mit dem Ferkel auf dem Arm hinterher.

»Du hast aber auch ein Problem mit den Wirbeln, gell?«, frage ich beim Hineingehen.

»Wurst. Hauptsoch, s'Facki rennt wieda gescheit. So a humpelnde Sau is nix.«

»Ich werf zuerst einen Blick auf dein Tierchen und dann auf dein Kreuz, Hias. Und keine Widerrede!«

Er gibt sich geschlagen und nickt bloß. Ich setz mir das Ferkel auf den Tisch und richte mit ein paar geübten Handgriffen die verschobenen Wirbeln. Das kleine Vieh quietscht im ersten Moment kläglich, möchte sich danach aber vor lauter Übermut vom Tisch stürzen. Wahrscheinlich freut es sich so darüber, dass nichts mehr zwickt. Der Sepp fängt das Selbstmordferkel auf und hält es wie ein Baby. Beim Hias will ich das Gleiche machen wie vorhin beim Ferkel. Aber er stöhnt gequält unter meinem Griff auf.

»Was ist denn das? Zeig her!«, sag ich und ziehe sein Hemd aus der Hose. Seine ganze linke Seite ist geschwollen. Erste blaue Flecken zeichnen sich schon im Rot ab. »Das sieht mir aber nicht nach einem verzwickten Wirbel aus, sondern eher nach …«

»… ziemlich kräftigen Tritten«, vervollständigt Sepp meinen Satz. Er hat sich neugierig zu uns herübergebeugt und inspiziert Hias' misshandelten Rücken.

Hias seufzt. »Deswegen bin i eigentlich da«, klagt er kleinlaut. Er setzt das Ferkel am Boden ab. Die kleine Sau macht sich sogleich daran, die Küche zu erkunden.

»Komm, wir setzen uns, und du erzählst«, bestimme ich.

Es dauert eine gefühlte Ewigkeit, bis Hias endlich den Mund aufmacht.

»Na ja, die Leut halt. I wollte gestern am Abend auf ein Bier gehn. Zum Wirtn. Hab auch eins bekommen … aber geredet hat keiner mit mir. Und zu mir gsetzt hat sich auch keiner. Also bin i glei wieder heim. Draußen haben s' aber auf mi gewartet. Dem Jörg seine Spezln. An dreckigen Mörder haben s' mi gnannt. Und dann … na ja.« Er seufzt. »Was soll i bloß machen? Wenn i im Dorf nirgends mehr hinkann, ohne dass i eine abfang? Wenn keiner mehr was mit mir zu tun haben will? I bin do kein Mörder. Kreuzteifi nu einmal! I bin vielleicht ein Saubauer und manchmal a ein bisserl grantig, aber Mörder bin i keiner!« Er wird rot im Gesicht.

»Hast du schon mit der Polizei geredet?«, fragt Sepp ruhig.

Hias blinzelt ihn an. »Da Kurti? Was soll der schon machen?«

Ich zucke die Schultern. »Vielleicht die Leute aufklären, dass es keine Beweise gegen dich gibt?«, sage ich.

»Weil die Beweise brauchen. Der Verdacht reicht denen völlig«, sagt Sepp und trifft damit anscheinend genau Hias' Meinung.

Der lässt alles hängen und sieht mich verzweifelt an. »Mogst du net morgen nach der Leichenfeier mit den Leuten reden, Rosi? Auf dich hören sie vielleicht«, meint er blinzelnd.

»Auf mich? Ich weiß nicht … ob das was bringt?« Ich bezweifle, dass die Menschen so auf mich hören, wie Hias das glaubt. Freilich, ich bin mit meinen Ratschlägen immer herzlich willkommen, wenn es wo zwickt und zieht … aber ob sie sich von mir beeinflussen lassen, wenn es um den toten Jörg geht? Obwohl … schaden kann es auch nicht. »In Ordnung. Ich mach es«, gebe ich mich geschlagen.

Hias lächelt und sieht fast so sorgenfrei aus wie vor dem Moordesaster. »Dank da schön, Kräuterrosi. Mogst eh an Speck dafür?«

Ich schüttle den Kopf und denke dabei an den noch vorhandenen Riesenspeck in der Vorratskammer. »Dieses Mal nicht, danke. Ich kann dir ja nicht versprechen, ob es was bringt, wenn ich mit den Menschen rede. Beim Kreuzrichten weiß ich, dass es hilft«, antworte ich.

Hias bedankt und verabschiedet sich. Mit seinem Ferkel unter der Achsel humpelt er hinaus.

»Das tust du also sonst, wenn du nicht gerade die Probleme eines müden Stehaufmännchens behandelst. Auch nicht einfach«, meint Sepp.

Ich fahre herum. Sepp hat es sich am Tisch gemütlich gemacht. Ich mustere ihn nachdenklich. Wie selbstverständlich breitet er sich auf der Bank aus und sitzt da, als wäre er bei mir zu Hause. Einen Moment lang schiebt sich das Bild von Horst über die Szene, und ich seufze traurig. Was ist nur los mit meinem greisen Herzen, dass es sich auf einmal so nach der Vergangenheit sehnt? Oder nein, eigentlich stimmt das so nicht. Ich wünsche mir Gesellschaft, einen Mann, mit dem ich mein restliches Leben teilen kann, und keinen Ersatz für Horst. Man soll die Vergangenheit ruhen lassen und in die Zukunft sehen. Aber welche Zukunft steht mir bevor? Ohne jemanden an meiner Seite. Meine Kinder sind erwachsen und sollen endlich ihr eigenes Leben führen, ohne mich mit ihren Problemen vollzuschütten. Und mich um Hias kümmern, wie dieser es bei seinen Schweinderln tut, ist auch nicht wirklich erfüllend. Sepps Blick trifft auf meinen, und ich erahne, dass es ihm ähnlich geht. Oder warum sollte er sonst lieber in meiner Stube hocken und vor sich hin starren, als bei seinen Mädels zu sein?

»Rotwein?«, frage ich. Er nickt. Ich gehe in die Vorratskammer, hole etwas Schwarzbrot, Bergkäse und eine Flasche Zweigelt.

Wir essen und verabreden, dass wir gemeinsam zum Begräbnis gehen. Etwas männliche Unterstützung kann nicht schaden. Irgendwie kommen wir nach einer Weile auf dieses vermaledeite Radiointerview zu sprechen.

»Vormittags also das Begräbnis, nachmittags das Interview und am Abend tanzen. Ein anstrengender Samstag wird das«, sage ich.

»Und deine beste Freundin hat dir das Interview eingebrockt? Schöne Freundin ist das.«

»Das siehst du jetzt falsch. Gitti ist eigentlich ein ganz lieber Mensch, der nur mein Bestes will.«

»Genau, und ich bin ein erzkonservativer Kerl.«

Ich lache herzlich und schüttle den Kopf. »Etwas dämlich bist du allemal«, antworte ich und erzähle ihm mehr von Gitti, ihrem Bruder, der gleichzeitig mein Horst war, und vor allem von ihrem Alfons, der sich strikt weigert, mit in die Türkei zu kommen, und ein oftmals mürrischer Langweiler ist.

»Wie ich das sehe, gleicht deine Freundin ihr eigenes brachliegendes Liebesleben mit dieser Aktion aus. Sie will, dass du dir einen Mann angelst, damit sie diese Sehnsucht, Freude und den ganzen Gefühlswirrwarr zumindest miterleben kann. Bei ihr zu Hause ist anscheinend die Liebe eingeschlafen.«

Der Bumshütten-Sepp als Hobbypsychologe. Ich schmunzle. »Damit zählt sie aber zum Großteil der Gesellschaft, findest du nicht? Außerdem, was erwarten wir uns auch noch mit sechzig, siebzig … dass es so ist wie früher? Aber das ist es nicht. Der Körper ist anders, die Erfahrungen der Jahrzehnte haben uns geprägt … und das Einzige, das bleibt, ist der Wunsch, nicht allein zu sein.«

»Sondern jemanden zum Anlehnen zu haben«, kommentiert er versonnen.

Erstaunt stelle ich fest, dass genau das in den letzten Stunden passiert ist. Ich lehne mich an Sepp an, und wie es aussieht, stört es ihn kein bisschen. Ist es, weil er endlich jemand ist, der mir bei meinen Sorgen zuhört? Weil er aus dem Gewerbe kommt, mit dem auch Raphael seit Neuestem zu schaffen hat, oder doch weil ich ihn nett finde?

Die gemütliche Atmosphäre wird unterbrochen, als Sepp einen Blick auf die Uhr wirft und stöhnt. »Ich werde dann mal fahren, bevor der nächste Tag anbricht und ich vielleicht nicht halten kann, was ich versprochen hab. Ein alter Mann braucht schließlich seine Ruhepausen.«

Tatsächlich. Es ist schon nach Mitternacht. Der Tag des Grauens hat begonnen. Seufzend denke ich an die kommenden Stunden. Sepp steht auf. Ich begleite ihn zur Tür hinaus. Einen Moment lang bleibt er unschlüssig stehen, beugt sich dann ruckartig nach vorn und drückt mir einen Kuss auf die Wange.

»Gute Nacht, Rosi«, murmelt er, um gleich darauf in der Dunkelheit zu verschwinden.

Ich könnte fast schwören, dass er rot geworden ist. Aber der Mond leuchtet zu schwach, als dass ich mir hundert Prozent sicher sein könnte.

Ich gehe zu Bett, liege viel zu lange auf meinem Kissen wach und denke nach. Der Wein gibt meinen Grübeleien Schwung. Hoffentlich habe ich in der Früh keinen allzu großen Kater. Ich seufze. Was ist nur los mit mir? Werde ich senil, erkenne meine eigenen Gefühle nicht mehr, oder bin ich tatsächlich dabei, mich in einen Puffvater zu verlieben? Und das, obwohl sich die vertraute Welt rund um mich in ein heilloses Durcheinander auflöst? Nein! Keinesfalls! Das muss das Alter sein und der Wunsch, nicht allein dazustehen. Doch wenn ich die Augen schließe, sehe ich nicht etwa Horst, meine Kinder oder vielleicht Hias vor mir, sondern Sepp. Vielleicht wird es wirklich Zeit, dass dieses verflixte Interview kommt. Ich muss mehr Männer kennenlernen, um mich nicht auf den einzigen interessanten Herrn der letzten Jahre so zu fixieren.

Rosi, Rosi. Du hast schon immer gern mit dem Feuer gespielt. Glaubst du tatsächlich, dass irgendein alter Schuster, Bäcker oder Mechaniker dich nur halb so reizen wird wie dieser Sepp? Höre ich meinen Horst in Gedanken.

Ich lächle. »Du kennst mich wirklich am besten, mein Lieber. Aber niemand wird dich je ersetzen«, flüstere ich in die Stille der Nacht. Ich meine, Horst milde lächeln zu sehen. Sein Verständnis für mich war schon immer grenzenlos. Damals, als wir noch jung waren, haben wir einander versprochen, nicht allein zu bleiben, sondern so glücklich wie möglich weiterzuleben, wenn mit dem anderen jemals etwas sein sollte. Damals dachte ich aber, dass er noch auf der Welt wandeln würde und nicht ich. Ich habe mein Versprechen gebrochen und bin trotz der vielen Menschen, die mich tagtäglich aufsuchen, allein.

Ich schlafe ein, träume ein heilloses Durcheinander über Horst, Sepp, Hias, Daniela, Raphael und Silvana. Am Ende liegen wir alle an einem Strand und beobachten den Sonnenaufgang.

Von Bumshütten und Begräbnissen

Rosis Seelentröster

Bei Traurigkeit helfen: Johanniskrauttee • Frische Duftöle (Zitronenmelisse) • Lieblingsmusik hören • Dunkle Schokolade • Spaziergang an der frischen Luft

Mein Schädel brummt. Doch zu viel Rotwein am Vorabend. Zu wenig Schlaf. Wenn ich nicht aufpasse, lande ich in der ausgehobenen Grube, so erbärmlich sehe ich aus. Es gibt schönere Leichen. Ich blinzle in den Spiegel. Alte Frauen sollten wirklich nicht nach Mitternacht ins Bett. Bei den Augenringen hilft keine Gurkenscheibe der Welt, sondern nur eine Sonnenbrille. Zum Glück ist es Sommer, und auf Begräbnissen tragen ohnehin viel mehr Menschen eine Sonnenbrille als sonst. Die meisten lassen sich nicht gern beim Weinen beobachten. Ich habe noch eine uralte, riesengroße Originalsonnenbrille aus den Sechzigern. Das alte Ding ist mir über die Jahre so ans Herz gewachsen, dass ich regelmäßig neue Gläser einbauen lasse. Und warum nicht schon am Vormittag die neuen Schuhe und das schwarz-weiße Etuikleid ausführen? Dann sind die Pumps wenigstens schon eingelaufen, und der Stoff des Kleides ist weich getragen. Das sind die besten Voraussetzungen für einen gelungenen Tanzabend. Gedacht, getan. Ich lege mir notdürftig etwas Make-up auf und werfe mich in die ungewohnte Schale.

Sepp steht pünktlich wie der Gockel am Mist vor der Tür. Er trägt einen dunklen Anzug und seinen obligatorischen Hut. »Gut siehst du aus, Rosi«, sagt er statt einer Begrüßung.

»Danke. Lass uns gehen«, lenke ich ab, bevor er merkt, dass ich rot werde.

Die Kirche ist bis auf den letzten Platz voll. Ich glaube, dass es weniger an dem Toten als an dem Umstand von Jörgs Tod liegt. Jeder will sehen, wie das vermeintliche Mordopfer begraben wird. Wir sind ziemlich spät dran und schleichen uns nach vorn.

Sofort drehen sich die Ersten um. »Das ist doch …« »Die Rosi mit …« »Ist das etwa …«, flüstern die Leute, und in Windeseile hat sich herumgesprochen, in wessen Begleitung ich komme. Na, das wird bestimmt noch spaßig. Auf jeden Fall haben Sepp und ich die volle Aufmerksamkeit, und einen Moment lang rutscht der tote Jörg in den Hintergrund.

»Gssst«, zischt es von links. Kurt und ein paar seiner Kollegen sitzen da in Zivil. Er macht uns Platz. Schnell rücken Sepp und ich in die Bank. Da erst erkenne ich auch Hias inmitten der Polizisten. Klein und zusammengesunken kauert er am anderen Ende der Bank. Ich nicke ihm zu. Er grüßt zurück.

»Wir haben gedacht, es ist wohl besser, wenn er bei uns sitzt«, kommentiert Kurt. »Die Leute sind nicht gerade gut auf ihn zu sprechen. Ich weiß auch ehrlich nicht, warum er darauf besteht, zum Begräbnis zu kommen.«

»Weil's sich gehört«, brummt Hias, der Ohren wie ein Luchs haben muss.

Sepp und ich können dem nur zustimmen. »Außerdem ist Hias ja unschuldig, sagt ihr«, bemerke ich.

»Die Leute glauben was anderes. Und Beweismangel ist noch kein Freispruch«, seufzt Kurt und runzelt die Stirn.

Ich horche in die Kirche hinein. Das Getuschel hat eine neue Qualität angenommen. Empörung. Und ich weiß auch, warum. Da wage ich es, mit einem Bordellbetreiber als Begleitung zu erscheinen ... und setze mich auch noch in die Feindeslinie. Die brave, ruhige, unscheinbare Rosi sorgt für Entsetzen im beschaulichen Dorf.

Zum Glück unterbricht das Bimmeln der Glöckchen das Gemurre. Der Pfarrer samt Ministrantenschar schreitet herein. Alle erheben sich. Die Orgel spielt, der Chor singt laut und schwer. Der Trauergottesdienst beginnt, die Menschen setzen sich.

Ich nehme meine Brille ab und nutze die Zeit, um mich umzusehen. Es ist wirklich das ganze Dorf versammelt. Etwas weiter hinten auf der rechten Seite entdecke ich auch Daniela und ihre Kollegen. Der Direktor hockt mit seiner Frau zur Rechten, der neuen Putzhilfe zur Linken breit in der Bank. Daniela, die am weitesten entfernt von ihrem Chef sitzt, hat sich hübsch gemacht.

Eine kleine Welle Stolz überschwemmt mich. Silvanas Hilfe hat gefruchtet. Mein Mädchen ist nicht länger eine graue Maus.

In der ersten Reihe sitzen Jörgs engste Familienmitglieder. Seine Frau, seine Tochter Susi, seine greise Mutter und der Rest der Verwandtschaft. Auch der Bürgermeister, der Vorsitzende des Bauernbundes, die Jägerschaft, der Fotoclub und die Parteifreunde haben sich Plätze ganz vorn gesichert.

Der Pfarrer hält eine lange Rede über den Verstorbenen und bittet schließlich Susi zu sich.

Jörgs erwachsene Tochter tritt zum Lesepult. Sie sieht streng in die Menge.

»Mein Vater war kein einfacher Mann, und wer das behauptet, lügt. Trotzdem hab ich ihn geliebt. Viele Menschen haben das. Er konnte lustig sein, war an manchen Tagen ein richtiger Scherzbold, und ich habe viel mit ihm gelacht. Ich erinnere mich, wie stolz er war, als wir gemeinsam durchs Moor gezogen sind und ich meine ersten Bilder geknipst habe. ›Das hast du von mir‹, hat er gesagt, und mein Herz hat einen Freudensprung gemacht. Es war nicht leicht, meinem Vater ein Lob abzuringen. Was kann ich noch über meinen Vater sagen? Meiner Mutter war er ein guter Ehemann. Bei seinen Fotofreunden war er beliebt, ebenso bei den Jägern. In der Schule hat er oft und gern seine Bilder hergezeigt und Vorträge gehalten. Er war im Großen und Ganzen ein guter Mensch. Trotzdem hatte er auch seine Schlagseite. ›Was man sät, erntet man‹, war sein Motto, und er hat nicht immer nur Liebe und Güte verteilt. Er war streng und in seiner Strenge manchmal ungerecht. Er war nachtragend und konnte über Jahrzehnte einen Streit am Schwelen halten. Sein Herz war mal weich und mal unnachgiebig hart. Wie sonst hätte er Menschen etwas zulasten legen können, an dem sie keine Schuld trugen? Er tat es dennoch. Weil es einfacher war. Und am Ende trug er selbst die Schuld an seinem Tod …«

Susis Stimme bricht mit einem Mal, und von der harten jungen Frau ist nichts mehr zu sehen. Stattdessen flüstert ein kleines, trauriges Mädchen: »Ich verzeihe dir, Papa. Ich liebe dich.« Schnell huscht sie hinunter zu ihrer Mutter und setzt sich.

Das Schweigen in der Kirche ist erdrückend. Was für eine seltsame Todesrede. Normalerweise sind mit dem Tod eines Menschen all seine schlechten Eigenschaften aus dem Gedächtnis der Lebenden getilgt. Aber Susi hat sie hervorgezerrt und uns einen Blick auf den echten Jörg geliefert. Den unnachgiebigen Sturkopf, der jeden Streit bis zum Ende ausgetragen hat. Der kein Blatt vor den Mund nahm, wenn es darum ging, jemanden anzuprangern. Der seine Familie zwar stets gut versorgt hat, aber zu einem Preis, den ich niemals gezahlt hätte. Und der am Ende die Schuld trägt … zumindest wenn es nach Susi geht. Mir läuft ein kühler Schauer über den Rücken. Sepp nimmt meine Hand und drückt sie sanft. Mein ganzer Körper kribbelt aufgeregt. Ich sollte nicht bei Hias nach einer Lösung des Rätsels suchen, sondern bei Jörg.

Den Rest der Messe sitze ich nachdenklich in der Bank. Ich muss die größeren Zusammenhänge finden, an den richtigen Fäden ziehen, und dann wird sich das dichte Netz rund um die beiden Bauern lichten … und damit wäre wohl dem Hias ebenso geholfen wie Jörgs Familie.

»Rosi!« Sepp zupft an meinem Ärmel. Wie in Trance fahre ich hoch, ganz benommen von meinem Gedankenspiel.

Der Sarg wird gerade hinausgetragen, gefolgt von einer Menschenmenge. Zeit, sich anzuschließen.

Ich setze meine Brille auf, nehme Sepps Hand und stehe auf. Gemeinsam folgen wir dem Trauerzug.

Hinter uns, mit einigem Abstand, Hias und die Polizei.

»Sag mal, Rosi, du und der Sepp?«, fragt die Krämer-Marie.

Wie konnte sie nur so plötzlich neben mir auftauchen? Gerade so, als hätte die Menschentraube sie direkt vor meine Füße gespuckt.

»Wir sind nur Freunde«, sage ich. Sepp nickt ernst. Marie wirft einen zweifelnden Blick auf unsere noch immer verbundenen Hände. Ich könnte mir in den Hintern beißen, aber dafür ist es jetzt zu spät. Wenigstens sorge ich für Nachschub in der Gerüchteküche. Der Trauerzug biegt in den Friedhof ein.

»Eigentlich bin ich ja zu Hias' Unterstützung da, aber das hat jetzt die Polizei übernommen«, sage ich leichthin.

Marie schluckt den Köder und beginnt sofort zu tratschen. »Ja, das hat er wohl nötig, der arme Saubauer. Ist aber auch Pech, dass am Vortag das mit den vergifteten Ferkeln passiert ist. Und bei der Vorgeschichte … Tja, da liegt der Schluss natürlich nahe, dass er den Jörg ins Jenseits befördert hat.«

»Aber das sind doch lauter alte Kamellen«, gieße ich Öl ins Feuer. Menschen, die sich gern selbst reden hören, brauchen nur hin und wieder einen beiläufigen Satz, und schon sprudelt es aus ihnen heraus, wie aus einer frischen Alpenquelle.

Marie atmet tief ein. »Ja, stimmt. Doch manch alte Kamelle wirkt bis in die Gegenwart. Und es ist im ganzen Dorf bekannt, dass die Zenzi damals eigentlich den Hias heiraten wollte.«

Ich murmle meine Zustimmung. Natürlich wusste ich, dass beide Männer um Zenzis Gunst geworben haben, aber nachdem Jörg und Zenzi schließlich ihre Verlobung bekannt gegeben haben, war Hias weg vom Fenster … zumindest offiziell.

»Ich hab damals schon zu meiner Schwester gesagt: ›Christl, wirst sehen, das nimmt ein schlimmes Ende.‹«

Wie herbeigerufen, schlendert auch Christl plötzlich neben uns. »Was ist mit mir?«, fragt sie im Flüsterton.

»Na, ich hab vorausgesehen, dass es mit dem Jörg und der Zenzi nicht gut gehen kann.«

»Ja, so ist es, wenn man aus Vernunftgründen heiratet. Klar, die Zenzi war schwanger … Aber ich glaub, der Hias hätte es ihr vergeben. Er war so verliebt in die Zenzi, dass er sie mitsamt einem fremden Kind genommen hätte.«

»Hmm«, brummen die beiden Krämerschwestern.

»Das liebe Geld war halt schon immer ein Kreuz. Und logisch betrachtet, war Zenzis Wahl auch die richtige. Der alte Jörg hat sie und ihre Eltern vor dem Verderben gerettet. Die Bank ist dem Lampl-Bauern ja schon ziemlich im Nacken gesessen«, flüstert Christl.

»Stimmt wohl. Der alte Lampl-Bauer hat den halben Hof im Casino verspielt. Ohne Jörgs Geldbeutel hätte Zenzis Familie alles verloren. Aber jetzt bringt Zenzi das ganze Vermögen nichts. Ohne Mann wird sie den Hof wohl nicht lange weiterführen. Ist ja viel zu viel Arbeit für eine Frau allein … und ob die Susi bleibt? Na ja, die Jugend zieht es in die Stadt. Das Dorfleben hat nichts zu bieten.« Christl wirft Sepp einen bösen Blick zu. »Zumindest für uns Frauen gibt es nichts, was uns das Leben versüßen würde.«

Welch gelungener Themenwechsel. Die Krämerfrauen gieren geradezu danach, neue Gerüchte zu erfahren, und was wäre besser, als eine offene Affäre zwischen dem Bordellbetreiber und der Kräuterhexe. Doch egal. Mir haben sie mit ihrer kleinen Geschichte aus der Vergangenheit geholfen. Sepp will gerade etwas auf Christls Vorwurf entgegnen, als wir das Grab erreichen und der Pfarrer mit seiner Rede beginnt. Enttäuscht wenden sich die beiden Tratschtanten dem Priester zu. Ich bin aber froh, dass die Diskussion beendet ist.

Zenzi schluchzt leise, als der Sarg in das Grab hinuntergelassen wird. Die Schlange der Beileidsbekunder, die der Witwe die Hand geben wollen, nimmt schier kein Ende, und mit jedem Händeschütteln weint Zenzi mehr.

Ich warte und beobachte.

»Guck, der Hias«, macht mich Sepp aufmerksam.

Und tatsächlich, Hias steht vor ihr. Sie reden leise und weit mehr als die üblichen Worte. Zenzi hält seine Hand länger fest als bei den anderen. Ich meine, einen Augenblick lang den Anflug eines Lächelns auf seinem Gesicht gesehen zu haben.

»Was reden die nur?«, frage ich Sepp.

Er zuckt die Schultern. »Anscheinend ist für die Witwe klar, dass es ein Unfall war«, bemerkt er ernst.

»Für den Schuldirektor aber nicht«, sage ich leise.

Hias geht schnellen Schrittes zurück, aber Hubert hält ihn auf. »Dass du dich hierhertraust!«, sagt er überlaut.

Hias schweigt und versucht, sich vorbeizudrängeln, doch Hubert gibt ihm keine Chance.

»Mörder«, zischt der Erste aus den Reihen. Ich versuche zu sehen, wer es war, kann den Redner aber nicht ausmachen. Zu viele ahmen ihn schon nach. Ein bös-giftiges Getuschel liegt in der Luft.

Ich dränge mich zu Hias vor. Sepp bleibt dicht hinter mir.

Noch vor Kurt, der auch herbeigeeilt kommt, stehe ich bei Hias und mache mich groß.

»Hört auf!«, rufe ich ungehörig laut für einen Friedhof. Die Leute zischen. Ich lasse mich nicht beirren. »Wer einen Beweis gegen Hias vorbringen kann … dort ist die Polizei.« Ich deute auf Kurt, der endlich auch angekommen ist. »Ansonsten behaltet eure Verdächtigungen für euch. Wir sind ein Dorf, eine Gemeinschaft, und sollten über keinen der Unsrigen ein vorschnelles Urteil fällen.«

»Die Polizei tut aber nichts. Die haben Jörgs Tod sicher nicht mal anständig untersucht. Man weiß ja, dass das Geld in der Stadt ausgegeben wird, aber wenn bei uns mal was passiert, ist keins da. Wo sind denn die ganzen Spezialisten, die man aus dem Fernsehen kennt? Ich hab keinen Profiler gesehen und auch keine Hundestaffel. Das heben sie sich für die Stadtleute auf. Und uns speist man damit ab, dass sie keine richtigen Beweise gefunden haben. Wer nicht ordentlich sucht, findet auch nichts. Ich wüsste schon, wo ich nachschauen würde!«, beschwert sich die Bürgermeisterfrau und sieht dabei Hias grimmig an.

Es hat keinen Sinn. Die Leute sind zu verbohrt, als dass sie sich von ihrer Fehlmeinung abbringen lassen würden. Hilfesuchend blicke ich Sepp an.

»Lasst es, Leute«, höre ich plötzlich Zenzi. Alle sehen die Witwe an. »Tote soll man ruhen lassen. Ihr helft niemandem mit eurem Gerede. Am wenigsten uns.«

»Genau!«, sagt Susi, die fest die Hand ihrer Mutter umklammert. »Es war ein Unfall. Das ist die Wahrheit.«

Die Dorfbevölkerung brummt widerwillig.

»Danke, Rosi. Ich geh heim«, murmelt Hias.

»Willst noch einen Schnaps bei mir trinken?«, frag ich ihn. Er nickt. Die anderen gehen ins Wirtshaus. Wir drei zu meinem kleinen Häuschen.

Ich hole sofort den Klaren und drei Schnapsgläser. Na, hoffentlich schadet der Obstbrand nicht allzu sehr meinem gerade wieder einigermaßen ansehnlichen Äußeren. Immerhin will ich heute Abend mit Sepp noch tanzen gehen.

Die Männer sitzen schweigend auf der Bank. Ich stelle die Flasche und die Gläser auf den Tisch.

»Gott sei Dank hab i das Begräbnis überstanden«, seufzt Hias und schenkt sich ein. »Glaubst, die Leut lassen mi jetzt in Ruh?«

»Vielleicht. Immerhin hat sogar Zenzi für dich gesprochen«, sage ich.

Hias nickt. Er trinkt sein Glas leer und starrt auf seine Hände.

»Es ist schon seltsam, dass die Witwe dich irgendwie verteidigt«, bemerkt Sepp trocken.

Hias fährt hoch. »Was soll da seltsam sein? I hab mi immer gut mit der Zenzi verstanden. Sie weiß, dass i niemals jemandem was antun würde. Nur mit dem Jörg hab i gstritten. Und des a nur, weil er net nachgeben wollt, obwohl i im Recht bin. Mit dem Grundstück und mit allem andren. Er war immer so a grober Kerl. Die Zenzi hätt jemand Besseren verdient.«

»Jetzt ist er ja nicht mehr da, der Jörg«, sage ich.

»Ja. Genau. Gut so. Aber i hab ihn trotzdem net umgebracht. I würd nie was tun, das meiner Zenzi schadet.«

»Deiner Zenzi«, wiederholt Sepp.

Hias wird rot.

Ich schenke nach. »Du bist noch immer in sie verliebt«, stelle ich fest.

Er schweigt eine Minute und kippt dann auf einmal das Glas in sich hinein. »Und wenn schon«, seufzt er und sieht mich streng an, »genau darum hätt i Jörg niemals ins Moor gstoßn.«

Ich verstehe ihn. Hias verabschiedet sich und geht zu Fuß heim. Wenig später verlässt mich auch Sepp. Ich richte mir ein Mittagessen und mache ein Nickerchen auf der Ofenbank.

In einem wirren Traum seh ich Hias herumhüpfen wie das Rumpelstilzchen höchstpersönlich. »Sag mir schon, wer war's? Wer war's? Warum beißt Jörg so früh ins Gras?«, singt er und hüpft über einen kleinen Marionettenberg. Das halbe Dorf liegt unter seinen Füßen. Puppen aus Holz mit blutroten Händen und blinden Augen …

Die Radio-Queen oder die Königin der Herzen

Rosis Kopfwehtipps
Eukalyptusöl auf die Schläfen geben und mit leichtem Druck einmassieren • Tücher mit Topfen (Quark) und geriebenem Meerrettich bestreichen und in den Nacken legen • Starken Bohnenkaffee mit einem Schuss Zitronensaft trinken • Nacken abwechselnd kalt und warm duschen • Frische Petersilie kauen
Senffußbäder: 3 EL Senfkörner mahlen, mit 1 l Wasser aufkochen, in eine Wanne lauwarmes Wasser kippen und die Füße darin baden, bis sie schön rot sind. Dann abtupfen und in dicke Socken schlüpfen.

Der kurze Alptraum samt Schnapsgrundlage hat mir eine neue Kopfwehwelle beschert. Das sind die besten Voraussetzungen für einen gelungenen Radioabend. Vom Tanzbeinschwingen ganz zu schweigen. Das Spiegelbild passt zu meinen Gefühlen. Da hilft nur eine Rosskur. Ich steige in die Dusche und lasse den Wasserstrahl abwechselnd warm und kalt über meinen Nacken prasseln. Das Kopfweh wird leichter, verkümmert zu einem nervigen Pochen. Ich dusche mich ausgiebig, und als ich danach einen weiteren Blick in den Spiegel werfe, sehe ich beinahe wieder gesund aus. Was mach ich am Abend nur mit meinen Haaren?, schwirrt es mir durch den Kopf. Eine Sekunde lang wundere ich mich über mich selbst. Sonst ist mir mein Aussehen immer egal. Seltsam, seltsam. Bevor ich mir weiter den Kopf über mein Aussehen zerbreche, greife ich zur nächsten Medizin. Ein Kaffeetscherl mit einem Schuss Zitrone. So rückt man dem Hämmern im Schädel auf den Leib.

Ich ziehe mich an, wickele meine feuchten Haare in einen Handtuchturban und mache mich auf in die Stube. Kopfschmerzbehandlung nach Rosis unschlagbarem Rezept. In meinem Küchenschränkchen stehen die Notfallmedikamente. Zuerst stelle ich die Kaffeemaschine an, auf extrastark, dann träufle ich ein paar Tropfen Eukalyptusöl auf meine Finger und massiere mir die Schläfen. Die Maschine brodelt und gluckert nebenbei. Der intensive Duft des Öls vermischt sich mit dem Röstaroma zu einer schweren Geruchswolke. Die Lebensgeister kehren in meinen Körper zurück. So schlecht kann der Tag gar nicht werden.

Wie auf Bestellung kommt Gitti zur Tür herein, als ich mir die dunkle Brühe in die Tasse gieße.

»Sag, dass das nicht wahr ist. Der Hurenbock-Sepp war mit dir auf der Beerdigung, und ich war nicht mit dabei? Das ganze Dorf erzählt, dass ihr ziemlich vertraut miteinander umgeht. Nein, nein, nein …«, brabbelt sie vor sich hin.

Ich stöhne leise und mache meiner bestens informierten Freundin ebenfalls eine Tasse Kaffee. Diese Krämerfrauen sind bestimmt schuld. Das Dorfnachrichtenwesen hat wieder einmal zugeschlagen. Aber wen wundert's? Mich jedenfalls nicht. Ich bekomme nur immer mehr Respekt, dass Daniela und der Wimmer ihr Techtelmechtel so lange im Geheimen halten konnten.

Ich seufze leise und gebe mich geschlagen. »Sepp war mein spätnächtlicher Kunde. Du weißt schon, als du den Tramitz erwartet hast.«

»Dieser Sepp? Ach, du meine Güte, ich brauch auch einen Kaffee.«

Ich schenke ihr eine Tasse ein, und wir setzen uns. »Sepp ist ein Kunde und ein Freund, nicht mehr. Ich wollte einfach nicht allein auf das Begräbnis gehen.«

Gittis Blick ist zweifelnd. Sie studiert mein Gesicht, sucht nach einem Anzeichen, dass ich etwas verberge. »Und da gibt es auch wirklich nichts Privates zwischen euch?«, bohrt sie nach. Mein kurzes Zögern reicht aus. »Ich wusste es! Was ist da genau?«

Mein Kopf brummt wieder. Ich mache eine wegwerfende Handbewegung und zische: »Iwo. Nichts ist da. Sepp unterstützt mich bloß ein wenig … und wir gehen heute Abend tanzen.«

»Aber dein Radiotermin! Du willst ihn doch nicht wegen, wegen …« Gitti fehlen die Worte, und in mir keimt Ärger auf.

»Wegen was? Darf ich nicht ausgehen, wenn ich will? Ich bin doch erwachsen und kein Kind mehr. Und du bist es doch immer, die fordert, dass ich unter Leute gehen soll.«

»Unter Menschen ja, aber doch keine Zuhälter.«

»Sepp ist kein klassischer Zuhälter. Er führt einen ganz normalen Dienstleistungsbetrieb und ist ein ganz normaler Mann. Du guckst wahrscheinlich zu viel Fernsehen und denkst bei einem Bordell an einen zwielichtigen, kriminellen, goldkettenbehängten Kerl, der nur grausig ist.«

»Puh. Wenn ich dich nicht besser kennen würde, dann hätte ich jetzt ernste Bedenken, dass du für diesen Sepp mehr empfindest, als gut für dich ist.«

»Wir sind Freunde. Mehr nicht. Schluss jetzt!«, sag ich bestimmt und kippe den restlichen Kaffee in mich hinein. Nun tut mir der Magen weh. Verdammter Tag.

Gitti legt beruhigend ihre Hand auf meinen Arm. »Schon gut, Rosi. Ich will doch nicht streiten mit dir. Es freut mich, wenn du ein wenig rauskommst. Ich mach mir halt nur Sorgen. Nicht dass er dich ausnützt, oder so. Aber na ja. Erzähl mir lieber, wobei dieser Sepp dir hilft. Reine Begräbnisbegleitung wird es ja wohl nicht sein.«

Ich sortiere einen Moment meine Gedanken. Das mit Daniela und dem Wimmer darf ich ihr nicht verraten, über Hias gibt es nicht viel zu berichten, also erzähl ich ihr von Raphael und den Dokumenten und dass Sepp mich auch dabei unterstützt.

»Und du glaubst, dass er vorhat, diese … Nein. Kann ich mir nicht vorstellen.«

Ich schüttle den Kopf. »Ich auch nicht. Aber was will er mit den Papieren außer heiraten?«

»Vielleicht macht er bei den Dänen einen Puff auf? Dann könnte ihm dein Sepp allerdings behilflich sein. Sein Herzkasterl soll ja seit Jahrzehnten prima laufen.«

»Wirklich?«, hake ich nach.

Gitti nickt bestimmt. »Es soll auch sehr schön dort sein. Wie im Fernsehen. Aber nicht dass du denkst, ich war schon mal dort gewesen. Mein Alfons hat mir das erzählt.«

»Dein Mann geht demnach in den Puff?«, frage ich mit gespieltem Entsetzen.

»Ach nein. Nicht wegen dem, was du grad meinst. Aber beim Poltern laufen die Männer halt gern ins Bordell, nur zum Gucken, versteht sich. Und das kann ich Alfons ja kaum verbieten.«

»Natürlich nicht«, antworte ich und sehe das Bild vor mir, wie ihr träger Ehemann von Silvana auf Vordermann gedrillt wird. Ein paar Peitschenhiebe würden Alfons nicht schaden, um in die Gänge zu kommen. Seit ich ihn kenne, hat er an Elan jährlich abgebaut, und Gitti ist schon seit Jahren nicht mehr zufrieden in ihrer Ehe. Aber direkt zugeben würde sie das nicht. Sie beschwert sich nur in einer Tour über ihren mürrischen Mann. Vielleicht sollte ich sie heute Abend mitnehmen. Ein Besuch im Tanzlokal könnte ihre Stimmung sicher anheben und gleichzeitig die Gerüchte rund um mich und Sepp zum Schweigen bringen. Aber nein. Ich will eigentlich die Zeit allein mit Sepp verbringen. Ich liebe Gitti, keine Frage, aber sie ist anstrengend. Auch wenn sich bei so viel Egoismus gleich das schlechte Gewissen meldet, unterbreite ich ihr erst gar nicht den Vorschlag, uns zu begleiten.

»Du wirst erkennen, meine Liebe, dass alles ganz harmlos ist und ich einfach nur froh bin, wenn ich nach dem Begräbnis und dieser Radiogeschichte ein wenig rauskann.«

»Du nimmst es mir noch immer übel, dass ich dich angemeldet habe, oder?«, will sie wissen.

»Aber nein. Außerdem hast du recht. Ich brauch wahrscheinlich einen Mann ... und dass ist nicht der Sepp.«

»Dann bin ich ja erleichtert«, meint Gitti.

Wir essen gemeinsam ein paar Kipferl mit Marmelade und plaudern. Mein Magen beruhigt sich, der Schädel auch, und nach zwei Stunden Gequatsche fühle ich mich richtig gut.

»Ich bin ja so gespannt, wie du dich heute im Radio machst. Am liebsten würd ich ja dabei sein, aber du hast ja schon diesen Sepp«, kommentiert sie beleidigt zum Abschied.

»Ich erzähl dir alles haarklein. Und du hörst ja eh das meiste mit kleiner Verspätung über Funk«, wiegle ich ab und begleite sie nach draußen. Es nieselt. Der Regen fällt wie feiner Staub vom Himmel und taucht die Landschaft in einen trüben Nebel.

Am restlichen Nachmittag tut sich nicht viel. Die meisten sind im Wirtshaus und trinken auf Jörgs Abgang. Nur die Krämer-Marie glaubt, vorbeisehen zu müssen. Mehr aus Neugierde, ob mich Hias vielleicht schon abgestochen oder Sepp in den Puff entführt hat.

»Du weißt schon, dass du jederzeit zu unseren Seniorenkränzchen kommen kannst, Rosi? Der Sepp und der Hias, die sind doch wirklich nicht der richtige Umgang …«, will sie anfangen.

Ich richte ihr mit einem kräftigen Ruck den ewig eingezwickten Wirbel und lache. »Mach ich, Marie. Wenn weder Sepp noch Hias Zeit haben, komm ich mal vorbei.«

Sie zieht empört die Luft in die Lungen und presst ein »Danke« hervor. Dann schwirrt sie davon.

Dafür schneit meine Tochter zum Abendessen herein, und was soll ich sagen? Sie sieht hinreißend aus. Schon in der Kirchenbank hat sie ganz anders gewirkt. Aber jetzt? Der Einkaufsbummel mit Silvana hat Wunder bewirkt. Ich erkenne mein Kindchen kaum wieder. Ich richte die Brotzeit her. Über den Vormittag verlieren wir beide kein Wort. Es war sicher schwierig für sie, in einer Bank mit Hubert und seinen Frauen zu sitzen.

»Raphael hat angerufen«, erzählt sie kauend. Ich nicke und warte, bis sie hinuntergeschluckt hat. »Er hat aber nicht viel gesagt. Nur dass er nächste Woche heimkommen will und wir uns auf eine Überraschung gefasst machen sollen. Recht kryptisch, das Ganze. Was glaubst du, was er dort oben macht?«

Ich zucke die Schultern. »Die Gitti meint, er macht ein Bordell auf mit den zwei Bulgarinnen als Startpersonal, und wenn ich es mir recht überlege, dann würde so was besser zu ihm passen als mein Verdacht. Dass der Raphael sich nämlich Fangeisen umlegen lässt, das erscheint mir dann doch unwahrscheinlich.«

»Ich weiß nicht recht. Aber in den letzten Wochen war er schon irgendwie verändert. Netter und, ich trau mich kaum, es zu sagen, sensibler.«

»Sensibel? Kann ich mir schwer vorstellen. Aber gut, lassen wir uns überraschen. Erreichen und mit ihm reden kann ich ihn ja leider nicht. Also müssen wir warten. Ich hoff bloß, dass er nicht irgendeiner Polizeikontrolle in die Arme läuft. Es wär für ihn das Beste, wenn er sich dem Kurt stellt. Das ist immerhin sein Freund.«

Daniela stimmt mir zu. »Der Hubert hat heute beim Begräbnis ziemlich geguckt, als er mich gesehen hat«, sagt sie schließlich.

Ich höre eine Spur vergeblichen Hoffens in ihrer Stimme und schreite blitzschnell ein. »Dass du ihn aber ja nicht noch mal an dich ranlässt. Überleg mal, meine Liebe. Der Wimmer hält es mit der Treue in etwa so wie ein streunender Kater. Jeder Mietze schöne Augen machen und daheim seinem Frauchen um die Beine streichen, dass die glaubt, sie wär die Einzige. Oder warum, glaubst du, ist er trotz seiner Liebesallüren noch immer verheiratet?«

Daniela blickt versonnen. »Hmm. Da hast du schon recht. Ich hab ohnehin nicht vor, mich noch mal so zur Nutte machen zu lassen. Dafür bin ich mir zu schade.«

»Gutes Mädchen.«

Nach dem Essen komplimentiere ich sie hinaus. Ich muss mich noch aufbrezeln, bevor Sepp kommt und das Interview beginnt und ich meine Nerven wegschmeiße oder vor Aufregung tot umfalle …

Ich stelle mich ein weiteres Mal an diesem Tag unter den warmen Duschstrahl. Hart prasselt er auf mich herab. Ich steige aus der Duschtasse, rubble meine Haut schön rosig und gucke auf die Zeitanzeige. Die Uhrzeiger rasen übers Ziffernblatt. Wenn man es eilig hat, hat es die Zeit auch eilig. Also schalte ich einen Gang hinunter, und mache mich gemächlich zurecht. Die ganze Hetzerei bringt nichts, hat mir meine Lebenserfahrung gezeigt … außer Falten vielleicht. Ich wische über die beschlagene Spiegelfläche. So frisch frisiert, mit etwas Make-up, einem Tupfer Rouge, Wimperntusche und einem Klecks Lippenstift, sehe ich glatt zehn Jahre jünger aus.

Ich nicke der verjüngten Rosi im Spiegel aufmunternd zu. »Rosmarie, du hast es noch immer in dir, und Sonnenbrille brauchst du jetzt keine mehr«, sage ich leise und muss lächeln.

Solche Aussagen hat früher Horst getätigt und mir damit den Tag versüßt. Ein kurzer Stich fährt mir durchs Herz. Durch den ganzen Trubel der letzten Tage habe ich gar nicht so oft wie sonst an ihn gedacht. Und dennoch ist es so, als wäre er stets an meiner

Seite. Er wäre stolz auf mich. So wie ich jetzt zurechtgemacht bin und meine Frau stehe. Ich schlüpfe in das schwarz-weiße Etuikleid. Es sitzt perfekt, nur die letzten zehn Zentimeter des Reißverschlusses bekomme ich mit meinen spröden Fingern nicht mehr zu. Wie hab ich das heute Morgen nur geschafft? Da muss wohl in einer halben Stunde Sepp ran. Ich werfe einen letzten zufriedenen Blick in den Spiegel. So aufgepeppt, schreckt mich nicht einmal mehr der Gedanke an das bevorstehende Radiointerview.

Wir begegnen uns gleichzeitig im Flur. Sepp steigt nervös von einem Bein aufs andere. »Ich hoffe, es stört dich nicht, dass ich schon zur Tür herein bin. Gut siehst du aus. Sehr gut. Viel frischer als in der Früh«, sagt er verlegen.

»Du aber auch«, antworte ich und meine es ernst, »und was das Reinkommen betrifft ... ich bin ja selbst schuld, wenn ich mein Haus nicht versperre. Hilfst du mir mal?« Ich drehe Sepp den Rücken zu. Mit einem geschickten Handgriff schließt er meinen Reißverschluss. Seine starken, warmen Hände berühren dabei zart meinen Nacken. Mein Herz macht ein paar Extraschläge.

Schnell drehe ich mich um und lächle ihn an. »Danke dir. Komm mit. Trinken wir was. Wahrscheinlich läutet in den nächsten paar Minuten das Telefon, und diese Herzerldame ist dran.«

Sepp nickt und folgt mir in die Stube. »Und weißt du, was dich in etwa bei dieser Radiogeschichte erwartet?«, fragt Sepp, während ich ihm ein Achterl Rotwein einschenke.

»Hmm. In etwa. Ich hab die Sendung schon öfter gehört. Eigentlich ist es nur ein wenig Herumgerede, und dann bittet die Moderatorin interessierte Männer darum, sich beim Sender zu melden. Zwecks Weiterleitung der Daten.«

Sepp nickt und nippt an seinem Glas. »Du weißt aber schon, dass du nicht musst? Wir können einfach jetzt schon ins Tanzlokal flüchten und –«

»Und morgen kassiere ich dann Schimpf und Schande von meiner besten Freundin? Nein, danke. Darauf verzichte ich.

Dann doch lieber eine halbe Stunde sinnbefreites Quasseln. Ich wehre einfach im Anschluss alle Verehrer ab ... wenn sich überhaupt welche melden.«

»Natürlich werden sie das! Bei einer Frau wie –« Sepp kann nicht zu Ende sprechen, da das Telefon läutet. Mir wird ganz flau im Magen. Viel lieber hätte ich sein Kompliment – ich schätze, dass es eines geworden wäre – zu Ende gehört. Ich gehe ans Telefon.

»Hallo, Frau Beinhammer?«

»-gruber, Beingruber«, antworte ich der säuselnden Stimme am anderen Ende.

»Ach ja. Entschuldigung, da steht es ja. Beingruber, natürlich. Legen wir gleich mit der Aufnahme los ... Hier spricht die Sehnsuchts-Lilly von der Herzsuche nach zehn auf der freien Welle 108, die Sendung für sehnsuchtsgeplagte Herzen und liebeshungrige Seelen.«

Ich verdrehe die Augen. Offenbar muss sie den ganzen Ansagetext herunterplappern, bevor wir zur Sache kommen.

»Ich weiß«, antworte ich ruhig.

»Natürlich wissen Sie das. Immerhin haben Sie sich bei uns angemeldet, und nun kommt Ihre große Chance auf das späte Liebesglück. Auf meinem Spickzettel steht, Sie wären zweiundsechzig?« Ihr Lachen klingt glockenhell. Kein Wunder, dass die Dame im Radio spricht, bei dieser Stimme.

»Erstens hab ich mich nicht angemeldet, sondern meine beste Freundin Gitti. Danke nochmals, Gitti, du bekommst bei Gelegenheit die Retourkutsche. Und zweitens erwarte ich mir gar nicht das große Liebesglück. Das hatte ich nämlich schon. Ein netter Gesprächspartner und Freund für Unternehmungen wäre fein. Und drittens, ich mag vielleicht zweiundsechzig sein, aber ich brauche nie einen Spickzettel, um mir die Details meiner Kunden zu merken.«

»Genau. Hier steht auch, dass Sie hobbymäßig Kräuterbehandlungen durchführen. Man würde Sie landläufig Kräuterrosi nennen. Stimmt das?«

»Wohl wahr. Aber ob ich es Hobby nennen würde? Nein. Berufung trifft es wohl besser. Menschen helfen kann man nicht nur so zum Spaß. Da geht es um ernste Dinge. Körperlich und seelisch.«

»Zum Beispiel?«

Ich überlege einen Moment. »Na ja, alles, was das Leben so spielt. Von A wie Angstzustände über H wie Hexenschuss bis hin zu Z wie zerbrochene Herzen.«

»Und Ihr Herz, Rosi? Wer heilt Ihres?«

Noch so eine Frage, die ich nicht auf Anhieb beantworten kann. Sepp steht plötzlich hinter mir. Leise stellt er einen Stuhl für mich hin. Ich setze mich hin.

»Nun, Rosi? Ist kein Mann in Ihrer Umgebung ein Herzensheiler?«

»Herzensbrecher sind sie alle, aber zusammenflicken … Nein, das kann nur die Zeit.«

»Spricht da die Frustration aus Ihnen? Immerhin sind Sie seit dem Tod Ihres Mannes allein.«

Ich lache. Sepps Hand ruht auf meiner Schulter. Irgendwie gibt er mir Halt. Schon seltsam, die ganze Situation. Da rede ich mit einer Frau vom Radio darüber, dass ich auf Männersuche bin, und hinter mir steht einer. Zudem ein sympathisches Exemplar.

»Also allein bin ich bestimmt nicht. Bei dem Ansturm an Hilfesuchenden, Freunden und Familienmitgliedern. Außerdem, in einem kleinen Dorf wie meinem, da hat man Probleme, unbemerkt auch nur einen Schritt vor die Tür zu gehen. Es gehören halt alle zusammen. Jeder kennt jeden, und Alleinsein ist eine Kunst.«

»Aber dennoch quält Sie manchmal die Sehnsucht, nicht wahr?« Ihre Stimme ist schmeichelnd, so als wolle sie mir jedes Geheimnis entlocken.

»Selbstverständlich. Das ist doch nicht so ungewöhnlich, oder? Jeder Mensch sehnt sich nach der Nähe eines anderen, und das bleibt auch mit zweiundsechzig so. Wenn mir auch andere Belange nun wichtiger sind als vor vierzig Jahren.«

»Und die wären? Was müsste ein Mann Ihnen bieten, um Sie im Sturm zu erobern?«

»Hmm. Gute Unterhaltungen, eine große Portion Humor, Unternehmenslust, dass er auch mal mit mir rausgeht, zum Einkaufen, zum Tanz, vielleicht ins Kino. Aber dass er sich nicht von mir erwartet, dass ich bei allem mitmache. Für diesen Bereich meines Lebens habe ich nämlich meine beste Freundin Gitti. Sie hat mich ja auch zu diesem Interview angemeldet, und in die Türkei verschleppen will sie mich auch. Kurz gesagt, der Mann in meinem Leben müsste zwar zum Ausgehen bereit sein, aber kein Lebemensch.«

»Ein ganz normaler, grundsolider und fröhlicher Mann, stimmt das so, Rosi?«

»Genau.« Ich hoffe schon, dass es das war, aber da habe ich mich getäuscht.

»Und das Aussehen? Spielt es eine Rolle für Sie?«

»Nur nebensächlich. Gepflegt sollte er sein, höflich, nicht jünger als ich. Und nicht zu klein. Ich mag große Männer. Ob er aber Haare hat oder eine Glatze, korpulent ist oder mager, das sind unwichtige Details. Es muss halt passen.«

»Sie haben es gehört, meine Herren im besten Alter. Unsere Rosi ist eine aufgeschlossene, viel beschäftigte, freundliche Dame von Welt, die nur zu gern ihr Herz verschenken würde. Und vergessen Sie nicht den Vorteil, eine Frau um sich zu haben, die sich mit Wehwehchen jeder Art auskennt. Also ran an den Hörer, wählen Sie die allseits bekannte Nummer von Welle 108, nämlich die 108108, und geben Sie Ihre Kontaktdaten bekannt. Oder schreiben Sie uns einen Brief, am besten mit Foto. Dann steht der Liebe nichts mehr im Weg.«

Die Abschlussmelodie erklingt. Ich atme durch.

»Danke, Rosi, Sie waren prima. Um zweiundzwanzig Uhr geht Ihr Interview als Erstes auf Sendung. Ich hoffe, Sie bekommen viele Zuschriften.«

»Ich auch«, flunkere ich, nur um sie so schnell wie möglich loszuwerden. »Wiederhören.« Ich lege auf.

»Geschafft«, stöhnt Sepp. Er klingt erleichtert.

Ich drehe mich um und strahle ihn an. »Auf geht's zum Tanzen, das haben wir uns verdient«, sage ich. Sepp nickt und hält mir den Arm hin, dass ich leichter aufstehen kann. »Du Gentleman.«

»Ja, jetzt, wo ich gehört habe, welche Ansprüche du an die Herren in deinem Leben stellst, muss ich mich zusammennehmen.«

»Aber du doch nicht. Wir sind ohnehin schon so etwas wie befreundet.« Ich könnte mich ohrfeigen.

Sein Gesicht fällt in sich zusammen. Die Wangen sehen mit einem Mal grau aus, und mir tut es leid, was ich gesagt habe, auch wenn es der Wahrheit entspricht. Immerhin betrachte ich unsere Beziehung als freundschaftlich, soweit man das nach so kurzer Zeit behaupten kann.

»Dann hoffe ich mal, dass wir bald wirkliche Freunde sind«, murmelt er.

»Das sind wir doch.« Ich nehme seine Hand und drücke sie.

Er lächelt mich an, doch das Lächeln erreicht seine Augen nicht. »Komm. Lass uns aufbrechen. Ich will dich heute von meinen Tanzkünsten überzeugen«, sagt er und führt mich hinaus.

Die Stimmung bleibt bedrückt, bis wir das Lokal erreichen. Ich steige aus und streiche mir unsicher über das Kleid. Wie lange ist es her, dass ich aus war? Und zwar nicht auf einer Dorfhochzeit, einer Taufe, dem Maitanz oder der Christmette? Gefühlte fünfzig Jahre.

»Du siehst sehr gut aus, Rosi, wirklich. Die Männer werden mich um dich beneiden.«

Nun schießt mir zu allem Überfluss das Blut in den Kopf. So sehe ich garantiert umwerfend aus. Ein schwarz-weißer Zebrastreifen mit einer glühenden Tomate als Kopf. Dennoch nicke ich Sepp dankbar zu. Er meint es nur lieb. Dass er mich mit Komplimenten jeder Art völlig aus der Fassung bringen kann, kann er schlecht wissen. Außerdem ist es dann doch wieder ganz schön. Diese Sache mit dem Rotwerden. Ich fühle mich glatt in meine Jugend zurückversetzt.

Dancing Queen

Erste Hilfe bei einem verstauchten Knöchel
Kühlen (mit Coolpack, Eiswürfeln, nassen Umschlägen) • Topfenwickel: Stofftuch mit Topfen (Quark) bestreichen und um beleidigtes Gelenk wickeln. Über Nacht oder bis der Topfen trocken und bröselig ist, drauflassen • Essigwickel • Fuß hoch lagern und vor Belastung schonen • Kühlende Salben • Arnika als Salbe oder Globuli

Das Lokal entpuppt sich als ein dunkles und anheimelnd wirkendes Tanzcafé, das sich im Keller unter einem Gasthaus befindet. Einrichtungstechnisch ist die Piano-Bar irgendwann in den späten Achtzigern hängen geblieben. Die Möbel sind schwarzbraun, die Bezüge und Kissen lila-weiß-rosa-blau gesprenkelt, und die obligatorische Discokugel schwebt über der noch menschenleeren Tanzfläche. Die blauen Barhocker hingegen sind rappelvoll, und auch die kleinen Tischchen mit den Stühlen und Eckbänken sind gut besetzt. Den Namen Piano-Bar verdankt das Lokal wohl dem weißen, alten Klavier, das einsam neben dem Tresen steht. Ob noch jemand darauf spielt, oder ist es im Laufe der Jahre zur reinen Dekoration verkommen? Ich sehe mich erst einmal in Ruhe um. Sepp hat nicht gelogen. Es tummeln sich tatsächlich überwiegend Übervierzigjährige hier. Sogar ältere Pärchen um die sechzig sind hier, und der glatzköpfige Mann an der Bar ist bestimmt schon siebzig. Aber auch jüngeres Publikum ist im Lokal anzutreffen. Eine Runde Endzwanziger feiert den Junggesellenabschied. Der unglückselige Bräutigam steckt in einem viel zu engen Brautkleid, trägt einen kurzen Tüllschleier in die blonden Locken gesteckt und hat ein Schild um den Hals hängen, auf dem groß steht:

Bussi aufs Wangerl: 2 Euro
Bussi aufs Goscherl: 5 Euro
Bussi, wohin du willst: 10 Euro

Der arme Kerl hat schon Lippenstiftabdrücke auf dem ganzen Kleid und im Gesicht verteilt. Auf seinem einst weißen Brautkleid prangen die Unterschriften der kusswilligen Mädels. Seine sauberen Kumpane füllen gläserweise harte Getränke in ihn rein.

Na hoffentlich findet die Hochzeit nicht morgen, sondern erst am nächsten Wochenende statt. Sonst wird seine Braut eine böse Überraschung erleben. Wer will schon einen Mann heiraten, dessen Restalkoholwert im Blut zu Desinfektionszwecken verwendet werden könnte.

»Ja, ja. Jung müsste man sein«, kommentiert Sepp das Bild puren männlichen Übermutes.

»Na, ein Busserl aufs Wangerl, junge Frau?«, grölt gleichzeitig der angetrunkene Bräutigam.

»Nein, danke, die Dame ist heute Abend reserviert«, antwortet Sepp und legt seinen Arm besitzergreifend um meine Schultern. »Aber ich spendier der Gesellschaft eine Runde«, fügt er schnell hinzu, als er den enttäuschten Blick des bald Vermählten sieht.

Dieser grinst völlig belämmert. »Das ist ein Wort, Opa! Da kann die Oma aber stolz sein, dass du lieber eine ganze Runde springen lässt, als sie abküssen zu lassen. Nach so vielen Jahren Ehe!«, meint ein anderer Mann aus der Feiergesellschaft.

Sepp winkt den Kellner her und bestellt eine Runde Tequila für die illustre Männerrunde. Ich schmunzle. »Wollen wir uns dort drüben an die Tanzfläche setzen?«, fragt Sepp und schiebt mich schon in die Richtung des Tisches.

»Gute Idee, dann ist der Weg zum Parkett nicht so weit«, antworte ich. Außerdem hat man von dort einen guten Überblick über das ganze Lokal. Und ich beobachte gern. Auch so eine Berufskrankheit. Menschenkenntnis schulen. Wir nehmen Platz.

Eine Minute später steht auch schon der Kellner von vorhin vor unserem Tisch und lächelt. »Ich nehme an, dass Sie keinen Tequila wollen?«, fragt er.

Sepp schüttelt den Kopf. »Für mich eine Cola. Und für dich, Rosi?«

»Einen Weißwein-Spritzer.«

Der Kellner notiert sich die Bestellung auf seinem kleinen Computer. »Schorle. Bayern sagen Schorle. Aber kommt sofort«, zwinkert er und schwirrt ab in Richtung Theke.

»Du trinkst Cola? Das hätte ich nicht gedacht«, breche ich das Schweigen in Ermangelung eines anderen Themas.

»Du kennst noch viele Seiten nicht an mir, Rosi«, sagt er und legt seine Hand auf meine. Die plötzliche Nähe ist mir unangenehm, aber ich ziehe die Hand nicht weg. Es ist seltsam, in dem einen Moment wünsche ich mir, dass Sepp mich in den Arm nimmt und es ein eindeutiges Mehr in unserer Freundschaft gibt, und im nächsten durchzuckt mich die Angst gepaart mit der Vernunft.

Sepp löst ein Gefühlschaos in mir aus wie kein zweiter Mann in meinem Leben. Und wie er mich jetzt ansieht, mit Augen so groß und verträumt, dass jeder Dackel eifersüchtig werden könnte, da … ja, da bin ich versucht, alle Angst und Distanz beiseitezuschieben.

Doch die Vernunft siegt. Der Kellner stellt die bestellten Getränke auf den Tisch. Sepp nimmt seine Hand weg und trinkt. Er stellt sein Glas ab, und unsere Blicke verkreuzen sich. Ich stecke in einem Strudel aus Gefühlen fest. Weiß nicht, was ich denken soll. Mein Herz schlägt wie verrückt. Der DJ legt eine langsame Nummer auf.

»Tanzen?«, fragt Sepp.

»Dafür sind wir doch hier«, antworte ich lapidar und lasse mich von ihm auf die Tanzfläche führen. Wir sind die Ersten am Parkett, aber nicht lange. Kaum dass Sepp seinen Arm um meine Hüfte legt und wir die ersten, unsicheren Schritte tun, stürmen andere Pärchen auf den glänzenden Tanzboden. Der Platz unter der Discokugel füllt sich.

»Die haben nur auf zwei Mutige wie uns gewartet«, meint Sepp und sieht sich demonstrativ um.

»Ja, manchmal muss man eben unsichtbare Barrieren überwinden und der Erste sein. Und dann … plötzlich tun es einem alle nach.«

Sepp nickt. Wir drehen uns, wiegen uns im Takt, und ich fühle mich wohl. Irgendwie passen wir doch gut zueinander, auch wenn wir ein seltsames Paar abgeben. Vielleicht sollte ich nicht nur die Grenzen des Tanzlokals überschreiten, sondern auch meine eigenen. Wer sagt denn, dass Sepp nicht der Richtige sein könnte? Immerhin verstehen wir uns gut und unternehmen mehr zusammen, als ich mit meinen eigenen Kindern mache. Die Musik wechselt. Es wird schneller. Rock 'n' Roll.

»Kannst du Boogie?«, will Sepp wissen.

»Ich probier's.«

Erinnerungen an früher tauchen auf. Wie ich mit Horst leichtfüßig über das Parkett gesprungen bin. Aber das ist Urzeiten her, und ich bin aus der Übung. Auf Hochzeiten brauch ich nur Walzer, und den nur selten. Nach einigen Startschwierigkeiten klappt es. Wir finden zusammen, erobern die Tanzfläche. Ich fühle mich jung, doch nach einem Lied bin ich völlig aus der Puste.

Sepp geht es ähnlich. Sein Kopf glüht rot unter der lichten Haarpracht. »Pause?«

»Pause.«

Wir setzen uns wieder an unseren Tisch und beobachten die Tanzenden. Mir ist heiß, und ich schwitze. Aber egal. Der Schub an Glückshormonen in meinem Körper verleiht mir das Gefühl zu schweben, selbst im Sitzen.

Sepp wischt sich den Schweiß mit einem Stofftaschentuch von der Stirn und kippt das Glas Cola wie nichts weg. Ich nippe an meiner Schorle.

»Du bist eine großartige Tänzerin, Rosi. Das hättest du heute im Radio erzählen sollen. Dass die Männer an deiner Seite mit dir das Tanzbein schwingen sollen. Es werden sich bestimmt Horden an Herren melden, die dein Herz erobern wollen.«

Ich nicke verlegen. Höre ich da etwa einen leisen Vorwurf? Vielleicht sogar den Anflug von Eifersucht?

»Wie läuft es überhaupt mit Silvana?«, greife ich ein ganz anderes Thema auf, um von mir abzulenken.

Sepp seufzt und verschränkt die Arme vor der Brust. Er will wohl über etwas anderes reden, gibt sich aber geschlagen.

»Gar nicht mehr, wie du weißt. Und das ist gut so. Sie ist meine Angestellte. Es hätte nie so weit kommen dürfen, wie ich es zugelassen habe. Aber ich war einsam, sie auch … in gewisser Weise. Doch wenn ich ehrlich zu mir bin, dann sehe ich selbst, dass Silvana zu jung für mich ist. Ich brauche etwas anderes.« Er blickt demonstrativ weg.

Die plötzliche Stille zwischen uns ist trotz der dröhnenden Musik unüberhörbar. Ich schlucke, und ein Frösteln läuft mir den Rücken hinab. Besser, ich hätte dieses Thema gar nicht erst erwähnt. Und doch treibt mich etwas dazu, ein Pingpongspiel mit Sepp zu betreiben. Ich hol ihn nah an mich ran und stoß ihn wieder weg. Wie kann eine erwachsene Frau sich nur so verhalten? Was ist nur los mit mir? Dieses Hin und Her ist ja schlimmer als in meinen Wechseljahren. Jetzt, da Sepp sich von mir zurückzieht und lieber die tanzende Menge beachtet als mich … Jetzt wünsch ich mir seine Aufmerksamkeit zurück. Ich bin schon knapp davor, einfach über Hias zu reden, nur um unser Gespräch wieder in Gang zu bringen, da plärrt der DJ viel zu laut ins Mikrofon:

»Und für unsere Boogie-Tänzer die nächste Runde.«

Sepp wendet sich mir zu und sieht mich fragend an. Ich nicke. Wir tanzen, aber irgendwie bleibt die Stimmung verkrampft. Nach zwei Liedern entschuldigt sich Sepp und verschwindet auf die Toilette. Ich gehe allein zu unserem Tischchen, bestelle mir ein weiteres Glas Spritzer (diesmal mit der richtigen Bezeichnung) und warte darauf, dass Sepp wiederkommt. Er lässt sich Zeit. Die Gäste amüsieren sich. Überall glückliche Gesichter, flirtende Frauen und Männer, turtelnde Pärchen.

Sepp steht plötzlich vor mir und trägt ein freches Grinsen spazieren.

»Was ist?«, frage ich.

Er zuckt die Schultern und setzt sich.

»Verehrte Gäste, das nächste Lied ist für eine ganz spezielle Frau gedacht. In unserer Mitte befindet sich eine kleine Radioberühmtheit, die heute schon auf Sendung war und auf Männerschau ist. Rosi, wo steckst du?«

Ich explodiere gleich vor Wut. Hat dieser Schuft mich doch glatt an den DJ verraten. Sepp grinst noch mehr, und ich erkenne den jungen Mann, den Spitzbuben von damals in seinen Augen. Verärgert trete ich ihm gegen das Schienbein. Einen kurzen Moment zuckt der Schmerz über sein Gesicht. Doch das Lächeln ist stärker und stiehlt sich im Nu auf seine Lippen zurück. Die

Menge applaudiert und ruft meinen Namen. Ich gebe auf und erhebe mich. Der Jubel wird lauter.

»Da ist sie ja, unsere Rosi. So, liebe Männer! Das ist nun eure Gelegenheit, ganz ohne die Vermittlungsarbeit des lokalen Rundfunks das Bein mit der feschen Dame zu schwingen. Ihr heutiger Begleiter hat mir versichert, dass Rosi eine ausgezeichnete Tänzerin sei. Wer möchte den ersten Tanz? Ich spiele einen langen, langen Walzer, und je nach einer Minute erklingt dieses Zeichen.« Ein lautes Ding-Dong schallt durchs Lokal. »Und dann heißt es Herrenwechsel. So hat Rosi die Gelegenheit, mehrere Herren kennenzulernen. Vielleicht ist ja einer dabei, mit dem sie im Anschluss an unser Speeddating einen weiteren Tanz aufs Parkett legen möchte. Interessierte bitte nach vorn! Und unsere Rosi natürlich auch! Auf die Tanzfläche mit euch.«

Knallrot vor Scham und Zorn funkle ich Sepp wütend an. Wenn Blicke töten könnten, würde er just in diesem Augenblick vom Stuhl kippen und unter die Discokugel kullern. So aber stehe nun ich unter dem glitzernden Ding und mit mir ein Dutzend Tanzwilliger. Dass so viele Männer dem Aufruf des DJs Folge leisten? Unbegreiflich. Die Musik beginnt. Der erste Herr fordert mich zum Tanz auf. Widerwillig lasse ich mich in die Mitte des Parketts führen und beginne mich im Takt zu wiegen.

Der gut zehn Jahre jüngere Mann stellt sich mir als Herbert vor und ist leider ein ebenso schlechter Tänzer wie Gesprächspartner. Es ist ohnehin schon schwer genug, bei Strauß' Klängen aus den vier Boxen ein Wort zu verstehen, aber Herbert nuschelt auch noch. Heinz, Oskar, Manfred und Balduin folgen. Ich schreie meinem Gegenüber die immer gleichen Antworten auf die immer gleichen Fragen ins Ohr, beantworte, wie dass Interview so war – nämlich ganz gut –, wie lange ich schon alleinstehend bin und dass ich keinesfalls einen neuen Ehemann suchen würde. Der blöde Walzer will nicht enden. Bei meinem Partner Nummer sieben namens Gunther werfe ich Sepp einen hilfesuchenden Blick zu. Gunther ist ein abgemagertes Kerlchen, dessen Hörgerät anscheinend keinen Saft mehr hat. Denn egal wie laut ich schreie, er sieht mich nur mit Maulwurfsaugen an und fragt immer wieder aufs Neue, woher ich komme. Ein Dödel, eine andere dieser gelben Zeichentrickfiguren.

»Darf ich abklatschen?«, fragt Sepp noch vor dem nächsten Gong. Maulwurf-Gunther wehrt sich nicht gegen die vorzeitige Ablöse. Wahrscheinlich weil er das Bimmeln ohnehin nicht hören würde. Zum Glück nähert sich nun auch der Walzer dem Ende.

»Applaus nochmals für unsere Rosi. Ich hoffe, es waren angenehme Herren dabei und sie entscheidet sich für ein paar weitere Runden mit unseren tanzwilligen Männern«, spricht der DJ in die letzten Takte.

Ich schüttle den Kopf und rufe »Pause« hinauf zum Mischpult.

»Nun gut, dann gönnen wir unserer Radioheldin ein paar Minuten zum Verschnaufen. Wenn einer der Herren gern mehr als eine Minute mit Rosi verbringen möchte: Die Dame sitzt da vorn. Und nun wieder etwas aus den aktuellen Schlagercharts: Andrea Berg mit ...«

Ich höre nicht mehr hin, bin nur noch froh, endlich einen Stuhl unter meinem Hintern zu haben. Ich trinke einen Schluck. Das Glas ist viel zu schnell leer. Sepp schmunzelt, und mein Groll kehrt zurück. »Warum hast du das getan?«, frage ich scharf.

Sepps Grinsen fällt in sich zusammen. »Ich dachte, du hättest vielleicht mehr Spaß mit jemand anderem. Irgendwie waren unsere letzten Tänze nicht so ... und du möchtest doch jemanden kennenlernen.« Er verstummt.

Die Wut fällt von mir ab, und ich seufze. »Zum hundertsten Mal. Ich will niemanden kennenlernen. Diese Radiosache ist auf Gittis Mist gewachsen, nicht auf meinem.«

»Es hätte dich aber auch niemand zwingen können«, erwidert Sepp, und ich schweige angesichts der bitteren Wahrheit.

Laut stoße ich die Luft aus meinen Lungen. »Egal. Ich bin mit dir heute Abend hier, und du bist der Erste seit meinem Mann, der mich überhaupt zum Ausgehen bewegen konnte. Also, warum vergessen wir nicht diese Radiogeschichte – und am besten auch gleich einen Teil unserer bisherigen Gespräche – und machen uns einen netten Abend?«, schlage ich vor.

Sepp ist einverstanden, und ich fühle mich erleichtert. Wir plaudern die restlichen Stunden über Belanglosigkeiten, vermeiden absichtlich alle belastenden Gesprächsthemen und drehen hin und wieder eine Runde auf dem Tanzboden. Sepp schickt alle Männer weg, die sich neugierig an unseren Tisch schleichen, und irgendwie finden wir zurück auf unser unverfängliches, freundschaftliches Niveau.

»Ein letzter Tanz?«, fragt Sepp zur späten Stunde. Ich willige ein, folge ihm aufs Parkett und stolpere. »Meine Güte, ist was passiert?« Sepp hilft mir besorgt auf die Beine.

Mein Knöchel sticht wie verrückt. »Umgeknickt«, stöhne ich.

»Kann ich etwas tun?«, fragt er. Ich schüttle den Kopf.

»Warte, ich bring dich so schnell es geht nach Hause.«

Sepp zahlt im Vorbeigehen die offene Rechnung und schleppt mich nach oben. Die Treppe kommt mir zehnmal länger und steiler vor als vor einigen Stunden. Jeder Schritt versetzt mir einen Stich durch Mark und Bein. Ich werde nie mehr wieder eine Verstauchung als läppische Kleinigkeit abtun. Zum Glück ist Sepp relativ kräftig und schafft es, mich gut genug zu stützen. Kräuterrosi auf humpelnden Beinen. Ich stöhne, lasse mich auf den weichen Autositz fallen und ziehe meinen verletzten Fuß ins Wageninnere.

»So schlimm?«, fragt Sepp. Mein Gesichtsausdruck ist wohl Antwort genug. Er verzieht mitleidig das Gesicht und huscht auf die andere Autoseite. »Wir sind im Nu zu Hause, und dann erklärst du mir ganz ausführlich, was ich machen soll. Immerhin bist du der Profi.«

Ich ringe mir ein Lächeln ab. »Bei anderen ist es auch leichter, professionell zu sein. Aber ein kühler Umschlag wäre prima.«

»Wird gemacht«, verspricht er und legt den Rückwärtsgang ein. Der Motor heult auf. Geschickt schlängelt Sepp sich aus der Parklücke und tritt, auf der Straße angekommen, ordentlich auf das Pedal.

»Wenn du aber einen Strafzettel kassierst, dann ist das nicht meine Schuld«, meine ich.

»Keine Sorge, die meisten Beamten sind Stammkunden, auch die deutschen Nachbarn aus Burghausen. Die drücken schon mal ein Auge zu.«

»So genau wollte ich es gar nicht wissen, wer bei deinem Betrieb ein und aus geht.«

Sepp schmunzelt. »Du würdest dich wundern, Rosi«, sagt er geheimnisvoll.

»Wahrscheinlich die gleichen Leute, die sich danach bei mir das Kreuz einrenken lassen.«

Er lacht. »Da könntest du recht haben. Vielleicht sollten wir ein Gemeinschaftsunternehmen aufziehen.«

Diesen Gedanken finde ich so absurd, dass ich in schallendes Gelächter ausbreche und dabei doch glatt den Schmerz vergesse.

»Siehst du. Fröhlichkeit ist die beste Medizin … und da sind wir ja schon.«

Tatsächlich, Sepp fährt schon die kleine Straße entlang, an deren Ende mein Häuschen liegt.

Lass die Leute reden ...

Noch mehr Hausmittel bei blauen Flecken
1/8 l hochprozentigen Schnaps mit 1/8 l kaltem Wasser mischen. Einen sauberen Waschlappen damit tränken und mit einem Tuch auf der verletzten Stelle befestigen. Gleich nach dem Schlag oder Stoß mindestens 1 Minute fest auf die betroffene Stelle drücken.
In ein Glas Wasser 2 EL Essig geben und ein Tuch damit tränken. Diesen Wickel auf die bevorstehende Beule legen und dort das Essigwasser langsam verdunsten lassen.
Rosskastaniensalbe hilft, den Bluterguss schneller aufzulösen.
Umschläge aus gekühlten Kohlblättern oder zerstoßener Petersilie bewirken das Gleiche wie die Rosskastaniensalbe.

Ich blinzle den Schlaf aus meinen Augen. Das Erste, das ich sehe, ist mein hochgelagertes Bein. Auf drei Kissen liegt es, eingepackt in baumwollene Tücher, in denen der Topfen bestimmt schon ausgetrocknet und bröselig ist. Sepp hat den Umschlag gemacht, und gar nicht mal so schlecht. Ich richte mich auf und ächze dabei leise. Ein lautes Schnarchen verwandelt sich in ein Gähnen und dringt von Horsts Sofasessel zu mir herüber. Sepp kauert darin und streckt sich verschlafen, dass die Knochen nur so knacksen.

»Oh, du Ärmster. Warum bist du denn noch hier? Ich dachte, du wärst nach Hause gefahren«, frage ich erschrocken.

Er setzt sich auf und streicht sich über die wenigen zerzausten Haare. »Und lasse ein Fräulein in Not zurück? Ich doch nicht. Wie geht es deinem Knöchel?«

Ich nicke und bewege den Fuß ein wenig. Der Schmerz kommt auf Anhieb, wenn auch nicht mehr so heftig wie gestern Abend. »Es geht. Tut noch weh, aber geht. Etwas Schonung, und dann wird das Beinchen wie neu«, zwinkere ich ihm zu.

Sepp steht auf und streckt sich durch. »Sehr gut. Willst du dein Frühstück am Bett oder in der Stube?«

»Sepp, wirklich. Das brauchst du nicht machen. Ich komme allein zurecht. Und im Bett frühstücken geht schon gar nicht.«

Ich quäle mich hoch und seufze dabei anscheinend so herzzerreißend, dass Sepp zu mir herschlurft, um mir aufzuhelfen.

Er humpelt etwas. Ich deute auf sein Bein, und er zuckt die Schultern.

»Wenn ich öfter bei dir übernachten soll, dann lege ich mich lieber auf die Ofenbank. Der Sessel ist mörderisch, und bestimmte Teile von mir schlafen noch immer. Durchblutungsmangel.« Wie zum Beweis schüttelt er sein Bein.

»Na, dann humpeln wir beide eben nach unten. Ich muss nur vorher ins Bad.«

Eigentlich sollte ich mich schämen, so im Nachthemd vor ihm zu stehen. Sepp trägt zumindest seinen zerknitterten Anzug, während ich im fadenscheinigen Blümchenhemd an seinem Arm hänge und mich ins Bad führen lasse. Doch meine Wangen werden nicht rot, und nur mein Kopf sagt, dass sich so ein Aufzug nicht gehört. Mein Innerstes flüstert bloß: Ist doch egal. Wenn jemand den Anblick von Nackten oder Halbnackten gewohnt ist, dann doch wohl Sepp. Und genauso verhält er sich auch. Als wäre es das Alltäglichste der Welt. Ich lächle ihn an, und eine ungewohnte Wärme durchflutet mein Herz. Was, wenn das Schicksal mir Sepp für meinen Lebensabend geschickt hat?

Ich wische den Gedanken schnell zur Seite. Was ist bloß los mit mir? Vor drei, vier Wochen hatte ich noch keinerlei Interesse an einem Mann, und jetzt sehe ich schon Sepp und mich gemeinsam im Schaukelstuhl sitzen und ins Kaminfeuer starren. Die Ereignisse der letzten Tage haben mein sonst so ruhiges, beschauliches Inneres durcheinandergewirbelt wie ein Tornado. Wahrscheinlich sehe ich in Sepp wirklich nur die hilfreiche Seele, die mir im richtigen Augenblick geschickt wurde. Sollte ich ihn etwa zurückweisen, obwohl ich seinen Rat in Sachen Raphael bestimmt noch benötigen werde? Auch wenn es zwecklos ist, heute werde ich erneut auf seine Mobilbox sprechen. Ich bin eben eine besorgte Mutter, und dass sich Raphael mit irgendwelchen Rotlichtgestalten herumtreibt, passt mir gar nicht. Mein Sohn und Frauenhandel.

»Ich warte dann draußen«, reißt mich Sepp aus meinen Gedanken. Er dreht sich um und verlässt das Badezimmer.

Ich brumme zustimmend. Die Tür fällt ins Schloss, und ich stehe allein im Bad. Zum Glück ist der Duschhocker in Griffweite. Ich setze mich darauf, halte mein Bein in die Duschtasse und mache den Umschlag ab. Der Quark bröckelt ab, und leicht säuerlicher Geruch liegt in der Luft. Doch die Behandlung hat gewirkt. Nur noch eine leichte Schwellung. Vielleicht bekomme ich einen blauen Fleck. Aber den kann ich gut behandeln. Mit kühlem Wasser schwemme ich die Reste des Topfens ab. Sogar das Zehenwackeln funktioniert wieder. Ich trockne mich ab und ziehe mich um, ganz normale Kleidung. Rock, Bluse, Schürze. Das schwarz-weiße Kleid hängt wie aus einer anderen Zeit am Türhaken. Schön war es gestern, denke ich verträumt und bürste mir die Haare. Ein schneller Knoten am Hinterkopf, die Zähne kurz putzen, und fertig bin ich.

Sepp lehnt draußen vor der Tür an der Wand und reicht mir sogleich den Arm. Ich hake mich ein. Das Treppensteigen ist beschwerlich. Hinunter genauso wie gestern hinauf und mit angeschlagenem Fußwerk erst recht.

»Setz dich. Ich mach Kaffee. Weiß eh, wo alles ist«, befiehlt Sepp und drückt mich auf den Stuhl in der Stube.

»In Ordnung. Aber nicht dass ich mich daran gewöhne«, meine ich.

»Wär das so schlimm?«, fragt er, und mir schnürt es die Kehle zu. Bevor ich etwas erwidern kann, winkt Sepp ab und lacht. »Nein, nein. Ich bin ja gespannt, wann die Hörer der gestrigen Sendung dir die Tür einrennen. Da will ich lieber aus dem Weg sein. Milch, Zucker?«

Dieses Radio-Dings beschäftigt ihn anscheinend mehr als die Sache mit Hias oder Raphaels Probleme. Im Gegensatz zu mir. Ich würde am liebsten den Telefonhörer schnappen und meinem Sohn gleich jetzt das Band vollsingen. Und danach zu Hias eilen und endlich rausfinden, ob er und Zenzi vielleicht doch noch etwas am Laufen haben – und Jörgs Dahinscheiden doch kein Unfall war. Dieser geheimnisvolle Brief und Hias' sehnsüchtiger Blick, wenn er von seiner Zenzi spricht. Da sollen mich doch die Wanzen beißen, wenn die Beziehung zwischen Hias und

Zenzi nur nachbarschaftlich ist. Ich bin mir zumindest sicher, dass Hias noch immer in sie verliebt ist.

Sepp räuspert sich und hält sowohl eine Milchpackung als auch die Zuckerdose in die Luft.

»Milch, bitte«, antworte ich, und der Kloß in meinem Hals wird noch größer. Sepp erzählt irgendetwas, doch ich bekomme es gar nicht richtig mit, so schwirren meine Gedanken.

»Versprochen?«, höre ich ihn fragen.

»Was?« Er hat in der Zwischenzeit den Frühstückstisch gedeckt.

»Na, dass der gestrige Tanzabend nicht unser letzter war. Trotz Knöchel.«

»Versprochen.« Wir frühstücken, und noch nie zuvor hat der Kaffee so gut geschmeckt. Ja, wenn ich nicht aufpasse, dann gewöhne ich mich tatsächlich an Sepps Anwesenheit.

Gitti platzt in unser gemeinsames Essen. Sie wirkt völlig gehetzt und total aus dem Häuschen. »Ich … du …« Sie schnappt nach Luft, kaum dass sie die Stube betreten hat.

»Immer mit der Ruhe, liebe Freundin. Setz dich erst mal zu uns und trink einen Schluck Wasser. Dann kannst du uns ja erzählen, was dir so die Sprache verschlägt.«

Gitti japst und greift zitternd zu meinem Wasserglas. Sie trinkt es in einem Zug leer, stellt es zurück und wischt sich den Schweiß von der Stirn. Ich hole mit ihr gemeinsam Luft.

»Tut mir leid, dass ich so hereinplatze und dir den Morgen verderbe«, meint sie.

»Bisher hast du mir noch gar nichts verdorben. Also, was ist los? Geht es um mein gestriges Radiointerview? Oder ist was mit Hias? Haben ihn die Leute wieder irgendwie –«

Gitti schüttelt den Kopf. »Nein, nein. Keine Sorge. Obwohl, du warst großartig gestern im Radio.«

Ich werde rot und blicke verschämt nach unten.

»Es geht um den Wimmer«, sagt Gitti aufgeregt.

Der Wimmer. Meine Güte. Hat er Hias erneut angegriffen und ihn schlimmer verletzt? Ich hätte der Sache nachgehen sollen. Aber dauernd kommt mir etwas dazwischen. Wie soll ich in Ruhe den Jörg-Fall aufklären, wenn zeitgleich meine ganze Familie verrückt spielt? Ich sehe Gitti entsetzt an.

»Ja, ja, die Wimmerin hat den Wimmer vor die Tür gesetzt, und der hockt jetzt vor dem Fenster deiner Daniela und bettelt um Einlass.«

Jetzt schnappe ich nach Luft. »Ach, du meine Güte. Mein armes Kind. Dieser Hallodri ist aber auch wirklich ein Schandfleck für die Männerwelt. Erst bricht er Dani das Herz –« , ich verstumme, als ich meinen Fehler bemerke.

Gitti sieht mich mit großen Augen an. »Also stimmt das Gerücht. Der Hubert hat nicht nur mit der Putzfrau, sondern auch mit Daniela. Kein Wunder, dass ihn seine Frau rausgeschmissen hat. Im eigenen Schlafzimmer soll sie das Schwein erwischt haben mit dieser Mirella, Libella oder wie sie heißt. Und alles nur, weil sie früher von ihrem Besuch bei den Kindern zurückgekehrt ist. Die Arme.«

»Also mein Mitleid gehört meiner Tochter. Ich muss schnell zu ihr. Nicht dass das gutmütige Kind weich wird und den Wimmer wieder in ihr Heim … oder schlimmer, in ihr Herz lässt.« Ich stehe viel zu schnell auf, vergesse meinen kaputten Knöchel dabei und stöhne auf.

»Rosi, was ist denn los?«, will Gitti besorgt wissen.

»Wir haben gestern zu wild getanzt, und dabei hat sich Rosi den Fuß verstaucht«, erklärt Sepp an meiner Stelle.

Mir treibt es währenddessen die Tränen in die Augen, so sticht der doofe Knöchel wieder. Mir wird schlecht und schwindlig. Sepp stützt mich.

»Ganz ruhig. Wenn du jetzt einen Kreislaufzusammenbruch erleidest vor lauter Stress und Schmerz, dann ist Daniela bestimmt nicht geholfen«, meint er und streichelt mir über den Rücken.

Ich atme tief durch und öffne wieder die Augen. Der Schmerz lässt nach, der Schwindel auch, nur die leichte Übelkeit bleibt. »So viel Sorgen sind einfach zu viel für meine alten Tage. Warum stolpere ich in letzter Zeit von einer Katastrophe in die nächste?«, jammere ich.

»Sonst wär dir doch nur langweilig«, kommentiert Gitti augenzwinkernd.

Ich muss ihr leider recht geben, aber die letzten Wochen hatten es echt in sich.

»Komm, ich fahr dich zu Daniela«, bietet sie großzügig an.

»Dann muss ich mich wahrscheinlich übergeben. Ich fahr selbst«, antworte ich. Der bloße Gedanke an Gittis Fahrkünste reicht aus, um mir die Magensäure den Hals hochzudrücken.

»Nichts da. Wofür hat man Freunde? Ich mach den Chauffeur. Mit deinem Fuß kannst du ohnehin nicht Gas geben«, meint Sepp und hilft mir beim Gehen. Ich nicke.

»Ich komme mit«, sagt Gitti.

Klar, dass sie mitwill. Die Neugierde würde sie sonst innerlich zerfressen, bis sie Löcher hätte, so groß wie bei einem Emmentaler. Sepp hegt keine Einwände gegen Gittis Begleitung.

Ein unglaubliches Dreiergeschwader bilden wir. Und als wir bei Danielas Haus ankommen, ernten wir mindestens so viele interessierte Blicke wie der Wimmer. Dieser ist allem Anschein nach in seinem Auto eingeschlafen. Jedenfalls hängt er im Fahrersitz seines Fords und hat die Augen geschlossen. Wir parken direkt neben ihm.

»Drück mal auf die Hupe«, sagt Gitti.

Sepp tut es prompt, und Hubert fährt vor Schreck hoch, dass er sich den Glatzkopf am Wagendach anhaut. Ich kann mir das Lachen kaum verdrücken. Verdattert sieht er zum Fenster raus. Sepp lässt meine Scheibe runter und deutet Hubert unmissverständlich, es ihm gleichzutun. Der Wimmer überlegt einen Moment, entschließt sich aber dazu, der Aufforderung nachzukommen. Wahrscheinlich hat Sepp grimmig genug zu ihm hinübergesehen.

»Hallo, Rosi«, murmelt Wimmer.

»Schönen guten Morgen, Hubert«, antworte ich. »Hat dein Aufstand gestern am Begräbnis nicht gereicht? Nur weil du momentan den Hias nicht fertigmachen kannst, machst du dich vor der ganzen Ortschaft zum Affen und blamierst meine Daniela?

Warum bitte campierst du wie ein Neunzehnjähriger vor dem Fenster meiner Tochter?«

Er wird rot. Vielleicht aus Zorn, vielleicht aus Schamgefühl. »Was geht dich das an, Beingruberin? Das ist eine Sache zwischen Dani und mir.«

»Aha. Und wahrscheinlich auch noch zwischen deiner Frau und der Putzfrau? Wo ist denn dein Weiberhaufen? Ach ja … deine Frau hat dich vor die Tür gesetzt, und die Mirena hat wohl auch genug von dir, oder? Und jetzt, weil deine anderen Frauen nicht mehr wollen, soll meine Tochter den Ersatz spielen. Schämen solltest du dich! Ob der Elternverein es gutheißt, dass du die halbe Belegschaft der Schule in dein Bett holst? Vielleicht sollten die besorgten Eltern einen Brief an den Landesschulrat schicken? So ein Vorbild will sicher niemand für seine Kinder.«

»Du brauchst grad reden, Rosi. Oder wer sitzt jetzt neben dir und macht den Fahrdienst? Alle zerreißen sich schon das Maul über dich und deinen Verehrer.«

»Wenn jemand Probleme mit mir hat, soll er sich direkt bei mir melden«, fällt Sepp dem aufgeheizten Schuldirektor ins Wort. »Ich jedenfalls habe keine Geheimnisse. Bei meinem Geschäft läuft alles sauber ab, und ich vergreife mich nicht an Mitarbeiterinnen.«

»Männer, hört auf zu streiten!«, sage ich bestimmt. »Und du, Wimmer, verschwinde endlich von hier, bevor du dich völlig lächerlich machst.«

Huberts Stimmung schlägt in Verzweiflung um. »Aber wo soll ich denn hin? Zu Hause bin ich unerwünscht, Mirena hat mich rausgeschmissen, und ich weiß einfach nicht, wie es weitergehen soll.«

Jetzt weint er, und ich gerate in Versuchung, ihm ein paar tröstende Worte mitzugeben. »Ach, Hubert. Geh ins Hotel, überleg dir, wie du die Wogen wieder glätten kannst, und versöhn dich mit deiner Frau. Du willst mir doch nicht weismachen, dass du es mit Daniela oder Mirena ernst gemeint hast, oder?«

»Natürlich nicht. Aber zu Hause … es … die Luft ist nach all den Jahren Ehe einfach raus, und ich …«

»Ich will es gar nicht wissen. Wichtig ist nur, dass du dich entscheidest, ob du als herumstreunender, alter Möchtegern-Casanova enden oder doch deine Ehe retten willst.«

Hubert sieht mich mit geröteten Augen an. »Glaubst du, ich kann meine Ehe noch kitten?«

»Nach so vielen Jahren? Da ist vielleicht die Luft raus, aber dafür weiß man, was man sonst am anderen hat. Mach deiner Frau klar, welche guten Seiten in dir stecken, in welche Aspekte sie sich damals verliebt hat, und vor allem … sei treu!«

»Und wenn du schon untreu bist, dann geh wenigstens in den Puff und nicht ins Konferenzzimmer«, fügt Gitti überflüssigerweise hinzu.

Der Wimmer brummt etwas, das sich wie ein »… war die Besenkammer, aber danke« anhört. Dann hebt er die Hand zum Gruß und lässt den Motor an. Er braust um die Ecke, und wir drei sitzen etwas ratlos im Auto.

»Und jetzt?« Sepp sieht mich fragend an.

»Jetzt gehen wir zu meiner Tochter und schauen, ob sie auch etwas Liebesrat braucht.«

Wir gehen zur Haustür. Oder besser gesagt, Gitti und Sepp gehen, ich humple. Wir klingeln. Niemand öffnet. Ich klopfe energisch an die Tür. Es hat keinen Zweck.

»Vielleicht ist sie nicht zu Hause?«, sagt Sepp.

»Kann sein. Wäre aber komisch. Geht irgendwer von euch ums Haus und sieht bei den Fenstern hinein?«

Gitti ist sofort zur Stelle. Sie macht sich gleich auf den Weg und umrundet das kleine Häuschen. Sepp und ich bleiben zurück.

»Zu wünschen wär es ihr, dass sie die ganze peinliche Situation gar nicht mitbekommen hat«, sagt Sepp.

»Dafür weiß die ganze Nachbarschaft und bis Nachmittag der ganze Ort Bescheid.« Ich deute mit dem Kinn zur Seite, wo die Krämer-Christl gerade neugierig ihren Kopf ums Eck streckt. Wie aufgefordert kommt sie näher. Ich seufze innerlich.

»So was, so was«, murmelt sie und schüttelt energisch den Kopf. »Grüß Gott, Rosi … Bu… Sepp«, korrigiert sie sich schnell und wird dabei glatt ein wenig rot.

»Grüß dich, Krämerin«, sag ich.

Sepp nickt bloß und sieht sie unverhohlen verärgert an.

»Tja, wer hätte das gedacht. Der Wimmer. Langsam glaub ich, bei uns sind die Unsitte und das Verbrechen eingekehrt.« Sie gibt einen gekünstelten Seufzer von sich. »Du arme Rosi, du. So viel Stress die letzte Zeit, hmmm? Ich wollt das Ganze ja anfangs gar nicht glauben. Aber dann hab ich mich selbst überzeugt … muss man ja, weil die Leute so einiges reden. Und du halst dir die Sorgen aller auf, obwohl es in deiner eigenen Familie rundgeht.« Sie tätschelt tröstend meine Hand.

Ich ziehe zweifelnd die Augenbrauen hoch. Wer da am besten informiert ist und jede Neuigkeit in Windeseile verbreitet, ist wohl klar. Aber nun gut. Das Selbstbild unterscheidet sich oftmals von der Fremdwahrnehmung. Mit diesem Problemchen ist die Christl nicht allein auf der Welt.

»Ja schrecklich. Wie sich ein Mann so lächerlich machen kann«, antworte ich.

»Jaahaa, und dass niemand etwas mitbekommen hat. Unglaublich ist das. Wusstest du, dass deine Daniela mit dem Wimmer …?«

»Nein«, lüge ich kalt. »Und ob es so war oder nicht, wird sich erst zeigen. Außerdem kann ich mir nicht vorstellen, dass der Wimmer gleich mit drei Frauen was hatte.«

Christl schaut nachdenklich. »Ja, da geb ich dir wohl recht. Der Jüngste ist er nicht mehr, und welche Akrobatiknummern er mit der Putzfrau aufgeführt haben soll. Ts, ts, ts. Die Herta hat mir völlig aufgelöst davon erzählt. Mehr als dreißig Jahre glücklich verheiratet und dann das. Ich weiß schon, warum ich ledig bin. Einem Mann kann man nie vertrauen. Alle sind sie von da unten gesteuert, nicht wahr?« Sie nickt Sepps Hosentür zu.

»Zum Glück. Sonst würde mein Herzkastl den Bach runtergehen«, meint dieser kühl.

»Ja, du redest dich leicht, aber die armen hintergangenen Frauen.«

»Hast wohl Erfahrung damit«, sagt Gitti spitz, die plötzlich hinter uns auftaucht. Christl starrt sie beleidigt an, aber Gitti kümmert das wenig. »Meiner Meinung nach ist niemand zu Hause. Dein Töchterchen ist ausgeflogen. Wahrscheinlich mit ihrem neuen Freund«, schwindelt sie eiskalt.

Ich nicke und schaue schnell zu Boden, damit die Christl nichts von der Flunkerei mitbekommt. Zum Glück kann die Gitti viel besser schwindeln als ich. Bei der Christl rattern schon sichtlich die Räder im Kopf, und sie spekuliert bestimmt schon wild, wer dieser ominöse Freund von der Daniela sein könnte.

»Dann fahren wir nach Hause, Mädels«, schlägt Sepp vor. Wir sind sofort einverstanden. Hier können wir sowieso nichts mehr ausrichten. Ich nehme Sepps starke Hand und lasse mich zum Wagen führen.

Die Christl bleibt wie versteinert stehen, kann gar nicht glauben, dass es nichts mehr zu sehen gibt. »Ach, Rosi, dein Interview gestern im Radio … prima! Ich wusste ja gleich, dass das Gerücht von dir und dem Sepp nicht stimmen kann. Aber die Leute reden halt.«

Ich drehe mich um. »Christl, lass die Leute reden!«, rufe ich ihr zu und drücke dem Sepp einen kurzen, aber innigen Kuss auf die Lippen, bevor ich einsteige. Ich weiß nicht, wer verblüffter ist. Er oder die Christl. Auf jeden Fall wird Sepp so knallrot und schnappt nach Luft, dass ich schon Angst bekomme, er könnte einen Herzanfall erleiden.

Dann aber lächelt er verschmitzt. »Du Lausmädchen«, flüstert er und schließt die Autotür.

Beim Nachhausefahren lachen wir herzlich. Besonders Gitti kann sich nicht genug über Christls verdutzten Gesichtsausdruck auslassen.

»Wenn das Dorf schon über uns lästert, dann aber richtig«, sage ich. Sepp greift zu mir herüber und drückt meine Hand. Mir wird warm. Wenn die beiden wüssten, dass mich das Küsschen nicht so kaltlässt, wie ich ihnen vorspiele, dann könnte ich mich eigenhändig eingraben. Gitti würde keine Sekunde mehr nachlassen und mich bequatschen, bis ich Sepp meine … Gefühle … gestehen würde. Und Sepp? Ich schiele vorsichtig zu ihm hinauf. Was, wenn er nur die Kräuterrosi, die gute Freundin, die Heilkundige in mir sieht? Immerhin arbeiten zig wunderhübsche Mädchen für ihn. Alle jünger, straffer, schöner als eine alte Frau, wie ich es bin. Ich unterdrücke ein Seufzen und schiebe meine kurze Phantasie weg. Der Sepp und ich. Niemals. Unmöglich. Das Beste wird sein, ich warte, was sich durch die Radiosendung so auftut. Denn seit meine Gefühle wieder aus dem Winterschlaf erwacht sind, steht eines wirklich fest: Ein Mann muss her. Zum Glück weiß Gitti nicht, dass sie damit richtiglag.

Die Polizei, dein Freund und Helfer

> Was hilft bei Ohnmacht?
> *Enge Kleidungsstücke öffnen oder aufschneiden • Den Betroffenen in die stabile Seitenlage legen • Die Person an scharfem Essig oder Parfüm riechen lassen • Schläfen, Gesicht, Hände und Füße mit ein wenig Essig einreiben • Beine hoch lagern • Frischluftzufuhr*

Mir bleibt das Lachen im Hals stecken. Ein Polizeiwagen steht in der Einfahrt. Sofort springen meine Gedankenräder an. Das Blaulicht dreht sich und blinkt.

»Hias. Raphael. Daniela«, keuche ich, und mir wird schwindlig. Ich ertrage das nicht. Schreckensbilder flimmern vor meinen Augen auf. Hias, zusammengeschlagen, mit totem Ferkel unterm Arm. Raphael in Handschellen. Raphael blutüberströmt, angeschossen von dem bulgarischen Zuhälterpack. Daniela niedergestochen vom liebeswütigen Wimmer. Dann Hitze, Dunkelheit.

»Rosi. Meine Güte, Rosi. Mach die Augen auf. Bitte.«

Schweißkalte Hände berühren mein Gesicht. Mir ist plötzlich kalt. Ich blinzle. Vier kugelrunde Gesichter schweben über mir wie Gasluftballons am Weltspartag. Ich huste. Stimmen. Wortfetzen um mich herum.

»Sie wacht auf.«

»Gott sei Dank.«

»Wie geht es dir, Liebes?«

Satzfragmente. Mein Schädel brummt. Ich drücke die Augen ganz fest zu und öffne sie danach langsam. Die Luftballons verwandeln sich in Sepp, Gitti, Kurt und Daniela. Ich hole tief Luft und möchte mich aufsetzen.

»Ganz langsam.« Sepp greift mir unter die Arme. Er spricht ganz ruhig. Dass sich seine Stimme so warm anhören kann? So besorgt?

Ich sehe ihn an. »Danke«, krächze ich.

»Ach, Mama. Ich hab mir solche Sorgen gemacht. Du kippst doch nie um.« Daniela wirft sich mir um den Hals und schluchzt.

»Wenn du mir weiter so die Luft abdrückst, dann bin ich gleich wieder weg.«

Sie lässt los, wischt sich mit dem Handrücken die Tränen aus den dunkel umrahmten Augen. Sowieso … sie sieht phantastisch aus. Etwas dunkel vielleicht in dem engen Lederkorsett und der tiefblauen Jeans, aber auf jeden Fall sehr … sexy.

»Du siehst gut aus, Kind. Die Stunden mit Silvana haben wohl gut gegriffen«, sage ich staunend.

»Nicht? Der Kurt hat gesagt, so aufgebrezelt nimmt er mich in seine Rockerkneipe mit. Das haben wir gestern noch am Friedhof ausgemacht, und ich hab für den Abend noch ein Schäufelchen draufgelegt, stylingtechnisch.«

»Kurt, ich dachte diese Zeiten sind vorbei, seitdem du das Gesetz vertrittst«, tadle ich scherzhaft.

»Aber niemals, Rosi. Meine wahre Identität kann auch eine Uniform nicht verdecken.«

Ich kichere und huste gleichzeitig. »Helft mir mal auf, bitte. Hier am Boden ist es doch ziemlich kühl«, sage ich.

Sofort ziehen mich acht Arme hoch.

»Puh. Dass mich auf meine alten Tage noch was umwirft. Kaum zu glauben«, ich wische mir den Staub vom Kleid.

»Ist ja auch viel passiert«, sagt Gitti tröstend.

»Ja, und als ich das Blaulicht gesehen hab, sind mir die schlimmsten Gedanken gekommen. Also, was ist geschehen? Geht es um Hias, Raphael oder um den Wimmer?«, frage ich.

Kurt schüttelt energisch den Kopf.

»Hubert?«, will Daniela wissen. Sie ist ja noch ahnungslos, welches Spektakel ihr Exgeliebter veranstaltet hat.

»Ja. Dein liebeskranker Direktor wurde von seiner Frau ausgestaubt. Weil er die Putze im Ehebett –«, erläutert Gitti.

»Mehr will ich nicht hören. Aber warum sollte dann Kurt …?« Daniela runzelt die Stirn und sieht Gitti eindringlich an.

»Ja, weil er die halbe Nacht vor deiner Tür campiert und einen auf reumütigen Liebeskater gemacht hat. Wenn ihn Weibchen und Frauchen nicht mehr haben wollen, dann flüchtet er sich halt zu Mieze Nummer drei«, bemerkt Gitti spitz.

»Der Schuft. Recht geschehen tut's ihm. Soll er doch auf der Straße schlafen. Bei mir hat es sich ausgemauzt. Nicht wahr,

Kurt?«, sagt Daniela und legt ihren Arm um die Hüfte des Polizisten.

Ich schlucke. Meine Tochter und der Kurt? An diesen Gedanken muss ich mich erst gewöhnen. Aber besser als der Wimmer ist das allemal. Erst recht, wenn man sieht, wie Kurt die Dani anhimmelt. Was wird wohl der Raphael dazu sagen, wenn sein bester Freund sein Schwesterherz …? Egal. Diese Frage wird die Zeit von selbst beantworten. Und ein Polizist in der Familie ist bei meiner magnetischen Anziehungskraft von Kriminalfällen auch nicht verkehrt. Vielleicht sollte ich doch noch einmal unter vier Augen mit Kurt reden. Wenn ich meine Gedanken mit ihm teilen könnte, dann würde ich bestimmt nicht mehr so schnell aus den Pantoffeln kippen. Dass Kurt meinem Raphael helfen wird, wo er nur kann, steht für mich außer Frage. Aber vielleicht kann mir Kurt auch bei der Klärung von Jörgs Tod helfen. Die Polizei hat den Fall zwar notgedrungen ad acta gelegt, aber Kurt ist nicht nur Polizist. Er ist einer von uns. Und die Sache mit dem seltsamen Liebesbrief, den ich zufällig gefunden hab, könnte ein neuer Beweis sein. Oder zumindest zu weiteren Ermittlungen führen. Ich schlucke schwer und mustere Kurt.

»Gehen wir erst mal ins Haus. Ich brauch dringend was für meinen daniederliegenden Kreislauf«, sage ich heiser.

»Einen anständigen Schnaps«, meint Sepp und drückt meine Hand.

»Aber einen Doppelten«, antworte ich, und wir marschieren hinein.

Ich lasse mich auf die Eckbank plumpsen. Gitti und Daniela bereiten einen kleinen Imbiss, die Schnapsgläser und Kaffee vor.

Sepp sitzt schweigend neben mir und lässt keinen Moment meine Hand los. »Du hast mir einen ganz schönen Schrecken eingejagt, Rosi«, sagt er.

Kurt, der auf dem Stuhl Platz genommen hat, nickt. »Ist aber auch kein Wunder. Ich hätte das Blaulicht ausmachen sollen. Das wirkt so dramatisch. Dabei wollte ich nur ein wenig damit angeben. Bei meiner Daniela«, gesteht er und streicht sich verlegen über den Bauch.

Daniela kichert. »Ist aber auch toll, so wie im Fernsehen«, sagt sie und stellt die Butter auf den Tisch. »Tut mir leid, Mama, dass wir dir so einen Schrecken eingejagt haben.«

Sie nimmt meine freie Hand und drückt sie kurz. Ich fühle mich wie ein kleines, verängstigtes Mäuschen, dem man die Pfötchen halten muss. »Jetzt ist es aber wieder genug, Kinder«, fauche ich und befreie mich aus den Klammergriffen, »ich bin doch nicht tot, oder so. Das kann jedem einmal passieren. Wenn es auch so drunter und drüber geht in meinem Leben.«

Alle nicken und sehen schrecklich betroffen aus. Gitti sitzt jetzt auch bei uns.

»Kurt, jetzt lass dir mal nicht alles aus der Nase ziehen. Warum seid ihr überhaupt hier? Und überhaupt, ihr beide … was hab ich verpasst, Grundgütiger?«, japse ich.

Daniela guckt Kurt verliebt an. Dann erzählen sie.

»Eigentlich ist nichts Großartiges passiert, wenn du das befürchtest. Der Raphael hat sich gestern Abend telefonisch in der Polizeidirektion gemeldet und gesagt, dass er am Dienstag kommt und für eine Befragung bereitsteht. Er wollte sichergehen, dass ich auch Dienst habe«, beginnt Kurt.

»Aha«, sage ich. Raphael weist meine Telefonversuche ab und ruft lieber die Polizei an. Wie es aussieht, hat er vor meiner Standpauke mehr Angst als vor der Exekutive. Ich nippe am Schnaps. Er brennt in der Kehle, aber sofort stellt sich das angenehm warme Gefühl in meinem Bauch ein. Ich lehne mich zurück und verschränke die Arme. Sepp streichelt mir den Rücken.

»Na ja, und wir beide … das hat sich eben so ergeben. Beim Begräbnis hat mich der Kurt immer so angesehen, und als sie den Jörg hinunter ins Grab ließen, da hat er mich gefragt, ob wir nicht einmal ausgehen wollen«, fährt Daniela stockend fort.

»Darum war ich auch nicht gleich zur Stelle, als der Wimmer auf Hias losgegangen ist«, entschuldigt sich Kurt leise.

Ich nicke.

»Auf jeden Fall war es recht lustig in der Kneipe. Es ist etwas länger geworden, und ich hab die Dani zu mir heimgebracht«, erklärt Kurt weiter.

»Ach so?«, frage ich und lehne mich wissbegierig nach vorn.

»Nicht, was du denkst, Mama. Doch nicht in der ersten Nacht! Der Kurt hat ganz brav auf der Couch geschlafen und mir das Bett überlassen. Ich kenn Kurt zwar schon eine Ewigkeit, und wir verstehen uns prima, und irgendwie …«

»… kann gern mehr daraus werden«, vollendet Kurt ihren Satz und drückt Daniela einen Kuss auf die Wange. Sie hustet verlegen, und eine leichte Röte schleicht sich in ihr Gesicht.

Ich lache und winke ab. »Schon gut. Ihr seid mir keinerlei Rechenschaft schuldig. Immerhin seid ihr erwachsen. Ich bin sogar froh, dass du nicht zu Hause warst. Sonst wärst du vielleicht noch schwach geworden beim winselnden Wimmer.«

»Winselnder Wimmer. Gefällt mir«, sagt Daniela. »Aber zurück zum Thema. Wir wollten dir die Nachrichten von Raphael lieber selbst überbringen, und daher haben wir uns nach dem Frühstück kurz entschlossen auf den Weg hierher gemacht. Dass wir dir so einen Schrecken eingejagt haben, tut uns leid. Und das mit dem Blaulicht war wirklich eine doofe Idee. Wenigstens haben wir die Sirene ausgelassen.«

Sie verschränkt ihre Finger mit denen von Kurt. Beide gucken so schuldbewusst, dass ich ihnen gar nicht böse sein kann.

»Schon gut. Essen wir lieber einen Happen. Dass mich die bevorstehenden Ereignisse am Dienstag nicht wieder aus den Latschen kippen lassen. Wenn der Raphael kommt, da brauch ich dringend jedes Quäntchen Kraft, das sich auftreiben lässt«, sage ich. Die bunte Runde ist einverstanden.

Es wird richtig nett. Besonders gefällt es mir, zu beobachten, wie Daniela aufblüht. Das ist meine Tochter. Mein Herz ist stolzgeschwängert, und die Sorgen des Vormittags rücken in den Hintergrund. Kurt scheint sich so richtig in meine Tochter verguckt zu haben. Ich gönn den beiden ihr Glück und hoffe, dass daraus nicht die nächste Enttäuschung in Danis Leben wächst.

Ich sehe mich um. Irgendwie ist es schön, alle an meinem Tisch versammelt zu haben. Selbst wenn die Umstände unseres Treffens nicht die glücklichsten sind. Es ist beinahe wie eine richtige Familie. So wie damals. Als Horst noch lebte. Er fehlt mir. Raphael auch. Schnell sehe ich zu Sepp, bevor sich verräterische Tränen in meine Augenwinkel stehlen. Er erzählt gerade einen deftigen Witz, dessen Herkunft eindeutig seiner Arbeit zuzuschreiben ist. Ich habe die Pointe verpasst, stimme aber in das herzliche Lachen ein, das den Raum erfüllt. Ja … so könnte, so sollte es öfter sein. Ein Gefühl tiefer Dankbarkeit überkommt mich und wärmt meine Brust.

»So!« Sepp will aufstehen, und der kurze Moment des Glücks schwindet. »Ich muss. Schließlich kann ich mein Geschäft nicht auf Dauer sich selbst überlassen. Rosi, du meldest dich, wenn du Hilfe brauchst?«

Ich nicke traurig. Völlig selbstverständlich beugt sich Sepp zu mir herab und küsst mich auf die Lippen. Ich kann gar nichts darauf sagen, so baff bin ich. Als ich meine Stimme wiederfinde, ist er schon zur Tür hinaus. Es ist totenstill in der Stube. Nur das leise Summen einer Fliege und das Ticken der Uhr sind zu hören. Meine Gäste starren mich an. Ich streiche mir verschämt den Rock glatt.

»Mama, was läuft da zwischen dir und dem Sepp?«, ergreift Daniela das Wort und stellt damit die Frage, die alle, einschließlich mich selbst, beschäftigt.

Ich lasse die Schultern hängen und antworte wahrheitsgemäß: »Ich weiß es nicht, Kind. Ich habe wirklich keinen blassen Schimmer.«

»Er steht auf dich«, sagt Daniela.

»Ganz eindeutig«, kommentiert Kurt.

Gitti schüttelt nur ungläubig den Kopf, dass ihre kleinen Locken gefährlich auf und ab wippen wie Minisprungfedern. Ihr Mund steht leicht offen, und sie erinnert mich an einen blubbernden Goldfisch mit Dauerwelle. Am liebsten möchte ich mich ihrer Geste anschließen, aber ich presse fest die Lippen aufeinander.

»Aber das geht doch nicht!«, presse ich schließlich hervor.

»Und warum geht das nicht?« Kurt sieht mich ernst an.

Ich ringe um Worte. Doch ich finde keine Erklärung, die ich ehrlich vertreten könnte.

»Na, weil er der Bumshütten-Sepp ist«, quietscht Gitti empört, »und das macht man doch nicht. Nicht mit so einem!«

Ich schlage wütend auf den Tisch. »So einem was? Hmm? Glaubst du, dein Alfons ist besser? Ich kann nichts Verwerfliches am Sepp feststellen. Er ist der netteste Mann seit Horst, der mir über den Weg gelaufen ist. Und überhaupt! Wo und wann leben wir? Im finsteren Hinterland im Mittelalter? Nein. Sepp übt einen Beruf wie jeder andere aus, und er ist lieb und fürsorglich und … und …« Ich schnappe nach Luft.

»Mama. Du bist verliebt.« Daniela klingt völlig gefasst. So als wäre mein Lage offensichtlich. Jetzt nickt Gitti, und ihr Blick ist nicht länger böse, sondern irgendwie mitfühlend.

»Nei… Nein. Sepp ist ein Freund. Der beste Freund, den ich vielleicht habe. Aber nur das. Außerdem kann ich mit den jungen Dingern im Club nicht mithalten.«

Kurt lacht und schlägt sich auf den Bauch. »Zum Glück, Rosi. Ich glaub auch nicht, dass der Sepp Interesse an einem weiteren Mädchen hätte. Er hat aber ganz eindeutig welches für dich.« Daniela und Gitti stimmen ihm zu.

»Die Frage ist nur: Was willst du?«, stellt Gitti ruhig fest.

Ich bin sprachlos.

Mit dem Gefühl, gar nichts mehr zu wissen, lassen sie mich allein. Sie gehen, alle. Sogar Gitti. Obwohl die mich drückt und mir alles Gute wünscht, so als stünde mir eine schlimme Operation bevor. Ich bringe sie zur Tür und humple danach zurück in die Stube, wo ich grüble, ob Kurt vielleicht richtigliegen könnte und Sepp auf mich steht. Genauso hat er es ausgedrückt. Ich schmunzle. Wenn der wüsste, dass genau das Sepps Problem ist … das Stehen.

Aber wenn etwas aussieht wie eine Ente, schwimmt und schnattert wie eine … dann ist es auch wahrscheinlich eine Ente, höre ich mein Innerstes mit Horsts Stimme sagen. Ich nicke und fasse mir ans Herz. Mein Horst hat bestimmt wieder recht.

Denn benimmt sich Sepp nicht wie ein Verehrer, wie ein Verliebter? Er sorgt sich um mich, geht mit mir aus, hört mir zu und bemüht sich um meine Bedürfnisse. Vielleicht, ja vielleicht ist er tatsächlich ein klein wenig verliebt in mich. Oder nutze ich Sepp etwa nur aus, weil er sich im Rotlichtmilieu auskennt und mir auch sonst bei meinen Ermittlungen zur Seite steht? Sollte die Kräuterrosi ihren Herzbuben bereits gefunden haben, und die ganze Aktion mit der Radiosendung war möglicherweise vollkommen umsonst?

Mir wird wieder etwas schwindelig. Aber diesmal ist es nicht vor Sorgen. Ich fasse mir an die Lippen. Und fast meine ich, Sepps Pfefferminzkuss erneut darauf tanzen zu spüren.

Vergangenheitsbewältigung

Mittelchen bei müden Augen
Hände reiben, bis sie warm sind, und auf die geschlossenen Augen legen.
Einen Wattebausch mit lauwarmer Milch 10 Minuten auf die Augenlider legen. Ebenso funktioniert es mit lauwarmem Fencheltee (niemals Kamillentee verwenden – der trocknet aus).
Bei überanstrengten Augen (durch Computerarbeit, Fernsehen) hilft es, einen Punkt in der Ferne zu fixieren und einige Minuten daraufzustarren.
Viele Karotten oder jungen Spinat essen (Vitamin D und Karotinoide)
Kräftig Gähnen – das trainiert den Augenmuskel und produziert Tränenflüssigkeit.

Montag. Ich bin müde. Vom Wochenende. Der Anstrengung. Dem ganzen Drumherum.

Das Aufstehen fällt mir schwerer als sonst. Vielleicht auch, weil ich weiß, was die nächsten Tage auf mich zukommt. Ich befürchte das Schlimmste und hoffe das Beste, wenn ich an Raphael denke. Als ob ich nicht genug mit meinem eigenen Chaos zu tun hätte. Ich krabble aus dem Bett. Sogar meine Augen sind erschöpft und sehen nicht scharf. Ich reibe mir die Hände warm und lege sie auf. Etwas besser. Dann gähne ich herzhaft und fasse einen Entschluss. Gegen Morgenmüdigkeit hilft am besten ein Spaziergang an der frischen Luft und im Anschluss ein kräftiges Frühstück. Zum Glück ist der Fuß wieder einigermaßen in Ordnung.

Draußen ist es herrlich. Kleine Tautropfen spiegeln sich im Sonnenlicht. Meine Hühner verabschieden sich gackernd von mir, und ein leichter Sommerwind begrüßt mich. Es ist wundervoll ruhig. Nur das Zwitschern der Vögel und das Rascheln der Blätter.

Ich höre im Haus das Telefon läuten und hadere einen winzigen Augenblick mit mir. Dann winke ich ab. »Wenn es was Wichtiges ist, dann melden sie sich wieder«, sage ich zu meinen Hennen und marschiere los.

Mit jedem Schritt beruhigen sich meine Gedanken, und ich fühle mich wohler. Der Mensch neigt dazu, sich von seiner Natur zu entfernen, wenn er Stress hat. Ich bin da keine Ausnahme. Der kleine Marsch durch die hügelige Landschaft tut mir gut. Keine Menschenseele ist unterwegs. Ich bin allein mit mir, meinen Gedanken und Gefühlen, und mir wird mit einem Mal klar, wie wenig Einfluss ich auf das Schicksal meiner Kinder habe. Dafür kann ich mein eigenes in die Hand nehmen. Sepp. Ich bleibe stehen und gucke an einer uralten Buche hoch. Ein Eichhörnchen huscht den Stamm empor. Ich lächle. Jawohl. Ich werde mein Leben in die Hand nehmen und sehen, wohin das mit Sepp führt. Mein Entschluss steht fest, und ich stapfe festen Schrittes zurück zum Haus. Wäre doch gelacht, wenn ein bisschen Stress eine Frau wie mich aus der Bahn werfen könnte.

Der Vormittag verfliegt in Windeseile. Ich versorge meine Hühner, mache die Hausarbeit und komme vor lauter Beschäftigung gar nicht mehr zum Grübeln. Gerade falte ich meine Blaudruck-Tischtücher zusammen, als das viel geliebte Telefon klingelt. Ich nehme mit meinem typischen Hallo ab.

»Frau Beinmüller?«

Die Radiotante. Ich seufze.

»Beingruber. Aber ja, ich bin die Person, die Sie wahrscheinlich sprechen wollten.«

Sie lacht. »Entschuldigen Sie vielmals. Ich und Namen. Zum Glück arbeite ich beim Rundfunk und nicht als Lehrerin. Die Schüler wären echt arm dran bei meinem Gedächtnis. Aber egal. Der Grund, warum ich eigentlich anrufe …«

Sie macht eine kurze bedeutungsschwangere Pause, und ich verdrehe die Augen. Welche großartigen Neuigkeiten kann sie schon für mich haben? Dass sich der Scheich von Brunei für mich und meine Hexenküche interessiert?

»… ist, dass Ihr kleines Interview beim Sender unglaublich viel Resonanz hervorgerufen hat. Achtundzwanzig Anfragen, wenn man die unsittlichen und scherzhaften wegzählt. Ist das nicht großartig?«

»Gaaaanz großartig. Und jetzt?«

»Na, jetzt haben Sie die Qual der Wahl, liebe Rosi. Ich habe Ihnen heute Morgen einen Botendienst beauftragt. Sie müssten die Briefe demnächst bekommen, und dann können Sie sich mit den Herren, die Ihr Interesse wecken, treffen.«

»Aha.« In Gedanken werfe ich das Paket schon in den Papierkorb.

»Nun zu meiner Bitte. Da Sie eine so außergewöhnliche Teilnehmerin an unserer Herzsuche sind, wollte ich Sie fragen, ob Sie bereit wären, mit Ihrem ausgewählten Herzbuben ein Interview zu geben? Sie benötigen natürlich etwas Zeit, nicht wahr? Um den Richtigen zu finden. Also sagen wir, am Samstag in vier Wochen? Ja? Prima. Ich melde mich ein paar Tage vorher telefonisch bei Ihnen. Dann können Sie und Ihr Liebster sich darauf vorbereiten. Die Hörer lieben Sie einfach, Rosi. Bis dann.«

Klick. Ich bin baff. Nicht ein Wort, geschweige denn einen ganzen Satz konnte ich erwidern. Verdutzt lege ich den Hörer auf die Gabel. So viel zu meinem Plan, die Briefe gleich zu vernichten. Ich werde mich wohl oder übel mit dem einen oder anderen Verehrer treffen müssen ... obwohl, zwingen kann mich auch keiner, oder?

Mir brummt der Schädel, und ich weiß schon jetzt, dass mein Ehrgefühl mir einen Strich durch die Rechnung machen wird. Ich seufze. Nun denn, dann ist eben Rendezvous-Zeit angesagt. Und was wird mit Sepp? Ach was! Es läuft doch nichts zwischen uns, und bloß weil mein Herz Kapriolen schlägt, heißt das noch lange nicht, dass Sepp ähnlich empfindet. Ich lache. Es klingt wie das Gegacker meiner Hühner. Ich höre Horsts amüsierte Stimme in meinem Inneren: Rosi, Rosi. Dass der Gedanke an Männer dich so aus der Fassung bringt. Du wirst ja wieder richtig jung.

Ich beschließe, auf Sepps Angebot zurückzukommen. Hat er nicht gesagt, ich soll mich melden, wenn ich Hilfe brauche? Ich bin zwar nicht wirklich in Nöten, aber seit dem Begräbnis und dem Gespräch mit den Krämer-Schwestern drückt mich die Frage nach Jörgs Tod wieder stärker. Es gibt ein Geheimnis in der Vergangenheit des Dreiergespanns. Hias, Jörg, Zenzi. Was verbindet sie, außer der Liebe? Der Brief. Das Gerede der Krämer-Frauen. Alles hängt irgendwie zusammen. Warum hätte ich sonst dieses unbestimmte Gefühl, dass die Wurzeln von Jörgs Tod vor dreißig Jahren zu wachsen begonnen haben.

Ich rufe Sepp an, der sich sofort bereit erklärt, mich zu begleiten.

Innerhalb einer halben Stunde steht er vor meiner Tür. Er trägt eine lässige Jeans und ein rotes Poloshirt. So sportlich hab ich ihn noch nie gesehen, aber er gefällt mir auch in dieser Kleidung.

»Meine Dame, wohin darf ich Sie fahren?«, fragt er und deutet eine Verbeugung an.

Ich lache. »Du Kasperl«, sage ich.

»Zu Diensten«, antwortet er, nimmt meine Hand und küsst sie. Sogar dieses unscheinbare Bussi bereitet mir einen angenehmen Schauer. Einen Moment lang zweifle ich, ob es eine gute Idee war, Sepp herzuholen. Vielleicht lenkt er mich nur zu sehr von meinem eigentlichen Vorhaben ab.

Wir fahren die kurze Strecke zu Jörgs Hof.

»Du weißt, was du tun sollst?«

Sepp lacht. »Keine Sorge, mit den Damen kenn ich mich aus.«

Davon ist auszugehen. Hoffentlich liege ich richtig mit meiner Annahme. Aber wenn Zenzi nur einigermaßen so tickt wie die Frauen meiner Generation, dann gibt es eigentlich keinen Zweifel, wo sie die Vergangenheit begraben hat ... im heiligen Schlafgemach.

Wir halten vor dem Hof. Automatisch sehe ich auch zu Hias' Anwesen hinüber. Alles scheint normal und ruhig zu sein. Die Sauen liegen im Auslauf, frisch geborene Ferkel tummeln sich im Ferkelgehege – richtig idyllisch. So stellt man sich Schweinehaltung vor. Noch besser haben es höchstens diese spanischen oder italienischen Eichelsauen, aus denen der besondere Schinken gemacht wird.

Sepp nimmt mich an der Hand. Mein Knöchel ist noch immer angeschlagen, aber im Vergleich zu gestern hüpfe ich wie eine Gazelle durch die Gegend.

Die Haustür steht offen. Wie bei uns üblich, gehen wir hinein und rufen laut, ob jemand daheim ist.

Schon kommt Zenzi aus der Stube, den Kopf voller Lockenwickler, die Schürze voll Mehl und die Finger mit Teig bekleckert.

Der typische Geruch heißen Schmalzes weht uns entgegen.

»Ich mach gerade Kiachln. Wollt ihr auch welche?«, fragt sie, anstatt zu grüßen.

»Zu Bauernkrapfen sag ich nie nein. Das bekomm ich so selten«, sagt Sepp.

»Rosi, Rosi. Du musst deine Männer besser bekochen. Liebe geht durch den Magen. Mein Jörg war ohne anständige Mahlzeit immer ungenießbar«, antwortet Zenzi und wischt sich mit dem Handrücken über die schweißnasse Stirn. Auch eine Möglichkeit, sich das Gesicht zu pudern. Sie zieht auffordernd die Augenbrauen hoch, so als würde sie darauf warten, dass ich ihre Aussage zurechtrücke. Aber ich lass es. Mit voller Absicht. Mir gefällt der Gedanke, dass die Leute im Dorf mehr in Sepp und mir sehen, als da ist. Gewöhnlich war mein Leben schon die letzten fünfzig Jahre. Ist doch spannend, wenn man in mir nicht mehr nur das fade, berechenbare Kräuterweiblein sieht, oder?

Zenzi bittet uns in die Stube und stellt sich sofort wieder hinter den Herd. In einer Pfanne schwimmen die Krapfen im heißen Fett und brutzeln leise vor sich hin.

»Sauer mit Kraut oder süß mit Zucker?«, fragt Zenzi und fischt die ersten beiden Hefegebäcke aus dem Schmalz. Flink legt sie neue hinein.

»Gern beides«, grinst Sepp, »hintereinander.«

»Ich glaub, ich geb mal einen Kochkurs in deinem … ähm … Lokal. Du Armer bekommst ja anscheinend nix Anständiges zwischen die Zähne«, sagt Zenzi und richtet Sepp einen Teller mit Kraut und einem Krapfen her.

»Ich bitte mit Zucker«, beantworte ich Zenzis fragenden Blick, als sie Sepp das Essen hinstellt.

Die nächsten Krapfen sind fertig. Zenzi richtet sich selbst und mir eine Portion her und zieht die Pfanne von der Flamme. »Den Rest mache ich später, wenn Susi heimkommt. Frisch sind sie doch am besten, nicht?«

Sepp nickt kauend. »Hmmm«, seufzt er, und ich verpasse

ihm einen Rempler. Er soll Zenzis Vertrauen gewinnen, aber nicht übertreiben. Doch er grinst weiter begeistert über seinen Krapfen und schmatzt, was das Zeug hält. Meine Güte, bin ich etwa eifersüchtig?

»Schön, dass es schmeckt. Allein essen ist nicht schön. Die Susi ist in Salzburg und der Jörg …«, seufzt Zenzi. Ihre Augen glänzen plötzlich. »Ehrlich, ich hätte nicht gedacht, dass mir der Griesgram so fehlen wird. Er war schon manchmal anstrengend, aber jetzt vermisse ich sein Gebrumme.«

»Ihr wart Jahrzehnte verheiratet, das verbindet«, kommentiere ich, obwohl ich mich frage, ob Zenzis Trauer so tief ist, wie sie uns glauben lassen will. Vermissen wird sie ihn wohl. Aber Jörg war mehr als ein brummender Griesgram. Erst vor fünf Wochen hat sich Zenzi eine Dose Arnikasalbe für ihre blauen Flecken geholt. Und die waren bestimmt nicht von einem Sturz.

»Ach Gott, ich hab euch gar nichts zu trinken hingestellt«, fährt Zenzi wie aus dem Nichts hoch und stürmt hinaus zur Speisekammer. Im Nu steht sie wieder da mit einer Doppelliterflasche Süßmost in der Hand. »Frisch gepresst, hat Jörg noch getan, bevor …« Ihre Stimme bricht erneut.

»Es ist schwer, nicht?«, frage ich sanft nach.

Sie nickt und stellt uns Gläser hin. »Ja, aber du kennst das doch, Rosi. Als dein Mann gestorben ist, da hat es dich sicher auch mitgenommen«, antwortet sie und setzt sich.

»Sehr sogar. Manchmal kann ich es heute noch nicht glauben, dass er nicht mehr ist.«

Zenzi lächelt Sepp seltsam an. »Manchmal bekommt man aber eine zweite Chance im Leben«, sagt sie und stopft sich ein großes Stück Krapfen in den Mund.

Mir stellt es bei ihren Worten die Haare im Nacken auf. Ein komisches Gefühl beschleicht mich, und ich bin mir fast sicher, dass sie mit der zweiten Chance nicht mich und Sepp meint.

Sepp ergreift die Initiative und unterbricht meinen Gedanken. »Da hab ich bei einer so hübschen Frau wie dir keine Zweifel«, sagt er. Zenzi strahlt und gibt ihm gleich einen neuen Krapfen auf den Teller. »Und bei den Kochkünsten.«

Er übertreibt maßlos, finde ich.

Zenzi gefällt es allerdings. Sie lächelt. »Ja, früher, da war ich schon fesch. Es gab mal eine Zeit, da sind die Männer bei mir Schlange gestanden«, träumt sie laut.

»Ist nicht auch der Hias einer deiner Verehrer gewesen?« Zenzi sieht mich streng an. Einen Augenblick lang hab ich Angst, mit meiner Frage zu forsch gewesen zu sein. Diplomatie war noch nie meine Stärke.

Dann aber atmet sie tief ein und meint: »Ja, stimmt schon. Und wenn der Jörg nicht gewesen wäre, dann hätt ich Hias bestimmt geheiratet. Aber das ist Vergangenheit.« Sie klingt wehmütig.

»Warum hast du dich damals eigentlich für Jörg entschieden? War er deine große Liebe?«, fragt Sepp völlig nebenbei. Er gibt einen guten Ermittler ab, und man glaubt ihm sein unschuldiges Nachfragen.

»Ja mei, große Liebe. Die gibt's nur im Fernsehen. Ansehnlich war er, der Jörg, und Geld hatte er auch …«

Ich stoße ganz leicht gegen Sepps Bein. Er nickt kaum merklich. Es kann losgehen. Teil zwei unseres Besuchs beginnt. Ich muss raus aus der guten Stube und auf Entdeckungsreise gehen. Daher räuspere ich mich und wetze unruhig hin und her.

Zenzi blickt auf. »Weißt eh, wo das Klo ist, oben, zweite Tür«, sagt sie und wendet sich wieder Sepp zu, der mit großen Augen den verständnisvollen Zuhörer mimt.

Ich schüttle beim Hinaushumpeln den Kopf. Ein Bordellbetreiber als Frauenversteher, nein! Das gibt es nicht einmal im Fernsehen. Unglaublich. Und obwohl Sepp und ich unser Vorgehen abgesprochen haben, bin ich tatsächlich eifersüchtig …

Ich weiß, wo ich suchen werde, aber zuvor muss ich wirklich kurz aufs Klo. Pinkeln im Eiltempo ist für eine über Sechzigjährige auch keine Kleinigkeit. Besonders, weil mich mein Knöchel beeinträchtigt.

Ich bin fertig und schleiche mich so leise wie möglich in Richtung Schlafzimmer. Wenn ich meine Liebesbriefe verstecken müsste, dann im Kleiderschrank, weit oben und hinter einem Stapel Wäsche.

Gerade als ich die Klinke drücke will, höre ich die Treppenstufen quietschen. Sepps Lachen dringt zu mir hoch. Mensch! Das war so aber nicht abgemacht! Seine einzige Aufgabe war, Zenzi in ein längeres Gespräch zu verwickeln, dass ich Zeit zum Stöbern habe.

Schnell haste ich in Richtung Stiege, bevor sie mich entdecken.

»Ah, Rosi. Ich will Sepp ein paar alte Bilder zeigen, und dass ich wirklich so ein flotter Feger war. Wenn ich gewusst hätte, dass es im Puff so nette Männer gibt, dann hätt ich mal vorbeigesehen. Du bist zu beneiden«, flötet sie und geht vor.

Sepp hakt sich bei mir ein, und wir lassen uns ein kleines Stück zurückfallen.

»Was hast du nur gemacht?«, flüstere ich.

Er zuckt die Schultern. »Komplimente?«

Zenzi geht ins Schlafzimmer. Wir folgen ihr. Wie vorausgeahnt rückt sie einen kleinen Schemel vor den Kleiderschrank und kramt ganz oben herum. Sie zieht einen bunten Pappkarton hervor. »Erinnerungen«, seufzt sie und reicht die schwere Schachtel Sepp. »Da wirst du Augen machen. Manche glauben ja, dass die Jugend heutzutage offen ist, aber die echte Minirockzeit, die war doch in den sechziger und siebziger Jahren, gell?«

»Stimmt schon«, gebe ich zu und reise in Gedanken zurück. Miniröcke trug ich zwar nur in den seltensten Fällen, aber ansonsten war ich schon ziemlich weltoffen.

»Na dann, lasst uns in den guten alten Zeiten schwelgen«, schmunzelt Zenzi, und wir steigen wieder die Treppe hinab.

Mit verträumtem Blick öffnet sie die Schachtel und breitet die vergilbten Fotos aus. Ich gucke in den Karton und erkenne sofort das gleiche Briefpapier, das ich bei Hias gesehen habe. Die Neugierde kitzelt mich in den Fingern, und am liebsten würde ich die alten Seiten herauszupfen und lesen. Aber ich reiße mich zusammen. Voreilig sein könnte alles verderben, also übe ich mich in Geduld.

»Mann, Mann. Da kann ja so manches Model neidisch werden bei den Beinen«, schleimt Sepp und nimmt ein Foto in die Hand.

Zenzi errötet. Ich schlucke mir die Bemerkung hinunter, die mir auf der Zunge liegt. Sepp macht seine Sache gut – zu gut vielleicht. Ist das etwa Eifersucht, die mich so denken lässt?

Rosi, nimm dich zusammen und besinne dich auf dein Vorhaben, höre ich Horst in mir. So streng war er früher nur, wenn ich in der Kindererziehung zu weich wurde. Ich muss lächeln.

»Oh, da sind ja wir. Und Horst ist auch drauf. Ich glaub, das war ein, zwei Jahre nach unserer Hochzeit.«

Ich ziehe das ausgeblichene Bild hervor. Zenzi schluckt schwer und macht Anstalten, mir das Foto wegzunehmen. »Ach, da ist das halbe Dorf drauf, und ich bin schon ziemlich schwanger«, sagt sie und zieht am Foto.

Ich erhasche einen allerletzten Blick. Tatsächlich. Die Krämerfrauen sind drauf, Jörg neben der rundlichen Zenzi, ich, Gitti, Horst, Hias, Hubert und nur noch halb im Bild seine Helga.

Irgendetwas ist seltsam an dem Foto. Ein Fehler. Er lacht mich an, aber ich erkenne ihn nicht. Ich blicke von einer abgelichteten Person zur nächsten. Versuche, zu sehen, was da nicht stimmt. Es ist doch ein ganz normales Gruppenbild, oder? Ich gehe näher ran, will die Einzelheiten betrachten.

Aber Zenzi reißt mir das Bild aus der Hand und stöhnt theatralisch. »Ach, da gibt es Fotos, auf denen ich besser getroffen bin. Ich hab in der Schwangerschaft so unter Wasser gelitten. Bin mir vorgekommen wie ein vollgesogener Schwamm, schrecklich war das … aber da, da bin ich gut drauf.«

Sie lässt das Gruppenbild im Karton verschwinden und schiebt uns stattdessen einen Schwarz-Weiß-Abzug unter die Nase. Sie in der Mitte, Jörg rechts, Hias links.

»Das war kurz nach Jörgs Antrag … ein fescher Kerl war er schon.«

Ich werfe einen kurzen Blick darauf. Unspektakulär, das ganze Bild. Viel mehr interessieren mich das vorige Foto und die Briefe.

»Sind das etwa Liebesbriefe vom Jörg?«, frage ich scheinheilig.

»Nein. Aber das geht dich nichts an. Ich wollte nur deinem Freund ein paar alte Fotos von mir zeigen«, sagt sie bissig und verschließt den Karton.

»Mama! Mama, wo bist du? Hilfst du mir mal?«

Susi. Ich sehe richtig, wie es in Zenzis Gesicht arbeitet. Einerseits will sie schnell zu ihrer Tochter und sehen, was sie braucht. Und andererseits ist da diese Schachtel, die sie unbedingt aus dem Weg schaffen will.

»Mama!«

»Ich komme gleich!«, schreit Zenzi und stellt den Karton ganz oben auf den Küchenhochschrank. »Bin gleich wieder da«, sagt sie und wirft mir einen strengen Blick zu.

»Schon gut. Ich muss eh meinen Krapfen noch zu Ende essen«, gebe ich mich völlig uninteressiert.

Zenzi nickt und schwirrt hinaus.

»Jetzt aber schnell. Du hältst Wache, ich schau nach«, zische ich Sepp zu.

Er steht auf und öffnet die Küchentür einen Spalt. Schnell fische ich den Karton herunter. Was soll ich zuerst genauer ansehen? Das Foto oder den Brief? Die Zeit drängt. Meine Finger schwitzen.

Ganz obenauf lacht mich der Brief an. Ich angle ihn heraus.

Der Vollmond auf deinem Haar,
Glanz, wo du bist.
Der Duft deiner Haut,
Vanilleblüten in der Luft.
Du. Mein Herz.

In Ewigkeit, Hias

Mich erstaunt Hias' Talent, mit Worten zu malen.

Hias, ein heimlicher Poet? Und da dachte ich, ihn zu kennen. Aber ehrlich gesagt, hatte ich in meiner Jugend nie viel mit ihm zu tun. Mein Interesse galt Horst. Hias war einfach nur ein junger Mann aus dem Dorf, der nie für mich in Frage gekommen wäre.

»Das klingt ja schwer nach der großen Liebe«, sagt Sepp, der plötzlich hinter mir steht.

»Gsst. Du sollst doch Wache halten«, zische ich.

Schon steht er wieder an der Tür. »Nichts zu hören«, sagt er, und ich krame weiter. Vielleicht finde ich jetzt noch das Foto.

Es sind zig solcher Briefe. Alle von demselben Verfasser. Hias. Ich habe keine Zeit, sie genauer durchzulesen, suche stattdessen weiter. Aber das Foto bleibt in den Unmengen an Liebesschwüren verschollen.

»Achtung«, warnt mich Sepp, und ich stelle die Schachtel schnell zurück.

Als die beiden Frauen zur Tür hereinkommen, sitzen Sepp und ich unauffällig bei unseren Krapfen.

Susi und Zenzi schleppen eine große Schaufensterpuppe samt Rüschenkleid herein.

»Ich hätte mir doch eine kaufen und nicht Papas Holzmonster hernehmen sollen«, schnauft Susi. Die Holzpuppe steht wie eine Prinzessin aus längst vergangener Zeit in der Küche.

Zenzi wischt sich den Schweiß von der Stirn. »So, Kind. Willst ein paar frische Kiachln nach deiner starken Prüfung?«, fragt sie.

»Oh ja. Danke, Mama«, antwortet Susi und drückt ihrer Mutter einen Kuss auf die Wange.

Susi setzt sich zu uns. »Und ihr besucht netterweise meine Mama, wenn ich in Salzburg bin?«

»Ja, ein wenig in Erinnerungen schwelgen«, sage ich lächelnd.

»Ob das gut ist? Ich glaub, die Mama soll nicht zu viel an früher denken. Der Papa hätte das auch nicht gewollt. Lieber nach vorn schauen.«

»Recht hast, Kind. Und wie ist es gelaufen? Erzähl. Ich back dir in der Zwischenzeit frische Kiachln heraus«, sagt Zenzi und stellt sich umgehend hinter den Herd.

Der Karton scheint vergessen. Nur ich denke unaufhörlich an ihn. Auf jeden Fall weiß ich jetzt sicher, dass die Lösung um Jörgs Tod in der Vergangenheit zu suchen ist.

»Ja, diese Puppe hat mich auch neugierig gemacht. Warst du mit der etwa in Salzburg?«, fragt Sepp.

»Meine Susi will ins Modegeschäft einsteigen und das lernen.

Ganz professionell«, sagt Zenzi voller Stolz, bevor Susi überhaupt zu Wort kommt.

»Mama, wie du das erklärst, da hört es sich an, als würde ich Modedesign studieren. Aber nein. Ich hab mich fürs Diplomstudium zur Kostümbildnerin beworben. Der Aufnahmetest war schon im Frühling, und heute durften diejenigen, die in der engeren Auswahl stehen, den Professoren etwas von ihrem Können zeigen. Dafür hab ich auch diese Holzpuppe gebraucht, damit mein Kleid so richtig zur Geltung kommt. Papa hat mir das Monstrum geschreinert. Er hat gemeint, sie würde mir Glück bringen. Ich hoff, sie tut es, und die Schule nimmt mich, obwohl ich schon so alt bin.«

»Spät berufen nennt man das«, sagt Sepp, »und zeugt davon, dass man es ernst meint.«

»Das wäre schön«, antwortet Susi. Das Fett zischt schon wieder in der Pfanne, und Susi erzählt begeistert von dem Kostüm, das sie entworfen hat. Ich halte es für sinnlos, länger zu bleiben, und dränge Sepp, zu gehen.

»Kommt wieder! Es ist schön, über alte Zeiten zu reden«, sagt Zenzi, als wir hinausgehen.

»Gern«, versichere ich ihr. Immerhin ziept und juckt mich noch immer die Neugierde.

Ich humple mit Sepp am Arm zum Auto.

»Und, wie war ich?«, fragt er, als wir im Wagen sitzen.

»Dass ihr Männer auch immer die gleiche Frage stellt«, antworte ich. Wir lachen. »Du warst gut. Zu gut. Beinahe hättest du mich auch noch überzeugt, wie angetan du von Zenzis Beinen bist.«

»Bin ich auch«, scherzt er und grinst wie ein sechzehnjähriger Lausbub.

»Tsss. Tsss. Männer«, lautet mein einziger Kommentar dazu. »Aber im Ernst jetzt. Ich glaub, wir müssen noch genauer hinter die Fassade gucken. Da waren lauter Liebesbriefe von Hias in der Schachtel. Vielleicht haben Zenzi und er noch immer was am Laufen. Kann doch sein, oder?«

»Hmm. Doch. Aber was willst du tun? Einbrechen und den

Karton stehlen, weil du Zenzi verdächtigst, noch immer ein Verhältnis mit Hias zu haben?«

»Weiß nicht. Erst einmal nachdenken, glaub ich. Das Foto war auch seltsam. Aber ich hätte mehr Zeit gebraucht, um herauszufinden, was daran nicht passt. Dann noch diese Liebesgedichte. Dass Hias so ein Poet war, wusste ich gar nicht. Er hat als junger Bursch zwar immer davon geschwärmt, mal in die große weite Welt zu ziehen und ein Künstlerdasein zu führen, aber wirklich ernst genommen hat das keiner. Außerdem, warum ist er in unserem Nest geblieben, nachdem sich die Zenzi gegen ihn entschieden hat? Ist doch unlogisch, oder?«

Sepp zuckt die Schultern. »Manchmal ist die unerfüllte Liebe eine stärkere Kraft als die erfüllte. Vielleicht wollte er nicht mehr weg, gerade weil Zenzi den Jörg geheiratet hat.«

»Hmmm«, brumme ich und beginne zu grübeln. Wir schweigen die restliche Fahrt.

Sepp setzt mich zu Hause ab.

»Danke, dass du mitgekommen bist«, sage ich, noch im Auto sitzend.

»Jederzeit. Wenn du mich wieder brauchst. Gern«, antwortet er, und mir wird warm ums Herz.

Wenn ich mich nicht schwer täusche, komme ich schneller auf sein Angebot zurück, als er glaubt.

Ich steige aus und gehe in mein Häuschen. Bestimmt ist mit abendlichen Hilfesuchenden zu rechnen.

Die Liebe ist ein seltsames Spiel

Rosis Liebestipps
Als Liebesdüfte gelten allgemein: Vanille, Jasmin, Zimt, Rose und Moschus.
Für romantische Stimmung sorgen: Kerzenlicht, leichtes Duftöl-Aroma und stimmungsvolle Musik.
Liebe geht durch den Magen. Ein gemeinsames Essen im Kerzenschein oder unter Mondlicht ... kann Wunder wirken.

Ich denke über den seltsamen Nachmittag bei Zenzi nach. Das Foto lässt mir keine Ruhe. Was daran war nur so seltsam? Immer wieder gucke ich auf die Uhr. Von Kundschaft mit Wehwehchen keine Spur. Dafür erscheint Gitti gemeinsam mit einem uniformierten Briefboten. Als hätten sich die beiden abgesprochen. Kann ich denn keine Stunde in Ruhe nachdenken und Fälle lösen? Wie ein Blitz durchfährt mich die Erinnerung an die Radiotante und das versprochene Briefpaket. Der Paketbote legt es lächelnd auf den Tisch, lässt mich unterschreiben und verschwindet wieder. Am liebsten würde ich das ganze Päckchen ungeöffnet ins Altpapier werfen. Habe ich mit Zenzi, Hias, Jörg und dazu noch meinem sauberen Sohn nicht genug um den Hals? Aber Gitti lässt das nicht zu. Sie ist begeistert von der Lieferung – nahezu hysterisch von dem kleinen verschnürten Paket mit dem reizvollen Inhalt. Teilweise reizvoll zumindest. Ich ziehe an der Schnur. Prompt segelt ein ziemlich abschreckendes Foto auf den Boden.

»Wer ist das? Rübezahl nach einer durchzechten Nacht?«, fragt Gitti erheitert.

Ich hebe das Bild auf und lege es zum Stapel der anderen auf den Tisch dazu. Dann studiere ich den dazugehörigen Brief. »Nein, das ist der Bernhard. Vierundsechzig, verwitwet und pensionierter Bierbrauer.«

Gitti lacht. »Das sieht man. Er hat sich den Bart und die Haare wahrscheinlich auch ebenso wie seine inneren Werte mit Bier veredelt.«

»Andere Männer leiden in diesem Alter unter ihrer Glatze. Bernard hat dieses Problem dafür nicht. Bierkur sei Dank«, antworte ich lachend und schiebe das Bild samt Foto gleich auf die andere Tischseite, zum Platz für die Auf-keinen-Fall-Männer.

Der nächste Anwärter heißt Markus, ist vierundfünfzig und hat sich vorsorglich mit seiner Mutter im Hintergrund ablichten lassen. Kein Wunder, dass Markus bei diesem achtzigjährigen Feldwebel noch ledig ist. Beim Anblick seiner lieben Frau Mama, wie er sie im Brief nennt, bekomme sogar ich Angstgefühle. Es fehlt nur noch der Teppichklopfer oder der Kochlöffel in der Hand der grauhaarigen Hünin, und schon würde ich in Angstschweiß ausbrechen. Markus leistet Bernhard auf dem Stapel Gesellschaft.

So geht es weiter, und es entstehen drei unterschiedlich hohe Papierhaufen. Ein recht hoher, mit den Nie-und-nimmer-Kandidaten, ein etwas niedrigerer, mit Wenn's-denn-sein-muss-Männern und ein bisher erst mit einem Brief bestückter Ja-gern-Herren. Hans heißt der Glückliche, ist dreiundsechzig, ehemaliger Bäcker, geschieden, Vater von drei Kindern und wirkt auf Anhieb sympathisch.

»Du bist echt ausgestochen, oder liegt das an deiner neuen Vorliebe für Bordellbetreiber?«, kommentiert Gitti die drei Stapel.

Ich zucke die Schultern. »Alter macht weise. Und so dumm, dass ich mir jeden Mann antue, bin ich nicht mehr. Weder aus Mitleid noch aus Herzensgüte.«

Gitti nickt und sieht versonnen in die Stube. »Halt, was liegt denn da am Boden? Bernhard war wohl nicht der einzige Luftsegler vorhin«, sagt sie plötzlich und steht ächzend vom Stuhl auf. Tatsächlich, unter der Eckbank liegt ein Blatt Papier mit einem kleinen angehefteten Passbild. Gitti hebt den Brief auf und starrt ihn an. Ihre Finger halten das Blatt geradezu krampfhaft fest. »Das gibt's doch nicht«, meint sie kopfschüttelnd.

Meine Neugierde ist geweckt. Ich stehe auf und halte ihr die Hand hin.

Gitti wirft mir einen ungläubigen Blick zu. »Hier, guck selbst. Das ist der Peter, aber er sieht aus wie …«

Ich nehme das Schreiben mit dem Foto. Meine Augen beginnen zu tränen. »Horst«, keuche ich.

»Genau. Zum Verwechseln. Nicht wahr?«, kommentiert Gitti.

Mir schnürt es die Brust zu, und ich kann nur noch nicken. »Unglaublich. Kannst du … Kannst du mir vorlesen? Meine Augen …«, stottere ich.

Gitti nickt. Wir setzen uns wieder hin. Sie liest vor. Peter, dreiundsechzig, Tierarzt aus Linz, geschieden, keine Kinder, gerade nach Salzburg gezogen, Partner in einer kleinen Tierarztpraxis.

»Tierarzt«, schwärmt Gitti. »Tierarzt und Kräuterkundige. Das passt. Er kommt auf den Stapel zu Hans, obenauf! Hab ich recht?«

Sie will den Brief gerade dazulegen, aber ich halte sie auf. »Lass mich noch mal …«

Ich habe meine Fassung zurückgewonnen und studiere das Foto jetzt genauer. Ja, zweifellos. Eine große Ähnlichkeit zu Horst ist vorhanden. Aber auch Unterschiede. Das Kinn ist spitzer, die Augen liegen ein wenig weiter auseinander, und das Lächeln ist nicht ganz so einnehmend wie das von Horst, aber im Großen und Ganzen könnte dieser Peter Horsts Zwillingsbruder sein. Ich schlucke schwer, und mein Herz macht ein paar Extraschläge.

»Steht seine Telefonnummer dabei?«, frage ich mehr mich selbst als Gitti. Ich suche den Text ab und atme erleichtert aus. Da steht sie. Ich lege den Finger auf die Zahlen. Meine Gedanken rasen. Der Drang, gleich zum Hörer zu greifen, ist immens, aber auch die Angst. Meine Knie werden weich bei dem Gedanken. Was, wenn mir die Stimme völlig unsympathisch ist? Oder wenn der Brief nur ein dummer Scherz ist? Bedächtig lege ich den Zettel zur Seite und schließe die Augen. Wenn einen etwas halb erdrückt, muss man sich zuerst frei machen, bevor man etwas Unüberlegtes tut. Gittis Gedränge und Gequatsche hilft dabei nicht sonderlich. Ich bitte sie kurzerhand, zu gehen. Sie reagiert ein wenig eingeschnappt, versteht aber dann doch, dass ich Zeit brauche, um mich zu entscheiden.

»Du gibst mir aber sofort Bescheid, hörst du? Ach Gottchen,

ist das alles aufregend!«, meint sie zum Abschied und lässt mich mit meinem Gefühlschaos allein.

Dieses blöde Foto von Peter und die zwei Hias-Briefe belagern meinen Kopf. Hias' dreißig Jahre altes Liebesgeständnis raubt mir die Ruhe. Das bedeutet Stress und macht mich zu allem Überfluss auch noch unkonzentriert.

»Und ein Topfenwickel hilft hierbei?«

Die Jungbäuerin Simone sieht mich zweifelnd an. Zur späten Stunde hat sich doch noch jemand in meine Stube verirrt.

»Wobei?«, frage ich verwirrt, bis mir klar wird, dass sie von ihrer Pilzerkrankung unterhalb des Bauchnabels spricht.

»Ach nein. Da hilft Joghurt. Natursaures Joghurt selbstverständlich. Die Milchsäurebakterien bringen das Gleichgewicht zurück.«

Simone nickt und bläst verdrossen Luft zwischen ihren Lippen heraus. »Dass ich auch immer nach einer Antibiotikabehandlung dieses juckende Zeugs bekomme«, jammert sie leise.

»Ist auch ungesund, dieses Medikament. Da kannst du gar nichts dafür, dass dein Körper so darauf reagiert. Den kleinen Kindern verdirbt es die Darmflora völlig, sodass sie nur noch Durchfall haben, und dir eben ... die andere Flora.«

»Ein Scheißdreck ist das.«

»Ich weiß, Mädel. Aber damit hat sich schon fast jede Frau mal herumplagen müssen.« Ich tätschle ihr sanft den Rücken, und sie entspannt sich etwas.

»Sag mal, Rosi. Kann ich gar nichts machen, dass ich nicht dauernd diese Mandelentzündungen habe? Andauernd Tabletten schlucken, das kann's nicht sein, oder?«

Ich schüttle bedauernd den Kopf. »Da hast du wohl recht, meine Liebe. Aber mehr als das Immunsystem stärken und mit kalten Getränken oder Eis aufpassen, kannst du nicht machen. Tut mir leid. Aber ich mische dir einen schönen Kräutersaft zusammen. Der ist gut für die Abwehrkräfte. Und am besten machst du dir das Joghurt für das andere Problem selbst. Das pasteurisierte Zeugs aus dem Supermarkt ist zu sauber.«

Ich zwinkere Simone zu. Sie erzählt mir zuversichtlich von ihrem geplanten Urlaub, der nächste Woche ins Haus steht, und ich wünsche ihr alles Gute und dass sie gesund bleiben soll.

Ich weiß nicht recht, ob ich froh sein soll, dass Simone die einzige Kundin heute bleibt, oder traurig. Auf jeden Fall starrt mich das Telefon fordernd an. Ich überlege hin und her, bis ich mir schließlich ein Herz fasse. Bei der Zenzi kann ich nicht noch einmal auftauchen und in ihrer Vergangenheitskiste kramen, aber das andere Problem lässt sich lösen.

Horst, nein, Peter.

Mit zitternden Fingern wähle ich die Nummer. Hoffentlich hat er eine Stimme wie Reich-Ranicki oder der Willi aus der Biene Maja. Dann knall ich den Hörer auf die Gabel, bevor er auch nur ahnt, wer dran ist.

»Peter Habermann. Hallo?«

Ich schnappe nach Luft. Tief, rauchig, geheimnisvoll. Genau die Art von Stimme, die einen Mann interessant macht.

»Ähm … ähm … Hier ist die Rosi«, stottere ich.

»Oh. Hallo, Rosi. Mensch, ich freu mich, von dir zu hören. Ich hab nämlich schon befürchtet, dass mein Brief einfach im Müll landet.«

Ich huste verlegen. Zum Glück sieht man am Telefon nicht, wie knallrot ich im Gesicht bin und wie nervös ich herumzapple.

»Nein, nein. So bin ich nicht. Dein Brief hat mir gefallen.«

»Das ist aber schön. Ich freue mich. Du hattest sicher eine Menge Zusendungen, nicht wahr?«

»Es ging«, weiche ich aus.

»Ach Quatsch. Ich bin vollkommen davon überzeugt, dass du zig Bewerber hast.« Er lacht.

Sogar sein Lachen klingt freundlich. Ich weiß nicht, was ich sagen soll, und halte mir nur verkrampft den Hörer ans Ohr. Richtig heiß ist es schon.

»Wie wär's, wollen wir uns einmal treffen? Ganz unverbindlich? Nur dass du dir ein Bild machen kannst, ob dir nicht nur mein Brief und mein Foto gefallen?«

»Mhmmm. Ich weiß nicht. Ja, vielleicht sollten wir das tun.«

»Wunderbar. Mach einen Vorschlag. Wann und wo passt es dir?«

»Keine Ahnung. Wann hast du denn von der Arbeit aus Zeit?«, frage ich.

»Das kann ich mir einteilen. Wir sind ja zu viert in der Praxis. Sag einfach.«

Ich überlege einen Moment. Morgen soll Raphael kommen. Damit kann ich morgen schon mal vergessen. Bei Zenzi muss ich auch auf jeden Fall noch mal vorbeischauen, sonst find ich keinen Schlaf.

»Mittwoch? Sechzehn Uhr in dem Kaffeehaus im Outletzentrum in Salzburg?« Ich beiße mir auf die Lippen. Genau dort war ich auch mit Sepp. Aber egal. Ein besserer Ort fällt mir spontan nicht ein.

»Super. Soll ich dich abholen oder –?«

»Nein. Ich komm schon irgendwie hin«, antworte ich schnell und hoffe gleichzeitig, dass Daniela oder Gitti Zeit haben. Bei dem Gedanken, mit der Ente in die Stadt zu fahren, wird mir schlecht.

»Schön. Dann bis Mittwoch um vier. Tschüss.«

»Tschüss«, sage ich automatisch.

Die Leitung klickt.

Ich schaue noch einen Moment lang unschlüssig den Hörer in meiner Hand an und atme tief ein. Meine Güte, ich habe eine Verabredung. Eine echte Verabredung. Nicht bloß so ein Zufallsding. Und dazu auch noch mit einem Mann, der mich durch eine Kuppelsendung kennenlernen will. Ich erkenne mich selbst kaum wieder. Hab ich überhaupt Zeit dafür? Was, wenn mir die nächste Leiche in die Quere kommt oder ein Frauenhändlerring? Offenbar sind mir im Gehirn einige Sicherungen durchgebrannt, dass ich mir freiwillig auch noch diese Verabredung aufhalse.

Müde und dennoch überdreht geh ich ins Bett. Ich wälze mich unruhig hin und her, und als ich endlich einschlafe, quälen mich wirre Traumbilder.

Raphael steht vor der Tür. An seiner Seite eine Prostituierte.

Sie zeigt mir den Rücken. Ich gehe hinaus, froh, dass mein Junge zurück ist.

»Raphael!«, rufe ich und will ihn in meine Arme schließen. Doch wie aus dem Nichts tauchen hinter ihm Horst und Sepp auf. Oder ist es Peter?

Raphael zieht eine Pistole aus seiner Hose. »Hände weg von meinem Mädchen!«, schreit er.

»Was tust du, mein Junge? Nein«, rufe ich.

Ein Schuss, die Prostituierte dreht sich um. Horst fällt zu Boden. Sepp verwandelt sich in Kurt.

Die Prostituierte lacht. Es ist Zenzi. Schwarze Lücken klaffen statt ihrer Vorderzähne im Mund. »Meine Beine, es sind meine Beine! Alle Männer stehen darauf, können ihre Hände nicht von mir lassen«, lacht sie schrill, und ihre gespaltene Zunge zischelt wie von einer giftigen Schlange.

Ich schreie. Die ganze Szene wird vom Moor verschluckt.

Schweißgebadet fahre ich hoch.

Junge Liebe

Mittel gegen Erschöpfung
7 Stunden schlafen.
Kürbiskerne, geriebene Äpfel, Apfelmus, Schnittlauch, Petersilie und grüne Erbsen, dies sind nur ein paar »eisenlastige« Nahrungsmittel, die man in seinen Speiseplan einbauen sollte, da Eisen als Frischmacher gilt.
1 Teller Fleischsuppe oder 1 Teller Gemüsesuppe, am besten selbst gemacht, also keine Beutelsuppe, bringt sehr viel Energie zurück. Aufpeppen mit Cayennepfeffer oder Ingwer.

Dienstag. Ich sitze auf Nadeln. Die Nacht hat mir jede Energie geraubt. Am liebsten würde ich gleich heute mit Gitti in den Türkei-Flieger steigen und alles hinter mir lassen. Das Warten macht mich krank. Gitti unterstützt mich psychisch seit geschlagenen drei Stunden. Seit Kurt, der Polizist und Vielleicht-Lebensabschnittspartner meiner Tochter, mich angerufen hat. Raphael ist aufgetaucht.

Jetzt ist es kurz nach eins.

Wie lange dauern solche Verhöre wohl? Im Fernsehen geht das immer ganz schnell. Verdächtiger geschnappt, das Guter-Bulle- böser-Bulle-Spiel ein paar Minuten zum Besten gegeben, und der Fall ist geklärt.

Ich seufze und lege den Kopf in die Hände.

»Ach, Süße, das wird schon. Sollen wir irgendetwas tun? Zur Ablenkung?«

»Was denn?«, frage ich. Aufregung hatte ich genug in letzter Zeit. Eigentlich bräuchte ich Entspannung.

»Keine Ahnung. Hast du dir den Puff deines Freundes schon mal angesehen?«

Ich starre sie ungläubig an und schüttle den Kopf.

»Nein? Also mich würde dieses Etablissement schon mal interessieren, dich nicht? Und da du mit Sepp ja befreundet bist, dürften die Damen uns auch Einlass gewähren.« Gitti grinst verschmitzt.

Ich kann es gar nicht glauben, dass sie das will. Der Gedanke, die Liebes- und Lasterhöhle zu besuchen, ist mir ehrlich gesagt noch gar nicht gekommen. Aber eigentlich bin ich schon neugierig … ein klein wenig zumindest. Aber dann wird mir klar, dass mich Kurt gar nicht erreichen kann, wenn etwas mit Raphael ist. Ich erzähle Gitti meine Sorge.

»Ach, nein. Das ist gar kein Problem. Wir lassen die Anrufe einfach auf mein Handy umleiten.« Sie zieht schon ihr Mobiltelefon aus der schrecklichen Tetra-Pak-Missgeburt-Tasche.

»So etwas geht?«, frage ich misstrauisch.

»Aber sicher geht das. Ich lasse unser Festnetztelefon immer auf mein Handy umleiten. Wer weiß, wer meinen Alfons sonst so anruft und was er sich aufschwatzen lässt, wenn ich unterwegs bin.«

»Eine Türkeireise zum Beispiel?«, scherze ich und kassiere als Strafe einen Boxer gegen die Schulter.

»Rosi, Rosi. Ruf du mal lieber deinen Sepp an. Nicht dass er gerade unterwegs ist, Besorgungen machen oder so.«

Ich bin mir unsicher, ob die Idee, Sepp in seinem Laden zu besuchen, tatsächlich eine gute ist. Gitti reagiert prompt auf mein Zögern.

»Mach schon! Sonst werden wir durch die ganze Warterei auf eine Nachricht von Raphael noch verrückt. Außerdem willst du ja, dass ich dich am Donnerstag zu deinem Rendezvous fahre.« Sie blickt mich vielsagend an und schiebt ihr Handy wieder in das Taschenmonster.

»Was hat das eine mit dem anderen zu tun?«

Gitti grinst. »Eine Hand wäscht die andere. Du willst einen Taxidienst, und ich will den Puff sehen und nicht vor Warten schwarz werden. Also, mach mal. Wird bestimmt lustig.«

Ich gebe mich geschlagen. Gegen Gitti hat niemand eine Chance, wenn sie sich etwas in den Kopf gesetzt hat. Ich stehe auf und gehe in Richtung Telefon.

»Und dieses Handy-Ding funktioniert auch wirklich?«, versichere ich mich, bevor ich wähle. Gitti grummelt zustimmend.

Ich tippe die Nummer. Es läutet nur einmal, und schon höre ich ein rauchiges »Hallo, mein Süßer, was kann ich für dich tun?«

»Silvana?«, frage ich.

»Ach, du bist es. Willst du Sepp sprechen?«, antwortet Silvana mit wieder normaler Stimme.

»Ja, wenn das geht.«

»Sicher! SEEEEPPPP!«

Sie schreit, dass mir schier das Trommelfell zerplatzt. Ich halte den Hörer im sicheren Abstand von meinem Ohr weg.

»Rosi?« Sepp klingt freundlich wie immer.

Ich schildere ihm unser Anliegen und werde dabei rot im Gesicht.

Sepp lacht. »Ihr seid herzlich willkommen. Zimmerbetrieb ist erst ab vier Uhr. Also sind nur die Mädels da, und ich natürlich.«

»Wunderbar. Bis dann.«

Gitti steht erwartungsfroh hinter mir. Sie hat das halbe Telefonat belauscht und strahlt über das ganze Gesicht. »Ich bin ja so gespannt!«, freut sie sich.

Ich nicke nur resigniert. Meine Gedanken sind bei Raphael, und ich hoffe, dass Gittis Handy bald läutet.

Es ist ein kleines Haus am Waldesrand, direkt neben der Hauptstraße, die sich durch die grüne Gegend schlängelt. Zigmal bin ich daran vorbeigefahren, ohne auf die rote Beleuchtung auf dem Dach, die großen herzförmigen Schilder und die rosaroten Fensterläden zu achten. Heute aber studiere ich das Gebäude nicht nur ausgiebig, ich flitze auch nicht daran vorbei, sondern werde direkt auf den von Hecken umgebenen Parkplatz chauffiert. Es will ja nicht jeder sein Auto samt Nummernschild direkt an der Straße präsentiert sehen.

Gitti kichert erwartungsvoll. »Ich bin ja sooo gespannt!«, seufzt sie und kann ihren Wagen nicht schnell genug verlassen. Ich nehme mir da schon etwas mehr Zeit. Gerade als ich die Autotür zuwerfe, öffnet sich die kitschrosarote Tür des Liebeshäuschens. Sepp steht lächelnd dort und winkt uns. Im Hintergrund erkenne ich eine lockenwicklerverzierte Silvana. Wir winken zurück und gehen zum Haus.

»Schön, dass ihr hier seid. Damenbesuch ist nicht so häufig«, grinst Sepp und küsst mir galant die Hand.

Ich unterdrücke das Kichern, das in meinem Hals sprungbereit sitzt.

»Ja, wir sind auch schon neugierig«, lässt mich Gitti erst gar nicht zu Wort kommen.

Sepp bittet uns hinein. Ich werfe Silvana einen Blick zu und möchte sie per Handschlag begrüßen.

»Hallo, Rosi. Nein. Der Lack«, entschuldigt sie sich und hebt wie zum Beweis die blutroten Krallen. Damit möchte ich nicht in Kontakt kommen, so spitz und gefährlich, wie sie aussehen. Ich betrete den Vorraum.

Ein kleiner Empfangstresen und eine Garderobe dominieren den schmalen, langen Gang. Die Wände sind mit roten Tapeten behangen, und auch die Lampenschirme werfen rötliches Licht. Genau wie im Fernsehen.

Silvana und Sepp führen uns in den Hauptraum, der eigentlich aussieht wie jede x-beliebige Bar, nur dass auch hier die Farben Rot, Lila und Rosa vorherrschen und das Licht schummrig ist. Ein lang gezogener Tresen mit den üblichen harten Getränken in den Wandregalen befindet sich rechts von uns, und selbst die Barhocker sind mit schwerem lila Samt überzogen. Richtig kitschig, das Ganze. An den Wänden hängen große Ölbilder von nackten, üppigen Frauen, und in der Mitte des Raumes gibt es eine kleine erhöhte Tanzbühne mit der obligatorischen Stange.

»Das ist ja wie auf RTL 2«, gluckst Gitti.

»Was hast du denn erwartet? Das ist ein ganz gewöhnlicher Puff«, zuckt Sepp die Schultern. »Wollt ihr etwas trinken, bevor ich euch durchs Haus führe?«

Ich nicke und sehe hinüber zur Bar, wo sich eine Schnapsflasche an die andere reiht. Am liebsten würde ich mir etwas davon einschenken lassen, so sehr flimmern meine Nerven. Ich hatte zwar gedacht, dass mich der Besuch hier ablenken würde, aber eigentlich plagt mich jetzt nur das schlechte Gewissen. Ich amüsiere mich hier in einem Freudentempel, während mein eigen Fleisch und Blut von der Polizei in die Mangel genommen wird.

Sepp errät, was in mir vorgeht. »Beschäftigt dich das von

gestern noch so, oder nimmt dich das mit Raphael mehr mit, als du dachtest? Komm. Setz dich erst einmal an die Bar und nimm ein Getränk zu dir.« Ich lächle ihn dankbar an.

»Aber du zeigst uns dann schon alles, oder?«, fragt Gitti panisch und wirft sehnsüchtige Blicke durch den Raum.

»Wenn du willst, kannst du ja mit Silvana schon eine Runde drehen und vielleicht auch die Mädchen kennenlernen.«

Gitti ist von Sepps Vorschlag begeistert, und Silvana zeigt sich auf ihre kühle Art und Weise einverstanden.

»Aber lass mir das Handy da!«, rufe ich, bevor die beiden endgültig abschwirren. Gitti gibt mir ihr Telefon, und ich lasse mich von Sepp zum Tresen führen. Er mimt den Barkeeper, huscht hinter den Schanktisch und beugt sich verspielt nach vorn.

»Nun, junge Dame, was kann ich für Sie tun? Eine so hübsche Frau in einem solchen Etablissement und dazu noch zu so früher Stunde. Vielleicht kann ein herrlicher Cocktail die Stimmung aufheitern?«

Ich lache. »Nun gut. Was würdest du denn empfehlen?«

»In diesem Haus trinkt man sehr gern einen Sex with a Bitch. Wodka, Blue Curaçao, Limettensaft und etwas Orangensaft?«

»Wenn du meinst.« Mein Englisch ist selbst erlerntes Behelfsenglisch, aber diese Anspielung verstehe sogar ich.

Sepp mischt das verruchte Getränk und stellt mir das Glas samt Schirmchen, Cocktailkirsche und Strohhalm auf den Tisch. Er selbst nimmt ein Wasser und wechselt wieder hinüber auf meine Seite des Tresens.

»Und, welche Befürchtungen plagen dich?«, fragt er ruhig.

Ich nehme einen großen Schluck des süßscharfen Gesöffs. »Ach, viele. Das Foto und das Gespräch von gestern beschäftigen mich. Ich hatte eine total miese Nacht. Am schlimmsten war dieser Alptraum, in dem sich alles vermischt hat. Die Zenzi als Prostituierte, mein Raphael als Mörder und das die Wahrheit verschluckende Moor. Es ist mir einfach zu viel«, seufze ich, »wahrscheinlich aber ist mein Hauptproblem, dass ich nicht den blassesten Schimmer habe, was tatsächlich Sache ist. Weder beim

Hias noch beim Raphael. Mein Sohn beschert mir nur Kummer. Am liebsten würde ich zur Polizei stürmen und selbst nachfragen, damit zumindest dieser Umstand geklärt ist.«

»Und warum machst du das dann nicht?«

Ich bin irritiert. Mit diesem einen unscheinbaren Satz hat mich Sepp völlig aus der Bahn geworfen.

»Ich weiß nicht. Weil, weil Raphael erwachsen ist und ich kein Recht habe, mich in sein Leben einzumischen.«

Sepp lacht, und ich werde einen Moment lang zornig. Dann aber nimmt er sanft meine Hand und drückt sie. »Aber er hat das Recht, von dir zu fordern, was er will. Ich sage nur Kuvert. Außerdem mischst du dich, wie du selbst weißt, in ganz andere Angelegenheiten. Die Zenzi kannst du kaum zwingen, dir noch mal dieses Foto zu zeigen, aber zur Polizei wegen Raphael kannst du ohne Weiteres«, meint er augenzwinkernd.

Ich schlucke.

Sepp lächelt mich mitfühlend an. »Du machst dir nur Sorgen, wie dein Auftauchen auf Raphael und die Polizisten wirken könnte. Aber sei ehrlich. Hat dein Sohn Rücksicht auf dich genommen, als er einfach so ins Ausland abgezischt ist und von dir verlangt hat, dass du ihm die Dokumente schickst?«

Ich bin sprachlos. »Du, du … meinst also …«

»… dass jedes Recht, dich einzumischen, auf deiner Seite liegt. Er hat dich mit in die Sache gezogen, und da ist es nur normal, dass du wissen willst, was los ist. Also, wollen wir? Gestern haben wir doch bewiesen, dass wir ein gutes Team sind, wir zwei.« Er steht unvermittelt auf und reicht mir die Hand.

»Du willst mich begleiten? Was ist mit Gitti?« Ich bin völlig verwirrt.

»Natürlich fahre ich dich hin. Oder willst du eine weitere Höllenfahrt mit deiner Freundin machen?«

Ich schüttle entsetzt den Kopf.

»Wenn die ganze Raphael-Angelegenheit auch nur im Ansatz etwas mit Prostitution zu tun hat, wie dieser Kurt meinte, dann bin ich vielleicht sogar nützlich. Außerdem quält mich die Neugierde, wie dein Früchtchen von Sohn denn so ist.«

Ich schlage ihm lachend auf die Schulter. »Du bist echt ein Freund zum Pferdestehlen«, sage ich, und Sepp zwinkert mir verschmitzt zu.

»Mädels!«, schreit er beim Hinausgehen. Eine schokobraune Schönheit erscheint im Flur. »Ach, Denise. Könntest du bitte Silvana und unserem Gast sagen, dass Rosi und ich auf dem Weg zur Polizei sind?«

»Gitti? Ja, gern. Silvana führt gerade ihre Folterkammer vor, und die Mädchen haben ihren Spaß dabei. Diese Gitti übrigens auch«, antwortet Denise lächelnd.

»Das kann ich mir gut vorstellen. Wahrscheinlich holt sie sich Anregungen für ihren unerzogenen Ehemann«, lache ich. Wir verabschieden uns mit einem kurzen Nicken und gehen zur Garage, wo Sepps dunkler Audi schon auf uns wartet.

»Auf zu den Bullen«, meint Sepp, und wir fahren los.

Ich komme mir vor wie in einem modernen Westernstreifen. Die Blicke der halben Polizeimannschaft sind auf uns gerichtet. Fehlen bloß der Colt in Sepps Gürtel und die Cowboystiefel. Man kennt ihn in der Polizeidirektion. Ist auch kein Wunder. Erstens ist ein Großteil der Beamten männlich, und zweitens müssen die Polizisten wahrscheinlich von Amts wegen hin und wieder das Rotlichtmilieu, so biedermeiermäßig und uninteressant es auch sein mag, aufsuchen.

Jedenfalls wird Sepp gegrüßt, wo er auch langgeht. Ich war zu meiner Schande noch nie hier. Oder vielleicht ist es auch normal, dass man eine Polizeistation als gute Bürgerin nicht von innen kennt.

»Manny, sag mal, wo wird denn Raphael Beingruber verhört?«, spricht Sepp einen zaundürren, glatzköpfigen Polizisten an.

»Ach, der Bumshütten-Sepp«, lacht dieser freundlich und deutet mit dem Finger nach oben, wodurch er aussieht wie E.T., nur noch verrunzelter. »Erster Stock, den Flur entlang, ganz hinten. Ich glaub, der Kurt ist eh schon fertig mit dem Amtskram.«

»Danke dir. Wir sehen uns.«

»Spätestens am Wochenende«, antwortet der Magere und gluckst dabei, als hätte er einen guten Witz gemacht.

Wir gehen zur Treppe, und ich sehe Sepp fragend an.

»Stammkundschaft«, antwortet er auf meine nicht gestellte Frage.

»Schon gut, wenn man die richtigen Leute kennt«, sage ich.

Sepp brummt. »Die Menschen kennen mich, und ich kenne die Menschen. So wie du auch.«

Wir steigen schweigend die Treppen hoch.

Der Boden im ersten Stock ist im weitaus schlechteren Zustand als unten. Bei jedem Schritt gibt der PVC-Belag ein wenig nach, und ich habe das Gefühl, auf einem Moorteppich zu laufen. Schnell verdränge ich den Gedanken daran.

Wie es scheint, ist unten der neue, repräsentative Bereich, und für die Renovierung des ersten Stockes fehlte schlicht das nötige Geld. Ist aber auch egal, wenn hier nur die vermeintlichen Verbrecher verhört werden, dafür aber unten der ehrliche Mann seine Beschwerden und Anzeigen vorbringen kann. Wir eilen den Gang entlang. Lautes Gelächter schallt mir entgegen. Eindeutig die Stimme von Raphael. Ich stürme in das Zimmer am Ende des Flurs. Da sitzt mein Sohn in bester Stimmung und zeigt Fotos in die Runde. Die Runde, das sind Kurt, eine schlanke Polizistin im besten Alter und der Polizeichef Herr Schmiedinger. Mein Eintreten unterbricht das Gelächter. Ich sehe wütend von einem zum anderen.

»Mama«, sagt Raphael und steht auf. Er macht Anstalten, mich zu umarmen, aber ich weiche zurück.

»Ich sterb fast vor Sorge um dich, und du hältst hier ein Kaffeekränzchen mit den Kollegen in Uniform. Also wirklich!«

Ich kämpfe mit den Tränen. Zum Glück steht Sepp hinter mir und legt mir beruhigend die Hand auf die Schulter. Die anderen Anwesenden sehen mich betroffen an. Ich schnappe nach Luft, atme tief ein und bemühe mich um innere Ruhe, was mir glücklicherweise auch einigermaßen gelingt.

Raphael guckt betreten. »Es tut mir leid, Mama. Ich hätte

dich heute noch angerufen und dir erklärt, dass sich alle Missverständnisse bald gänzlich erledigt haben, nicht wahr?«

Fragend sieht er zu den Polizisten. Kurt steht schließlich auf. »Ich denke schon. Und da du dich bereit erklärt hast, dich jeden Morgen bei uns zu melden, können wir wahrscheinlich auch auf die Untersuchungshaft verzichten.«

Jetzt sieht Kurt seinen Chef, den Schmiedinger, an. Dieser nickt. »Ich telefonier noch einmal mit dem Franz – dem Staatsanwalt. Aber da du ja als Zeuge gegen deine Versicherung aussagen willst und sich das mit dem Menschenhandel quasi erledigt hat, wird es schon passen.«

Dorfpolizisten! Am liebsten würde ich mir mit der Hand an die Stirn schlagen. Fehlt nur noch, dass sie sich gegenseitig auf die Schulter klopfen. Ich komme vor Sorgen fast um, und hier wird wie am Biertisch verhandelt, wer was muss oder soll. Idioten!

»Dann bin ich wohl vollkommen überflüssig!«, kommentiere ich bitter.

»Aber nein. Mama, ich bin doch froh, dass du mir so geholfen hast, und auch, dass du jetzt hier bist. Kann ich dir zu Hause dann in aller Ruhe erklären, was los ist? Ich möchte dir auch jemanden vorstellen«, sagt Raphael.

»Ich bin nicht zu Hause!«, antworte ich mit belegter Stimme.

»Wo bist du denn?«

»Bei mir!«, sagt Sepp und sieht meinen Sohn streng an.

»Und wo ist das?«, fragt dieser ahnungslos.

»Im Rotlichtviertel«, lacht Kurt, »ich hab in einer Stunde Dienstschluss und kann dich gern hinbringen. Bis dahin hat der Chef auch das mit dem Staatsanwalt geklärt.«

Raphael sieht sich verwirrt um, und ehrlich gesagt gefällt es mir, ihn so verdattert zu sehen.

»Tja, ich hab eben auch ein Privatleben. Bis dann in Sepps Herzkasterl«, sage ich spitz und mache am Stand kehrt. Sepp verabschiedet sich mit einer Handbewegung in den Raum. Die Tür fällt ins Schloss, und ich haste zurück zur Treppe. Ich höre das Gemurmel und das Stimmengewirr im Verhörzimmer durch den Gang schallen und komme mir nur noch dämlich vor. So schnell wie möglich eile ich davon. Leise beginne ich mit mir selbst zu schimpfen und stapfe ohne einen einzigen Seitenblick zur Tür hinaus.

»Sei nicht so streng zu dir, Rosi. Du hast nichts falsch gemacht und bist nur den Gefühlen einer Mutter gefolgt. Wer hätte ahnen können, dass dein Junge anscheinend gar nicht so tief in der Patsche sitzt, wie wir gedacht haben?«

Ich seufze und stütze mich am Wagen ab. »Du hast recht, Sepp. Und trotzdem ist es schwer, nach all dem Kummer der letzten Tage. Muss mir Raphael auch noch Sorgen bereiten, wenn mir doch schon die Geschichte mit Hias und Jörg im Magen liegt?«

»Ist doch besser, dass bei deinem Sohn alles nicht so schlimm ist, oder möchtest du ihn hinter Gitter sehen? Wenn er tatsächlich im Frauenhandel tätig wäre, dann müsstest du ihn nämlich hinter schwedischen Gardinen besuchen oder gar auf dem Friedhof, weil ihm ein Konkurrent eine Kugel in den Kopf gejagt hat.«

Ich fühle, wie mir das Blut in die Beine sackt. Sepp hat recht. Er kennt sich mit solchen Sachen aus, ist aus diesem Gewerbe. »Um Gottes willen! Auf keinen Fall. Das wäre ja schrecklich«, keuche ich und schäme mich ein wenig für meine überdrehte Reaktion. »Ich bin ja bloß gespannt, welche Geschichte er mir zu berichten hat.«

»Und wen er dir vorstellen will. Tadamdada, tadamdada!«, singt Sepp die altbekannte Hochzeitsmelodie.

»Glaubst du echt, dass …?«

»… dass die ganze Menschenhandelsache sich bloß als Liebesding herausstellt? Ja, das hoffe ich. Man kann es zwar nicht wissen, aber wie ein Zuhälter oder Mädchenschlepper sieht dein Junge wirklich nicht aus«, sagt Sepp.

»Aber du!«, meine ich, und wir lachen so laut, dass zwei vorbeieilende Polizisten besorgt in unsere Richtung sehen.

Aufgeklärte Verhältnisse

Was hilft bei Schluckbeschwerden?
Mit Salbeitee gurgeln • Viel trinken • Dampf von Salzwasser oder Kamillentee inhalieren

Als wir zurück in Sepps Liebeshäuschen kommen, ist Gitti gerade dabei, sich von den Damen des Hauses die Nägel machen zu lassen.

»Rosi, schau mal, wie toll. Du musst unbedingt auch!«, ruft sie statt einer Begrüßung oder Nachfrage und hält stolz ihre langen roten Kunstnägel in die Luft. Auch der Lippenstift ist in Purpur, die Augen dick schwarz umrandet und das Gesicht bleich wie ein Leintuch. Kombiniert mit den silbergrau-lilablauen Haaren ergibt das Ganze ein Bild des Schreckens. Wie diese Cruella-Tussi aus dem Dalmatiner-Zeichentrick. Zu allem Überfluss liegt sie auch noch einer römischen Göttin gleich auf dem Ledersofa.

»Deine Enkel werden meinen, du bist frisch aus der Gruft gestiegen und wurdest zum Blutsauger verwandelt«, sage ich und ernte prompt böse Blicke der ganzen Belegschaft.

»Wenigstens sehe ich nicht nach Uroma aus wie du«, erwidert Gitti schnippisch.

Denise, die dunkle Schönheit, macht sich an den letzten Details der Fingernägel zu schaffen und klebt Gitterzeugs auf den dunkelroten Hintergrund.

»Wem's gefällt«, sage ich versöhnlich und setze mich auf eines der Sofas. Gitti wendet sich mir gnädigerweise wieder zu. Richtig böse ist sie mir also nicht wegen der Grufti-Tussi-Meldung.

»Und was spricht die Polizei?«, will sie wissen.

»Nicht viel. Offensichtlich konnte Raphael für Aufklärung sorgen. Er kommt später hier vorbei und erzählt mir alles.« Ich spreche, so ruhig ich kann, dass Gitti nichts von meinem Aufruhr im Inneren mitbekommt.

»Prima. Dann hast du ja noch Zeit, dich hier umzusehen. Die Whirlpools im Keller sind phänomenal und die Sauna auch. Ich glaub, ich komm außerhalb der Öffnungszeiten einmal vorbei, um mich zu entspannen. Nur dieses Holzkreuzdings von Silvie, das ist nichts für mich«, schwärmt Gitti und spricht gleich weiter. »Darf ich dir übrigens Melitta, Cindy und Chantalle vorstellen. Denise und Silvana kennst du ja bereits.«

»Eigentlich wäre die Vorstellrunde meine Aufgabe. Aber ich war wohl wieder zu langsam«, meldet sich Sepp neben mir.

»Männer«, stöhnt die Damenrunde aus einem Munde, und ich muss lachen. Auch Sepp schmunzelt ein wenig.

Die Türglocke surrt. Sepp sieht auf die große dunkelbraune Standuhr. Der Betrieb hat längst geöffnet. Ein Blick von Sepp reicht, und Melitta, die dralle Blondine Ende zwanzig, hüpft auf, um zur Tür zu gehen. Ich kann mir kaum vorstellen, dass Raphael schon vor dem Haus steht. Und tatsächlich, ein paar Augenblicke später betritt der Wimmer den Raum. Er wird augenblicklich so rot, dass es sogar unter der Beleuchtung hier drinnen auffällt. Wie es scheint, hat er Gittis Tipp ernst genommen und geht nun in den Puff, wenn er Abwechslung braucht. Hoffentlich ist das mit der Wimmerin abgesprochen. Hier kann er wenigstens keinen Mist bauen. Meine Tochter ist vor seinen Liebesschwüren sicher, Hias vor seinen Gewaltausbrüchen.

Und so sitze ich mit Sepp gemütlich auf der Couch, und der Wimmer starrt uns ungläubig an.

»Was macht ihr hier?«, stottert er, als er die Sprache wiederfindet.

»Das Gleiche wie du, nehme ich an. Wir unterhalten uns prächtig«, erwidert Gitti.

»Ähm. Genau.« Etwas hilflos sieht er sich um, aber Melitta nimmt den verwirrten Mann in ihre Obhut. Sie führt ihn wie einen kleinen Jungen hinaus aus dem Raum.

»Ihr entschuldigt uns?«, gurrt sie mit schmeichelnder Stimme, und weg sind die zwei.

Gitti, Sepp und ich tauschen vielsagende Blicke aus. Es ist schwer, sich das Kichern zu verkneifen.

»Wie es aussieht, hat er die Probleme mit seiner Frau geklärt«, kommentiert Gitti.

Ich schaffe es, einfach nur zu nicken.

Die Türglocke surrt erneut.

»Ist es nicht besser, wenn wir in dein Büro gehen, oder so? Sonst vergraulen wir dir noch die Kundschaft«, schlage ich Sepp vor.

»Obwohl ich glaube, dass aufgrund des reizenden Angebots hier sich niemand so leicht von einem Besuch abschrecken lässt, stimme ich dir zu«, sagt Sepp.

Gitti erhebt sich murrend und beschwert sich, dass dadurch ihre Zehennägel versaut werden. Ich zucke die Schultern und folge Sepp hinaus auf den Flur. Ganz hinten gibt es ein kleines Büro, in das er uns bringt. Ein Schreibtisch, vier Stühle, ein proppenvolles Regal. Mehr gibt es hier nicht zu sehen.

»Jetzt lernst du mein Haus gar nicht richtig kennen«, sagt Sepp entschuldigend. Er stellt eine Mineralwasserflasche und drei Gläser auf den Tisch, bevor er sich in seinen Ledersessel setzt.

»Ich komme einfach wieder. Auf jeden Fall bin ich froh, dass ich hier bin. Ohne dich würde ich zu Hause noch vor Sorge im Achteck hüpfen.« Ich lasse mich nieder und schenke mir ein Glas ein. Auch Gitti brummt und nimmt neben mir auf dem Stuhl Platz.

Die Türglocke surrt im Abstand von wenigen Minuten fünfmal. Nun schallt auch Musik durchs Haus. Das Herzkasterl ist aus dem Schlaf erwacht und lockt die Männer an wie das Licht die Motten.

Das sechste Surren ist endlich Raphael. Silvana bringt ihn ins Büro. Er sieht erschöpft aus. Die Haare stehen ihm zu Berge, und sein Gesicht ist mehr grau als rosa.

»Setz dich. Einen Drink?«, fragt Sepp. Raphael murmelt etwas, das sich wie ein Mhm anhört. Silvana nickt ihrem Chef zu und verschwindet, um gleich darauf mit zwei Gläsern zurückzukehren, in denen eine goldene Flüssigkeit schimmert.

»Whisky«, sagt Sepp und nimmt eines der Gläser. Die beiden Männer stoßen miteinander an und taxieren sich mit Blicken.

Raphael trinkt, schüttelt anschließend den Kopf und meint: »Was hat meine Mama hier zu suchen?«

»Was hast du in Bulgarien mit einem Haufen Prostituierten zu suchen?«, frage ich, bevor Sepp etwas erwidern kann.

»Die Liebe?« Raphael sieht mich treuherzig an.

»Liebe oder Sex? Junge, in welche Probleme hast du dich denn bloß hineinmanövriert? Und warum, im Namen Gottes, erzählst du deiner alten Mutter nicht, was in deinem Leben vorgeht? An der Ladentheke bei der Krämerin muss ich von deiner Misere erfahren, und dann noch diese Aktion mit den Dokumenten, ich –«

»Stopp, bitte!«, unterbricht mich Raphael flehend, und ich klappe den Mund zu. Es ist einfach alles auf einmal aus mir herausgeplatzt. Wie ein großer Schwall dreckiges Flusswasser. Wahrscheinlich bin ich wirklich etwas überspannt. Raphaels Kehlkopf hüpft nervös auf und ab. Er schluckt wie ein Ertrinkender. Zu allem Überfluss nimmt er nun auch noch einen Schluck Whisky. Mit etwas Salbeitee gurgeln wäre in seiner Situation bestimmt angebrachter. Aber ich halte mich zurück und atme tief durch. Raphael tut es mir gleich und beginnt damit, seine Geschichte zum Besten zu geben.

»Also vorab: Ja, ich war mit auf dieser unseligen Reise nach Bulgarien. Und ja, ich habe mich feiern lassen, so wie zig andere erfolgreiche Versicherungsvertreter auch. Dass dieser Urlaub mit dem Geld unserer Anleger bezahlt wurde, davon wusste ich wirklich nichts. Zumindest, bis ich zwei, drei Wochen nach meinem verhängnisvollen Aufenthalt die ersten Anrufe von verzweifelten Kunden am Apparat hatte. Dann habe ich begonnen nachzuforschen. Und wurde auch bald fündig.« Er sieht durchdringend von einem zum anderen. Seine Nervosität hat sich gelegt, und nun sitzt er ganz ruhig vor uns.

»Weiter«, fordere ich, denn bisher habe ich nichts wirklich Neues erfahren. Gitti straft mich mit einem vorwurfsvollen Blick. Sie hat Mitleid mit meinem treuherzig dreinguckenden Sohnemann. Aber ich kenne Raphael. Wenn man Schwäche zeigt oder auch nur den Anflug von Mitgefühl, dann glaubt er, gewonnen zu haben. Und ja. Auch ich habe Mitleid mit ihm, aber nach Jahrzehnten harten Trainings lasse ich es mir nicht anmerken.

Raphael schmeißt einen weiteren Hundeblick in die Runde und erzählt endlich weiter. »Nun gut. Ich habe Unterlagen gefunden. Darüber, dass sich die Versicherung sehr wohl bewusst war, dass sie Hochrisiko-Produkte als relativ sichere Angelegenheit verkauft hat. Die armen Teufel, die ihren Kredit damit abgesichert haben, stehen jetzt ziemlich dumm da. Die hohen Tiere der Versicherung aber haben in den guten Zeiten immense Gewinne eingefahren, ohne auch nur irgendetwas für die Finanzsicherheit ihrer Klienten zu tun. Ich habe mich dann bei der zuständigen Behörde gemeldet und die Unterlagen, die die Schuld der Gesellschaft beweisen, den Beamten zugespielt. Ich selbst habe derweil aber so getan, als ginge es auch mir um Kopf und Kragen. Ich habe auch alle Verzichts- und Schulderklärungen, die mir mein Chef vorgelegt hat, anstandslos unterzeichnet. Immerhin musste es für die Bosse so aussehen, als wäre ich weiter ganz auf der Seite der Firma. Und daher wurde auch ich zu Beginn dieser Sache strafrechtlich verfolgt. Aber das alles hätte ich dir nie erzählen können, ohne die ganze Aktion zu gefährden.« Raphael verschränkt zufrieden die Arme vor der Brust und lehnt sich entspannt zurück.

Gitti und Sepp haben seinen Ausführungen interessiert gelauscht, und auch ich bin zugegebenermaßen von seiner Erzählung gefesselt. Es klingt so plausibel und nachvollziehbar.

»Aber das erklärt noch nicht, dass Kurt dich des Menschenhandels bezichtigt hat.«

Raphael stöhnt, lehnt sich nach vorn und trinkt den Rest des Whiskys in einem Zug aus. »Das ist auch Teil zwei der Story.« Er errötet ein wenig und hüstelt verlegen. »Als mein Oberchef herausgefunden hat, dass ich aufseiten der Behörde arbeite, wurde er wütend. Und dann hat er diesen hundsgemeinen Zuhälter dazu überredet, mich anzuzeigen. Wahrscheinlich hat sich der Falott kräftig mit Geld entschädigen lassen für seine Dienste.«

Sepp brummt verstimmt.

»Entschuldigung. Es sind sicher nicht alle Zuhälter kriminelle Bastarde«, sagt Raphael.

Ich verdrehe die Augen. »Du hast es schon immer verstanden, dich im richtigen Ton zu entschuldigen, Raffi.«

Er schluckt verlegen.

Sepp sieht aber nicht mehr wütend aus, sondern schmunzelt ein wenig.

»Also, ich habe Kalina und Luba freigekauft. Aber nur, weil ich mich in Kalina verliebt habe. Und sie wollte nicht ohne ihre Schwester fortgehen. Der Zuhälter hat einen angemessenen Preis als Entschädigung erhalten. Ich habe all meine Ersparnisse und Policen verkauft, um die beiden hierherzuholen. Und auch mein Freund, der Erich, hat mir mit dem Geld ausgeholfen. Nur dich und Dani wollte ich mit meinem Problem nicht belangen. Dani ist viel zu prüde, um das zu verstehen, und du … Na, dass du dich mit solchen Leuten abgibst, ist ehrlich gesagt ein kleiner Schock für mich.«

»Solche Leute?«, fragt Sepp scharf.

Raphael schluckt. »Nichts für ungut«, sagt er und sieht mich flehend an.

»Mein Sohn findet immer die richtigen Worte, Sepp. Mach dir nichts draus. Wenn er wüsste, dass ihr noch meine harmlose Gesellschaft seid und ich es sonst mit Mördern halte, dann würde er anders reden.«

Sepp entspannt sich wieder, und Raphael reißt die Augen weit auf. »Mörder?«

»Ja, wer lieber in der Weltgeschichte herumreist und arme Mädchen entführt, der bekommt natürlich nicht mit, wenn im Ibmer Moor ein Mord passiert«, sage ich überspitzt.

Raphael schnappt nach Luft und wird ganz bleich. »Und du hast was mit dem Moor-Mörder zu schaffen?«, schnaubt er.

Ich lache und erzähle von Hias' und Jörgs Unfall und auch von meinem Verdacht, dass doch mehr hinter der Geschichte steckt, als die Polizei annehmen will.

Ich kann nicht sagen, mit welchem Wort sich Raphaels Mimik am besten beschreiben lässt: Überraschung, Erschrecken, Verwunderung oder einfach Nicht-glauben-Können. Wahrscheinlich von allem etwas.

»Und ich dachte, ich wäre der Spannendste in unserer Familie«, sagt er.

»Nein, mein Lieber. Sowohl ich als auch dein Schwesterherz machen derzeit eine ziemliche Verwandlung durch.«

»Aber so, wie du es erzählt hast, war Jörgs Tod wohl wirklich kein ganz gewöhnlicher Unfall«, sinniert Raphael, »und wenn tatsächlich Liebe im Spiel ist, dann halte ich alles für möglich. Die Kalina hat mich auch total verrückt gemacht …«, kommt er auf sein eigentliches Thema zurück. Als er ihren Namen ausspricht, glänzen seine Augen.

Ich werfe schnell Sepp einen Blick zu. Er schmunzelt.

»Die Kalina ist eine echt Nette, Mama. Du wirst sie mögen. Außerdem sind wir verheiratet und bekommen ein Kind.«

Jetzt japse ich erschrocken.

»Ist es von dir?«, mischt sich Gitti, die ungewöhnlich still war, interessiert ein.

»Selbstverständlich ist es meins!«, zischt mein Sohn.

»Ich mein ja bloß. In diesem Geschäft ist alles möglich.«

»Kalina ist nicht so eine. Sie ist ehrlich und lieb und überhaupt ganz wunderbar.«

Bevor ein ernsthafter Streit zwischen meiner besten Freundin und meinem Sohn ausbricht, greife ich ein. »Nur die Ruhe. So erhitzte Gemüter sind purer Stress für mich. Also, mein Junge ist verliebt, bald Vater und unter der Haube. Und ich war nicht einmal zur Hochzeit eingeladen! Ich weiß ja nicht, was da schlimmer ist. Dass du dich ohne mich bei den Dänen oben vermählt hast oder dass du mir diese ganze Geschichte vorenthalten hast. Ein Bengel bist du!«, schimpfe ich und gebe ihm einen Klaps auf den Hinterkopf. Aber ich lache dabei, und Raphael umarmt mich zum Dank.

»Ich wusste ja bisher nicht, dass du so cool bist.«

Dabei sieht er Sepp fest an, und irgendwie ist die ganze Situation so komisch, dass wir plötzlich alle lachen.

»Wann lerne ich deine Frau und deine Schwägerin endlich kennen? Ich muss mich doch als würdige Schwiegermutter erweisen. Schön bissig und altbacken.«

Raphael grinst. »Wie wär es morgen Nachmittag? Heute bin ich echt zu fertig, und Kalina braucht sicher auch einen Tag Ruhe, um sich einzugewöhnen. Es war doch stressig und aufregend.«

»Gern!«, sage ich und fange im Augenwinkel dabei Gittis Kopfschütteln auf. Fragend sehe ich sie an.

»Peter«, flüstert sie.

»Ach, genau. Das habe ich jetzt glatt vergessen«, stottere ich und muss im nächsten Moment offenbaren, dass ich eine Verabredung habe. Sepp wirkt verärgert, was ich nachvollziehen kann, zumal er immer für mich da ist und sich vielleicht doch auch ein klein wenig in mich verguckt hat. Ich versuche, mich mit Blicken zu entschuldigen. Im nächsten Moment wird sein Gesichtsausdruck aber gefasst.

»Ja, lieber Raphael, nicht nur du hast deine Geheimnisse. Auch deine Mutter. Sie ist ein Rundfunkstar und erobert die Herzen im Flug. Nicht nur meins«, sagt er sachlich und legt dabei mehr offen als je zuvor.

Ich presse die Augen fest zusammen und massiere mir die Schläfen. Was für eine Misere. Hätte er seine Gefühle doch nur ein paar Tage früher offenbart. Dann wäre ich vielleicht … Ich atme tief durch. Als ich wieder etwas ruhiger bin, erzähle ich meinem Sohn die Geschichte mit der Radiosendung. Raphaels Gesichtsausdruck wechselt von schockiert in erstaunt bis hin zu erfreut.

»Wie wäre es dann morgen zum Abendessen in der Pizzeria beim Einkaufszentrum. So um halb sieben. Dann braucht Gitti auch nicht auf dich warten, weil wir dich nach Hause bringen.«

»Und ich erfahr dann wieder als Letzte, was los ist«, schmollt Gitti enttäuscht.

»Als Vorletzte«, meint Sepp, und ich höre einen leicht schmerzvollen Beiklang in seiner Stimme. Verdammt. Ich mach aber auch alles falsch. Wie komm ich nur aus dieser Situation wieder heraus? Ich will mich doch eigentlich gar nicht mit diesem Peter treffen.

»Es ist doch nur wegen der Radiotante. Wahrscheinlich stellt sich dieser Peter als arroganter Arztschnösel heraus, und ich werde heilfroh sein, wenn ich ihn wieder verlassen kann. Aber wenn ich mich mit gar keinem Mann treffe, dann plagt mich hernach nur das schlechte Gewissen, wenn sich die Moderatorin wieder meldet.«

»Genau. Außerdem kann unserer Rosi niemand so schnell den Kopf verdrehen«, sagt Gitti.

Sepp flüstert etwas vor sich hin, das sich anhört wie »wollen wir's hoffen«, und ich lächle ihn an, in der Hoffnung, dass er versteht. Er lächelt zurück, aber es kommt mir nicht echt vor. Der Kloß in meinem Hals schwillt auf Semmelknödelgröße an. Ich hätte mich auf das Treffen morgen gar nicht erst einlassen sollen. Aber jetzt ist es für einen Rückzieher eindeutig zu spät.

Peter, Peter …

Kleine Abhilfe bei Übelkeit und Reisekrankheit
Lauwarmen Pfefferminztee oder Ingwertee trinken • Etwas frisch gepressten Zitronensaft in ein Glas Wasser geben und trinken • Bei Reiseübelkeit frische oder kandierte Ingwerstücke kauen • Vor der Reise einige Walnüsse essen und gut kauen

Ich schmeiße mich in mein Dirndl. Denn das Cocktailkleid wäre zu viel des Guten, außerdem ist es mit Gefühlen verbunden. Meine Alltagsröcke sind aber eindeutig zu wenig. Gitti ist viel zu früh dran. Ihre bloße Anwesenheit stresst mich, und ich male mir die Lippen mit zu viel Schwung an.

»Willst du zum Zirkus oder zum Rendezvous?«, ärgert sie mich unnötigerweise. Ich schiebe sie aus dem Badezimmer und schließe die Tür zu. Dann beseitige ich das Schminkdesaster und entscheide mich dafür, bloß ein wenig Labello und Puder aufzutragen. Das reicht. Zufrieden betrachte ich mich im Spiegel und mache mich auf, Peter zu begegnen. Wenn ich es schnell hinter mich bringe, habe ich wieder Zeit für wichtigere Dinge.

Zu allem Überfluss steht Hias vor der Tür, als wir gerade das Haus verlassen. Statt eines Ferkels hält er einen Zettel in der Hand. Eigentlich wollte ich die nächsten Tage mit ihm reden, schon allein weil es mich interessiert, warum er nie eine Laufbahn als Künstler eingeschlagen hat … und ob er sich an dieses Foto erinnert, auf dem wir alle zu sehen sind. Aber jetzt ist ein völlig unpassender Zeitpunkt.

»Rosi, schau«, sagt er und hält mir das Papierblatt entgegen, »des habens in der Nacht an jeden Baum in der Gegend getackert. Die gemeinen Hunde!«

Auf dem Blatt ist eine Karikatur zu sehen, die eindeutig Hias darstellen soll, nur mit Schweinsohren und Rüssel statt der Nase. *»Ibmer Moor-Saumörder«* steht unter dem Bild. *»Soll so was unter uns leben? Leute, wehrt euch!«*

»Was soll i bloß machen? Die bringen mi nu um, so an Hass haben die Leut auf mi. Dabei hab i wirklich nix angestellt«, sagt Hias.

»Warst schon beim Kurt?«, frage ich nach und blicke angespannt auf meine Armbanduhr. Warum passieren solche Dinge immer, wenn man überhaupt keine Zeit hat?

Gitti steigt neben mir von einem Bein aufs andere und schwingt nervös ihre Safttasche herum.

Hias straft sie mit Blicken. »Nein, war i net. Muss i erst. Vielleicht. I wollt zuerst mit dir reden, a wegen der Ze–«

Gitti stößt einen ungeduldigen Zischer aus.

Mist! Wollte Hias gerade etwas über sich und Zenzi erzählen? Weiß er etwa, dass ich den Brief auf seinem Tisch gelesen habe und so einen Verdacht hege? Ich will nachfragen, aber Hias zieht die Augenbrauen zusammen.

»Ah, ihr habts auch keine Zeit für mi. Aber dass ihr euch dann net wundert, wenn i eines Tages an einem Baum aufknüpft häng und net diese Wischzettel!«, schimpft er und dreht sich wütend um.

»Hias! Warte. Natürlich hab ich Zeit«, rufe ich ihm hinterher, aber er winkt nur ab und stapft weiter. Zu spät. Verflixt!

»Gitti, hättest du dich nicht ein bisschen zusammenreißen können? Hast du nicht gesehen, dass Hias wirklich Probleme hat?«, frage ich scharf.

»Er ist erwachsen und soll sich um seinen eigenen Kram kümmern. Meiner Meinung nach beschäftigst du dich ohnehin viel zu viel mit dieser Mordangelegenheit«, meckert Gitti und stampft verärgert zum Auto.

Na prima. Jetzt hab ich zwei Menschen das Kraut ausgeschüttet.

Gittis schlechte Laune hält nicht lange. Schon nach den ersten Kilometern beginnt sie zu quasseln. Und ihr einziges Thema ist Peter. Alles andere hat sie kurzerhand ausgeblendet, während mich die Sorge innerlich auffrisst. Ich sehne mich nach Sepps Chauffierdienst oder wenigstens nach Danielas Fahrstil, wo zwar das Autoradio stets auf voller Lautstärke Schlager zum Besten gibt, aber sonst Ruhe herrscht. Mir ist jetzt schon übel von Gittis Fahrstil, und das, obwohl der Großteil der Strecke erst vor uns liegt.

»Mensch, Gitti. Hör auf mit deinen wilden Spekulationen, ich bin schon aufgeregt genug.«

Einen Moment lang herrscht Stille. Aber gerade einmal lang genug, dass ich es wage, mich zu entspannen.

»Aber aufregend ist das Ganze schon. Und ich bin ja so neugierig, was du mir erzählst. Danach. Du meldest dich doch heute noch, oder?«

»Wenn du jetzt versprichst, mir die letzten fünf Minuten, bevor wir ankommen, etwas Ruhe zu gönnen … dann rufe ich dich heute spätabends an.«

»Einverstanden«, strahlt sie mich an und fährt prompt bei Dunkelgelb über die Ampel.

Mein Puls rast. Die Autofahrer hinter und vor uns wie auch rechts und links hupen aufgebracht. Gitti tippt sich mit dem Zeigefinger gegen die Stirn, worauf das Hupkonzert um etliche Dezibel anschwillt. Gitti braust unbeeindruckt weiter.

Sie schweigt zumindest, und mein Herz hat Zeit, sich auf ein normales Tempo zu beruhigen. Die Parkgarage ist mir, wie immer, unheimlich. Nicht zuletzt, weil Gitti an jeden Betonpfeiler um Haaresbreite vorbeischrammt und mit einem Schwung einparkt, der bestenfalls als wagemutig zu bezeichnen ist. Todesmutig trifft es aber wesentlich besser.

Ich verabschiede mich und will aussteigen, aber Gitti hält mich zurück. »Wenn du glaubst, ich fahr gleich wieder, ohne mich davon zu überzeugen, dass deine Verabredung auch da ist … dann täuschst du dich gehörig.« Sie lächelt und schwingt sich aus dem Auto.

»Danke dir«, sage ich, doch Gitti entgeht der sarkastische Tonfall gänzlich.

»Dafür gibt es beste Freundinnen doch«, meint sie so aufrichtig, dass mir warm wird ums Herz und ich mich bei ihrem Arm einhake.

»Ich bin froh, dass es dich gibt.«

Gitti lächelt, und wir schlendern hoch zum Einkaufstempel. Die Einkaufstasche aus Müll baumelt fröhlich an Gittis Schulter, und wir werden mit mehr aufmerksamen Blicken beschenkt, als mir lieb ist. Geschmäcker gehen eben auseinander, in einem Designeroutlet aber wohl mehr in Richtung Teuer-Pack statt Tetra-Pak. Aber das ist mein geringstes Problem.

Ich erblicke ihn schon aus der Entfernung. Er hat die Beine genauso übereinandergeschlagen, wie es Horst immer getan hat. Früher.

»Wie mein Bruder«, krächzt Gitti.

Ich sehe sie betroffen an und nicke. So viel Ähnlichkeit. Ich erwarte schon fast, dass Horst aufsteht, zu uns herüberkommt und uns grinsend fragt, wo wir so lange waren. Mir steigen die Tränen in die Augen, und in diesem Moment vermisse ich meinen Mann mehr als je zuvor.

»Lassen wir uns überraschen. Wahrscheinlich ist dieser Peter nur äußerlich Horst so ähnlich und entpuppt sich als das genaue Gegenteil«, sagt Gitti. Es fällt ihr hörbar schwer, so gelassen und ruhig zu sprechen.

Wenn sie meinen Herzschlag erst hören könnte. Alles, was die letzten Tage und Stunden geschehen ist, rückt in den Hintergrund. Horst.

Ich fasse allen Mut, den ich in mir trage, zusammen und gehe festen Schrittes zum kleinen Tisch. Peter sieht auf, und ich bin fast erleichtert, als ich den kleinen Oberlippenbart sehe, den er auf dem Foto noch nicht hatte.

»Peter?«, frage ich überflüssigerweise und strecke ihm meine Hand entgegen.

Er lächelt, erhebt sich geschmeidig. »Rosi.« Seine Stimme ist noch tiefer als am Telefon. Er ergreift meine Hand und schüttelt sie ein wenig zu lange. Dabei sieht er mir fest in die Augen.

Ich schlucke. »Das ist meine beste Freundin Gitti«, weiche ich aus und deute auf sie.

»Angenehm.« Peter schüttelt auch Gittis Hand und macht eine einladende Bewegung, dass wir uns setzen sollen.

»Ich bin dann mal weg. Wollte nur sichergehen, dass meine liebe Rosi nicht an einem leeren Tisch warten muss«, sagt Gitti überraschenderweise.

Ich hätte wetten können, dass sie sich die dargebotene Gelegenheit nicht entgehen lässt und erfreut die mehr oder weniger stille Zuschauerin gemimt hätte.

»Das wäre aber sehr unehrenhaft«, erwidert Peter auf Gittis Befürchtung. Gitti winkt uns zum Abschied und lässt mich mit dem Ebenbild meines verstorbenen Mannes allein zurück.

Wir bestellen. Ich halte mich zurück und nehme nur einen Kaffee. Immerhin will ich nicht verfressen aussehen. Komisch. In Sepps Gegenwart hatte ich keine Hemmungen, eine Torte und im Anschluss noch einen Apfelstrudel mit Vanillesoße zu essen. Aber der bloße Anblick von Peter macht mich unruhig. Du siehst etwas in ihm, das er nicht ist, denke ich und komme mir dumm dabei vor. Ist es denn ein Verbrechen, dass ich Horst wiederhaben möchte? Ich schüttle gedankenverloren den Kopf.

»Ist etwas?«, fragt Peter.

»Nein. Ich glaub, ich nehme doch noch einen Kuchen«, schwindle ich und zwinge mich zu einem Lächeln.

»Gute Entscheidung. Man lebt nur einmal!«

Peter winkt dem Kellner. Ich wähle eine Topfen-, Peter eine Nusstorte.

»Du bist also Tierarzt?«, eröffne ich das Gespräch, nachdem der Kellner abgerauscht ist.

»Hm. Es war schon immer mein Traumberuf. Und auch wenn ich längst damit aufhören könnte, schaffe ich es nicht, von den kleinen Vierbeinern Abschied zu nehmen.«

»Dann hast du sicher Haustiere.«

Er schüttelt den Kopf. »Nein. Die beiden Hunde sind bei meiner Ex geblieben. Ich lebe hier nur in einer kleinen Stadtwohnung. Da wären die beiden Tiere arm dran, und der Katzentyp bin ich nicht.«

Ich nicke. Der Kellner stellt die Torten auf den Tisch.

Peter beginnt damit, mich auszufragen. Er will alles über mich wissen. Meine Tätigkeit als Kräuterfrau, mein Zuhause, meine Familie, mein verstorbener Ehemann. Ich rede und rede und rede und bin froh, einmal über einfache, alltägliche Dinge sprechen zu können. Er hört zu, wirft Fragen ein, macht mir

Komplimente. Es ist schon sechs Uhr, als ich zum ersten Mal auf die Uhr sehe. Die Zeit ist im Nu verflogen.

»Mein Sohn wird bald hier sein. Wir wollen gemeinsam essen gehen«, sage ich.

»In Ordnung. Es war jedenfalls sehr schön, dich kennenzulernen, und ich hoffe, wir können das wiederholen.«

Ich denke einen Augenblick nach. Dieses unkomplizierte Gespräch mit ihm hat mich etwas beruhigt, und außer der äußeren Ähnlichkeit mit Horst gibt es nichts, was mich an Peter aufregen könnte.

»Warum nicht. Es war nett.«

»Darf ich dich vielleicht am Wochenende ausführen? Zum Essen?«

Ich nicke.

»Großartig. Ich hole dich am Samstag um neunzehn Uhr ab. Beschreib mir doch einmal, wo dein Häuschen genau steht.«

Ich erkläre es ihm.

»Das werde ich finden. Ich freue mich.«

Er winkt dem Kellner, um zu zahlen, und kramt in seiner Jackentasche. Seine Stirn kräuselt sich.

»Was ist los?«, will ich wissen.

»Es ist mir schrecklich peinlich. Aber anscheinend habe ich meine Geldbörse in der Praxis liegen lassen.«

»Ach so. Kein Problem. Ich übernehme das.«

Ich ziehe meine Geldtasche hervor und begleiche die Rechnung. Ich stutze einen Augenblick, als mir der Kellner eine Summe nennt, die so überhaupt nicht zu zwei Kaffee und zwei Torten passen will. Fragend sehe ich Peter an.

»Ich habe mir vor unserem Treffen ein bisschen etwas bestellt. Um den Mut nicht zu verlieren.«

Das bisschen war entweder sehr exklusiv oder unverschämt viel.

»Also zahlen Sie die beiden Champagner jetzt, oder nicht?«, mault der Kellner.

Champagner? Um Himmels willen. Und ich dachte, nur Tussis stehen auf diesen Sprudel. Vielleicht ist es aber auch ein

Arztgetränk. Wer weiß. Immerhin fühlen sich viele Vertreter dieses Berufsstandes als gehobene Gesellschaft, und Schampus genießt auch den Ruf, etwas Besseres zu sein. Ich zücke meine Börse und zahle. Peter entschuldigt sich nochmals. Aber ich wiegle ab. So schlimm ist das jetzt auch wieder nicht. Und wenn er dieses Schaumweinzeugs gern trinkt, warum nicht. Ich werde bestimmt nicht pleite dadurch, und die nette Gesellschaft ist mir ein paar Euro wert.

Wir verabschieden uns. Er drückt mir rechts und links Küsschen auf die Wangen. Sein Rasierwasser steigt mir in die Nase. Horst hat das gleiche benutzt. Alles nur Zufall? Mir wird eng um die Brust, und ich bin erleichtert, als Peter von dannen zieht. Ich gönne mir noch ein paar Minuten allein im Café, bevor ich ans andere Ende des Einkaufszentrums wandere.

Hoffentlich sind Raphael und Kalina pünktlich.

Da steht er, mein Sohn. Links von ihm eine hübsche Wasserstoffblondine, rechts ein brünettes Mädchen, das eher schüchtern wirkt. Er hat also Kalina und Luba mitgebracht. Irgendwie nachvollziehbar. Was soll Luba schon allein in seiner Wohnung? Suchend sieht sich Raphael um und lächelt breit, als er mich entdeckt. Die Brünette winkt sofort, und ich wünsche mir spontan, dass sie Kalina ist.

»Hallo, Mama. Darf ich vorstellen. Das ist Kalina, meine Frau.« Er deutet nach rechts, und mein Herz macht einen kleinen Freudensprung. »Und das ist ihre Schwester Luba.«

Ich begrüße beide Mädchen per Handschlag. Kalina sieht schüchtern zu Boden. Luba hält meinem Blick stand. So wie die beiden Frauen vor mir stehen, kann ich mir schwer vorstellen, dass sie im gleichen Gewerbe wie Silvana oder Denise tätig waren.

»Lasst uns hineingehen. Ich habe einen Tisch reserviert. Daniela und Kurt stoßen später zu uns. Ich hoffe, es stört dich nicht?«, richtet Raphael die letzte Frage an mich.

»Keineswegs. Wie könnten mich meine Kinder stören?«

Wir betreten das Restaurant. Der Italiener, der eigentlich

ein Marokkaner ist und Mustafa heißt, deshalb aber besonders italienisch tut, begrüßt uns mit einem überschwänglichen »Ciao«. Unser Tisch befindet sich in einem abgetrennten kleinen Bereich ganz hinten im Restaurant. Kerzen brennen, italienische Schnulzen schallen aus den Lautsprechern, und die ganze Atmosphäre ist mindestens so schummerig wie Sepps Herzkasterl. Raphael setzt sich mit seinen beiden Damen auf die Bank, ich mich gegenüber auf den Stuhl.

Wir bestellen eine Flasche schweren Rotwein, und ich wähle ohne in die Karte zu gucken meine Lieblingspizza Calzone. Vor x Jahren, bei unserem ersten und einzigen Urlaub außerhalb Österreichs, habe ich mich in dieses Gericht verliebt. Wahrscheinlich auch, weil Horst scherzhaft meinte, ich würde mich nicht trauen, die Pizza zu nehmen, bei der man nicht weiß, was drin ist. Damals in Jesolo habe ich meine erste Calzone gegessen, und niemals danach war eine Pizza ähnlich lecker. Aber trotzdem, schon allein der Erinnerung wegen, schmeckt sie mir besser als alle anderen.

Die Mädchen hingegen studieren die Speisekarte, als wäre sie ein packender Roman. Raphael hilft schließlich aus und erklärt, was auf den jeweiligen Teigrädern drauf ist. Luba nimmt die vegetarische, Kalina die mit Thunfisch und Raphael, wie immer, eine Salami extrascharf. Nun, da die Sache mit dem Essen geklärt ist, herrscht ein paar unerträglich lange Sekunden Stillschweigen am Tisch.

»Es freut mich, dass wir uns kennenlernen«, sage ich in Kalinas Richtung, um das Schweigen zu brechen. Sie sieht mich mit großen grünen Augen an. »Du verstehst mich doch, oder?«, hake ich nach.

»Ja«, flüstert sie und starrt schnell wieder auf ihre gefalteten Hände. Raphael nimmt sie in seine Hand und drückt sie sanft.

»Kalina, du brauchst nicht so nervös zu sein. Meine Mama ist eine Liebe.«

»Meistens zumindest«, füge ich lächelnd hinzu.

»Meine Schwester etwas schüchtern«, sagt nun Luba mit tiefer Stimme. »Aber wir froh, dass hier. Raphael … lieber Mann.«

Ich nicke. »Ja, mein Sohn hat auch seine guten Seiten.«

»Sehr gutes Mann«, sagt nun Kalina und sieht Raphael verliebt an. »Mich hergeholt. Arbeit Bulgarien schrecklich. Aber jetzt hier. Alles gut.«

»Schön«, antworte ich. Es ist geradezu rührend, wie Kalina meinen Jungen anschmachtet, und die Ehrlichkeit in ihrer Stimme ist entwaffnend. Wie es scheint, ist sie tatsächlich in ihn verliebt, und so, wie er ihre Hand streichelt, trifft es auch für ihn zu. Ich schlucke. Das Bild der beiden jungen Menschen erinnert mich an Horst und mich. Wir waren auch einmal so. Vor langer Zeit. Blick nach vorn, nicht zurück, höre ich seine Stimme in mir. Ich schlucke. Wenn mir mein innerer Horst schon mit Binsenweisheiten kommt, muss es echt schlimm um mich stehen.

»So wunderbar, wie du tust, bin ich jetzt auch wieder nicht«, sagt Raphael schließlich. »Immerhin haben wir uns nicht in der vorteilhaftesten Situation kennengelernt. Zumindest war mein Verhalten nicht besonders … ähm. Du weißt schon.«

»Ich kann es mir denken, wobei ihr euch kennengelernt habt«, werfe ich ein.

»Aber als ich Kalina gesehen habe, war es um mich geschehen. Ich wollte nie an Liebe auf den ersten Blick glauben, aber diese Frau hat mein Herz gefangen genommen.«

Er küsst ihre Finger. Kalina wird rot.

Ich schmunzle. »Es wurde aber auch Zeit, dass du der Richtigen über den Weg läufst. Dein ewiges Junggesellendasein war doch auch nicht das Wahre.«

Raphael nickt betroffen. »Ich hoffe bloß, dass alles gut geht und die Sache mit der Versicherung und der Polizei nicht noch Nachwehen hinter sich herzieht.«

»Ich vermute, du bist aus dem Schneider«, ertönt plötzlich Kurts Bariton hinter uns.

Daniela ist bei ihm eingehakt, was angesichts der wahnwitzig hohen Bleistiftabsätze ihrer Schuhe eine gute Idee ist. Mein Töchterlein sieht bezaubernd aus. Das bordeauxrote Cocktailkleid und das kleine schwarze Bolerojäckchen machen eine zweite Monroe aus ihr. Und auch Kurt hat sich fesch zurechtgemacht. Trotz Bierbauch. Ein schönes Paar, die zwei.

Wir begrüßen uns und sie nehmen am Tisch Platz.

»Also glaubst du, dass sich die Situation aufgeklärt hat?«, will Raphael nach einiger Zeit von Kurt wissen. Seine Worte klingen bang vor Angst.

»Die Zeichen deuten darauf hin. Ich habe heute ein Gespräch zwischen dem Staatsanwalt und meinem Boss mitangehört. So, wie sie über dich gesprochen haben, bist du wohl noch einmal davongekommen. Der Zeugenstand vor Gericht wird bestimmt kein Zuckerschlecken und die Überprüfung der Ausländerbehörde bezüglich einer eventuellen Scheinehe auch nicht … aber im Großen und Ganzen kannst du beruhigt sein. Du wirst schon nicht hinter schwedischen Gardinen versauern.« Kurt zwinkert Raphael zu, und dieser atmet erleichtert durch.

Der Kellner kommt, serviert vier Beilagensalate und nimmt die weiteren Bestellungen auf.

Ich ergreife die Gelegenheit und frage Kurt, ob Hias sich wegen der Flugblätter bei ihm gemeldet hat.

Er schüttelt den Kopf. »Ich war aber heute auch den ganzen Tag nicht im Ort, sondern in der Stadt. Vielleicht war er bei meiner Kollegin?«

»Kann ich mir nicht vorstellen. Er ist in diesen Belangen schon ein wenig seltsam. Dabei wollte er früher einmal die große weite Welt erkunden, und jetzt will er am liebsten nur mit Leuten zu tun haben, die er gut kennt.«

Kurt sieht mich fragend an, und ich erkläre ihm, dass Hias vor Jahrzehnten einmal Ambitionen hatte, ein Künstlerleben zu führen.

»Unser Hias?«, fragt Kurt ungläubig nach.

Ich nicke bloß und wechsle das Thema. Eigentlich möchte ich den Abend nicht mit Hias' Problemen verderben, obwohl mich das schlechte Gewissen plagt, weil ich vorhin keine Zeit für ihn hatte.

Es ist schön, die ganze Familie um einen Tisch versammelt zu sehen. Wir stoßen an und trinken. Nun, da die Stimmung einigermaßen gelöst ist, frage ich Kalina nach dem Baby. Man kann nur mit viel Phantasie erkennen, dass sich neues Leben in der schlanken Frau entwickelt. Kalina streichelt verträumt ihren noch relativ flachen Bauch. »Eigentlich ich Raphael angerufen wegen Geld. Ich gedacht, vielleicht besser wegmachen. Aber er wollen auch Baby.«

»Natürlich will mein Sohn das. Solange ich lebe, gibt es keine Abtreibungen in der Familie«, sage ich streng. Raphael nickt zustimmend. Da hat meine Erziehung wohl gefruchtet, denn auch wenn es altmodisch klingt, ich bin davon überzeugt, dass es immer eine bessere Lösung gibt. Von wenigen Ausnahmen einmal abgesehen.

»Ich hab vielleicht die letzten Jahre so einiges angestellt, aber eine Frau lässt man nicht im Stich. Schon gar nicht, wenn sie Mutter wird. Das haben meine Eltern mir beigebracht.«

»So ein schlechter Mensch, wie du uns gern glauben lässt, bist du gar nicht, Bruderherz. Nur manchmal halt etwas tollpatschig und gleichzeitig zu sehr von dir überzeugt«, sagt Daniela lachend.

Diese Einschätzung kann ich nur teilen, und im Innersten bin ich sogar ein wenig stolz auf Raphael. Er ist halt doch ein ehrlicher Bursche.

»Also freust du dich auf dein Kind?«, frage ich Kalina frei von der Leber.

»Ja. Familie ist gut. Kinder gut. Meine Mutter immer gesagt, Familie ist Wichtigstes. Wenn Familie glücklich, Leben ist gut. Alles gut.«

»Darauf stoßen wir noch einmal an!«, meint Daniela und hebt ihr Glas. Wir prosten uns zu. Alle außer Kalina trinken etwas von dem schweren Wein. Kalina nippt an ihrem Johannisbeersaft.

Im Laufe des Abends, nach einer ausgiebigen Mahlzeit, einer Flasche Wein und Tiramisu für alle, tauen die beiden Bulgarinnen gänzlich auf. Kalina erzählt von ihrer Kindheit, von dem kleinen Bauernhaus, den Tieren, ihrer verstorbenen Mutter und wie sehr sie sich nach dem Leben in der Natur sehnt. Luba nickt eifrig.

»Na, dann gibt es vielleicht doch noch Hoffnung, dass mein Häuschen einmal nicht bloß verkauft wird.«

Kalina lächelt bei meiner Aussage, Raphael schüttelt nur den Kopf. »Ich kann ja auf viel verzichten, aber zurück in deine Hütte, dorthin, wo sich Fuchs und Henne Gute Nacht sagen … Nein. Da muss noch viel passieren.«

»Wart mal ab, Sohn. Frauen und Kinder bewirken oft mehr, als man ihnen zutraut. Wenn mein Enkel und meine Schwiegertochter nur intensiv genug wollen … dann wirst du wohl müssen. Außerdem weißt du ja: Meine Tür steht immer offen, und dein Kinderzimmer gibt es noch.«

»Samt Batman-und-Robin-Poster und Rennauto-Bettwäsche«, kommentiert Daniela.

Alle lachen, nur Raphael spielt einen Moment den Beleidigten.

»Wo wirst du eigentlich in Zukunft wohnen, Luba? Das bei Raphael kann ja keine Dauerlösung sein«, fragt Daniela.

Luba sieht hilflos in den Raum. »Keine Ahnung. Ich weiß nicht. Kein Arbeit, kein Wohnung.« Sie zuckt mit den Achseln.

»Was würdest du denn gern arbeiten?«, hakt Dani nach.

Wieder ein ahnungsloser Blick und ein leises Stöhnen.

»Also, wenn du es dir vorstellen kannst … ich bin mir ziemlich sicher, dass kommenden Herbst eine neue Reinigungsfrau für die Schule gesucht wird. Und ein gewisser Herr ist mir noch etwas schuldig. Zumal ich mit dessen Gattin gesprochen habe, um ihm ein Leben auf der Straße zu ersparen.«

Das sind ja unerwartete Neuigkeiten. Ich sehe meine Tochter überrascht an. »Du hast mit der Wimmerin geredet und ein gutes Wort für ihn eingelegt?« Ich kann es kaum fassen.

»Kein Scherz!«, lacht Dani unbekümmert. »Ja, ich habe mich mit seiner Frau unterhalten. Der Hubert darf auch wieder zu Hause schlafen, aber die Putzfrau musste weg. Die Herta weiß, dass sie von meiner Seite aus nichts zu befürchten hat. Mein Interesse am Wimmer ist nur mehr beruflicher Natur. Besonders, weil ich vorhabe, die Direktorenstelle zu übernehmen, wenn der Wimmer in Pension geht. Und das muss er noch dieses Schuljahr tun, hat die Herta gesagt. Sonst schleppt sie ihn in ihre Heimat nach Bayern. Herta will Hubert besser kontrollieren können, und er will bestimmt nicht umziehen.«

Ich reiße die Augen auf. »Niemals! Wo er doch hier seine Geltungssucht als Schuldirektor ausleben kann, weil er sozusagen zur High Society der Pampa gehört.«

»Dann muss er sich wohl oder übel ändern. Sonst steht er nämlich bald ohne etwas da. So ein Ehevertrag kann ganz schön gemein sein, und Hertas Anwalt hat es verstanden, dass der Ehemann bei einer Scheidung bis auf die Unterhosen ausgezogen wird. Wenn der Wimmer nicht spurt, muss er nach Bayern. Zurück in Hertas Gefilde. Bye, bye, schönes Österreich.« Daniela lacht schadenfroh.

»Da tut mir Hubert ja fast ein wenig leid. Dass die Herta eine Harte ist, war mir bekannt, aber dass sie ihn erpresst. Jetzt versteh ich auch, warum er nach all dem Zoff schon wieder Trost in Sepps Haus sucht.«

»Er war im Puff? Ach, du meine Güte.« Daniela strahlt Luba an. »Dann hab ich ihn noch mehr in der Hand. Also, wenn du gern die Stelle möchtest? Es gibt auch eine kleine Dienstwohnung über der Schule. Nix Besonderes. Nur ein Zimmer mit Kochnische und ein Bad.«

Luba lacht erfreut. »Ja, wenn geht. Gern! Ich so dankbar!«

Kurt hingegen straft Daniela mit gespielt vorwurfsvollem Blick. »Du machst mir richtig Angst, Schatz. Der arme Mann. Hoffentlich werde ich nie in seine Situation kommen.«

»Das will ich dir geraten haben«, sagt Daniela streng und pikst Kurt mit dem Zeigefinger in die Brust. Im nächsten Moment küssen sie sich wild. Auch Raphael und Kalina schmusen. Nur Luba und ich bleiben ungeküsst.

»Schluss jetzt mit dem Geküsse! Da werde ich ja glatt eifersüchtig!«, sage ich halb im Scherz.

»Aber du hattest doch vorhin ein vielversprechendes Rendezvous.« Raphael grinst, und wir kommen zum nächsten Thema. Ich werde ausgehorcht, nicht nur zu Peter, sondern auch zu Sepp. Erstaunt stelle ich fest, dass ich von Letzterem sehr viel weiß, von Peter aber fast nichts. Ich habe nicht einmal eine Ahnung, wo er wohnt oder wo sich seine Praxis befindet. Seltsam. Dabei haben wir uns gute zwei Stunden unterhalten. Trotz der warmen Temperaturen im Restaurant fährt mir ein kalter Schauer den Rücken hinab.

Alles nicht so einfach, wie es scheint

> Hilfe bei leichten Verbrennungen
> *Sofortmaßnahme: Mit Wasser kühlen! Aber nur ca. 10–15 Minuten. Dann müsste der Schmerz deutlich nachgelassen haben.*
> *Ist die Verbrennung größer als eine Handfläche, muss man zum Arzt. Auch wenn die Stelle kleiner ist, sich aber entzündet hat.*
> *Ansonsten helfen bei Sonnenbrand Aloe-Vera-Gel oder kühle Quarkumschläge.*
> *Bei kleinen, leichten Verbrennungen hilft wieder das Wundermittel Arnika. Ebenfalls kann man eine rohe Kartoffelscheibe auf kleine Wunden legen, aber nur, wenn sich keine Blasen gebildet haben oder sich die Haut nicht abgelöst hat!*

Erstaunlicherweise schlafe ich wunderbar diese Nacht. Der Abend mit meiner Familie hat mir gutgetan. Sogar das Telefonat mit Gitti habe ich pflichtbewusst erledigt. Traumlos gleite ich durch die Nacht und wache am Morgen so frisch und ausgeruht wie selten auf. Ich öffne die Fenster im Schlafzimmer, und warme Luft strömt herein. Der Sommer zeigt sich von seiner besten Seite, und ich kann jetzt schon spüren, dass es ein brütend heißer Tag werden wird. Der Himmel ist strahlend blau, die Sonne ein glühender Ball, der die Welt in sein gleißendes Licht hüllt. Die Vögel zwitschern leise, und es duftet nach Heu und Blumen. Wundervoll. Ich atme tief ein. Tag, du kannst kommen.

Sogar der morgendliche Kaffee schmeckt besser als sonst, was möglicherweise daran liegt, dass ich auf der Terrasse sitze, und als Gitti pünktlich zur zweiten Tasse eintrudelt, bin ich gut gelaunt und entspannt.

»Hallo, Süße!«, begrüßt sie mich mit einem Küsschen auf die Wange.

»Hallo, setz dich doch.« Ich biete ihr einen Stuhl an und fordere sie auf, zuzugreifen. Sie gießt sich Kaffee in die Tasse und nimmt sich eine Semmel aus dem Brotkorb.

»Puh, bin ich froh, hier zu sein. Alfons hat wieder einmal seine beste Laune. Dabei hab ich kaum geschlafen neben diesem schnarchenden Ungetüm und bin dennoch gut drauf. Manchmal beneide ich dich um deine Freiheit, Rosi. Aber nur manchmal. Also schieß los, wie ist dieser Peter so? Gefällt er dir?«

Ich wiege meinen Kopf nachdenklich hin und her. Es ist einfach schwierig zu sagen, ob ich in ihm nur ein verblichenes Abbild von Horst sehe oder ob ich ihn wirklich sympathisch finde. »Ich weiß es nicht. Obwohl er eigentlich ganz nett war, habe ich keine Ahnung, was ich von ihm halten soll. Trotz zwei Stunden im Café kann ich dir nicht wirklich etwas über ihn sagen. Er war die ganze Zeit irgendwie nicht richtig greifbar«, gebe ich schließlich zu und erzähle Gitti jedes Detail des Nachmittags.

»Also, das mit dem Geldtäschchen kann jedem einmal passieren, oder? Und dass jemand beim ersten Treffen nicht gleich mit der Tür ins Haus fällt und sein ganzes Leben offenbart, ist doch eigentlich normal, oder? Ich an deiner Stelle würde ihm eine Chance geben. Der Sepp ist eh ganz nett, aber ob er der Richtige ist für dich?«

»Du meinst wegen seiner Arbeit?«, hake ich nach.

Gitti hebt entschuldigend die Schultern. »Na, wirklich so alltäglich ist Sepps Geschäft nicht. Das musst du wohl zugeben. Da ist Tierarzt schon eine ganz andere Liga.«

»Darauf habe ich nie Wert gelegt. Sepp hilft mir so viel. Gerade bei der Geschichte mit Raphael. Aber du hast schon recht. Ich muss an meine Kinder denken und an mein Leben hier. Die Leute tratschen schon genug über Sepp und mich. Und ob ich das Gerede hinter meinem Rücken auf Dauer will, kann ich dir nicht sagen. Jedenfalls treffe ich mich mit Peter am Samstag. Dann weiß ich vielleicht mehr.«

Gitti klopft mir leicht auf den Rücken. »Gutes Mädchen«, kichert sie, und ich kann nur innerlich stöhnen. »Hast du schon gehört, dass irgendwer dem Hias seine Ferkel aus dem Gehege gelassen hat? Eines soll bis zum Moor gelaufen und ersoffen sein. Seltsamer Zufall, hmm?«, wechselt Gitti das Thema.

»Ich hab dir doch gestern gesagt, dass er ernsthafte Probleme hat. Wir hätten uns für ihn Zeit nehmen sollen. Und dass seine Viecher bis zum Moor laufen, das kann mir niemand erzählen. Da hat jemand absichtlich sein Ferkel ertränkt.«

»Na ja, wer weiß. Vielleicht hat Hias es doch verdient. Es geht das Gerücht um, dass der Wimmer und die Krämer-Frauen sogar eine Unterschriftenliste durchgeben. Dort kann jeder unterschreiben, der eine neuerliche Untersuchung des Falles will. Der Jörg hatte anscheinend mehr Freunde als gedacht. Und der Hias … tja. Vielleicht sollte er einen längeren Urlaub machen. Oder wegziehen. Hast du nicht gesagt, dass er mal Künstler werden und die Welt erkunden wollte? Jetzt wär der richtige Zeitpunkt, finde ich.«

»Gitti!«, herrsche ich meine Freundin an. »Das meinst du doch nicht ernst, oder?«

Sie zuckt die Schultern und nippt am Kaffee. »Was, wenn er doch schuld war? Wenn er dem Jörg einen Minischubser gegeben hat? Hmmm? Sag bloß, du würdest deine Hand für ihn ins Feuer legen?«

Ich schlucke und schweige. Ja, ich glaube daran, dass Hias kein Mörder ist … aber beschwören könnte ich es auch nicht. Und dass er zumindest ein Geheimnis verbirgt, genauso wie die Zenzi, das steht außer Frage. Ich kaue mir die Unterlippe wund. So eine verzwickte Geschichte. Ich muss wohl oder übel noch einmal hin. Zum Hias und zur Zenzi. Mein Nacken kribbelt. Ob Sepp sich noch mal bereit erklärt, den Begleiter zu spielen?

Gitti und ich reden noch über Raphael und Kalina, und Gitti jammert sich ausgiebig über die Launen ihres Ehemannes aus. Der Vormittag verstreicht viel zu schnell, und am Nachmittag finden sich die üblichen Verdächtigen in meiner Stube ein. Ich quetsche, creme, rede gut zu, wickle Umschläge und bin am Abend froh, als mein letzter Kunde mein Haus verlässt.

Ich sehe auf die Uhr. Kurz nach sieben. Noch genug Zeit, um etwas zu unternehmen. Einen Moment lang starre ich das Telefon an und überlege, ob ich Sepp anrufen soll, lasse es dann aber doch bleiben. Eigentlich würde ich gern zu Hias gehen, aber der Gedanke, mit Sepp zu reden, beschert mir Kopfschmerzen. Er würde sicher hören wollen, wie meine Verabredung gestern verlaufen ist.

Ich entscheide mich vor lauter Feigheit dazu, Daniela im

Ort zu besuchen. Vielleicht ist Kurt ja bei ihr, und ich kann mit ihm über Hias reden. Der Fußweg ist nicht weit, die schlimmste Hitze des Tages ist schon vorbei, und meine Tochter kann mich am Abend ja nach Hause fahren. Gesagt, getan. Ich trinke noch ein Glas Wasser und mache mich auf den Weg.

Die Menschen im Dorf sitzen auf ihren Terrassen oder in ihren Gärten. Wie können diese friedlich aussehenden Leute nur so einen Hass auf Hias entwickeln? Von überall weht mir der Duft nach Gegrilltem um die Nase. Da bekomme ich glatt etwas Hunger. Ich biege in Danielas Siedlungsstraße ein und stelle erfreut fest, dass Kurt da ist und die Grillzange schwingt. Daniela sitzt entspannt an ihrem Gartentisch, und neben ihr ist Silvana. Die beiden unterhalten sich und bemerken mich erst, als Kurt mir zuruft: »Oh, hallo, Rosi.« Silvana lächelt.

»Wenn man vom Teufel spricht«, sagt Daniela und zwinkert mir zu. »Kurt hat sich beim Grillen den Zeigefinger verbrannt und glaubt mir nicht, dass er eine rohe Kartoffel auflegen soll.«

»Ist ja nur ein wenig rot, und ich hab mit Wasser gekühlt«, sagt Kurt und winkt ab.

»Dani hat aber schon recht. Wenn es nur eine kleine Verbrennung ist, wirkt eine Kartoffel Wunder. Aber gebt zu, ihr habt euch nicht nur wegen Kurts Miniverbrennung über mich ausgelassen«, sage ich und setze mich zu den beiden Frauen.

»Nur ein wenig. Sepp, so verändert, seit er dich kennt«, lächelt Silvana. »Viel lockerer, glücklicher.«

Ich schaffe es nur, zustimmend zu brummen. Mir tut seine Gesellschaft auch gut, keine Frage, aber dennoch bin ich mir unsicher.

»Wie habt ihr euch eigentlich kennengelernt?« Daniela sieht mich neugierig an. Ich schlucke. Lügen mag ich nicht, die ganze Wahrheit ist aber ebenso fehl am Platz.

»Na, so, wie ich die meisten Menschen kennenlerne. Als Kunden.«

Daniela gibt sich mit der Erklärung zufrieden. »Ja, ist schon ein Kreuz mit dem Kreuz«, meint sie. »Ich nehm an, du isst mit uns, Mama?«

Ich habe nichts dagegen einzuwenden, zumal die Koteletts ihren unwiderstehlichen Duft verströmen und mir das Wasser im Mund zusammenläuft.

»Dann hol ich dir einen Teller und Besteck. Bin gleich wieder da. Du kannst dir ja schon Limo nehmen.« Daniela schwirrt ab.

Silvana mustert mich streng. »Sepp ist nervös. Ich sage nicht gern, aber ich glaub, er mag dich wirklich. Und er wartet auf Anruf.«

»Hmm.« Ich greife nach der Limoflasche und weiche Silvanas Blick aus. Das stört sie aber keineswegs.

»Gestern war Sepp unausstehlich. Wegen dein Rendezvous. Ich bin sicher, er verliebt in dich.« So klar und deutlich hat das bisher noch niemand gesagt.

»Meinst du wirklich?« Ich komme mir vor wie ein verschüchterter Teenager.

»Jawohl. Du bist gutes Frau, Rosi.« Sie nimmt meine Hand und drückt sie sanft. »Und Sepp ist guter Mann. Ich verstehe, wenn du willst auch anderes Männer kennenlernen. Aber dann musst du mit Sepp reden. Verstanden? Er macht sich sonst unnötig Hoffnung.«

»Ich mag ihn ja auch. Es geht mir nur zu schnell. Ich brauche Zeit. Bis vor ein paar Wochen waren Männer generell unsichtbar für mich. Und jetzt? Jetzt gibt es auf einmal zwei.«

Und ich erzähle ihr von Peter und davon, dass er mich an meinen Horst erinnert. Silvana hört zu.

»Ich sage dir meine Meinung, okay? Du nur siehst deinen Mann in diesem Peter. Eigentlich er ist seltsam. Du selbst fühlen. Mhm. Er erzählt nichts von sich, lässt Frau zahlen ... Geht gar nicht so was! Aber du geblendet. Weil du siehst Horst. Ich verstehe. Gucke hinter Fassade, okay? Dann wirst erkennen, dass Sepp ist Richtiger für dich. Basta!« Ihre Worte lassen keinen Widerspruch zu. Nicht nur durch den Ton, sondern auch wegen des Inhalts. Sie klingt überzeugend.

»Ich gebe Peter noch eine Chance. Und wenn ich nach Samstagabend noch immer ein seltsames Gefühl habe, dann war's das. Versprochen.«

Silvana nickt zufrieden. Daniela kommt mit dem Besteck, und Kurt serviert die ersten brutzelnden Fleischteile.

Wir sitzen gerade beisammen, und ich will Kurt gerade auf Hias ansprechen, als sein Handy bimmelt. Dumm aber auch.

Er geht ran. Über sein Gesicht zieht plötzlich ein sorgenvoller Schatten. »Am besten, ihr kommt vorbei und bringt es mit. Wir grillen ohnehin gerade, ich werf noch ein paar Würste auf den Rost, und dann sehen wir uns die Sache in aller Ruhe an.« Ein weiterer Wortschwall ertönt aus dem Telefon. »Gut, bis gleich«, sagt Kurt, legt auf und fügt ein erklärendes »Raphael« hinzu.

»Was ist denn jetzt schon wieder?«, drückt Daniela meinen Gedanken lautstark aus.

Kurt schweigt, schlingt stattdessen sein Kotelett hinunter und stellt sich im nächsten Augenblick wieder hinter den Grill.

»Soll ich besser gehen? Familiengeschichte?«, fragt Silvana.

»Aber nein, du bist meine Freundin und als solche immer willkommen«, antwortet Daniela.

Ich bin stolz auf sie. Wie sie sich in der kurzen Zeit gewandelt hat. Vor ein paar Wochen noch hätte sie sich geschämt, mit einer Domina befreundet zu sein. Daniela hätte in der Vergangenheit als alte Jungfer im Blumenkittel schweigsam im Garten verharrt und wäre in hoffnungsvollen Gedanken versunken. Jetzt aber ist sie das pure Leben, und ich sehe eine rosige Zukunft für sie vorher.

Keine fünf Minuten später pfeift das vollkommen überladene Cabrio meines Sohnes ums Eck. Solche Autos sind nun einmal nicht für mehr als zwei Passagiere gemacht. Luba, die den engen Platz auf der Mini-Rückbank nehmen musste, quält sich stöhnend aus dem Wagen. Raphael und Kalina hingegen steigen aus wie die Prominenz.

Ein lustiges Bild. Ich frage mich, wie sie den weiten Weg von Dänemark bis hierher geschafft haben. Oder vielleicht waren nur Kalina und Raphael oben, um zu heiraten, und Luba musste in irgendeinem tschechischen Hotel auf die beiden warten. Bei Gelegenheit frage ich die beiden danach, und auch, wann eine richtige Hochzeit geplant ist. So ein dänischer Zettel vom Standesamt hat vielleicht eine Aussagekraft beim Staat, aber eine wirkliche Heirat findet noch immer in der Kirche statt. Bei uns zumindest.

Im Moment plagen die drei aber wohl andere Sorgen. Raphael läuft gleich zu Kurt, und sein bekümmerter Blick spricht Bände. Da muss ich gar nicht hören, was gesprochen wird, um zu wissen, dass es ernst ist.

Kalina und Luba kommen zu uns Frauen herüber. Daniela umarmt die beiden, bietet ihnen einen Platz an und stellt Silvana vor. Die beiden Bulgarinnen mustern die Domina einen kurzen Moment zweifelnd, begrüßen Silvana aber dann freundlich. Wahrscheinlich ist den beiden klar, in welchem Gewerbe Silvana tätig ist.

»Und, was ist los?« Daniela kann die Spannung nicht ertragen. Ich bin ehrlich gesagt froh darüber, dass ich nicht als Erste die Frage aller Fragen stellen musste. Kalina wirft ihrer Schwester einen hilfesuchenden Blick zu.

»Heute Morgen hat Telefon geklingelt. Hat Namen nicht genannt, aber war sicher Zelko. Hat gedroht auf Bulgarisch. Dass wir alle bald tot.«

»Ich nehme an, Zelko war euer Zuhälter?« Die beiden antworten auf meine Frage mit einem Nicken.

»Macht euch mal nicht zu viele Sorgen. Was will der Kerl euch schon anhaben? Er sitzt irgendwo an der bulgarischen Adria, und ihr seid hier. In Sicherheit«, beruhigt Daniela die zitternde Kalina.

»Solche Menschen haben Kontakte«, wirft Silvana mit dunkler Stimme ein.

»Das befürchte ich eben auch«, sagt Raphael, der mit einem Mal hinter uns steht und einen Plastikbeutel mit einem Briefumschlag darin in der Hand hält. »Diese Schmiererei fand ich vor einer Stunde vor unserer Tür.«

»Was steht drin?«, frage ich.

»Eigentlich das Gleiche, was uns Zelko schon telefonisch gesagt hat. Dass wir alle so gut wie tot sind.«

»Also ein Drohbrief«, stelle ich fest.

»Ich werde das gleich nach dem Essen an meinen Boss weiterleiten. Vielleicht ist alles nur halb so ernst, und dieser Zelko will sich einfach nur abreagieren und euch Angst machen«, sagt Kurt.

»Das gelingt ihm aber auch. Verdammt! So eine Scheiße. Und ich dachte, wenn wir erst einmal hier sind, hat dieser Mist endlich ein Ende. Wer hätte schon gedacht, dass die Fänge dieses Dreckskerls bis hierher reichen.«

»Genug geflucht, Junge! Setz dich zu deiner Frau. Iss mit uns, und dann fährst du mit Kurt zur Polizeistation. Wir schaffen das schon!«, sage ich bestimmt.

Raphael gehorcht ausnahmsweise. Ach, hätte er das doch schon früher getan. Er drückt Kalina an sich, und ich hoffe beim Anblick meines verliebten Sohnes, dass ich nicht zu viel versprochen habe. Hoffentlich schaffen wir es wirklich, und alles wird gut.

Der Drohbrief und die Anrufe schweben wie messerscharfe Säbel über uns und trüben die Stimmung. Raphael schlingt ohne groß zu kauen seine Wurst und das Steak hinunter, Kalina kaut dafür schon fünf Minuten am ersten Bissen, und Luba verweigert gänzlich. Auch mir ist der Appetit vergangen, und ich trinke stattdessen meine Limonade.

»Gut, packen wir's. Mein Chef wird sich wundern, dass ich an meinem freien Tag auftauche. Den Ruf, arbeitssüchtig zu sein, hab ich nämlich nicht gerade.« Kurt schlägt sich die Hände auf die Oberschenkel und springt auf.

»Luba, Kalina-Schatz, ihr bleibt hier bei Daniela, in Ordnung? Es wird schon nicht so lange dauern.« Raphael drückt seiner Frau einen Kuss auf die Lippen und marschiert dann samt Plastikbeutel zu Kurts Polizeiwagen.

Kalina sieht ihm mit bangem Blick nach. Ich wechsle schnell den Sitzplatz und lege ihr tröstend den Arm um die Schulter.

»Ist schon gut, Kindchen. Mach dir mal keine Sorgen. Das wird schon.« Meine Allerweltsaussagen kommen mir zwar schal vor, aber sie scheinen zu wirken. Kalina schmiegt sich an mich, und mir wird ganz warm ums Herz. Ich drücke sie etwas fester an mich und brumme ein beruhigendes »Schschsch«.

Der Abend weicht der beginnenden Nacht. Aber durch die heiße Temperatur tagsüber ist es angenehm lau. Nur die Mücken stören. Daniela stellt kurzerhand nach Parfüm stinkende Fackeln auf, die flackernd und qualmend die Quälgeister fernhalten. Luba unterhält sich blendend mit Silvana. Diese wiederum erzählt freizügig aus ihrem Leben als Domina. Die Bulgarin schüttelt immer ungläubiger den Kopf. Sie kann gar nicht glauben, dass Silvana ihr Beruf gefällt und dass sie sogar gut behandelt wird. Ihr Zuhälter hat das gesamte Geld der Mädchen eingestrichen und sie auch noch verprügelt, wenn der Tagesumsatz nicht gepasst hat. Mir graust bei der Vorstellung, wie schlecht es den beiden Mädchen gegangen ist, und der pure Zorn kocht in mir hoch. Bei diesen Schilderungen verstehe ich Sepp besser. Er will sein Bordell nicht aus den Händen geben, weil er um seine Mädchen fürchtet. Immer wieder tätschle ich Kalinas Hand. Sie tut mir leid. Besonders, weil sie sich augenscheinlich für ihre Vergangenheit schämt.

»Jetzt bist du ja bei uns, Kindchen«, sage ich schließlich und werde mit einem strahlenden Lächeln belohnt. Bis dato war ich ahnungslos, dass mir eine Schwiegertochter gefehlt hat. Ich vertrat immer die Meinung, mit meinen beiden Kindern genug gesegnet zu sein. Aber manchmal muss man auch eines Besseren belehrt werden. Die ersten Sterne leuchten am schwarzen Himmelszelt.

Silvana blickt auf ihre Armbanduhr und seufzt. »So. Ich muss los. Arbeiten.« Dabei schwingt sie das Handgelenk so, als würde sie jemanden auspeitschen. Wir lachen herzlich. »Und du denkst an Sepp?«, nimmt sie mich nochmals ins Gebet. Ich nicke eifrig. Silvana verabschiedet sich und geht zum Audi, der auf dem Parkplatz auf sie wartet.

»Und was machen wir? Gehen wir hinein, oder wollen wir noch etwas draußen sitzen bleiben?«, fragt Daniela. Die Antwort liegt auf der Hand. Es würde an ein Verbrechen grenzen, diese herrliche Nacht zwischen vier Wänden eingeschlossen zu verbringen. Aber trotz der schönen Atmosphäre wird das Warten lang, und wir sind alle erleichtert, als Kurts Polizeiwagen kurz vor Mitternacht herbeibraust. Kalina springt hektisch auf und stürmt auf Raphael zu. Er schließt sie in seine Arme.

»Alles okay. Die Polizei kümmert sich darum«, beruhigt er sie.

»Also sieht Herr Schmiedinger die Drohung als nicht so ernste Geschichte an?«, frage ich.

»Ernst schon. Aber wir sollen uns nicht verrückt machen lassen. Ein Telefonat ist leicht getätigt, und auch für den Brief lässt sich schnell ein Dummer finden, der ihn gegen entsprechende Entlohnung herstellt und uns vor die Tür legt. Aber eine echte Gefahr? Nein. Die sieht der Schmiedinger nicht. Er wird aber trotzdem öfter als gewöhnlich eine Streife bei uns vorbeischicken.«

»Und außerdem hast du einen Polizisten in der Familie. Sozusagen«, meint Kurt.

Wir sind erleichtert. Denn auch wenn die Einschätzung des Polizeichefs keine Garantie ist, so kennt er sich dennoch mit der Materie aus. Ich werde zur Sicherheit auch noch mal mit Sepp über den Drohbrief sprechen. Er weiß, wie das Gewerbe läuft und ob uns dieser Zelko gefährlich werden kann.

Raphael, Kalina und Luba brechen sogleich nach Hause auf, und auch ich bitte Kurt, mich heimzufahren.

Auf der Heimfahrt frage ich ihn, ob er von dem toten Ferkel gehört hat. »Nein, aber ich kümmere mich drum«, verspricht er und lacht. »Wenn das hier so weitergeht mit den Verbrechen, dann dürfen sie mir einen ordentlichen Posten bauen. Direktion Ibm. Hört sich doch gut an, oder?«

»Und du machst den Direktor, hmm?«, frage ich schmunzelnd.

»Na, ein Oberst muss schon drin sein«, antwortet er.

Hände, Beine, tote Schweine

Rosis Tipps bei Alpträumen
Fixe Einschlafrituale, fixe Bettgehzeit • Vor dem Schlafengehen nichts Aufregendes lesen oder fernsehen • Sich vor dem Schlafen ein persönliches Gute-Träume-Mantra sagen (z.B. »Gute Träume begleiten mich in dieser Nacht«)

Nächster Tag. Ich drücke mich davor, Sepp anzurufen. Mein schlechtes Gewissen ist schon auf Mammutgröße angewachsen, und mehr als einmal starre ich das Telefon an.

Am Abend, als meine ganze Arbeit getan ist und ich alibimäßig sogar die Gardinen gewaschen habe, finde ich schließlich keine Ausrede mehr. Ich ärgere mich über meine Feigheit und dass ich Sepp nicht schon gebeten habe, mich zu Hias oder Zenzi zu begleiten.

Das Telefon grinst mich hämisch an. Dann denke ich an Silvana und welchen gehörigen Marsch sie mir blasen wird, wenn ich mich nicht bei Sepp melde.

Ich wähle. Es ist wie verhext, und Silvana nimmt ab. »Gut!«, meint sie nur, als sie hört, wer dran ist, und ruft im Feldwebelton nach Sepp.

»Rosi?« Seine Stimme ist hingegen wie Samt.

Ich kichere. »Genau die! Wie geht es dir?« Ich höre seine Atemzüge.

»Eigentlich ganz gut. Silvana hat mir bloß erzählt, dass ihr Probleme habt. Mit dem Exzuhälter deiner Schwiegertochter. Muss ich mir Sorgen machen?«

»Ich hoffe nicht. Der Polizeichef meint, es bestünde nur eine geringe Chance, dass die Ernst machen, aber ich würde schon gern deine Meinung dazu hören. Du bist ja der Puffvater.« Ich kann sein nachdenkliches Gesicht beinahe vor mir sehen.

»Hmm«, brummt er. »Es ist schwer zu sagen. Ich müsste meine Kontakte aktivieren und nachfragen, ob jemand etwas über diesen Zelko weiß. Doch das dauert seine Zeit. Wahrscheinlich können wir Schmiedingers Worten Glauben. Er ist wie ich ein alter Hase. Du musst halt Augen und Ohren offen halten, und beim kleinsten ungewöhnlichen Vorfall gibst du mir umgehend Bescheid, in Ordnung?«

Sepp klingt sehr ernst und besorgt. Ich verspreche ihm hoch und heilig, mich bei Bedarf zu melden. Wir plaudern eine Weile über Raphaels Situation, seine Frau, seine Schwägerin und alles, was damit zu tun hat.

»Du klingst glücklich, wenn du von ihnen erzählst«, stellt er fest.

»Bin ich auch. Ich bin ja so was von froh, dass Raphael doch ein guter Junge ist und das mit der Versicherung und dem Menschenhandel ein Missverständnis war. Lieber ein paar Familienmitglieder mehr, als eines an den Strafvollzug zu verlieren.«

»Da geb ich dir recht. Und sonst? Wie war dein Treffen mit diesem, diesem …«

»Peter. Okay, schätze ich. Wir treffen uns am Samstag noch einmal.«

Schweigen. Ich schlucke, und mir wird eng um die Brust.

»Sepp?«

»Hm?«

»Dass ich mich mit jemandem von der Sendung treffe, das ändert doch nichts zwischen uns, oder?«

»Was ist denn zwischen uns, Rosi?«

Oh Gott. Mit dieser Frage habe ich nicht gerechnet. Was soll ich darauf nur sagen? Ich kralle den Telefonhörer so fest, als würde ich ihn erwürgen wollen.

»Ich habe einen Vorschlag für dich, Rosi«, unterbricht Sepp meine halbe Panikattacke.

»Ja?«, frage ich hoffnungsvoll.

»Schau mal. Wir sind beide nicht mehr die Jüngsten und sind es auch irgendwie gewohnt, allein zurechtzukommen. Trotzdem war, nein, ist es schön, seine Zeit mit jemandem zu teilen. Hab ich recht?«

»Vollkommen.«

»Also, um es klarzustellen. Ich fühle sehr viel für dich. Aber ich möchte auf keinen Fall unsere Freundschaft verlieren. Du triffst dich einfach, mit wem du willst, wir sehen uns aber dennoch regelmäßig, selbst wenn du dich in einen deiner Verehrer verlieben solltest. Wie hört sich das für dich an, Rosi?«

Ich schnappe nach Luft. »Ehrlich gesagt, bin ich sprachlos. Das hört sich viel zu gut an, um wahr zu sein.«

»Gut. Ich verlange nur von dir, dass du weiter deine Zeit mit mir verbringst und dass du mir eine faire Chance gibst. Ist der Vorschlag akzeptabel?«

Mir treten die Tränen in die Augen. »Superakzeptabel.«

»Sehr gut.«

Ich lasse die warme Stille einen Moment auf mich wirken. Dann fasse ich Mut und presche voran. »Sag mal, war das eben eine halbe Liebeserklärung?«, frage ich.

Sepp lacht schallend. »Wenn es nur eine halbe für dich war, dann hab ich es aber schlimm versaut. Also im Klartext. Ja, Rosi, ich habe mich ein klein wenig in dich verguckt. Aber das soll dich nicht zu einer unüberlegten Handlung verführen. Ich will dich doch nicht durch meine stürmische Liebesbezeugung in die Arme eines anderen treiben. Frauen sind Fluchttiere. Lass uns einfach so weitermachen wie bisher, und gut ist's.«

»Danke, Sepp. Du bist wunderbar.«

»Das höre ich täglich.«

Mit dem Lachen fällt der letzte Ballast von meinen Schultern. Ich kann gar nicht mehr glauben, dass ich mir vor Angst fast in die Hosen gemacht habe. Eine Rosi, die sich vor einem Gespräch mit einem Mann fürchtet. Sachen gibt's, die gibt's gar nicht.

»Ach, Sepp. So als Freund und so … ich hätte noch einen kleinen Angriff auf dich«, gestehe ich.

»Wirklich? Schieß los«, sagt er.

Ich berichte ihm in kurzen Worten, was bei Hias' Ferkeln vorgefallen ist, und auch das mit den Flugblättern.

»Also wollen wir dem alten Knaben nochmals einen Besuch abstatten?«, fragt Sepp.

»Unbedingt. Und der Zenzi auch. Ich muss dieses Foto noch einmal sehen. Es hat irgendeine Bedeutung, ich spür das. Wir lassen diesmal auch nicht locker«, sage ich.

»Gut, dann setz ich mein gefährliches Zuhältergesicht auf und behäng mich mit Goldkettchen.«

»Gute Idee. Und ich hol meinen Besen aus der Kammer. Kräuterhexenalarm.«

»Wer weiß, zu was du deinen Besen brauchen wirst. Ausschlaggebende Argumentation hat schon manchmal geholfen.«

Wir lachen erneut, und mir wird warm ums Herz.

»Dann bis morgen früh«, verabschiede ich mich und gehe einen Zentner leichter an Gewissensbissen ins Bett.

Ein Karussell. Alt. Aus Holz. Mit hüpfenden Pferden, drehenden Tassen und eckigen Autos. »Rosi, Rosi, Rosi«, rufen die Kinder.

»Ich will mit!«, schreie ich. Ich blicke an mir hinab, bin selbst noch ein Kind.

»Rosi weiß nicht, wie es geht. Weiß nicht, um was die Welt sich dreht!«, kreischen die Kinder mit verzerrten Stimmen. Ich blicke auf. Jedes der Kleinen hat sich verwandelt. Es ist Jörg. Zigmal Jörg mit Todesfratze. Bleich und grau mit aufgerissenem Maul. Das Karussell hält an. Vor Panik kann ich mich nicht bewegen.

»Spring auf«, sagt ein Jörg-Kinderzombie.

Ich schüttle den Kopf. Jörg lacht. Das Karussell setzt sich wieder in Gang.

»Rosi weiß nicht, wie es geht! Weiß nicht, um was die Welt sich dreht.«

Eine Hand auf meiner Schulter. Ich dreh mich um. Sepp.

Ich will ihn umarmen. Doch ich kann nicht. »Sieh doch hin, Rosi. Die Lösung liegt auf der Hand«, sagt er ruhig. Ich blicke zurück. Die Erde unter dem Karussell verändert sich, wird zu einer riesigen Hand aus fauligem Moorschlamm. Greift zu. Keine Luft. Dunkelheit.

Ich schreie. Blinzle verzweifelt gegen das Schreckensbild. Es verschwindet langsam, mein Schlafzimmer taucht stattdessen im dämmrigen Licht des anbrechenden Morgens vor mir auf.

Ich atme tief durch. Nur ein Traum. Nur ein Alptraum.

Eine Minute lang lasse ich das Durchlebte noch einmal an die Oberfläche dringen und vergleiche es mit dem Nachtmahr vor einigen Tagen. Auf einmal ist mir klar, auf was ich achtgeben muss. Die Arme, die Hände, die Beine. Damit hat etwas nicht gestimmt auf dem alten Foto. Ich schlucke. Die Lösung liegt zum Greifen nah.

Obwohl der Tag noch nicht wirklich über die Hügel gekrochen ist, stehe ich auf und mache mich fertig.

Morgenstund hat Gold im Mund, höre ich Horst in meinen hintersten Gehirnwindungen schmunzeln.

Hoffentlich hat er recht. Ich will endlich Licht ins Dunkel bringen und mein normales Leben wieder aufnehmen … oder vielleicht doch nicht? Werde ich von den Ereignissen angezogen? Oder ziehe ich sie an?

Ich mache mich bereit, mehr herauszufinden. Bald wird Sepp da sein, und dann machen wir uns auf, die Geheimnisse an die Oberfläche zu zerren. So etwas wie Vorfreude kitzelt mich im Bauch.

Pünktlich wie die Feuerwehr fährt Sepp in meine Einfahrt. Ich winke ihm, sitzen zu bleiben, und steige schnell in den Wagen.

»Bereit?«, fragt er lächelnd.

Ich nicke. Es ist schön, wenn jemand schon früh am Morgen gute Laune hat. Wir brausen los. Ich erzähle ihm noch während der Fahrt von meinem Traum.

»Wir müssen demnach diese Kiste finden und das Foto genauer ansehen«, resümiert er.

Ich brumme zustimmend.

Wir kommen zu den Höfen. Zenzi und Susi hängen gerade Wäsche an die Leine.

Als sie uns herbeifahren sehen, blicken sie auf und beginnen, aufgeregt miteinander zu reden. Bevor wir richtig aussteigen können, stürmt Zenzi ins Haus.

Susi kommt auf uns zu. »Na, so früh schon unterwegs?«, fragt sie. Ihr Lächeln sieht nicht echt aus.

»Wir wollten eigentlich Hias besuchen. Es gab ja Probleme, hört man«, sagt Sepp.

Susi nickt schweigend.

»Ja, weißt du, mich plagt ein wenig das schlechte Gewissen. Als er letztens da war, um mir diese Flugblätter zu zeigen, da musste ich weg. Und dann das mit dem Ferkel.« Ich schüttle theatralisch den Kopf.

Susi seufzt. »Ach, so tragisch ist das nicht. Wenn etwas passiert, das interessanter erscheint als mein toter Vater im Moor, dann vergessen die Leute ganz schnell den Hias.«

»Hoffen wir's«, sagt nun Zenzi, die auf uns zukommt. »Wollt ihr einen Kaffee mit uns trinken?«, fragt sie. »Oder müsst ihr gleich rüber zum Hias?«

»Kaffee mag ich immer«, antworte ich.

Zenzi führt uns in die Stube. Susi bleibt draußen. Als wir drinnen sind, entdecke ich schon im ersten Moment den Karton mit den Briefen. Er steht noch immer unverändert auf dem Küchenschrank. Ich werfe Sepp einen vielsagenden Blick zu. Er nickt kaum merklich.

Zenzi brüht frischen Kaffee und beginnt sogleich zu quatschen. Susi hat den Platz in der Kostümbildnerschule.

Im Vorraum hört man Schritte. Ich horche auf. »Erwartest du Besuch?«, frage ich.

»Wird die Susi sein. Ich bin ja so stolz auf mein Mädchen. Es gab viermal so viele Bewerber wie Plätze …«, fährt Zenzi ungerührt fort und stellt uns den Kaffee hin.

Ich nehme meine Tasse und werfe einen zufälligen Blick aus dem Fenster. Da steht Susi und hängt noch immer Wäsche an die Leine … und auf sie zu geht … Hias. Aber nicht aus der Richtung seines Hofes. Gerade so, als wäre er aus Zenzis Haus gekommen. Haben er und Zenzi etwa noch immer ein Verhältnis miteinander? Ich werfe einen weiteren Blick auf Hias und blinzle verwundert. Er trägt etwas bei sich. Seltsam. Ein Päckchen. Notdürftig eingewickelt in ein Geschirrtuch. Ich wende mich schnell wieder Zenzi zu, bevor sie merkt, was ich gesehen habe. Sie setzt sich lächelnd zu uns.

»Da hatte Susi aber eine Menge Glück«, meint Sepp.

»Talent vor allem.«

Ich zwinge mich, interessiert zu wirken. Eigentlich würde ich aber am liebsten sofort zu Hias eilen. Sepp merkt nichts von meiner Unruhe. Er führt das Gespräch und lenkt es geschickt in die richtige Richtung.

»Ja, es ist tragisch, dass die Dorfleute einfach nicht auf uns hören wollen«, seufzt Zenzi und rührt sich den vierten Löffel Zucker in den Kaffee. »Wir haben Hias angeboten, dass er zwei, drei Wochen Urlaub machen soll. Den Hof und seine Schweinderl würden wir schon schaukeln«, sagt sie.

»Tatsächlich? Und das, obwohl einige noch immer an Hias' Mitschuld glauben? Es gibt doch Spuren, dass Jörg nicht allein im Moor war, oder?«

Zenzi zuckt die Schultern und trinkt einen ordentlichen Zug, bevor sie antwortet. »Das können Spuren von weiß Gott wem sein. Sogar die Polizei hat keinen Schimmer, wann und ob überhaupt jemand im Moor war. Außerdem kann ich mir nicht vorstellen, dass Hias etwas mit Jörgs Tod zu tun hat. Es ist halt immer leichter, jemand Lebendigem die Schuld in die Schuhe zu schieben als einem Toten. Keiner will Jörg etwas Schlechtes nachsagen. Dass er ein unvorsichtiger Säufer war, zum Beispiel.«

»Das klingt schon etwas kalt«, sagt Sepp.

»Die Wahrheit ist nicht immer warm und kuschelig.«

Das Telefon läutet im Vorraum. Zenzi entschuldigt sich und geht zur Küche hinaus. Sepp stellt sich zur Tür und lauscht. Zenzis laute Stimme dringt bis in die Küche. Sepp gibt mir ein Zeichen. Ich hüpfe auf, eile zum Karton und beginne zu stöbern. Er ist nicht mehr so rammelvoll wie beim letzten Mal. Es fehlt bestimmt ein Päckchen Briefe, aber die Fotos sind noch da. Ich blättere durch.

Hochzeitsfotos, Familienbilder, das Dreiergespann-Bild, alles da … nur dieser eine Schnappschuss fehlt. Nervös blicke ich hoch. Sepp nickt mir zu. Zenzi ist noch lauthals am Telefonieren. Ich sehe die Briefe durch. Vielleicht hat sich das Bild ja zwischen die Blätter geschmuggelt. Nichts. Nur ein Haufen Liebesschwüre, Zeichnungen und Skizzen. Verdammt.

»Rosi«, zischt Sepp. Schritte im Vorraum. Schnell schließe ich die Schachtel und setze mich wieder. Sepp schafft es in allerletzter Sekunde, neben mir Platz zu nehmen. Der Schweiß läuft mir den Rücken hinab.

»Entschuldigt«, meint Zenzi und lässt sich auf den Stuhl nieder. »Wo waren wir?«, fragt sie.

»Ach, wir müssen dann weiter. Eigentlich wollten wir von Anfang an zu Hias, und mir läuft der Vormittag davon«, sage ich.

Sepp sieht mich verwundert an, fängt sich aber schnell. »Genau. Die Geschäfte warten.«

»Geschäfte, das ist gut«, lacht Zenzi, »dass ihr beide einmal ein Paar werdet, das hätte ich mir niemals im Leben träumen lassen. Dann viel Spaß bei eurem Ge... was auch immer.«

Ich unterdrücke eine Erwiderung und verabschiede mich lieber schnell.

Zenzi begleitet uns hinaus und bleibt dann gleich bei ihrer Tochter. Die beiden beginnen hinter unserem Rücken zu flüstern. Ich tu es ihnen nach und erzähle Sepp in Kurzform, was ich entdeckt beziehungsweise nicht mehr gefunden habe.

Er nimmt meine Hand, und gemeinsam gehen wir hinüber zum Schweinehof.

Hias sitzt vor dem Ferkelgehege und hantiert im Gebüsch herum. »Rosi, Sepp«, sagt er, ohne aufzublicken.

»Was machst denn du da?«, frage ich neugierig.

»Kameras installieren. Dass mir keiner mehr meine Fackerl auslässt und ersäuft.«

Ich beuge mich hinab und tatsächlich. Hinter dem Geäst verbirgt sich eine grün-braun-gelb gesprenkelte Miniüberwachungskamera, wie sie sonst von Jägern im Wald verwendet werden.

»Hoffentlich hilft's«, sagt Hias und richtet sich auf. »Bist sicher auch deswegen hier, hmm? Jetzt, wo die Leut' anfangen, meine Viecher umzubringen. Der Nächste bin dann i. Vielleicht sollt i wirklich ein paar Tag wegfahrn.«

Er sieht mich mit großen Augen an.

»Keine Ahnung, ob Flucht das richtige Mittel ist«, sage ich nur.

»Flucht. Pah. Urlaub. I werd doch wohl fortfahrn dürfn. Obwohl. I lass meine Fackerl eh net gern allein.«

»Warum denn das? Die Zenzi will sich doch um deine Tiere und den Hof kümmern«, bemerkt Sepp.

»In den nächsten Tag kommt wieder ein Wurf. Da möchte i dabei sein«, sagt Hias. Dann schaut er mir streng in die Augen. »Wenn's sonst nix gibt. Du siehst e, dass alles passt, Rosi. Brauchst dir keine Sorgen machen. I komm schon zurecht. Dank dir fürs Vorbeisehen.«

Er wirft uns hinaus. Ich denke fieberhaft nach, warum wir noch bleiben sollten, aber Sepp kommt mir zuvor.

»Könnt ich nur noch schnell bei dir auf die Toilette?«, fragt er. So ein cleverer Kerl.

Hias nickt ab. »Ins Haus ganz zurück, hinten, rechte Tür.«

»Danke. Bis gleich, Rosi«, sagt Sepp und stapft los.

Ich lass mir von Hias noch den neuen Zaun und die zweite versteckte Kamera zeigen und ärgere mich im Stillen, nicht mehr herausgefunden zu haben. Hoffentlich hat Sepp mehr Erfolg.

»Und?«, frage ich aufgeregt, als Sepp und ich um die Ecke biegen.

»Das ganze Paket konnte ich schlecht mitnehmen. Ich hab so ein Viertel der Briefe …« Sepp reicht mir einen kleinen Stoß.

»… gestohlen«, vollende ich seinen Satz.

»Gefunden«, sagt Sepp.

Ich kichere. Wir fahren zu meinem Häuschen. Ein Polizeiauto parkt in der Einfahrt. Kurt. Schon wieder.

»Es ist hoffentlich alles in Ordnung bei Raphael«, spricht Sepp meine Ängste aus.

Hochzeitsgeflüster

Was hilft bei Verdauungsproblemen?
Leinsamen • Fencheltee • Vor und nach dem Essen trinken, aber während der Mahlzeit nur eine Tasse Pfefferminztee trinken • Viel kauen

Wir stürmen hinein. Kurt kommt uns entgegen, die Hände in den Hosentaschen versenkt.

»Als Schutzmann muss ich dir empfehlen, die Haustür zu verschließen. Wir leben nicht mehr im vorigen Jahrtausend, und du bist einfach zu vertrauensselig, Rosi.«

Ich zucke gelassen die Schultern. »Wer hereinwill und einem Böses will, kommt auch herein, egal, ob die Tür verriegelt ist oder nicht. Ein Schloss hat noch keinen Verbrecher aufgehalten, und ich glaube lieber weiter an das Gute im Menschen. Aber du bist doch nicht gekommen, um einer alten Frau die lieb gewonnenen Gewohnheiten auszutreiben, oder?«

Kurt schüttelt den massigen Kopf. »Nein, und da wir gerade dabei sind: Ihr beide könnt gleich wieder kehrtmachen.«

Ich seufze und klammere mich an Sepps Hand fest. »Was ist denn jetzt schon wieder passiert?«

Kurt kichert, und das hört sich reichlich seltsam bei einem Mann seiner Statur an. Fast so, als hätte ein Elefant Schüttelfrost und gleichzeitig eine Ente verschluckt, die lustig in seiner Kehle quakt. »Aber nein. Alles in Ordnung. Wir, also Daniela und ich, wollten dich nur zu einem Brunch – das ist so ein Frühstück-Mittagessen-Zwischending – einladen. Und weil er auch schon da ist, kann er gleich mitkommen.« Kurt deutet auf Sepp. »Raphael und Kalina sind auch dabei.«

»Das ist aber nett. Ich kann aber leider nicht mehr mitkommen. Die Arbeit«, sagt Sepp.

Ich denke seufzend an die Briefe in meiner Hand. Sie müssen wohl warten. Ich lege den Stapel in die Schublade der Vorzimmerkommode und wende mich Kurt zu. »Also gut. Ich komme mit.«

»Prima«, freut sich Kurt.

Sepp drückt mir zum Abschied einen kurzen Kuss auf die Lippen. »Wenn du dafür Zeit hattest«, er deutet auf die Schublade.

»Dann melde ich mich sofort«, verspreche ich und gehe mit Kurt.

Mein ganzer Tagesplan ist durcheinandergewirbelt. Ich will mir aber nichts anmerken lassen. Die Briefe liegen sicher bei mir zu Hause, und Familie geht immer vor. Bei Daniela angekommen, erwartet mich ein reichlich gedeckter Tisch.

Daniela hat sich wirklich Mühe gegeben. Alles, was das Herz begehrt, steht bereit. Brötchen, Wurst, Käse, Tomaten, Paprika, Eier und, und, und. Zum Glück hat Daniela auch an eine Kanne Pfefferminztee gedacht. Bei dieser Menge an Köstlichkeiten tut mir eine kleine Vorbeugungstasse Tee bestimmt gut. Am besten aber ist, dass meine Tochter blendende Laune hat.

Ich nehme zuerst Daniela in den Arm und dann auf dem Stuhl Platz. »Und was verschafft mir die Ehre dieser Einladung?«, frage ich schließlich.

»Eigentlich nichts Besonderes. Ich hab mir nur gedacht, wir könnten Raphael und Kalina ein wenig verbal bearbeiten. So eine nette Landhochzeit wär doch was Schönes, oder? Und sag nicht, dass du noch nicht daran gedacht hast.« Daniela setzt sich neben mich.

»Da müsste ich lügen. Aber meinst du, es ist zeitlich schon passend? Die beiden sind doch gerade erst angekommen.«

»Was du heute kannst besorgen, das verschiebe nicht auf morgen. Außerdem habe ich sanft bei Kalina nachgefragt. Sie würde sich freuen, wenn es noch im Sommer ein Fest gäbe. Bald schon ist sie eine laufende Bowlingkugel, und bis nach der Geburt warten? Nein. Das ist ihr zu viel Stress. Mit kleinem Kind und so. Sie hat auch schon Raphael darauf angesprochen, aber er –«

»Er hat es nicht so mit der Kirche. Ich weiß.«

»Ich auch nicht«, meint Kurt, und wir schwelgen einen Moment in Erinnerungen.

»Aber das war schon ein Ding damals«, sagt Kurt grinsend.

»An dem du nicht ganz unbeteiligt warst, wenn ich mich recht entsinne«, antworte ich.

»Na ja. Irgendjemand musste den Schwefelwasserstoff doch besorgen. Und die Wirkung war phänomenal.«

»Stimmt. Von eurer Stinkbombe im Weihrauchgefäß reden die Leute jetzt noch an jedem Dreikönigsfest.«

»Tja, wir waren eben ganz besondere Könige. Die ganze Kirche hat gestunken wie des Teufels Küche, und am besten war, wie Pfarrer Sommer über den Altar gekotzt hat.«

Ich schüttle scheinbar empört den Kopf. »Ihr wart schon fünfzehn und hattet noch immer solch einen Blödsinn im Kopf.«

»Das Ganze ist nur geschehen, weil der Sommer uns am vorhergehenden Sonntag so in der Messe angeprangert hat.« Kurt schmollt, ich lache.

»Euch? Ich glaube, es ging rein um dich und um dein unkeusches Verhalten zur Messners-Tochter.«

»Ich war fünfzehn und hatte Bedürfnisse. Jeder normale Mann kann das nachvollziehen.«

»Raphael konnte das bestimmt. Sonst hätte er sich von dir gar nicht zu dieser zum Himmel stinkenden Aktion überreden lassen. Und seit der Standpauke damals hat mein Junge keinen Fuß mehr in die Kirche gesetzt. Während du und dein Vater euch mit einer angemessenen Spende zur Kirchendachrenovierung vom Zorn des Pfarrers freigekauft habt. Wenn das nicht zum Himmel stinkt.«

Kurt sieht ein wenig betroffen aus. »Ja, der Sommer schimpft heute noch über die Aktion damals. Aber schon vor Jahren hab ich ihm am Wirtshausstammtisch erzählt, dass ich eigentlich der Rädelsführer war. Ich glaub, dass es keine Probleme geben wird, wenn der Raphael heiratet.«

Ich brumme zustimmend. »Dann wirst du, mein Lieber, meinen Jungen überzeugen, verstanden?«

Kurt nickt. Die Fronten sind geklärt, und wie auf Abruf läutet die Türglocke. Raphael und Kalina sind da.

Wir essen gemeinsam. Kalina zeigt Ultraschallbilder herum, auf denen man wie üblich nichts erkennt … und wenn doch, dann hält man den Arm für das Bein und das Bein für den Kopf. Kalinas Augen leuchten aber dabei, und auch Raphael zeigt sich von seiner weichen Seite und strahlt vor Freude. Daniela nutzt die Gunst der Stunde und fällt mit dem Hochzeitsvorschlag ins Haus. Erwartungsgemäß nickt Kalina begeistert, und Raphael schüttelt mindestens so vehement den Kopf.

»Jetzt hab dich nicht so, Junge«, rede ich ihm ins Gewissen. »Du bringst ein Mädel von der Fremde hierher und hast nichts zu bieten außer einer muffigen Singlewohnung, einem Cabrio und jeder Menge Sorgen. Eine Frau braucht etwas, auf das sie sich freuen kann. Ein schönes Fest zum Beispiel.«

»Und da reicht Weihnachten im Dezember nicht? Ist doch Fest genug.«

Raphael kassiert vorwurfsvolle Blicke und einen Boxer seiner Frau in die Seite. Wir grinsen uns verschwörerisch zu.

»Du bist ja nur feig und traust dich nicht, dem Pfarrer unter die Augen zu treten«, erhebt Kurt das Wort.

»Und du bist daran mitschuldig, mein Lieber«, antwortet Raphael gereizt, womit wir schon beim Thema wären. Die Stinkgeschichte kommt auf den Tisch. Kalina lacht Tränen, wir kichern auch.

»Und deshalb wagt sich dein Ehemann nicht in die Kirche«, schließt Kurt seine Ausführung.

»Dann ich reden, und du nur dasitzen und Luftlöcher starren«, schlägt Kalina vor und zieht eine Schnute.

»Ist es euch wirklich so wichtig, dass ich dieses Tamtam durchziehe? Liebling, wir sind doch schon Mann und Frau. Vor dem Staat, vor allen Menschen. Das reicht doch, oder? Was ändert dieses Spektakel denn?«

Kalina grinst. »Ändert alles. Gibt es große Hochzeit, gibt es Sex. Du willst keine Hochzeit … auch gut, dann ich werde Gefühl nicht los, dass ich, ähm … unpässlich bin. Du weißt schon. Schwangere Frauen. Nix Sex.« Sie zieht die Augenbrauen vielsagend hoch und schmunzelt dabei.

Daniela nickt bestätigend. »Ja, ja. Das ist bekannt. Die Hormone geraten völlig durcheinander bei einer Schwangerschaft. Eine werdende Mutter ist mit einem gefährlichen Tiger zu vergleichen. Man sollte darauf achtgeben, dass man das Raubtier zufriedenstellt. Sonst wird aus der Schmusekatze ein zähnefletschendes Untier.«

Wir nicken einheitlich, und Kalina betört meinen Sohn mit herzzerreißendem, flehendem Blick.

Raphaels Widerstand bröckelt, bevor er ganz in sich zusammenfällt. »Also gut. Wir heiraten. Noch diesen Sommer. Versprochen.«

Er wird von Kalinas Küssen überschwemmt, und wir alle stimmen in einen Freudenjubel ein.

Es ist schon Nachmittag, als sich die Runde auflöst. Kalina und Raphael wollen gleich noch das Gespräch mit dem Pfarrer wagen und verabschieden sich als Erste. Kurt muss am Abend arbeiten, und ich stelle erfreut fest, dass er bereits eine Grundausstattung an Kleidung und Männerutensilien in Danielas Wohnung deponiert hat. Das ist wohl etwas Ernstes zwischen den beiden.

Vor meinem Haus stehen bereits die ersten Hilfesuchenden, als ich heimkomme, und die Briefe in der Schublade müssen weiter warten. Ich komme kaum dazu, nachzudenken, so schnell rast die Zeit. Schon ist ein weiterer Tag vorüber. Ich nehme endlich die Briefe aus der Kommode und mache mich auf ins Schlafzimmer. Da läutet das Telefon. Raphael. Das Gespräch mit dem Pfarrer ist, ausgenommen von ein paar spitzen Bemerkungen, gut verlaufen, und noch Ende August wird geheiratet. Todmüde falle ich ins Bett und beginne zu lesen. Liebesschwüre über Liebesschwüre. Einer gleicht dem anderen. Sosehr ich auf die einzelnen Briefe auch starre, ich kann einfach nicht erkennen, warum Hias sie, in einem Geschirrtuch eingeschlagen, aus Zenzis Haus geschafft hat. Irgendetwas muss an diesen Briefen besonders sein, aber was? Nach endlosen Stunden fallen mir die Augen zu. Zu viel, denke ich, einfach zu viel.

»Wahrscheinlich musstest du erst ins Rentenalter kommen, dass du so richtig viel erlebst, Rosi«, höre ich Horsts amüsierte Stimme, die mich in den Schlaf begleitet.

Peter, ein Schuss in den Ofen?

Hilfe bei schwirrendem Kopf
In Ruhe nachdenken • Yoga oder Meditation • An die frische Luft gehen und sich bewegen • Eine Liste machen, um eine bevorstehende Entscheidung leichter treffen zu können

Ich verbringe den ganzen Vormittag mit der Liebespost. Ein Brief gleicht dem anderen. Liebesbezeugungen, Hymnen auf Zenzis Schönheit, kleine handgezeichnete Porträts. Von dem vermaledeiten Foto keine Spur. Auch der Brief über das Geheimnis fehlt. Mir raucht der Kopf. Immer wieder und wieder lese ich Hias' Flehen, dass sich Zenzi doch für ihn entscheiden möge. Selbst nach Susis Geburt hat er ihr noch geschrieben. Hat versichert, dem Mädchen ein liebender Vater zu sein. Ich komme mir schändlich vor, so hinter seinem Rücken Zeilen zu lesen, die nie für meine Augen bestimmt waren.

Ein Blatt nach dem anderen breite ich aus, kann nicht erkennen, warum Hias diese Briefe auf einmal bei sich zu Hause hat, obwohl sie bestimmt in Zenzis Kiste lagen. Sie sind vielleicht ein peinliches Zeugnis unerfüllter Liebe, aber das ist doch kein Grund, sie Zenzi wieder wegzunehmen, oder? Noch einmal lasse ich meinen Blick über die Blätter gleiten. Und da liegt er vor mir, völlig offensichtlich … der Grund, die Briefe zu verstecken. Alle, bis auf einen, sind auf dem gleichen rosenumrankten Briefpapier verfasst, fein datiert und immer gleich unterzeichnet:

In ewiger Liebe, Hias.

Doch dieser eine, herausstechende Brief zeigt als Jahreszahl keinen Einser ganz vorn, sondern einen Zweier. Er wurde erst vor zwei Monaten verfasst. Ich lese.

Ein Gedicht, poetisch wie die vorhergehenden. Dann eine Beteuerung:

Liebste Zenzi, es hat sich nichts verändert. Meine Gefühle sind noch immer die gleichen. Nur ein Zeichen von dir, und ich stelle

mich allen Widrigkeiten. Nur ein Wort von dir, und du bist meine. Ihr seid meine.
Die Blicke wären mir egal. Das Gerede wäre mir gleichgültig. Mit Jörg käme ich zurecht. Er soll nicht länger zwischen uns stehen. Muss unser Geheimnis denn ewig fortbestehen? Wir gehören doch zusammen. Damals schon, genau wie heute!
Alles, was zählt, bist du, seid ihr.
Noch immer und immerfort, Hias.

Ich rufe sofort Sepp an, erzähle ihm von meiner Entdeckung.

»Das heißt also im Klartext, dass die Liebe zwischen Hias und Zenzi nicht vor dreißig Jahren ein Ende hatte, sondern weiter bestanden hat. Trotz der Ehe«, sagt Sepp.

»Sieht so aus, als wär nicht nur Jörg fremdgegangen«, gebe ich zu. Das Bild von Hias taucht in meinem Kopf auf und wie er mit dem Päckchen unterm Arm von Zenzis Haus hinübergeschlichen ist. Und jetzt auch noch dieser Brief. Dieses Verhältnis muss weiter bestanden haben.

»Du weißt schon, dass sich damit alles geändert hat. Hias hatte einen Grund, Jörg aus dem Weg zu räumen. Besonders, wenn Zenzi ihm vielleicht auch noch Hoffnung gemacht hat.«

»Was soll ich tun?«, frage ich.

Sepp atmet schwer in den Hörer. »Du musst es Kurt erzählen und die Polizei noch einmal an den Fall lassen.«

»Aber ich habe die Briefe geklaut! Was soll mein zukünftiger Schwiegersohn nur von mir denken!«

»Falsch. Ich hab sie genommen, und ich steh dazu. Ich bin nur ein alter Puffvater und hab dich in die Sache mit hineingezogen.«

Ich schüttle den Kopf, obwohl Sepp mich nicht sehen kann.

»Mach dir mal keine Sorgen, Rosi. Das wird schon.«

»Okay. Ich rede mit Kurt. Aber morgen. Ich muss noch nachdenken.«

»Dann mach das. Und viel Spaß heute Abend«, sagt Sepp.

Einen Augenblick weiß ich nicht, was er meint. Aber dann kommt die Erinnerung zurück. Es ist Samstag. Meine Verabredung mit Peter.

»Danke«, flüstere ich.

»Gern geschehen. Ehrlich gesagt kann ich Hias ja gut verstehen. Es ist schon verlockend, seinen Kontrahenten einfach aus dem Weg zu räumen.«

»Sepp!«, gebe ich mich empört.

Er lacht, und der Klang lässt eine Horde Ameisen in meinem Bauch Tango tanzen. So, wie ich mich fühle, braucht Sepp wirklich niemanden auszuschalten. Aber das sag ich ihm nicht. Noch nicht.

Ich glaube, ich bin im Film. Nicht in meinem Lieblingsfilm, wohlgemerkt. Peter steht vor der Tür. Geschniegelt und gestriegelt und hinter ihm ein Protzauto, das eher in Raphaels Liga fällt. Ich drücke die Lider kurz fest aufeinander. Keine Fata Morgana. Schade. Ein BMW Cabrio, mit Spoiler, Alufelgen und, ach du meine Güte, einem Fuchsschwanz an der Antenne. Achtziger Jahre, willkommen zurück! Fehlt nur noch der Vokuhila, der mangels Haarangebot auf Peters Kopf einfach nicht zum Zuge kommt. Ich lasse mich von ihm küssen, noch immer bewegungsunfähig angesichts des Wagens, der zu allem Überfluss auch noch mit dem Salzburger Nummerntaferl DOC 6 geschmückt ist. Es gibt einfach ein Zuviel des Guten. Ich lächle, und Peter strahlt mich dermaßen an, dass mich fast das schlechte Gewissen überkommt. Immerhin sind das alles nur Äußerlichkeiten, und sind es nicht die inneren Werte, die zählen? Ich konzentriere mich auf Peter. Er hat sich schön zurechtgemacht und scheint echte Freude zu empfinden, mich wiederzusehen.

»Wohin entführst du mich denn mit diesem … Schlitten?«

»Ach, das.« Er wirft einen Blick über die Schulter und zuckt mit den Achseln. »Der Familienwagen gehört nun meiner Exfrau, und dieses Prachtauto ist mir geblieben. War eigentlich nur das Spaßgefährt, und jetzt … hab ich kein anderes mehr.«

Diese Erklärung wirkt ein klein wenig beruhigend auf mich. Seine Exfrau hätte wohl noch weniger Verwendung für den BMW.

»Du magst doch Chinesisch, oder?«, unterbricht mich Peter in meinen Gedankengängen.

»Solange ich Gabel und Messer benutzen darf.«

Er nickt. »Mir sind diese Stäbchen auch immer suspekt. Bis ich auf diese Weise satt werde, hab ich schon wieder Hunger.«

Ich sehe, wir verstehen uns. Er bringt mich zum Wagen, in dem man genauso unbequem sitzt, wie es den Anschein hat. Man sinkt in unglaubliche Tiefen, verschwindet in den Wogen des roten Leders und sinkt in eine gut eingesessene Hölle aus Schaumstoff. Mal sehen, wie ich wieder aus diesem Gefährt herauskrabble, nun, da es mich mit Haut und Haar verschlungen hat.

Peter saust los. Modern Talking brüllt mir ins Ohr. Kastratengesang. Noch so ein heiß geliebtes Überbleibsel der achtziger Jahre. Peter gefällt es anscheinend. Seine Finger zappeln im Rhythmus des Quietscheliedes. Er erzählt von seinem anstrengenden Tag in der Praxis. Wochenenddienste hätten es immer besonders in sich. Ich nicke. Das Phänomen kenne ich auch. An Sams- und Sonntagen brummt meine Stube meistens besonders, und die Leute geben sich die Klinke in die Hand. Obwohl, sie haben sich innerhalb kürzester Zeit daran gewöhnt, dass ich nicht mehr nur zu Hause herumsitze und auf Gepeinigte warte. Mein Telefon hat Hochbetrieb, seit ich mit Sepp und auch meinen Kindern mehr unterwegs bin. Die Kunden rufen vorher an und fragen, ob ich Zeit habe. Welch ein Wunder nach all den Jahren ständigen Zur-Stelle-Seins. Ich behalte meine Gedanken aber für mich. Heute soll er reden und etwas von sich preisgeben. Ich habe bei unserem vorigen Treffen die Unterhaltung dominiert und daher fast gar nichts von ihm erfahren. Er berichtet gerade von einer Kastration.

»Und das machst du auch am Wochenende? Können die Menschen nicht wochentags für so eine Routine kommen?«, unterbreche ich ihn.

»Ähm. Das war für einen Bekannten, der extra aus meiner alten Heimat hierherkommt.«

»Ach so.« Ich starre aus dem Fenster. Die Lichter der Stadt

fliegen an der Scheibe vorbei. Wir sind irgendwo im Süden von Salzburg, und er hält in einer kleinen Gasse, abseits der Hauptstraße. Die typisch chinesischen Drachen zieren den Eingang des Restaurants, und rote Ballons schweben über der Eingangstür.

»Da wären wir. Nichts Besonderes, aber sie kochen wirklich gut.«

Mir ist es egal, wo wir essen und ob es sich um ein normales, bodenständiges Wirtshaus, ein Nobelrestaurant oder eben einen Chinesen handelt. Ich finde immer etwas Essbares auf der Karte.

Das Lokal ist innen so, wie es von außen wirkt. Klein, gemütlich und wahnsinnig chinesisch. Die Kellnerin weist uns mit einem »Bitte sell, die Hellschaften« einen Tisch im hinteren Bereich der Gaststube zu und wiederholt im gleichen Jargon die Getränkebestellung. Minellwassa für mich und Biiil für Peter. Ich muss schmunzeln, so charmant finde ich die Aussprache.

Ich verwickle Peter in ein Gespräch, löchere ihn mit Fragen. Bei dem Thema Familie kommt er ins Stocken.

»Ich rede nicht so gern über Vergangenes. Was geschehen ist, ist geschehen, und die Zukunft ist, was wir beeinflussen können. Siehst du das nicht auch so?«

»Doch. Aber man ist der Mensch, der man ist, aufgrund der Erfahrungen, die man gemacht hat.«

Er lacht. Mir wird mulmig zumute. Genauso hat sich Horst angehört, mit diesem leichten Grunzen am Ende. »Na, dann ist alles in Ordnung. Immerhin bin ich noch nicht Feind mit der Liebe und guter Hoffnung, dass etwas aus uns entstehen kann. Die Ehe hat mich also nicht beziehungsunfähig gemacht.«

»Schön«, antworte ich und bin froh, dass unser Essen kommt.

Es schmeckt gut. Zitronig, frisch, und die Hähnchenteile sind zart und weich.

»Wirklich lecker«, sagt Peter und wischt sich den Mund mit der Serviette ab.

Ich nicke und lade mir die nächste Gabel auf.

»Und, kannst du dir vorstellen, wieder mit jemandem zusammenzuwohnen, oder bist du mehr der Mensch: eigenes Leben beibehalten und sich dann und wann treffen?«

Die Frage erstaunt mich, zumal wir uns erst das zweite Mal treffen. Außerdem gibt Peter kaum etwas von sich preis, und das Gefühl, dass er mir sogar etwas verheimlicht, beschleicht mich immer mehr. Ich schlucke und sehe wahrscheinlich recht verdutzt aus, denn Peter grinst.

»Oje. Zu früh gefragt. Aber mich interessiert nun einmal, was du dir vorstellst. Denn ehrlich gesagt, bin ich eher Kategorie zwei. Eine Ehe reicht im Leben, findest du nicht? Und wenn man sich zwanglos trifft, nette Erfahrungen miteinander macht, dann hält das jung.«

Hallodri, denke ich. »Hmmm«, sage ich. Mehr bringe ich nicht heraus, aber das ist auch gar nicht nötig.

Peter legt das Besteck weg und schiebt den Teller zur Seite. Anscheinend hat sich von vor dem Essen bis nach dem Essen irgendeine sonderbare Wandlung in ihm vollzogen. Er beginnt plötzlich von seiner Frau zu erzählen.

»Wir hatten eine gute Ehe, musst du wissen. Zumindest dachte ich das. Aber dann kam Pascal, und ich musste gehen. Ich hab es ihr aber nicht nachgetragen.« Er zieht sein Geldtäschchen aus der Hosentasche und zeigt mir ein Foto seiner Exfrau.

»Wie ein Fotomodel«, sage ich.

»Sie ist fast sechzig und sieht aus wie fünfundvierzig.«

»Schönheitschirurgen sei Dank«, scherze ich, treffe aber anscheinend ins Schwarze.

»Tja, dafür hat sie ja nun mein Geld.« Ich höre Verbitterung in seiner Stimme und Trauer. Schon hat er mein Mitgefühl, und ich greife nach seiner Hand. Er zuckt gleichgültig die Schultern, setzt ein falsches Lächeln auf und meint: »Egal. Hauptsache, wir sind jetzt hier und haben eine gute Zeit miteinander. Mein finanzielles Desaster hat keinen Platz in so netter Gesellschaft.«

Jetzt hat er meine Neugierde erweckt, und ich lasse nicht locker. »Erzähl, was ist los?«, frage ich. Peter seufzt, zieht seine Hand unter meiner weg und gibt seine Geschichte preis. Seine Praxis in Linz gehörte nur ihm, und eigentlich hatte er genug zurückgelegt, um ein sorgenloses Leben im Alter führen zu können. Aber jetzt, alles futsch. Frau weg, Haus weg, Geld weg.

»Ich muss also arbeiten, egal, ob ich will oder nicht. Und ehrlich gesagt habe ich mit der Teilhaberschaft sogar Glück. Ich mein, schon der Zufall, dass die Praxis gerade jemanden suchte –«

»Welche Praxis ist es denn eigentlich?«, falle ich ihm ins Wort und hebe entschuldigend die Schultern.

»Ach, Gemeinschaftspraxis Krause. Du kannst ja im Netz die Homepage ansehen. Mein Name kommt aber noch gar nicht vor, sondern noch der alte Krause. Die müssen erst umstellen.«

Ich winke ab. »Internet schau ich nicht, nur dass ich dir nachspionieren kann … nein. So viel Vertrauen muss der Mensch schon haben. Außerdem, welchen Vorteil hättest du, wenn du mich anschwindeln würdest. Keinen. Eben.«

Peter lächelt und streicht sich über den Oberlippenbart. »Da hast du recht, meine Liebe.« Jetzt greift er nach meiner Hand und drückt sie sachte. Mir wird mulmig zumute. Auch wenn wir uns jetzt ganz nett unterhalten haben, macht mich Peter nervös. Ich traue ihm nicht und weiß nicht einmal genau, warum. Langsam ziehe ich meine Hand weg und tue so, als würde ich trinken.

»Ich freu mich jedenfalls, dass wir uns kennengelernt haben. Und alles nur wegen der Radiosendung.«

Ich nicke schweigend. An das Radiointerview will ich momentan nicht denken. Dieses Sendung hat mir Peter erst eingebrockt, und eigentlich will ich einfach nur heim und mich um wichtigere Dinge kümmern. Außerdem ist da noch Sepp. Sein Bild taucht vor mir auf, und ich schlucke angestrengt.

»Auf diese glückliche Fügung wollen wir anstoßen«, sagt Peter.

Automatisch greife ich erneut zum Wasserglas.

»Damit?«, fragt Peter.

»Warum nicht? Hässliche Kinder kann ich wohl nicht mehr bekommen, nur weil ich antialkoholisch anstoße. Und wenn doch, dann würde es mich reich machen. Welche Sensation.

Zweiundsechzigjährige wird schwanger, ganz ohne medizinische Hilfe. Ich sehe die Schlagzeile schon vor mir.«

Peter lacht, und sein Grunzen erinnert mich erneut schmerzhaft an Horst. Wir stoßen an, und das Gespräch verläuft wieder in ungefährlichen Bahnen. Dennoch sehe ich dauernd Sepp vor mir, obwohl ich mich mit Horsts Doppelgänger unterhalte. Und ich ertappe mich dabei, mir ein anderes Gegenüber zu wünschen. Ich stehe eindeutig zwischen den Stühlen. Einerseits habe ich mich eindeutig in Sepp verguckt, andererseits hat Peter so viel Ähnlichkeit mit meinem Horst.

Wieder zu Hause angekommen, schwirrt mir der Kopf. Ein neues Treffen haben wir zum Glück nicht ausgemacht, aber wir wollen telefonieren.

Meine Güte, warum nur hab ich nicht einfach einen Schlussstrich gezogen und gesagt, dass ich kein Interesse an ihm habe? Wenn mein Gefühl Achtung schreit, dann heißt es aufpassen, und bei Peter schrillt die Alarmglocke gehörig. Etwas an ihm macht mich stutzig.

Mitten in der Nacht läutet das Telefon. Im ersten Augenblick halte ich das Klingeln für einen Teil meines Traumes, doch im zweiten wird mir klar, dass es echt ist. Ich setze mich im Bett auf und atme den ersten Schreck weg. Die anfängliche Starre vergeht langsam. Ich steige aus dem Bett. Ob ich das Telefon erreiche, bevor es verklingt, ist zwar fraglich, aber ich gebe mir Mühe. Hoffentlich nicht bloß ein doofer Spaßvogel, der aus Langeweile alte Frauen aus dem Bett wirft. Das Licht im Flur blendet mich. Ich hetze die Treppe hinunter, so schnell es meine Beine zulassen, erreiche pustend das Telefon und hebe ab. Es klickt. Ich fluche, knalle den Hörer auf die Gabel.

Zu spät. Verflixt und zugenäht. Gerade in dem Moment als ich mich umdrehe, bereit, zurück ins Bett zu marschieren, läutet es erneut. Ich wirble herum und hebe ab.

»Hallo!« Meine Stimme klingt schärfer als beabsichtigt. Ein keuchendes Atmen erklingt. Ich bin zum Äußersten bereit. Die ersten Beschimpfungen liegen mir schon auf der Zungenspitze, in Absprungstimmung. Ein erneutes Keuchen.

»Du –«

»Mama?«

Ich stutze. »Daniela?«

Ein Schluchzen.

»Was ist denn los?«

»Kurt, ange… ange…schossen.« Sie weint, bekommt keine drei zusammenhängenden Worte heraus.

»Daniela. Beruhig dich. Ganz langsam. Erzähl der Reihe nach«, sage ich mit hypnotischer Stimme.

»Ku… Ku…«

Es ist zwecklos. »Bist du zu Hause? Kann ich vorbeikommen?«

»Hmmm.«

Ich zähle das als Ja. »Ich bin in zehn Minuten bei dir!«, rufe ich und greife gleichzeitig zum Mantel, der am Garderobenhaken hängt. Einen Sekundenbruchteil überlege ich, ob ich mich umziehen soll, entscheide mich aber genauso schnell dagegen. Der Mantel bleibt einfach zu, basta. Ich schlüpfe in meine Sandalen, schnappe meine Handtasche und den Autoschlüssel. Donald muss mir seinen Dienst erweisen, und ich muss mich selbst beweisen, trotz Nacht und Dunkelheit. Es ist erstaunlich, welche Kraftreserven in einem stecken, wenn es darauf ankommt. Ich fahre wie Michael Schuhmacher. Die holprige, schmale Straße schreckt mich genauso wenig wie die vorbeisausenden Fledermäuse. Der Adrenalinstoß gibt mir Kraft, Können und Mut. In genau sieben Minuten erreiche ich Danielas Heim. Sie steht im Schein der Außenbeleuchtung und zittert wie Espenlaub.

Ich springe aus dem Auto, laufe, breite die Arme aus und nehme mein weinendes Kind in den Arm. Der Geruch von Angstschweiß steigt mir in die Nase. Ich drücke Daniela an mich, bis das Zittern leichter wird. Behutsam löse ich die Umarmung, streiche ihr die Haare aus dem Gesicht und halte ihre Wangen.

»Was ist mit Kurt?«

»Ich weiß es nicht genau. Vorhin hat mich Raphael angerufen und mir erzählt, dass sie Kurt ins Krankenhaus gebracht haben, Streifschuss, Schulter. Keine Ahnung. Ich wollte gleich hinfahren, hab aber das Auto gegen den Betonpfeiler gesetzt.« Sie deutet mit dem Kinn zu ihrem Wagen.

Stimmt. Das Auto hat viel zu engen Kontakt mit dem Zaunpfahl. »Ich fahr dich hin, und dann finden wir heraus, was passiert ist. Okay?«

Daniela sieht mich fassungslos an. »Du?«

»Natürlich ich. Oder warum hast du mich sonst angerufen?«

»Weil mir niemand sonst eingefallen ist und du auf Kurzwahltaste drei bist.«

So ist das also. Ich umarme meine Tochter noch einmal und bin gleichzeitig stolz auf mich, so die Fassung zu bewahren. Daniela soll nicht umsonst Kurzwahltaste drei gedrückt haben. Ich werde sie fahren. Perfekt, sicher und schnell. Ich kann das.

Gesagt, getan. Wenig später parken wir vor dem Krankenhaus. Nun bin ich sogar mächtig stolz auf mich. Daniela steigt aus und hastet ins Gebäude. Ich eile ihr nach. Mein Herz pocht im Stakkato-Rhythmus. Das Blut rauscht in meinen Ohren.

Harte Geschosse und weiche Herzen

> Hausmittel bei blutigen Verletzungen
> *Druckverband anlegen.*
> *Zum Arzt muss man: wenn es nicht zu bluten aufhört, man keinen Impfschutz mehr hat, sich die Wunde entzündet oder die Wunde sehr tief oder lang ist oder es sich um eine Biss- oder Kratzwunde handelt.*
> *Wunden mit Wasser säubern und nicht abtrocknen.*
> *Bei kleinen Verletzungen helfen: Arnika, Ringelblume, Aloegel.*

Die Dame am Empfang schickt uns in die Unfallabteilung. Zimmer 225. Zweiter Stock. Daniela ist so aufgelöst, dass sie im Lift den falschen Knopf drückt und wir ziellos im dritten Stock herumirren, bevor wir den Fehler bemerken.

Völlig verschwitzt kommen wir zur richtigen Tür. Lautes Lachen schallt heraus. Wir stürmen ins Zimmer.

Kurt liegt im Bett, die Schulter in einen dicken Verband gewickelt, und lacht wie verrückt. Schweiß glänzt auf seiner Stirn.

Raphael und Kalina sitzen auf den Besucherstühlen davor und drehen sich gleichzeitig um. Ihre Gesichter sind von Sorgen geprägt, was so gar nicht zum hysterisch wirkenden Patienten passt. Daniela eilt schluchzend ans Bett und sinkt davor nieder. Sie drückt ihre Wange an Kurts, worauf dieser gurgelnd kichert.

»'allooo, Sssssööönheit!«, lallt er.

Ich schüttle den Kopf, bleibe verdattert inmitten des kahlen Raumes stehen. So ein verwirrender Anblick. Raphael steht nun auf und kommt auf mich zu.

»Mama«, sagt er ruhig und nimmt meine Hände. »Gut, dass ihr da seid.«

Ich deute mit dem Kinn in Richtung Kicher-Kurt.

»Er hat einen Rausch. Anscheinend gibt es manche Menschen, die so abstrus auf Schmerzmittel und Narkotika reagieren.«

»Ach?« Mehr bringe ich nicht heraus. Kurt lallt fröhlich. Daniela schluchzt dazu. Kalina sitzt schweigend am Bett. Da liegt der Mann, den ich wegen Hias' Brief eigentlich um Hilfe bitten wollte, und gluckst wie ein Meerschweinchen auf Haschisch.

Ich finde meine Sprache wieder. »Was ist eigentlich geschehen?«

Kurt hat meine Frage gehört. Er grinst. »Ich biiin Bond. Eams Bond.« Dazu macht er mit der Hand eine Bewegung, als würde er schießen. Er verzieht schmerzgeplagt das Gesicht. Die Betäubung der eingewickelten Schulter wirkt wohl doch nicht hundertprozentig.

»Du bist ja durchgeknallt. Dich in Gefahr zu bringen. Mein Liebling«, schimpft Daniela. Die Tränen kullern ihr weiter über die Wangen.

»Raff, Raff isss ssschuld«, verteidigt sich Kurt und kichert erneut.

Mein Sohn zuckt die Schultern und spricht seine Frau an. »Kalina. Komm. Wir lassen Daniela und Kurt allein. Sie brauchen sicher etwas Zeit und wir einen Kaffee. Dann kann ich meiner Mutter alles erzählen.« Er sieht nun meine Tochter wie um Erlaubnis bittend an. Daniela winkt ihre Zustimmung. Kalina steht wortlos auf. Sie wirkt bleich wie ein Gespenst, und ihre Schritte sind wankend. Hoffentlich wirkt sich der ganze Stress nicht negativ auf die Schwangerschaft aus. Raphael greift ihr schnell unter die Arme und nimmt auch mich bei der Hand. Wir verlassen das Krankenzimmer, wo Daniela leise auf Kurt einredet. Sein Kichern hallt uns nach wie das unheimliche Gegacker eines verrückten Magiers. Kurt, der Kicher-Bulle.

In Dreierreihe marschieren wir zum Lift.

Der Kioskbetreiber im Erdgeschoss sieht aus, als bräuchte er selbst eine Kanne Kaffee intravenös verabreicht. Er drückt den Knopf der Espressomaschine und gähnt dabei so herzlich, dass ich mich beim Anblick seiner Mandeln fühle wie ein HNO-Arzt. Raphael und Kalina reißen beide zeitgleich ihre Münder auf. Ein stumm schnappendes Gähnkonzert nach Mitternacht. Auch mich juckt es schon im Schlund. Zur Ablenkung reibe ich mir die Augen. Das vertreibt die Müdigkeit wenigstens ein klein wenig.

Wir zahlen und nehmen uns die Tassen mit zu einem der kleinen ovalen Tische. Wir sind fast allein. Nur ein Tisch am anderen

Ende des Bistros ist besetzt. Ein Pärchen, sie hochschwanger, verschwitzt und von leichten Wehen geplagt, er abgemagert und eingefallen, schlägt sich die Zeit tot, bis sich Junior dazu entschließt, die Tore der Welt zu durchschreiten.

Raphael trinkt einen Schluck und stellt die Tasse ab. Er nimmt Kalina in den Arm.

Ich lehne mich gespannt vor. »Erzähl!«, sage ich.

Kalina atmet zitternd ein und schmiegt sich an Raphael. »So schrecklich. Alles meine Schuld«, stammelt sie und vergräbt ihr Gesicht an Raffys Schulter.

Er streichelt sie. »Du kannst doch nichts dafür. Dieser Scheißzuhälter!«

»Hat er Kurt angeschossen? Wieso? Ich verstehe nicht.«

Raphael seufzt. »Wir haben Kurt gerufen, weil es wieder einen Drohanruf gab. Diesmal war es so konkret.« Er schluckt. »Der Mann sagte, wir sollen aus dem Fenster schauen. Wir seien so gut wie tot.« Kalina schluchzt, während Raphael weiterberichtet. »Ich hab dann rausgeguckt, und da war dieser Kerl, er zeigte mit seiner Pistole zu uns herauf. Wir zogen sofort die Vorhänge zu. Ich habe dann Kurt angerufen, und der meinte, er sei ohnehin auf dem Nachhauseweg und praktisch vor unserer Tür. Er würde sich den Kerl vorknöpfen. Bevor ich etwas erwidern konnte, hatte er schon aufgelegt. Wir haben uns im Badezimmer versteckt, weil dort ja nur dieses kleine Fenster ist, und gewartet. Es war feige, und eigentlich hätten wir richtig die Polizei anrufen sollen, aber …«

Mein Sohn verstummt. Ich denke nach, während Raphael schweigt und betroffen den Kopf schüttelt. »Alles meine Schuld. Ich hätte anders reagieren sollen. Ich sah durch das milchige Glas die Blaulichter und dachte mir: Gut. Kurt ist mit Verstärkung angerückt. Außerdem nahm ich an, dass der Kerl schon abgehauen ist. Aber dann erklang der Schuss. Es war schrecklich.« Raphael drückt es die Tränen in die Augenwinkel.

Ich fasse über den Tisch und halte seine Hand. »Du kannst nichts dafür, Junge. Kurt ist eigentlich der Profi. Er hätte sich anders verhalten sollen. Der dumme, dumme Bub. Einfach allein drauflos und einen auf Cowboy machen.«

Kalina sieht mit verheulten Augen auf. »Wenn ich nicht da, dann alles nicht geschehen. Ich schuld!«

»Nein, Schätzchen. Das darfst du dir nicht einreden. Es ist schön, dass du da bist. Schuld hat nur dieser gemeine Kerl dort in Bulgarien. Blödes Machtgehabe der Männerwelt!«, tröste ich sie. Sie beruhigt sich etwas und nippt an ihrer koffeinfreien Brühe.

»Was war dann?«, frage ich weiter.

Raphael atmet tief ein und stößt die Luft laut aus. »Ich bin hinuntergestürmt. Die Frauen sind oben geblieben.«

»Wo ist Luba überhaupt?«, werfe ich meinen Gedanken ein.

»Bei Frau Salim, unserer Nachbarin. Wir wollten sie nicht auch noch mit ins Krankenhaus schleppen. Außerdem kann sie die Polizei dort leichter befragen. Auf unsere Aussagen müssen sie eh warten«, antwortet Raphael. »Auf jeden Fall habe ich Kurt am Parkplatz liegen sehen. Alles war voller Blut, aber er hat geflucht und gezetert wie ein frisch erwachter Zombie. Ich habe sofort die Rettung gerufen und meine Hände auf das Loch in seiner Schulter gedrückt. Kurt hat es dann sogar noch geschafft, sich aufzuraffen und über Funk die ganze Mannschaft herzubeordern. Es war ein Blaulicht-Meer. Ich hab Daniela noch Bescheid gegeben, und dann sind wir dem Krankenwagen nachgefahren. So ein Chaos aber auch. Tut mir leid, dass wir dich nicht verständigt haben.«

»In diesem Fall ist dir vergeben. Ach Gott, wie geht es jetzt weiter?«

»Keine Ahnung. Bei uns zu Hause ist es jedenfalls zu gefährlich, bis die Verbrecher gefasst sind. Die Typen meinen es ernst. Dabei hab ich Kalina und Luba doch ganz offiziell freigekauft. Ich hab keine Ahnung, warum die jetzt auf einmal so verrückt spielen. Ein Scheißdreck ist das.«

»Fluchen hat noch keinem geholfen«, tadle ich, obwohl er eigentlich die Wahrheit sagt.

Die schwangere Frau im Bistro keucht verzweifelt. Damit trifft sie den Ton meiner Gefühle. Was für ein gottverlassenes Chaos. Mir wird richtig übel, wenn ich daran denke, was hätte geschehen können. Auf Anhieb stellen sich Selbstvorwürfe ein. Ich verbringe meine Zeit damit, Briefe zu lesen, herumzuschnüffeln und auszugehen, während meine Familie in Gefahr schwebt. Was für eine grauenhafte Mutter bin ich nur? Die Schwangere jammert leise. Ich blicke auf. Das Ehepaar verlässt den Raum. Bald schon werden sie glücklich schluchzen. Mir ist zwar auch danach zumute, aber mein Schluchzen ist so weit von Glück entfernt wie Dieter Bohlen von einer ernsthaften Beziehung zu einer Frau. Ich seufze. Selbstmitleid hat noch keinem geholfen, ruft mich Horsts Stimme zur Vernunft.

»Vorschläge bitte!«, sage ich streng und ernte Achselzucken. »Und wenn ihr bei mir einzieht, bis die Täter geschnappt sind?«

»Daran hab ich auch schon gedacht. Aber glaubst du im Ernst, dass sie bei dir zu Hause nicht als Nächstes nach uns suchen werden? Auch die Möglichkeit, bei Dani unterzukriechen, hab ich in Betracht gezogen. Aber die Gefahr. Och. Ich weiß doch auch nicht weiter.« Raphael stützt den Kopf schwer in seine Hände.

Ich grüble, wo die Kerle meine Familie am wenigsten vermuten werden, und plötzlich ist mir die Lösung sonnenklar. »Ihr geht in den Puff«, sage ich.

»Ich nicht zurückgehen! Bittee!«, heult Kalina laut auf. Raphael drückt sie erschrocken an sich.

Ich lache im ersten Moment. Wie können die beiden annehmen, dass ich so grausam sein könnte, Kalina und Luba zurückzuschicken?

»Nicht den Puff. Zu Sepp nach Hause. Dort vermutet euch bestimmt keiner, und ihr seid in Sicherheit. Ich mein, wer würde schon auf den Gedanken kommen, dass ihr euch ausgerechnet in einem …«

»… Bordell versteckt. Eine gute Idee«, sagt Raphael und wirft im nächsten Augenblick die Stirn in Falten. »Glaubst du, Sepp nimmt uns auf? Einfach so?«

Ich zucke die Schultern. »Fragen müssen wir ihn natürlich und die Kosten ersetzen. Aber so riesig, wie das Haus ist, sind bestimmt nicht alle Zimmer belegt. Im Dachgeschoss hat ohnehin Sepp seine Wohnung, und wenn ich mich nicht täusche, dann hat er oben noch eine Garçonnière frei, die nichts mit dem Betrieb unten zu tun hat.«

»Gut. Wird zwar eng, aber es ist eine Lösung«, sagt Raphael.

Ich werfe einen Blick auf die Uhr. Schon fast eine Stunde sitzen wir hier. »Lasst uns hochgehen und sehen, ob Kurt noch im Drogenrausch ist.«

Mein Vorschlag wird angenommen.

Kurt schläft jetzt. Er schnarcht leise. Wie ein dicker, zufriedener Bär. Hoffentlich erholt er sich bald. Ich brauche den Polizisten in ihm. Auch wenn er den Einsatz rund um Raphael gründlich vergeigt hat, könnte er doch in Bezug auf Hias alles richtig machen. Zu einem anderen Polizisten will ich nicht gehen. Das Dorf ist schon aufgewühlt genug, und wer weiß, wie die Leute reagieren, wenn eine neue Polizeigarde auf Hias' Hof anrückt. Polizei gab es genug in letzter Zeit. Und jetzt zum Toten im Moor auch noch einen Angeschossenen am Parkplatz. Miami ist ein Kindergarten im Vergleich zum Ibmer Moor.

Ich sehe Kurt noch einmal an. Wie friedlich er aussieht. Für uns gibt es hier nichts mehr zu tun. Mehr als Ruhe und die richtige medizinische Versorgung kann man Kurt nicht geben. Also beschließen wir, nicht unnötig im Krankenhaus herumzustehen. Ich frage Daniela, ob sie mitkommen will, aber sie entschließt sich klarerweise dazu, bei ihrem Liebsten zu bleiben.

»Und nun? Holen wir Luba und ihr kommt mit zu mir? Heute Nacht wird sich doch nichts mehr Tragisches ereignen«, sage ich.

»Ich muss noch zur Polizei, die Aussage machen. Immerhin war ich der Hauptzeuge. Bei Kalina reicht morgen eine Vernehmung, meinte der Polizeichef. Aber es ist sicher am besten, wenn wir diese Nacht bei dir verbringen.«

Ich nehme Kalina schon mit und hole auch Luba ab, während Raphael zur Direktion fährt. Wir sind alle hundemüde und dennoch aufgekratzt. Ich brühe Beruhigungstee und richte die ehemaligen Kinderzimmer her. Keine halbe Stunde später liegen wir alle im Bett, und wider Erwarten falle ich in einen tiefen, traumlosen Schlaf.

Der Vormittag verläuft hektisch. Kalina und Luba müssen in die Stadt, ihre Aussagen machen. Ich fahre auf einen Sprung im Krankenhaus vorbei, sehe nach Kurt und meiner Tochter und komme kurz vor dem Mittagessen erschöpft nach Hause. Der fehlende Schlaf macht sich bemerkbar, und ich wanke mehr in die Stube, als dass ich laufe. Auf der Ofenbank nicke ich dann ein. Das Schrillen des Telefons weckt mich. Ich schrecke hoch und schlurfe benommen zum läutenden Störenfried.

»Ja?« Eine Kröte besitzt eine angenehmere Stimme als ich momentan.

»Wann bitte wolltest du mir alles erzählen?« Sepp. Er ist verärgert, eindeutig … und besorgt.

»Es tut mir leid. Ich bin noch nicht dazu gekommen.« Im gleichen Augenblick fällt mir ein, dass ich auch Gitti noch nichts gesagt habe. Mir wird schlecht bei dem Gedanken, wie sie ausflippen wird.

Sepp hingegen hat sich offenbar schon wieder beruhigt. »In Ordnung. Mach das nie wieder, versprochen? Ich bin eben ein alter besorgter Depp, der sich um seine Freunde kümmert. Außerdem hab ich ein schlechtes Gewissen. Wir hätten die Sache ernster nehmen sollen. Verdammt! Aber wer hätte sich gedacht, dass dieser bulgarische –«

»Ich weiß. Kannst du herkommen?«, unterbreche ich ihn. Ich fühle mich den Tränen nah, so nimmt mich die Sache mit. Bisher konnte ich es verdrängen und die Starke spielen, aber Sepps Besorgnis, seine Stimme, seine Wut haben meinen Schutzdamm zum Bröckeln gebracht.

Schweigen. Lange Atemzüge. »Bin schon unterwegs.«

Es klickt. Ich straffe meine Schultern und wische mir die Tränen aus den Augen. Stark sein, Rosi, stark sein, sage ich mir. Als Nächstes rufe ich Gitti an. Überraschenderweise ist sie noch ahnungslos. Eine Sommergrippe hat sie über Nacht erwischt, und sie krächzt mehr, als dass sie redet. Gott ist gnädig und verschont mich mit einer Gitti-Standpauke.

»Meld dich, wenn's was Neues gibt«, würgt sie das Gespräch ab.

Wenn die wüsste, was ich in den letzten Tagen alles an Neuigkeiten herausgefunden habe. Die Erkältung hat sie wohl schlimm getroffen. Ich verspreche es ihr hoch und heilig und lege auf. Ich atme tief durch. Eine kleine Pause. Das wünsch ich mir. Die Sonnenstrahlen locken mich nach draußen. Ich hole mir ein Brötchen aus der Küche und setze mich vor dem Haus auf die Sonnenbank. Das Leben ist heute schon trüb genug. Da muss ich das wenige Licht ausnutzen, das der Himmel mir schickt.

Sepp schickt er mir wenig später vorbei. Er nimmt mich wortlos in den Arm. Die Anspannung fällt von meinen Schultern.

»Du zitterst ja«, sagt Sepp.

»Daran bist wohl du schuld«, antworte ich. Er sieht mir in die Augen, und es geschieht. Einfach so. Aus dem Nichts. Früher hat mich ein Kribbeln vorgewarnt oder ein Schweißausbruch. Jetzt aber spüre ich nur seine Lippen auf meinen und höre mein Herz schlagen. Es passt ganz einfach. Ich löse mich los. Tränen kitzeln mich erneut in den Augen.

»Alles in Ordnung? Ich wollte dich nicht überfallen. Ich, ich … bin nur so froh, dass dir nichts passiert ist, und da sind wohl die Pferde mit mir durchgegangen.«

Ich nicke und lächle. »Alles bestens. Mir ist nur gerade etwas sehr Wichtiges klar geworden.«

Er fragt nicht, was es ist, sondern setzt sich wortlos mit mir auf die Bank. Meine Hand lässt er nicht los. Ich rücke nah an ihn heran.

»Ich mache mir große Sorgen um meinen Sohn«, gestehe ich nach einer Weile, »und um Kalina und Luba auch. Dazu noch diese verflixten Briefe von Hias. Ach, hätte ich doch niemals angefangen, in fremden Schubladen zu wühlen. Meine eigene Familie hab ich vernachlässigt. Jawohl! Das alles ist so ein heilloses Durcheinander. Eine echte Katastrophe.« Meine Wangen sind feucht. Ich wische mir schnell die Tränen ab. Da muss ich erst zweiundsechzig werden, um vor einem Mann zu weinen. Horst hat immer darüber geschmunzelt, dass ich nach außen so selbstbewusst, mitunter gefühlskalt wirke. Zig Tränen habe ich hinuntergeschluckt, um für andere stark zu sein.

Sepp brummt und drückt mich an sich. »Kann ich helfen?«

Ich komme mir vor wie ein schüchternes Schulmädchen, aber ich habe Angst, was Sepp von meinem Vorschlag halten könnte. Meine Kinder bei ihm einquartieren, das ist schon ein Riesengefallen, den ich von ihm verlange.

»Du willst deinen Jungen und seine Frauen bei mir verstecken«, sagt Sepp.

»Woher weißt du das?«

Er lacht. »Weil es die einzig logische Lösung ist und ich dich für eine logische Frau halte, darum.«

Ich kichere. »Und?«

»Was, und? Ich hab schon meine Mädchen gebeten, die Garçonnière wohnlich zu gestalten. Für Luba hab ich aber nur ein Zimmer im ersten Stock frei. Dort, wo auch die Mädels wohnen. Glaubst du, das ist ein Problem für sie? Wegen ihrer Vergangenheit?«

»Hat sie eine Wahl? Außerdem soll sie ja nicht für dich arbeiten, sondern sich vor ihren ehemaligen Arbeitgebern bei dir verstecken. Ich glaub, die drei sind nur froh, wenn sie in Sicherheit sind. So ist das.«

»So ist das also.« Sepp schmunzelt, und ich ärgere mich darüber. Da zuckt er gleichmütig die Schultern und meint: »Tja, wenn die Rosi was sagt, dann hat es eben genau so zu sein. Du bist schlimmer als Silvana. Eine waschechte …«

»… Chefin«, sage ich streng, bevor er sich mit seiner Bezeichnung für mich in die Nesseln setzt.

»Genau das.« Wir lachen, und ich lege meinen Kopf an seine Schulter.

»Danke«, flüstere ich leise und meine es so. Ich schließe die Augen. Alles wird gut.

Wenn es drauf ankommt

Ringelblumensalbe auf Olivenölbasis

2 Handvoll Ringelblumenblüten (ganze Köpfe) • ca. 3 dl Olivenöl • 60 g Bienenwachs (aus der Drogerie oder vom Imker) • Schraubdöschen mit Deckel

Blüten in Olivenöl geben und bei schwächster Stufe am Herd ca. 1 Stunde ziehen lassen (nicht kochen, sonst frittiert man die Blüten). Den Ölsud samt Blüten über Nacht ruhen lassen und am nächsten Morgen noch einmal kurz aufwärmen. Dann die Blüten absieben und das Öl zusammen mit dem Bienenwachs erneut erwärmen. Die fertige Salbe abkühlen lassen und in die Döschen geben. Die Salbe hält kühl gelagert etwa 1 Jahr.

Ringelblumensalbe eignet sich sehr gut zur Behandlung von rauer und rissiger Haut, bei Hornhaut an den Fersen und bei leichten Verbrennungen. Außerdem hilft sie gut, wenn kleine (Windel-)Kinder einen roten Hintern haben und andere Salben schlecht vertragen. Durch die wenigen Bestandteile ist die Salbe auch für empfindliche, zur Allergie neigende Haut gut verträglich.

Kaum dass Raphael, Kalina und Luba nach Hause kommen, fahren wir auch schon zu ihrer Wohnung und packen die nötigsten Kleinigkeiten.

Kalina sieht erschöpft aus. Ich nehme sie zur Seite. »Lass die Männer und deine Schwester mal machen. Der Heckmeck ist nicht gut für das Kind.«

»Heck-was?«

»Heckmeck. Das heißt so viel wie Stress. Außerdem wirkst du besorgt.« Ich ziehe die Augenbrauen hoch.

Kalina wird rot. »Ich. Ich weiß, dass Sepp nicht so ist. Aber ich Angst …«

»Du hast Angst, im nächsten Bordell zu landen, nur ein paar Länder weiter. Keine Sorge. Wie du schon sagtest, Sepp ist nicht so einer. Es geht nur darum, dass ihr in Sicherheit seid. Und hier könnt ihr nicht bleiben. Ich würde euch zwar gern bei mir einquartieren, aber ich befürchte, Raphael hat recht. Ausnahmsweise. Die Verbrecher ziehen bestimmt die richtigen Schlüsse und suchen als Nächstes bei mir, wenn ihr hier weg seid.«

Kalina nickt zwar, aber der Zweifel steht ihr ins Gesicht geschrieben. Ich nehme sie in den Arm. Was hat das arme Ding nicht schon alles mitmachen müssen. Und auch jetzt, in geglaubter Sicherheit, ist sie weiter in Gefahr. Dass die Schwiegermutter auch noch einen Zuhälter als Freund hat, wirkt zudem nicht besonders vertrauenerweckend.

»Alles wird gut«, sage ich meinen neuen Lieblingssatz und schiele dabei zu Sepp hinüber. Er zwinkert mir zu. Ein warmer Schauer krabbelt über meinen Rücken. »Manche Dinge muss man einfach vorher klären.« Kalina sieht mich mit großen Augen an. »Das mit diesem Zelko«, erkläre ich schnell, obwohl ich eigentlich an mein Männerchaos gedacht habe. Das muss ich nämlich klären. Schnellstmöglich. Jetzt, wo mein Herz weiß, was es will. Und die Briefe in Hias' Haus zurückschmuggeln. Ich werde mich nur noch um meine Angelegenheiten kümmern und die dafür sauber regeln. Was geht mich schon Jörgs Tod an? Oder die Vielleicht-Liebesgeschichte zwischen Zenzi und Hias. Meine Familie sorgt für genug Aufregung.

Die Ankunft in Sepps Herzkasterl wird von den überschwänglichen Frauen dominiert. Die Mädchen huschen um uns herum wie ein Schwarm fleißiger Bienen. Kalina weiß gar nicht mehr, wo ihr der Kopf steht, so werden die drei Neuankömmlinge mit Fragen bombardiert.

»Jetzt mal Ruhe«, befiehlt Silvana, bevor Kalina oder Luba vor Überforderung umkippen. »Ihr zischt ab, ich bringe rauf!« Der Kommandoton wirkt. Die Mädchen verlassen schmollend den Flur. »So. Mitkommen.«

Silvana geht vor. Sie trägt heute ausnahmsweise schon mitten am Tag ihr Lederkostüm. Nur die Gerte an der Hüfte fehlt. Folgsam trotten wir ihr nach. Zuerst ich, dann Luba, Kalina und schließlich die beiden Kofferschlepper Raphael und Sepp.

Im ersten Stock durchschreiten wir zuerst die Arbeitszimmer. Ich habe bisher kaum etwas von dem Haus gesehen und ertappe mich dabei, wie ich in die Zimmer schiele. Die Türen stehen offen, und man kann frei hineingucken. Wie im Fernsehen. Bett,

Nachtkästchen, rote Lichter, Handtücher. Themenzimmer à la Orient, Afrika und Wilder Westen.

Silvana hat nun schon einen gehörigen Vorsprung. Ich beeile mich und hole auf, bevor sie zur Trennwand kommt, die das Geschäft von den Privaträumen abteilt. Nicht alle Mädchen wohnen auch hier. Einige fahren zum Arbeiten her und danach wieder nach Hause. Aber ein Teil der Angestellten ist auch hier daheim.

Erst jetzt wird mir bewusst, wie riesig Sepps Haus eigentlich ist. Wenn er beruflich umsatteln möchte, könnte er locker ein Hotel daraus machen oder ein Mietshaus für fünf bis sechs Familien. Wir gehen durch die Tür und ums Eck. Es sieht gleich anders aus als vorn. Irgendwie heimeliger und gleichzeitig kühler. So als würde vorn zwar alles auf kuschelig und gemütlich machen, aber eben nur das. Es ist nicht echt. So wie die Liebe nicht echt ist. Hier hinten ist sie es und setzt sich dabei nicht so in Szene wie im vorderen Bereich. Das letzte Zimmer ist für Luba gedacht. Es ist klein und mit den nötigsten Möbeln versehen.

»Nur zum Schlafen. Badezimmer teilst du mit mir«, erklärt Silvana.

Luba zuckt gleichmütig die Schultern und beginnt sofort damit, ihr Gepäck zu verstauen. Wahrscheinlich ist sie Schlimmeres gewohnt. Ich will mir gar nicht vorstellen, unter welchen Bedingungen meine Schwiegertochter und deren Schwester leben mussten. Schwiegertochter. Na, so was? Wann habe ich sie in meinen Gedanken endgültig als Familienmitglied aufgenommen? Ich werfe Kalina einen Blick zu und lächle sie an.

Ihre Augen funkeln mich freundlich an. Schwiegertochter. Ich lasse mir das Wort auf der Zunge zergehen und probiere gleich darauf Enkelkind. Es passt einfach. Jetzt müssen wir nur das Problem mit diesem Zuhälter lösen. Und damit meine ich nicht Sepp. Die Geschichte mit Sepp ist nämlich bereits gelöst. Zur vollsten Zufriedenheit.

»Wollen wir rauf?«, fragt Sepp schnaufend. Er hält noch immer Kalinas Koffer in der Hand. Wir gehen hoch. Luba kommt mit. Silvana bleibt jedoch bei ihren Kolleginnen im ersten Stock.

Die Garçonnière ist ebenfalls sehr überschaubar, aber freundlich und mit winziger Kochnische.

»Lagebesprechung«, schlägt Sepp vor. Wir wechseln die Wohnung.

»Ich war noch nie hier bei dir«, sage ich zu Sepp, als er aufschließt.

»Dann wird es aber Zeit. Dein Häuschen ist zwar recht gemütlich, aber mein Heim ist auch nicht schlecht.«

Recht hat er damit. Ich staune über die Möbel. Die Einrichtung passt eher in ein Ikea-Möbelhaus, nur dass sie edler wirkt, als zu einem über Sechzigjährigen. Klare Linien, weiche und harte Formen harmonisch aufeinander abgestimmt. Die Wohnküche ist besonders beeindruckend: ein topmoderner Herd, eine elfenbeinfarbene Küche, Marmorarbeitsplatte, ovaler Esstisch mit Stühlen und im Wohnbereich eine naturweiße Ledercouch mit Wohnlandschaft und einem riesigen Ölgemälde dahinter.

»Ist das dein Werk oder das von Silvana?«, frage ich baff.

»Meins. Einrichtung ebenso wie das Bild. Selbst gemalt. Nicht nur dein Schweinebauer ist für Überraschungen gut«, antwortet Sepp mit Stolz in der Stimme. »Nur sieht es sonst leider niemand.«

»Schön«, sage ich voller Bewunderung. Sepp bittet uns, im Wohnzimmer Platz zu nehmen. Er holt schnell etwas zu trinken und stellt sogar Knabberzeugs auf den Tisch.

»Du bist ja ein richtig guter Gastgeber«, wundert sich Raphael.

Sepp schmunzelt. »Schon von Berufs wegen. Was verkaufe ich sonst außer Zeit und Platz, um sich in netter Gesellschaft wohlzufühlen?«

»Bei dir Angestellte sind glücklich. Hmm?« Luba seufzt.

»Ich hoffe doch. Jeder Mensch soll sich wohlfühlen, egal, was er arbeitet. Wobei wir schon beim Thema wären. Erzählt mir alles. Warum ist dieser Kerl jetzt hinter euch her, wo er doch für euch entlohnt worden ist?«

»Das ist eine gute Frage«, stöhnt Raphael und schüttelt den Kopf. Er beginnt zu erzählen, und sein Bericht schnürt mir den Brustkorb zu. Kalina und Luba starren bedrückt zu Boden. Die

Vergangenheit wird sie wohl noch lange in ihren Alpträumen verfolgen.

»Ein Grobian ist dieser Kerl. Ein echter Grobian. Frauen schlagen und hungern lassen. Im schlimmsten Dreck musstet ihr Armen arbeiten und habt keinen Cent von der Schufterei gesehen. Und dann betrügt dieser Saubatzl auch noch die Kunden und zieht ihnen das Geld aus der Tasche. Pfui, Teufel!«, lautet mein Resümee. »Aber trotzdem. Er hat eigentlich keinen Grund, euch hierher zu verfolgen, bei der Summe, die er von Raphael bekommen hat.«

»Stimmt«, sagt Sepp, »davon kann er sich locker zehn neue Mädchen kommen lassen und hat dennoch kräftigen Gewinn gemacht. Es muss also noch einen anderen Grund geben. Wie, sagtest du, bist du überhaupt zu diesem Kerl gekommen? Ich vermute doch, in eurem Urlaubsort gab es mehrere Bordelle? Warum ausgerechnet das von Zelko?«

Raphael wehrt hektisch mit den Händen ab. »Ich war beim ersten Mal nicht im Bordell. Kalina war im Hotel und hat dort ihre Dienste angeboten. Mein Oberboss, Herr Huber von der Versicherung, hat Zelko und die Mädchen organisiert. Ich hab dann die weiteren Male Kalina im Puff aufgesucht, aber das erste Treffen hat im Hotel stattgefunden.«

»Also kennen sich die beiden. Dieser Huber und Zelko!«, schlussfolgert Sepp. Kalina, Luba und Raphael nicken.

»Huber oft war bei uns Gast, und Zelko immer sagen ›mein Bruder‹ zu ihm«, erklärt Luba.

Einen Moment herrscht drückendes Schweigen im Raum. Die Uhr an der Wand tickt leise.

Ich greife Sepps Hand und halte mich an ihm fest. »Es wäre demnach durchaus denkbar, dass die beiden gut befreundet sind. Und hat dieser Huber nicht auch genügend gute Gründe, dich auszuschalten, Raphael? Ich mein ja bloß … wer ist einer der Hauptzeugen der Staatsanwaltschaft? Wer kann aussagen, welche Betrügereien sich hinter den Kulissen der Versicherung abgespielt haben?«

»Ich«, japst Raphael und springt so schnell auf, dass er ein

Wasserglas umwirft. Die Erkenntnis trifft ihn wie ein Schlag. »Es geht gar nicht um Kalina und Luba oder darum, dass Zelko seine Arbeiterinnen zurückhaben möchte. Es geht um mich! Ich soll weg! Ich bringe euch in Gefahr. Ohne mich wäret ihr in Sicherheit!« Er rauft sich die Haare. Wasser tropft vom Tisch auf den Perserteppich, hinterlässt dunkle Flecken auf den hellen Fasern. »Verdammt.«

Sepp steht seelenruhig auf, geht zur Küche und legt ein paar Geschirrtücher auf die Wasserflecken. Der Schaden auf seinem bestimmt wertvollen Teil scheint ihn nicht weiter zu sorgen. Er kümmert sich stattdessen rührend um meinen Sohn.

»Nichts kannst du tun, Junge, außer der Polizei deinen Verdacht melden. Die müssen sich darum kümmern. Das ist deren Job. Deine Aufgabe ist es, für deine Frau und auch für Luba zu sorgen. Und dich um ihre Sicherheit zu kümmern. Darum bleibt ihr auch erst einmal hier, und ich rufe den Inspektor an. Der soll herkommen und eure Aussage aufnehmen. Unbekannt ist ihm mein Haus ja nicht.« Sepp zwinkert mir zu.

»Langsam glaube ich, dass dein Haus keinem Mann in der Gegend unbekannt ist«, sage ich.

»Davon kannst du ausgehen, meine Liebe. Vielleicht kannst du dann auch gleich dein Anliegen vorbringen.«

Ich schüttle den Kopf. Sepp sieht mich fragend an. »Ich glaub, ich lass die Finger davon. Wir legen die Briefe einfach bei nächster Gelegenheit zurück, und gut ist«, flüstere ich ihm zu.

»Na, wenn du glaubst, dass du das aushältst, meine kleine Schnüfflerin«, sagt er und drückt mir einen Kuss auf die Wange.

Wie kann man inmitten dieser Unruhen nur so etwas wie glücklich sein? Aber ich bin es. Trotz allem.

Sepps Ruhe und gute Stimmung wirken auf uns alle entspannend. Langsam geht er zum Telefon, das an der Wand hängt. Leise und bestimmt spricht er in den Hörer. Gerade so, dass ich nicht richtig verstehen kann, was er sagt.

Eine Minute später lächelt er mir aufmunternd zu und legt wenig später auf.

»Alles in Ordnung. Der Schmiedinger ist auf dem Weg. Wir bekommen das schon hin«, meint Sepp zuversichtlich.

Ich hoffe und bete, dass er recht behält. Langsam dürfte mein Leben wieder in ruhigeren Bahnen laufen. So viele Probleme machen Falten, und ich will doch mein jugendliches Aussehen nicht verlieren.

Die Zeit zieht sich wie Baumharz zwischen den Fingern, und als endlich das Läuten der Glocke zu hören ist, atme ich erlöst auf.

»Grüß euch miteinander«, brummt der Schmiedinger beim Hereingehen. Eine Bohnenstange von einer Polizistin begleitet ihn. »Das ist die Andrea«, stellt Schmiedinger die junge Frau kurz vor. »Sie schreibt mit.«

Aha. Ich verkneife mir ein Grinsen, obwohl es mich ganz schön in den Wangen zwickt. Es gibt offensichtlich Bereiche in der Arbeitswelt, da ist alles so wie vor fünfzig Jahren. Der Chef und seine Sekretärin in Uniform. Umgekehrt wäre eine Überraschung.

Die beiden nehmen Platz und hören sich erst einmal in aller Ruhe unsere Schlussfolgerungen an.

»Könnte was dran sein«, grummelt Schmiedinger nach einer Weile und poliert sich gedankenverloren die Glatze. »Auf jeden Fall würde es erklären, warum diese Banditen gar so sehr hinter euch her sind. Ihr zwei seid zwar hübsche Mädels …« Er nickt Luba und Kalina zu. »Aber der ganze Aufwand! Nein. Das ist schon übertrieben. Hmmmm.«

Seine Kopfhaut schimmert bereits rot, so stark rubbelt er. Am liebsten würde ich aufhüpfen und ihm einen Klecks Ringelblumensalbe auf die glänzende Glatze reiben. Aber das steht mir nicht zu und würde wahrscheinlich auch kein besonders gutes Bild abgeben.

»Wir müssen den Huber noch viel stärker unter Beschuss nehmen. Seit der Typ seine Kaution hinterlegt hat und auf freiem Fuß ist, haben wir ihn nicht mehr so im Visier –«

Seine laut ausgesprochenen Überlegungen bringen mich zur Weißglut. »Heißt das etwa, dass er nicht rund um die Uhr überwacht wird? Im Fernsehen wird jeder kleine Taschendieb beschattet, abgehört und was weiß ich alles noch«, sage ich schärfer als beabsichtigt.

»Das ist das Fernsehen. Bislang war der Huber für uns ein ganz gewöhnlicher Wirtschaftskrimineller. Ein gerissener Betrüger vielleicht, aber als richtig gewalttätig eingeschätzt … nein, das haben wir ihn nicht«, meldet sich die Bohnenstange zu Wort und kassiert prompt einen bösen Blick vom Chef.

»Wir haben uns den Richtlinien entsprechend verhalten und Herrn Huber im angemessenen Rahmen überwacht. Es ist ja auch nicht so, dass wir jedem Verdächtigen auf die Pelle rücken, nur weil der Hinz und der Kunz meinen, er könnte 'ne Leiche im Moor versenkt haben«, spielt er ganz nebenbei auf den Hias an, »aber nun, da uns neue Informationen vorliegen, werden wir unser Vorgehen vehement verschärfen.«

Das Gerede des Polizeihauptmanns klingt wie eine vorbereitete Presseverlautbarung. Er spricht sogar so etwas Ähnliches wie Hochdeutsch, und damit offenbart er einiges. Nämlich, dass er bloß einstudierte Phrasen herunterplappert, die verschleiern sollen, dass die Polizei nicht alles getan hat, was in ihrer Macht steht. Ich balle die Hände. Wenn ich auch nur einen Augenblick mit dem Gedanken gespielt habe, den Schmiedinger in die Briefsache einzuweihen, dann ist es mir durch sein Verhalten gehörig vergangen. Mein Plan, die Sache einfach gut sein zu lassen und die Briefe beim nächsten Besuch tatsächlich einfach bei Hias abzulegen, nimmt fixe Gestalt an. Wenn ich schon einen Polizisten einweihe, dann den Kurt. Er ist vielleicht dämlich genug, sich anschießen zu lassen, aber dafür ist er mit Leib und Seele dabei … ohne groß nachzudenken. Sepp streicht mir beruhigend den Rücken hinunter. Ich atme aus und lockere meine Fäuste. Jetzt durchdrehen würde die Situation wohl bloß verschlimmern.

»Fein. Schmiedinger, klär das auf. Hier geht es um meine Freunde. Ich kann mich doch auf dich verlassen, oder?« Sepp nickt dem Polizeichef vielsagend zu. Die beiden teilen wohl mehr Geheimnisse miteinander, als sie zugeben wollen.

»'türlich, Sepp. Wir schnappen uns die Kerle.«

»Dann ist's ja gut. Ein Bier vielleicht?«

Schmiedinger nickt. »Andrea, hast du alles mitgeschrieben?«

»Ja, Chef«, antwortet die Polizistin.

Sepp bringt ein gekühltes Bier.

»Danke dir, Sepp.«

Schmiedinger trinkt, und die beiden Männer unterhalten sich eine Weile, während wir Übrigen verloren herumsitzen. Ich wetze schon unruhig herum und schiele andauernd auf die Uhr.

»Jedenfalls ist es gut, dass du auf die Mädels und auf Raphael aufpasst. Hier wird sie niemand vermuten, und wir können das ganze Tamtam, von wegen sicherem Haus und so, vergessen«, meint Schmiedinger, nachdem er den letzten Rest aus seinem Glas geleert hat.

Er verabschiedet sich, und auch mein Sohn geht mit seiner Frau in ihre neue Unterkunft. Luba marschiert ebenfalls einen Stock nach unten, und so sind Sepp und ich allein.

»Du kennst den Schmiedinger wohl besser?«

»Sagen wir mal so. Er ist mir einen kleinen Gefallen schuldig. Der arme Kerl hat sich von einem Pressefotografen in einer ... prekären Situation mit einem meiner Mädchen ablichten lassen. Ohne mein Wissen selbstverständlich und nicht im Haus. Ich mag vielleicht ein lockerer und gutmütiger Chef sein, aber ich akzeptiere es nicht, wenn sich die Mädchen außerhalb der Dienstzeit ihr Gehalt mit Kunden aufbessern.« Er zieht die Augenbrauen hoch, als würde er um meinen Segen bitten. Ich nicke nur. »Auf jeden Fall hatte Schmiedinger Glück. Der Pressefotograf ist nämlich ebenfalls ein Stammgast hier. Und wir wurden uns einig. Keine Fotos, keine Geschichte, dafür eine kleine Vorzugsbehandlung. Du verstehst?«

»Ich kann's mir vorstellen. Aber vielleicht will ich das alles gar nicht wirklich wissen«, gestehe ich.

»Musst du auch nicht. Meine Tage hier sind ohnehin gezählt, und ich hoffe sehr, dass ein neuer Abschnitt in meinem Leben beginnt ... mit dir.«

Er umarmt mich, und der folgende Kuss hat nichts Unschuldiges mehr an sich. Verblüfft stolpere ich zurück und deute auf eine plötzlich ziemlich harte Stelle an Sepp.

»Deine Behandlung wirkt«, sagt er lachend.

»Offensichtlich«, antworte ich und werde knallrot dabei.

Die Liebe ist jede Schwierigkeit wert

Rosis kleines Kräuter-ABC bei strapazierten Nerven
Anis: (nervöse) Verdauungsbeschwerden • Baldrian: Nerven und Schlaflosigkeit • Basilikum: beruhigend • Zitrusöl: erfrischend und aufheiternd • Hopfen: beruhigend und schlaffördernd • Johanniskraut: das Sonnenmittel für die Seele, hilft auch bei leichten Depressionen • Lavendel: beruhigend und schlaffördernd

Ich überrede Sepp dazu, mich ins Krankenhaus zu fahren, bevor wir Hias einen erneuten Besuch abstatten. Meine Sorge gilt in erster Linie Kurt, in zweiter Daniela. Ich kenne meine Tochter und weiß, wie schnell sie sich selbst vernachlässigt, wenn es um das Wohl eines anderen Menschen geht. Das hat sie eindeutig von mir geerbt. Und wirklich. Sie sieht aus wie ein Gespenst. Ein ungewaschenes Gespenst mit fettigen, zerzausten Haaren und Tränensäcken in der Größe von Geldbörsen.

»Geh nach Hause. Iss etwas und dusche dich!«, befehle ich ihr im strengen Übermutterton.

»Aber Kurt –«, erwidert sie müde.

»Deine Mutter bleibt an seiner Seite, und ich fahr dich schnell nach Hause. Nur eine Stunde. Die wird dein Traummann doch wohl ohne dich überleben«, unterstützt mich Sepp und sieht dabei Kurt an.

»Natürlich, Liebling. Fahr ruhig. Ich hab dir schon mehrmals gesagt, dass es mir gut geht«, antwortet dieser und lächelt Daniela gequält an.

»Aber –«

»Kein Aber. Du tust jetzt, was ich dir gesagt habe!« Ich schiebe Daniela zur Tür hinaus. Sie sperrt sich ziemlich, aber Sepp hilft mir und schnappt sich ihren Arm. Meine Tochter ist uns ausgeliefert, und widerwillig fügt sie sich ihrem Schicksal. Ich begleite die beiden bis zum Lift, drücke jedem ein Küsschen auf die Wange und ermahne sie, beim Autofahren aufzupassen. Ihr gemeinsames Stöhnen kommt wie aus einem Mund, und ich muss lachen. Genauso sah es damals aus, wenn ich Horst sagte, er solle vorsichtig fahren. Eine bittersüße Erinnerung.

Das Lachen bleibt mir dann aber im Halse stecken. Peter schiebt sich über das Bild. Noch so eine Baustelle, die du zu bereinigen hast, Rosi, sag ich mir selbst und eile zurück ins Krankenzimmer. Ich werde eine nach der anderen abarbeiten.

Kurt will einen genauen Bericht über die Ereignisse der letzten Stunden hören, und so erzähle ich ihm haarklein von unseren Vermutungen. Kurt, nun wieder vollkommen nüchtern und nicht mehr auf Medikamentenrausch, hört konzentriert zu.

»Hoffentlich hab ich es nicht vollkommen versaut mit meinem wohlgemeinten Eingreifen«, sinniert Kurt.

»Wie meinst du das?«

»Nun, die Kerle sind doch jetzt vorgewarnt, da sie mich gesehen und sogar angeschossen haben. Wir müssen sie kriegen.« Kurt ballt die Hände zu Fäusten und verzieht gleich darauf das Gesicht. Seine verletzte Schulter schmerzt. »Auf Drogen war es leichter. Jetzt versteh ich auch, warum manche Menschen so einiges für einen anständigen Rausch riskieren.«

»Du warst auf jeden Fall sehr witzig als Rauschkugel«, sage ich kichernd.

Kurt nickt. »Kann ich mir denken«, brummt er müde.

»Ich hab noch ein anderes Anliegen«, komme ich auf den zweiten Kriminalfall zu sprechen.

Obwohl Kurt schon vor Erschöpfung gähnt, hört er aufmerksam zu. »Glaubst du nicht, dass du etwas zu viel in die Sache hineininterpretierst? Es soll ja so Menschen geben, die jahrelang mehr oder weniger heimlich verliebt sind und dennoch keine Nebenbuhler aus dem Weg räumen.«

»Also denkst du …«

»… dass es keinem hilft, wenn du weiter in der Vergangenheit herumgräbst. Wir haben den Fall untersucht, mit dem Ergebnis, dass es ein Unfall war. Ich glaub, das ist für alle auch das Beste.«

»Auch wenn es vielleicht nicht die Wahrheit ist?«

Kurt gähnt und nickt statt einer Antwort. Langsam, aber sicher fallen ihm die Augen zu. Ich hab ihn viel zu stark beansprucht.

Wenig später schnarcht er leise, und auch ich spüre die Last des

Tages auf meinem Rücken. Ich lehne mich zurück und schließe ebenfalls die Augen.

»Und, wie geht es ihm?«

Ich fahre hoch, blinzle gegen das verschwommene Bild vor meinen Augen. Daniela steht da, frisch zurechtgemacht und weitaus ansehnlicher als noch vor zwei Stunden.

»Gut. Er schläft. Ich mach mich dann auch auf den Weg. Es ist spät.«

Ich nicke Sepp erschöpft zu, der hinter Daniela steht.

»Dann verlassen wir euch wieder«, flüstert er meiner Tochter zu.

»Wenn sich etwas Neues ergibt, dann meldet ihr euch. Okay?«, fordert Daniela angespannt.

»Sicher, Schätzchen. Pass du nur auf dich auf … und auch auf deinen Prachtkerl«, sage ich. Wie bestellt grunzt Kurt im Schlaf, und wir alle verkneifen uns ein Lachen.

Sepp und ich gehen zum Auto. »Ab zum Hias?«, fragt Sepp.

Ich nicke. »Aber zuvor noch die Briefe holen.«

Sepp braust los.

Was du heute kannst besorgen, das verschiebe nicht auf morgen, denk ich, als ich die Briefe in meine Handtasche stecke. Ein mulmiges Gefühl schleicht sich in meinen Magen. Hoffentlich ist es die richtige Entscheidung.

Es ist still und dunkel. Der ganze Hof liegt verlassen vor uns. Sepp und ich steigen aus. Die Schweine grunzen leise zur Begrüßung.

»Hias!«, rufe ich. Nichts. Wir gehen zur Haustür. Sie ist offen. Noch so ein vertrauensseliger Mensch wie ich.

Auch im Haus meldet sich keiner.

»In der Stube«, sagt Sepp.

Ich folge ihm. Es ist dunkel. Mir wird unheimlich zumute. Ein leichter Schüttelfrost lässt mich innerlich erzittern. Langsam gewöhnen sich meine Augen an das Dämmerlicht. Auf dem Tisch liegen mehrere Briefe und Fotos herum. Allem Anschein nach hat Hias sie ausgebreitet und betrachtet. Ein paar sind noch auf einem kleinen Stapel.

»Glaubst du, er hat gemerkt, dass welche fehlen?«

»Möglich. Leg sie einfach dazu. Mehr können wir momentan ohnehin nicht tun.«

Ich stimme murmelnd zu und fische die Briefe aus meiner Tasche. Vorsichtig lege ich sie auf den Stapel. Ich fühle mich um den Ballast eines Kleinwagens erleichtert. Da fällt mein Blick auf eine Skizze.

»Sepp«, keuche ich.

»Was ist?«, fragt er.

Ich deute auf das Bild.

Er beugt sich nach vorn und runzelt die Stirn. »Aber das ist doch …«, sagt er.

»Ja. Meiner Meinung nach ist es ein Bildausschnitt von diesem Foto, das mich so um den Verstand gebracht hat.«

Sepp nickt. »Könnte sein«, meint er.

Ich blicke die Skizze an. Da sind wir alle. Ich, Horst, das halbe Dorf und in der Mitte Jörg mit Zenzi und dahinter Hias. Nur dass Jörg zwar seinen Arm um Zenzi gelegt hat, diese aber ihre Hand nach hinten streckt und Hias sanft festhält. Selbst in den vereinfacht dargestellten Gesichtern steht eindeutig das Geheimnis geschrieben. Zenzi lächelt. Aber nicht etwa Jörg zu, sondern Hias. Auch wenn er mich festhält, halte ich an dir fest, sagt ihr Blick.

Ich schlucke, versuche, mich zu erinnern, ob es beim Foto genauso war oder ob Hias in seiner künstlerischen Freiheit etwas hineingedichtet hat. Sosehr ich mich auch bemühe, ich kann es nicht mit Sicherheit sagen. Was hätte mich aber sonst so beunruhigt und dann auch noch meine wirren Träume, wo es ebenfalls um Hände ging? Es muss etwas dran sein.

»Gehen wir«, fordert Sepp und erinnert mich daran, dass wir eigentlich ungebetene Gäste … sogar Eindringlinge sind.

Ich reiße mich von der Zeichnung los. »Er liebt sie«, sage ich beim Hinausgehen.

»Das mit Sicherheit«, sagt Sepp.

Wir steigen ungehindert ins Auto, und ich hänge meinen Gedanken nach. Hias liebt Zenzi und sie ihn augenscheinlich auch … zumindest sieht er es so. Ich muss dringend noch mal mit ihm reden. Vielleicht hat er ja doch Jörg im Streit – ich stöhne innerlich. Der Gedanke ist einfach zu belastend.

»Willst du nach Hause oder lieber bei mir übernachten?«, fragt mich Sepp aus heiterem Himmel.

Ich blicke erschrocken auf. Ich war so mit Hias beschäftigt, dass mir gar nicht aufgefallen ist, wie weit wir uns schon vom Hof entfernt haben.

»Ich möchte eigentlich nicht zu dir nach Hause«, antworte ich. Sein enttäuschtes Gesicht verpasst mir einen Stich ins Herz. »Nicht wegen dir. Ich will gern mit dir gemeinsam die Nacht verbringen. Es gibt noch so viel zu reden. Aber bei dir zu Hause sind Raphael, Kalina und Luba. Mir ist es unangenehm, wenn sie wissen, dass wir miteinander …«

»… einfach nur reden«, lacht Sepp. »Meine Güte, Rosi! Dass du so altmodisch bist, wusste ich noch gar nicht.«

»Ich bin nicht altmodisch. Du hast eben keine Kinder und verstehst nicht, wie das ist!«

»Schon gut. Entschuldige bitte. Wahrscheinlich habe ich wirklich keine Ahnung davon.« Er sieht betroffen aus und schrecklich traurig.

»Hmm«, brumme ich versöhnlich. »Aber deine Gesellschaft ist mir schon angenehm.«

Sepp versteht die Andeutung und setzt einen wissenden Blick auf. »Stimmt. Vielleicht wäre es der Dame dann ebenfalls angenehm, wenn ich die Nacht in ihrem werten Heim verbringen würde. Selbstverständlich auf der Couch und rein aus sicherheitstechnischen Gründen«, meint er gespielt vornehm.

»Du kannst ganz schön doof sein«, lache ich und boxe ihn in den Oberarm. »Aber auch lieb. Und ich nehme das Angebot gern an.«

»Sehr schön«, freut sich Sepp. Wir biegen ab und fahren direkt zu mir nach Hause. Ich richte uns eine kleine Mahlzeit her.

»Denkst du noch über diese Zeichnung nach?«, fragt mich Sepp beim Abendessen.

»Ja, auch. Und anderes«, antworte ich.

»Glaubst du, dass dich die Skizze je in Ruhe lassen wird, oder wird sie dir für immer und ewig im Kopf herumspuken?«

»Ich weiß auch nicht. Manchmal wünsch ich mir nur, dass ich einfach vergessen kann oder wenigstens lockerlassen. Aber wer kümmert sich um alles, wenn ich es nicht tue?«, frage ich.

Statt einer Antwort beugt sich Sepp nach vorn und küsst mich am Hals.

»Keine Ahnung. Beim Vergessen würde ich dir aber gern helfen, wenn du willst«, haucht er.

Mir läuft ein Schauer über den Rücken, und ich schließe die Augen. »Ich will«, flüstere ich, und statt über anderer Probleme weiterzureden, kümmern wir uns nur um uns selbst.

Man lernt nie aus. Ich dachte immer, es sei ein gewaltiger Unterschied, ob man nun sechzehn ist, verliebt und die erste Nacht gemeinsam verbringt oder zweiundsechzig. Doch Irren ist menschlich. Und ich bin auch nicht davor gefeit. Im Nachhinein weiß ich, dass es keinen, aber auch gar keinen Unterschied gibt. Ja, der Körper ist anders, aber das Sehvermögen auch – zum Glück. Und ja, man hat im Laufe des Lebens viele Erfahrungen gemacht und weiß, was einem guttut … doch das alles ist nebensächlich. Am Ende bleiben, wie auch mit sechzehn, zwei schrecklich nervöse Menschen übrig, mit all den Ängsten, Hoffnungen und Erwartungen … und dann, klappt es irgendwie. Und zwar ziemlich genauso wie als junger Mensch. Das erste Mal mit einem neuen Mann ist nie besonders aufregend. Dafür ist man selbst zu aufgeregt. So sehr, dass man das Wesentliche beinahe verpasst. Eines weiß ich aber jetzt. Sepp ist geheilt. Meine Therapie hat angeschlagen. Viel schöner als dieser Erfolg ist aber das Jetzt.

Der Morgen graut, und ich bin nicht allein.

Sepp liegt neben mir, und sein ruhiger Atem verrät mir, dass er noch schläft. Die ganze Nacht hielten wir die Hände ineinander verschränkt. Nun sind meine Finger zwar steif, aber ich will diese Geste der Zärtlichkeit, der beginnenden Verbundenheit nicht lösen. Viel zu kostbar ist mir der Moment.

Ich betrachte den Mann, der nun bei mir ist. Einen Moment lang wird mir eng ums Herz. Horsts Bild flackert vor meinen Augen auf. Erinnerungen an die vielen gemeinsamen Jahre, die Tausenden Stunden, die er neben mir gelegen hat. Ich schließe die Lider. Zweifel nagen an meinem Herzen, bringen es aus dem Takt. Ist es falsch von mir, einen neuen Mann in mein Leben zu lassen? Verletze ich damit, was einst zwischen mir und Horst war? Meiner großen Liebe, meiner Lebensliebe? Ich atme tief ein, doch die Luft scheint zu wenig zu sein. Dann, wie in einer Vision, sehe ich Horsts Gesicht vor mir. So klar und deutlich wie seit seinem Tod nicht mehr. »Liebe vermehrt sich, wenn man sie teilt«, sagt er lächelnd und verblasst.

Wie recht er doch hat. Meine Liebe zu ihm wird nicht weniger, nur weil ich einen anderen Mann auch in mein Herz lasse. Eine Träne stiehlt sich in meine Augenwinkel. Mir wird leichter. Ich fühle mich geradezu gelöst. Als ich blinzle, sieht mich Sepp besorgt an.

»Alles in Ordnung?«, fragt er, löst seinen Griff und wischt die Träne vorsichtig weg.

»So gut wie schon lange nicht mehr«, antworte ich.

Am liebsten würde ich mich jetzt dem Glücklichsein hingeben. Aber es gibt einiges zu bereinigen. Immer wieder sehe ich an diesem Tag verstohlen zum Telefon hinüber. Ich muss nicht nur endlich mit Hias geistig abschließen, sondern auch die Sache mit Peter klären, dringend. Selbst wenn nichts zwischen uns war, was ihm Grund zur Hoffnung geben könnte, fühle ich mich unwohl. Klarheit und Ehrlichkeit sind zwei der wichtigsten Charaktereigenschaften an einem Menschen.

»Machst du dir um Raphael Sorgen? Oder wieder wegen Hias«, fragt Sepp.

»Beides. Wobei ich ehrlich versuche, diese dummen Briefe wirklich zu vergessen«, antworte ich wahrheitsgemäß. »Und was Raphael betrifft. Es wäre mir leichter ums Herz, wenn die

Kerle, die meine Familie bedrohen, hinter Schloss und Riegel säßen.«

Sepp nickt. »Mir auch. Vielleicht sollten wir deinen Sohn noch einmal ausfragen. Kann doch sein, dass er weiß, wie man seinen Exchef überführen könnte. Manchmal hat man keine Ahnung, dass man die Lösung bereits kennt.«

»Demnach gehst du fest davon aus, dass dieser Huber hinter allem steckt?«, frage ich nach.

»Du etwa nicht? Also, was meinst du, machen wir einen Abstecher ins Herzkasterl?«

Ich lache. »Wenn ein anderer Mann das vorschlagen würde, dann hätte ich ernsthafte Bedenken, ob die Beziehung noch passt ... aber bei dir ... Gut, fahren wir.«

Sepp grinst. »Als ob du einen anderen Mann auch nur in die Nähe meines Geschäfts kommen lassen würdest.«

Ich zucke die Schultern. »Bei dir muss ich keine Angst haben, dass du über eines der hübschen jungen Mädchen herfällst.« Dabei sehe ich gespielt ernst auf die Region zwischen seinen Beinen.

»Nein. Ich steh nur auf eine Frau, und die heißt zufällig Rosi, ist unglaublich attraktiv, liebenswürdig und nett. Mit meiner Rosi kann kein Mädchen der Welt mithalten. Nicht einmal im Herzkasterl.«

»Schmeichler«, sage ich, gebe mich aber mit Freuden seinem Kuss hin. Was die Liebe nicht alles bewirkt. Ich fühle mich jedenfalls wie zwanzig, allerhöchstens dreißig, vielleicht auch wegen der Röte, die Sepps Lippen auf meine Wangen zaubert.

Raphael ist etwas überrascht, als Sepp und ich gemeinsam zur Tür der Garçonnière hereinspazieren. »Wo seid ihr gewesen?«

»Zu Hause«, antworten Sepp und ich gleichzeitig. So viel also zur Diskretion. Aber besser, die Karten liegen auf dem Tisch.

»Also seid ihr jetzt fix, äääh ... liiert?«

Ich werfe zuerst Sepp einen Blick zu, und als er nickt, schließe ich mich an.

»Dachte ich mir schon«, sagt Raphael.

»Wo ist deine Frau?«, frage ich.

»Unten bei Luba und dieser Silvana. Es ist ziemlich eng hier und na ja, da tut es gut, wenn mal Abstand herrscht.«

»Streit?«

Raphael zuckt die Schultern. »Sie hat Angst. Ich auch irgendwie, und wir befinden uns nun einmal in einer Scheißsituation. Das zerrt an den Nerven. Bevor du dir aber unnötig Sorgen machst, Mama ... Kalina und ich gehören zusammen, auch wenn es momentan schwierig ist.« Er seufzt. »Wenn doch der Huber einfach einen Fehler machen und die ganze Bande hochgehen würde.«

»Darüber wollen wir mit dir reden«, sagt Sepp. »Komm mit zu mir ins Wohnzimmer, ich schenk uns was zu trinken ein, und dann erzählst du uns alles ... wirklich jedes Detail, das du über deinen Exboss weißt. Ich kenne keinen Menschen, der nicht irgendwo eine Schwachstelle hat. Wenn wir die finden, haben wir ihn am Kragen.«

Das Gespräch gestaltet sich schwieriger als erahnt. Raphael fällt nichts ein, womit wir Herrn Huber unter Druck setzen könnten.

»Manchmal nach der Arbeit ein Bier zu viel, Kontakt zu Bordellen in Bulgarien und zwei uneheliche, aber anerkannte Kinder sind kein Verbrechen«, meint Sepp schließlich.

»Sag ich doch ... und dass er bei den bezahlten Damen eher auf die härtere Nummer steht, auch nicht«, seufzt Raphael erschöpft und trinkt seinen Whisky in einem Zug aus.

»Wie jetzt? Was bedeutet härtere Nummer?« Sepp wird hellhörig und fragt neugierig nach.

»Na ja, dieses ganze Peitschen-Handschellen-Dings eben. So wie deine Silvana. Er hat sich auf unserer Reise nur solche Weiber bestellt.«

»›Weiber‹ will ich in meinem Haus nicht hören. Aber was du sonst erzählt hast, ist interessant. Höchstinteressant sogar. Der liebe Herr Huber wird also gern in die Mangel genommen. Dieses Wissen erweist sich bestimmt als sehr nützlich. Lasst mich kurz nachdenken.« Sepp verfällt in eine Art Winterstarre. Tiefe

Falten kräuseln sich auf seiner Stirn. Er blinzelt nicht einmal, sondern fixiert bloß sein leeres Glas. Raphael und ich schweigen. Weder er noch ich wagen es, Sepp zu unterbrechen.

Ich höre mein eigenes Herz schlagen. Langsam, ruhig, aber angespannt bis aufs Letzte. Meine Gedanken rasen hingegen wie verrückt. Kaum dass ich den Hauch einer Lösung zu sehen meine, verschwimmt sie vor meinen Augen.

»Ich hab's«, ruft Sepp aufgeregt und springt auf. Er hastet zur Tür hinaus, und seine Schritte poltern die Treppe hinunter.

»So, wie er rennt, bricht das Haus gleich in sich zusammen«, meint Raphael und versucht dabei amüsiert zu klingen. Doch aus meinem sonst so sorgenfreien, etwas zu kurzfristig denkenden Jungen ist binnen weniger Tage ein viel zu ernsthafter Mann geworden. Ich stehe auf und setze mich zu ihm aufs Sofa. Seine Schultern fühlen sich hart an in meinen Armen, und nur ganz langsam löst er sich aus seiner Verspannung.

»Es ist so verdammt schwer, Mama!«, klagt er leise.

»Ich weiß, Junge. Die Liebe ist niemals einfach, aber sie ist jede Schwierigkeit wert.«

Er nickt gedankenverloren. In diesem Moment stürmen Sepp, Kalina, Luba und Silvana zur Tür herein.

»Stoppt dieses Trübsalblasen, denn nun wird alles gut. Ich habe einen Plan«, lacht Sepp.

Bevor er seine Idee erläutert, holt er erst einmal mehr Whisky und schenkt eine Runde aus. Seine Idee ist so brillant, dass ausnahmsweise Kalina mit ihrem Wasser mit anstoßen darf. Trotz möglicher hässlicher Enkelkinder.

»Ein Prost auf Sepp!«, sage ich voller Stolz. Wir trinken, und dann leitet Sepp alles Weitere in die Wege.

Mit Zuckerbrot und Peitsche

Tipps bei Schnupfen
Inhalieren von Kamillenteedampf • Nase mit Salzwasser spülen • Extra viel trinken, damit sich der Schleim verdünnt • Hühnerbrühe mit einem Hauch Ingwer und reichlich Petersilie, Wacholderbeeren, Karotten, Lauch und Sellerie

Zwei Tage lang dauern die Vorbereitungen. Ich komme gar nicht recht zum Grübeln, und alles andere rückt in den Hintergrund. Es ist schon schwer genug, mein Leben so normal wie möglich weiterzuführen. Die schmerzgeplagten Kunden strömen unwissend in die Stube, lassen sich massieren, einrichten, die Hände auflegen oder Naturrezepte verschreiben, obwohl mein Dasein ein einziger saugender Strudel ist. Aber so wird das Gedankenkarussell in meinem Kopf wenigstens zeitweise unterbrochen. Meine Stimmung könnte besser sein. Der tägliche Besuch im Krankenhaus trägt jedenfalls nicht zur Laune bei. Kurt geht es zwar schon wieder besser, und er darf nach Hause … aber sein Anblick hält mir dauernd vor Augen, wie gefährlich die Situation tatsächlich ist. Deshalb fassen Sepp und ich auch einen schweren Entschluss. Um die Sicherheit von Raphael und Kalina nicht zu gefährden, halten wir uns zurück. Wir telefonieren viel, sehen uns aber nicht. Und das ist verdammt schwer, jetzt, wo wir endlich ganz zueinandergefunden haben. Aber was bringt schon das beste Versteck, wenn ein guter Beobachter feststellen könnte, dass Sepp meinen Sohn beherbergt?

Zu allem Überfluss meldet sich gerade jetzt, wo sich die Lage zuspitzt, auch noch Peter. Er will sich mit mir treffen. Zum Glück sieht er nicht, wie ich die Augen verdrehe, aber der Druck momentan ist einfach nur unerträglich. Um nicht auch noch mit ihm in eine Diskussion zu schlittern, verabrede ich mich schließlich für Sonntag. Zum Mittagessen. Bis dorthin hat sich die Raphael-Angelegenheit hoffentlich erledigt.

Kaum dass ich den Telefonhörer aufgelegt habe, beginnt es erneut zu klingeln. Ich seufze.

»Ja, was ist denn noch?«, frage ich. Es ist aber Sepp. Beim Klang seiner Stimme wird mit sofort warm.

»Ich wollte dir nur Bescheid geben, dass Herr Huber angebissen hat. Die Polizei ist auch schon informiert und verwanzt gerade alles.«

»Echt jetzt? Silvana hat es geschafft?«

»Ja. Willst du kurz mit ihr reden? Sie steht hinter mir.«

Ich brumme. Sepp gibt den Hörer weiter.

»Und?«

»War ganz einfach«, erklärt mir die Domina im rauchigen Tonfall. »Alles so, wie Raphael sagte. Huber war in seiner Lieblingsbar, und ich bin dort erschienen. Er auf Anhieb interessiert.«

»Das kann ich mir gut vorstellen.« Vor meinem geistigen Auge läuft ein Film ab. Silvana, wie sie gestylt in Lack und Leder und dem Auftreten einer Diva die schäbige kleine Bar betritt und den ganzen Raum mit ihrer Anwesenheit einnimmt. An der Bar ein hechelnder Huber, der sich tief in seinem Inneren nach der Leitung einer strengen Frau sehnt. Ein vorhersehbares Spiel mit klarem Ausgang.

»Er mich eingeladen auf Getränk und ausgefragt. Ich habe gesagt, dass ich sein Domina und meine Spezialitäten erwähnt. Dann ich ihm befohlen, bei mir Termin machen. Und voilà: Morgen Abend bekommt Herr Huber seine wohlverdiente Strafe.« Silvana lacht.

Ich kichere. Wir Eingeweihten wissen, dass diese Bestrafung so ganz anders ausfallen wird, als Raphaels Exchef es sich erhofft. »Großartig, Silvana. Einfach nur prima. Danke.«

»Ich geb dir noch mal Sepp«, sagt Silvana etwas forsch.

»Hallo, Rosi.«

»Hallo, Sepp.« Meine Güte, wie die Kinder reden wir miteinander.

»Sollen wir morgen alle zu dir kommen? Der Polizeichef fände es besser, uns aus der Schusslinie zu wissen.«

»Der Schmiedinger … natürlich will er uns weghaben und die Lorbeeren für unsere Idee allein einstreichen«, meine ich.

»Ja, aber egal ist es auch. Hauptsache, deine Kinder werden nicht mehr bedroht. Außerdem hab ich etwas Spezielles ausgehandelt mit ihm. Weil er mir doch etwas schuldig ist. Du weißt schon …«

Ich atme tief ein. »Und was ist deine Spezialvereinbarung?«, presse ich hervor.

»Wir würden die ganze Show frei Haus geliefert bekommen, in Farbe, mit Ton.«

»Nein!«

»Doch. Die neue Technik macht es möglich. Wir bekommen einen kleinen Fernseher und würden demnach das große Finale live mitverfolgen können. Einzige Bedingung ist, dass wir aus der Bahn gehen und niemandem ein Sterbenswörtchen erzählen. Was sagst du jetzt? Wollen wir uns die Übertragung nun bei dir ansehen oder lieber irgendwo in der Nähe des Puffs darauf warten, ob wir etwas mitbekommen?«

»Ist das überhaupt legal? Wegen der Menschenrechte und so?«, will ich wissen.

»Wahrscheinlich nicht. Nein, sogar ganz sicher nicht. Aber es wird auch keiner wissen, oder? Unsere Lippen bleiben versiegelt. Der Schmiedinger tut uns bloß einen klitzekleinen Gefallen, keiner erfährt's, keiner kommt zu Schaden, uns geht es dadurch besser, und gut ist's.«

Ich denke einen Moment nach. Sollen Menschenrechte ruhig Menschenrechte sein. Um uns hat sich der schmierige Versicherungsmensch auch nicht geschert. Also … Wahrscheinlich liegt Sepp richtig. »Fein. Dann kommt ihr morgen zu mir.«

»Wir sind am frühen Nachmittag da. Ich vermisse dich.«

Der plötzliche Themenwechsel beschert mir eine Gänsehaut. »Ich dich auch«, gestehe ich heiser.

Seine Atemzüge dringen durch die Telefonleitung an mein Ohr, und ich meine, sie sogar leicht in meinem Nacken zu spüren. »Bis morgen«, japse ich knapp.

»Bis morgen.«

Klick. Er hat aufgelegt. Ich halte den Hörer noch eine Weile in der Hand und sehe ihn mit den Blicken eines verliebten Mädchens an.

Diese Nacht schlafe ich schlecht. Wirre Traumgestalten huschen durch meinen Geist und zeichnen noch verworrenere Bilder.

Ein Friedhof. Ich bin dort mit Sepp. Sepp verwandelt sich in Horst, dann in Peter. Raphael und Kalina stehen vor einem Grab und betten mein Herz zur letzten Ruhe. Ich schreie. Niemand hört mich. Die Gestalten rund um mich werden grau und verblassen langsam. Ich sehe auf den Grabstein vor mir. Doch nicht mein Name steht darauf, sondern die Namen der Menschen, die mir etwas bedeuten. Ich bin allein. Vollkommen allein.

Ich schreie mit voller Kraft und wache endlich auf. Schweißgebadet sitze ich im Bett und zittere. Meine ureigensten Ängste haben mich im Traum belagert. Das Schlimmste für mich wäre es, jemanden zu verlieren, den ich liebe. Horsts Tod hat mich zu einer arbeitswütigen und nur nach außen offenen Person gemacht. Mein Herz aber war verkapselt, und erst ungewöhnliche Umstände haben es aufgeweicht. Sepp hat meine harte Schale geknackt, und nun bin ich verletzlicher als je zuvor.

Ich atme tief ein und stehe auf. Die Müdigkeit einer schlechten Nacht knabbert an meinen Knochen, aber ich habe viel zu tun. Für den Fall des Falles will ich alle Zimmer vorbereitet wissen. Vielleicht müssen alle bei mir übernachten … Unsympathisch wäre mir der Gedanke jedenfalls nicht.

Gitti taucht kurz vor Mittag auf. Ihre Nase ist noch knallrot, und ihre Augen halten im Farbton mit, aber sie ist fieberfrei und höchst interessiert an den neuesten Neuigkeiten. Immerhin befinden wir uns inmitten eines echten Dorfkrimis. Ich informiere sie beim Kaffee, die Live-Übertragung verheimliche ich jedoch. Je weniger Personen Bescheid wissen, desto besser ist es. Außerdem würden dann keine zehn Pferde Gitti davon abhalten, dabei zu sein.

»Das ist ja ein Ding«, meint sie schließlich und kramt aus ihrer Tetra-Pak-Tasche ein weiteres Taschentuch hervor. Ein richtiger Schnäuz-Fetzchen-Berg türmt sich schon auf meinem Tisch. Sie niest. »Ein echter Polizeigroßeinsatz. Rosi, du bist besser als jeder ORF-Tatort. Und das, obwohl du dich gar nicht mehr um Hias' Dilemma kümmerst.«

Ich nicke. »Leider. Welches Dilemma?«

Gitti legt ihren Arm tröstend um mich. »Ach, der Wimmer hat tatsächlich das halbe Dorf unterschreiben lassen. Sie wollen, dass der Hias den Hof verkauft und wegzieht. Einen Mörder will keiner unter sich haben … auch wenn er vielleicht gar keiner ist.« Gitti gluckst. Anscheinend findet sie es komisch, dass die Selbstjustiz überhandnimmt.

»Gitti!«, schimpfe ich und lasse gleichzeitig meine Schultern hängen. »Wenn das mit Raphael vorbei ist, rede ich mit dem Wimmer. Ich kann mich doch nicht um alles gleichzeitig kümmern.«

Gitti lacht. »Ach, so tragisch wird es schon nicht sein. Soll der Wimmer mit seinem Zettel doch herumfuchteln. Was sollte er sonst schon damit anstellen können?«

Ich presse die Lippen fest aufeinander. Die Briefe und die Skizze des Fotos tauchen vor meinem geistigen Auge auf. Hoffentlich hat Gitti recht. Sie plappert jedenfalls leichthin weiter, ganz so, als würde sie über Fernsehfiguren und nicht über echte Menschen reden.

»Vergiss den Hias und denk an Raphael. Wirst schon sehen. Nachdem die Verbrecher hinter Gittern sind, beginnt eine Rosamunde-Pilcher-Romanze für dich. Ich hab auch schon einen passenden Titel: Kräuterrosi findet das Liebesglück. Was meinst du? In den Hauptrollen die Kräuterrosi und der Bumshütten-Sepp.«

Ich remple sie an und lache. »Und du drehst den Film mit versteckter Kamera, wie ich dich kenne.«

»Natürlich.« Sie niest erneut, und ein weiteres Taschentuch landet auf dem Haufen. Auf diese Weise baut sie in den nächsten Stunden noch das Modell des Himalajagebirges.

»Du gehörst zurück ins Bett, meine Liebe. Mit so einer Grippe ist nicht zu spaßen.«

»Zu Hause ist es so langweilig. Alfons guckt den ganzen Tag Nachrichten, und ich kann bei dem Lärm nicht einmal schlafen.

Außerdem würde ich gar keine Neuigkeiten mehr erfahren. Du rufst mich ja nicht an.«

Der Vorwurf ist unmissverständlich. Ich tätschle ihr den Rücken. »Weißt du was, meine liebe Gitti? Ich werde mich ganz verlässlich bei dir melden, sobald der Einsatz vorüber ist. Versprochen.«

»Egal zu welcher Uhrzeit?«, zweifelt sie.

»Ich läute dich aus dem Bett, sogar noch um halb zwei mitten in der Nacht.«

Gitti lächelt zufrieden und verteilt ihre Bazillen mit einem weiteren Niesanfall in der Raumluft. Mir wird es endgültig zu anstrengend mit ihr. Ich liebe sie, ohne Frage, aber mein Kopf ist eigentlich mit Wichtigerem beschäftigt, als ihr den Informanten und Unterhalter zu mimen. Also rate ich ihr abermals zur Ruhepause im Bett. Sie gibt sich geschlagen, schnappt ihre Safttüten-Tasche, hinterlässt mir aber freundlicherweise das Schnäuz-Gebirge. Ich begleite sie zur Tür hinaus und winke ihr nach, als sie wegfährt. Der Himmel ist wolkenverhangen, und der Geruch von Regen liegt in der Luft. Wie passend. Ich seufze leise. Eine alte Weisheit kommt mir in den Sinn: Nach jedem Regen kommt der Sonnenschein zurück. Möglicherweise braucht es ein ordentliches Gewitter, um alles wieder ins Lot zu bringen. Ich nicke mir zu, versorge schnell meine Hühner, um dann wieder nach drinnen zu gehen, bevor ich von oben gegossen werde. In meinem Alter hilft nicht einmal mehr ein Frühlingsregen und ein Sommerregen erst recht nicht. Es hat sich ausgewachsen. Man wird bloß von Jahr zu Jahr kleiner.

Wie vereinbart trudeln Raphael, Kalina und Luba am frühen Nachmittag bei mir ein. Kalina gleicht einem Stück Butterkäse, mehr weiß als gelb im Gesicht. Sogar ihre Lippen schimmern bläulich. Ich koche sofort Tee.

Luba hingegen ist das sprühende Leben. »Ich so froh, wenn Bastard geschnappt!«, sagt sie im Fünf-Minuten-Abstand.

Und Raphael … Ja, mein Sohn hat sich vom einstigen Lebemann zum fürsorglichen Ehemann entwickelt. In meiner Brust schwillt der Stolz. Ein wärmendes Feuer aus Liebe und dem

Gefühl, alles richtig gemacht zu haben. Am liebsten würde ich es ihm sagen, aber ich habe meine Zweifel, ob es nicht zu viel des Guten wäre.

Luba gibt erneut ihren Standardsatz zum Besten.

»Es wird alles gut gehen«, versichere ich mit heiserer Stimme und blicke zum gefühlt hundertsten Mal auf die Uhr.

Der Regen hat wie vorhergesehen eingesetzt, und der Nachmittag wirkt einfach nur trübe. Ich stöhne in dem Moment, als die Haustür quietschend aufgeht.

»Sicher Sepp und die Bullen«, sagt Raphael.

Ausnahmsweise gehe ich in den Flur, um nachzusehen, ob er recht hat. Das sind wohl meine Nerven, die mich dazu treiben. Ich atme erleichtert auf, als ich ihn sehe. Sepp schleppt einen Monitor, und die junge Polizistin, die sonst Schmiedingers Sekretärin mimt, trägt ein seltsames Kästchen mit einer runden Antenne.

Ich halte den beiden die Tür auf. Sepp haucht mir im Vorübergehen einen Kuss auf die Wange. Sein würziger Duft steigt mir in die Nase, und mich verlangt nach mehr. Kann man so schnell süchtig werden? Süchtig nach einem Mann?

Sepp und Andrea, die unscheinbare Polizistin, installieren in Windeseile die Miniüberwachungsstation. Man sieht in wahnsinnig schlechter Qualität Silvanas Arbeitsraum. Mir wird zum ersten Mal bewusst, dass ich gleich etwas sehen werde, das ich nie sehen wollte. Ich! In Gottes Namen! Ich habe doch noch nicht einmal einen anständigen Porno geguckt, und jetzt soll ich gleich so ein Sado-Sex-Dings mitverfolgen. Ich schüttle den Kopf.

»Was nicht in Ordnung?«, fragt Andrea.

Ich schlucke schwer und deute auf den Bildschirm. »Schon gut, ich weiß nur nicht, ob ich so etwas überhaupt beobachten will.« Andrea nickt verständnisvoll.

Ich spüre Sepps Arm um meine Schultern. »Keine Angst, Liebling. Mit herkömmlichem Sex hat das bei Silvana nichts gemein. Es handelt sich vielmehr um einen Kostümfilm mit ordentlich Haue auf den Popo. Und wenn du nicht willst, dann lassen wir es ganz. Wir erfahren dann im Nachhinein, wie es gelaufen ist.«

»Nein! Nicht ausmachen. Will sehen, wie Arschloch bekommt Dresche!«, sagt Kalina mit fester Stimme und verbissenem Gesichtsausdruck. Es ist einfach nur zum Losprusten, wie sich die junge Bulgarin für die kleine Filmvorführung starkmacht.

»Außerdem hat es kaum einer sonst so ehrlich verdient, ein paar auf den Hintern zu bekommen. Schon allein wegen der geprellten Versicherungskunden«, bekräftigt nun Raphael.

Ich kichere und verpasse ihm einen leichten Klaps. »Na, dann wollen wir mal sehen, wie der Huber versohlt wird«, sage ich und werde rot dabei.

»So ist's recht«, meint Sepp, und wir versammeln uns alle um den Küchentisch, um dem bald beginnenden Spektakel zu folgen. Die Nervosität im Raum ist schier greifbar. Ein dichter Nebel aus Anspannung, von dem man glaubt, ihn anfassen zu können, und dann hinterlässt er doch bloß das klamme Gefühl auf den Händen. Nur dass auch unsere Herzen klamm sind und bang den nächsten Stunden entgegenschlagen.

Ich halte Sepps Hand so verkrampft, dass mir die Finger wehtun.

»Es dauert noch. Ist viel zu früh«, erklärt er, und ich beschließe, lieber etwas Vernünftigeres mit der Wartezeit anzustellen, als mir steife Fingerglieder zu holen.

»Tee, Kaffee, Härteres?«, frage ich in die Runde und nehme die Wünsche entgegen. Das Hantieren mit den Küchengeräten und dem Geschirr beruhigt mich, und so serviere ich ein Getränk nach dem anderen. Für mich gibt es eine frische Tasse Katzenkotkaffee, den mir die Post vor ein paar Tagen gebracht hat. Ich muss sogar ein wenig grinsen, als ich die exklusive Brühe auf den Tisch stelle. Der nächste Kaffeeplausch mit Gitti wird bestimmt lustig. Mal sehen, welche Seite in ihr gewinnt, der Genuss oder der Ekel. Mich freut es jedenfalls, wieder Kopi Luwak im Haus zu haben.

Außerdem stört es die Menschen herzlich wenig, wenn sie Würste essen, bei denen die Haut oft aus Darm besteht. Beim

Kaffee jedoch würden sie lieber auf die kleine kulinarische Freude verzichten. Ich aber nicht. Ich esse Darmwürste und trinke Kotkaffee, wenn ich Lust dazu habe. Basta.

Ich setze mich ganz nah an Sepps Seite und nehme wieder seine Hand. Er will gerade etwas sagen, als sich das Bild am Bildschirm verändert.

»Geht los!«, keucht Raphael und reißt die Augen dabei auf wie ein Karpfen das Maul.

Wenn es nicht so tragisch wäre, dann wäre es zum Schreien komisch. Ich habe es schon immer vermutet. Die wirkliche Macht liegt in den Händen der Frauen. Männer werden zu sabbernden kleinen Babys, wenn vor ihnen die Richtige steht. Und wie es scheint, ist Silvana haarscharf die Richtige für den Huber und genau das, was der Versicherungsheini braucht. Bild- und Tonqualität lassen zwar zu wünschen übrig, aber die Situation ist doch so eindeutig, dass man mit etwas Phantasie alles erkennen kann.

Huber trägt ein Hundehalsband samt Leine und eine Unterhose, Marke scheußliches Feinripp-Altherren-Teil. Wie ein Hündchen kriecht er auf allen vieren seiner Herrin hinterher.

Silvana hingegen steht aufrecht in Lack und Leder vor ihm und schwingt ihre Peitsche. Sie ist eine rot-schwarz glänzende Diva, mehr Göttin als Frau.

»Du warst böse!«, sagt sie im strengen Ton, und ein kaum vernehmbares Lächeln huscht ihr über das Gesicht.

»Sehr böse, Herrin«, antwortet Huber.

»Du gehörst bestraft«, meint Silvana gleichgültig.

»Bitte!«, wimmert Huber.

»Bitte was, du ungezogener Köter?!«, fährt Silvana ihn an und lässt die Peitsche knapp neben seiner Wange auf den Boden knallen. Huber lechzt. Ich unterdrücke ein Kichern.

»Bitte, bestrafe mich, Herrin!«

Silvana schreitet um den am Boden kauernden Huber herum. Ihr Haupt trägt sie hocherhoben, ihr Körper ist straff, und die ganze Frau strahlt eine imponierende Autorität aus. So schnell, dass ich es fast übersehe, lässt sie die Peitsche auf Hubers Hintern niederzischen.

Dieser juchzt vor Freude. »Danke, Herrin.«

Schon steht Silvana wieder vor ihm. »Leck mir Stiefel, du Hund!«, sagt sie.

»Gern!«

»Gern was?«

Wieder saust die Peitsche hernieder und streift nur leicht den Po des enttäuschten Huber.

»Gern, Herrin!«

»Gutes Hündchen!«, lobt Silvana und setzt sich mit einer Grazie, die filmreif wäre, aufs Bett. Sie hält ihm die Füße entgegen. Huber leckt. Dann sieht er auf.

»Ich war ein schlimmes Hündchen«, jammert er plötzlich grundlos.

»Ja, bestimmt warst du! Du gehörst bestraft. Aber bist du nicht wert!«

Sie drückt ihn mit dem Stiefel weg und macht es sich auf dem Bett bequem.

»Bitte, Herrin!« Mir tut der Huber ein klein wenig leid, wie er da so jammert und fleht und nicht die Haue bekommt, die er sich wünscht. Er kauert jetzt auf dem Boden und wagt es gar nicht mehr aufzublicken. Aber Silvana verhält sich gleichgültig.

Ich halte den Atem an und werfe einen schnellen Blick in die Runde. Alle starren gebannt auf den Bildschirm. Eine gefühlte Ewigkeit tut sich nichts, dann ertönt Silvanas Stimme wie ein erlösender Glockenschlag.

»Du willst wohl auf Bett, hmm?«, säuselt sie fast.

Huber richtet sich auf und legt die Hände auf die Bettkante, als wären es Pfoten. »Bitte, Herrin!«

»Wedel mit dem Schwanz!«, befiehlt sie, und schon beginnt der Versicherungschef, wie wild mit seinem Hinterteil zu wackeln.

»Darf ich, Herrin?«, jault er.

»Wer hat gesagt, du sprechen? Ich nicht!«, schreit Silvana und lässt dieses Mal die Peitsche hart auf seinen Rücken knallen. Ich verziehe schmerzvoll das Gesicht, während der Huber erleichtert aufstöhnt.

»Du warst böse! Was hast du getan?«, zischt Silvana.

»Ich habe gesprochen, Herrin!«

Sofort ändert sich Silvanas Tonfall.

»Das hast du! Erzähl mir, wo du noch schlimm warst.« Sie schmeichelt jetzt, lässt die Peitschenspitze ganz sanft über Hubers Rücken gleiten. Er stöhnt.

»Wo du böse, hmmm?«

»Ich habe betrogen!«, keucht er.

»Ja?«, fragt Silvana und beginnt, ihn im Nacken zu kraulen.

»Ja, meine Kunden. Um Geld, um viel Geld! In der Versicherung. Herrin!«, seufzt dieser. Silvana beginnt, ihn mit der Peitsche abwechselnd zu tätscheln und zu schlagen.

»Böser Hund. Aber ein bisschen Geld betrügen ist doch nur Kleinigkeit. Ich schon hatte wirklich böse Hunde. Du bist nichts.«

Sie hört mit dem Gekraule auf und lässt sich scheinbar gelangweilt aufs Bett zurücksinken.

»Nein, Herrin, ich bin böse. Wirklich. Böse. Böse. Böse.«

»Aha?«

Silvana beugt sich verheißungsvoll nach vorn, heuchelt Interesse.

Der Huber reagiert prompt und sabbert fast vor Vorfreude. »Ich hab Menschen bedroht und …« Huber schweigt abrupt. Die Peitsche saust nieder. Huber stöhnt.

»Böser, böser Hund. Du nicht verdient auf meinem Bett!«, zischt Silvana.

Huber jault auf. »Bitte, Herrin. Nur bei den Füßen.«

Sie tritt ihn sachte vom Bett und stellt sich wieder vor ihn hin. Wie die Rachegöttin in Person. »Du bist schwach. Schwacher, schlechter Hund. Böser Hund. Du betrügen und bedrohen. Alles Babykram! Ich kann auch bedrohen. Du kein echter Hund, du Schoßhündchen!«

»Ich Schoßhündchen, Herrin!«, wimmert Huber nun und nimmt dabei Silvanas Grammatik an. Die Situation läuft meiner Meinung nach schon aus dem Ruder, so verängstigt, wie der Versicherungsboss jetzt wirkt, kann er wohl kaum etwas aussagen.

Aber da tritt die sanfte, hypnotische Silvana wieder zum Vorschein. »Bist du richtiger Hund? Böser Hund? Willst du auf Bett?«, verführt sie ihn und streicht mit der Peitsche seinen Po entlang.

Huber sieht auf und leckt sich die Lippen. »Ich bin ganz böser Hund, ich habe meine Kunden betrogen, meine Mitarbeiter und die Bullen ausgetrickst, und diesen Raphael, der mir mit seiner blöden Aussage noch alles verderben könnte, bin ich auch bald los.«

»So?« Silvana beugt sich vor, ihre Lippen berühren ihn fast, und ich kann erkennen, welche Kraft es Huber kostet, sie nicht mit seinen schleimigen Lippen zu küssen.

»Ja, ich habe meine bulgarischen Kumpels auf ihn angesetzt. Eine ganze Bande. Was muss der Junge auch so blöd sein und sich ausgerechnet in eine Nutte verlieben? Da macht es meinem Freund Zelko gleich doppelt Spaß, seine Schläger zur Verfügung zu stellen.«

»Böser Hund!«, schimpft Silvana, richtet sich auf und lässt im gleichen Augenblick die Peitsche auf ihn niedersausen, als die Tür aufgerissen wird und eine Horde Polizisten hereinstürmt. Huber stöhnt erlöst auf und bekommt im ersten Moment gar nicht mit, was hinter ihm abgeht.

Dann ist er völlig überrumpelt. Die Polizisten nehmen ihn fest und legen ihm Handschellen an. Alles geht so schnell, dass ich es nicht richtig fassen kann.

»Du blöde Nutte! Du Fotze!«, schreit Raphaels Exchef so laut, dass man nichts anderes mehr hören kann. Dann rauscht das Bild, und der Monitor wird schwarz.

Mein Herz klopft wie wild, und ich atme erleichtert aus, als Sepp meine Hand nimmt. »Es ist vorbei«, sagt er heiser. Der Raum ist totenstill.

»Reicht das? Sind wir jetzt sicher?«, bricht Raphael das Schweigen.

Andrea schüttelt den Kopf. »Es ist ein Anfang. Wir haben den Mistkerl, aber bis wir alle Beteiligten geschnappt haben, vergehen sicher noch einige Tage, in denen ihr euch lieber bedeckt haltet.«

»Aber ihr kriegen?«, fragt Luba und legt den Arm tröstend um ihre Schwester, die schluchzt.

Andrea lächelt. »Ganz bestimmt. Der Schmiedinger ist vielleicht nicht der Traumchef und bestimmt auch nicht der blütenweiße Vorzeige-Polizist, aber er versteht sein Handwerk und meidet keine Mittel und Wege, die zum Ziel führen.«

»Gut!«, sage ich krächzend. Alles Weitere muss die Zeit bringen. Ich drehe mich jedenfalls um und lasse mich von Sepp in die Arme nehmen. Es tut gut, gehalten zu werden, und allein Sepps Anwesenheit vermittelt mir das Gefühl, dass alles gut werden wird.

Familienbande

Chinesische Hühnersuppe zur Stärkung nach überstandenen Strapazen
Die Chinesen kochen nach den Elementen. Nach jeder Zugabe einer Zutat muss einige Male im Uhrzeigersinn gerührt werden. Der nährende = stärkende Kreislauf geht so: Holz-Feuer-Erde-Metall-Wasser-Holz
Chinesische Suppen kochen über Stunden. Dadurch wirken sie kräftigend. Lassen Sie Ihre Suppe ruhig auch 2, 3 Stunden leicht köcheln.
Zutaten für die Suppe:
2 Hühnerkeulen • 2 Karotten • ¼ Sellerieknolle oder 1–2 Stangensellerie • etwas Ingwerwurzel • 1 Lorbeerblatt • 2 Liebstöckelhalme • 5 cm Porree • 1 kleine Petersilienwurzel samt Grünwerk • Salz und Pfeffer
Element Holz: mindestens 3 l Wasser mit 2 Hühnerkeulen in einen großen Topf geben – umrühren
Element Feuer: alles erhitzen, bis alles einmal sprudelnd aufkocht – umrühren
Element Erde: die der Erde zugeordneten Zutaten (Karotten, Sellerie, Stangensellerie) beigeben – umrühren
Element Metall: 1 cm Ingwerwurzel, 1 Lorbeerblatt, Liebstöckl, Porree, Pfeffer beigeben – umrühren
Element Wasser: Salz beigeben – umrühren
Element Holz: die restlichen Holz-Zutaten beigeben (Petersilie, Petersilienwurzel)
Auf kleiner Flamme ziehen lassen. Kein Wasser nachgießen, sonst ist der Kreislauf zerstört.

In Sicherheit. Das Gefühl der Erlösung will sich nicht ganz einstellen. Die Warterei auf Schmiedingers Anruf, dass alle Ganoven geschnappt sind, macht mich fertig. Sepp ist zum Glück bei mir. Nach dem Zugriff auf Huber ist er mehr oder minder bei mir eingezogen.

Gitti taucht am frühen Morgen in der Stube auf. Sie fühlt sich wieder fit wie ein Turnschuh.

»Der Wimmer will heute Vormittag ausrücken, nur falls es dich interessiert«, sagt sie nebenbei beim Kaffeetrinken.

»Mein Gott, der Hias!«, entfährt es mir. Ich habe mich zugunsten meiner Familie gar nicht mehr um ihn gekümmert. Und obwohl es die einzig richtige Entscheidung war, zuerst meine eigene Familie zu unterstützen, frisst mich jetzt die kleine Made namens schlechtes Gewissen innerlich auf.

Sepp sieht mich mit großen Augen an. Er hat keine Ahnung.

»Na ja, der Wimmer hat Unterschriften gesammelt, dass Hias den Hof verkauft und wegzieht. Wenigstens schlägt er ihn nicht mehr zusammen«, klärt Gitti Sepp auf.

»Wer weiß«, sagt dieser und stupst mich auffordernd an.

»Na dann, fahren wir«, gebe ich mich geschlagen. Was bin ich froh, dass Sepp und ich ähnlich ticken. Es würde ihm auch keine Ruhe lassen, wenn wir gemütlich zu Hause bleiben würden.

Gitti sieht verdattert von ihrer Tasse auf. »Ihr wollt jetzt tatsächlich zum Hof fahren?«, fragt sie und betrauert schon das Butterkipferl am Tisch.

»Ja«, sage ich, »wenn du mitwillst, dann nimm dir das Kipferl als Wegzehrung mit ... oder du isst und trinkst in Ruhe fertig.«

»Nie und nimmer«, schnattert sie, greift nach dem Kipferl und springt auf.

Sepp ist ein ausgezeichneter Autofahrer. Dennoch quietscht und schimpft Gitti von der Rückbank nach vorn. Frau Ich-fahr-auch-bei-Rot hat Angstgefühle, dass mein ruhiger, entspannter Sepp den Wagen an den nächsten Wegpfosten setzen könnte.

Sepp dreht das Radio auf. Auch eine gute Lösung.

Wir fahren über den Hügel. Schon tauchen die beiden Höfe auf ... und mit ihnen eine Ansammlung von Autos.

»Ein Lynchkommando«, stellt Sepp fest.

»Das befürchte ich auch«, gebe ich zu.

Ich weiß genau, was von mir erwartet wird. Dass ich die Situation beruhige, Hias verteidige und die Leute wegschicke. Kein Problem ... normalerweise. Nur dass mich seit der Entdeckung der Briefe Zweifel plagen. Kann ich mit absoluter Sicherheit hinter Hias stehen?

»Gucken wir mal, was da los ist. Der Wimmer hat ja einige Verstärkung mitgebracht«, sagt Gitti und steigt als Erste aus. Die Neugierde ist eine Seuche.

Sepp geht um den Wagen und öffnet mir die Tür. Ich nehme seine Hand. Wir betreten den Innenhof. Da stehen Wimmer, die Krämerfrauen, der Bürgermeister und einige der umliegenden Bauern.

»Du verziehst dich! Sonst gibt's bald 'nen Toten mehr!«, schreit Wimmer.

Ich dränge mich durch die Meute, lasse aber Sepps Hand nicht los. Die Männer haben Hias umrundet. Starr und steif steht er da und hält die Unterschriftensammlung in der Hand. Ich stelle mich mit Sepp an seine Seite.

»Was soll das?«, frage ich.

»Rosi, misch dich nicht ein. Das ist eine Sache zwischen ihm und uns«, sagt der Bürgermeister Schilderer.

»Schilderer, willst du tatsächlich einen deiner Bürger von hier vertreiben? Obwohl die Polizei Jörgs Tod zum Unfall erklärt hat?«

Der Bürgermeister verstummt, dafür blüht Wimmer auf.

»Es ist uns wurst, was die Polizei glaubt herausgefunden zu haben. Er war's! Basta! Und sogar wenn er es nicht war, wollen wir ihn nicht bei uns im Ort. Hier leben ehrliche Leute!«

»... die in der Besenkammer, ich weiß«, kommentiere ich spitz.

Einige Männer lachen. Christl und Marie beginnen zu schwätzen.

»Habt ihr Hias jemals gefragt, was er an dem Abend gemacht hat? Soweit ich weiß, hat er nämlich ein Alibi«, setze ich eins drauf und bin froh, dass ich in Besitz eines so guten Gedächtnisses bin. Kurt hat ganz am Beginn der Ermittlungen Hias' Alibi erwähnt.

»Welches Alibi? Sag schon!«, keift die Krämer-Christl.

Endlich spricht auch Hias. »I bin kein Mörder. Aber ihr glaubt's mir net. Egal, was i auch sag. Und mei Alibi geht niemand was an.«

»Geh, Hias, stell dich nicht so an. Die Leute machen sich halt Sorgen. Aber wenn du ein Alibi hast, ist das was anderes«, sagt jetzt Marie im bittersüßen Ton.

Hias seufzt. »Mein Gott na. Mit der Telefonseelsorge hab i telefoniert. Wegen meiner toten Fackerl. Aber des glaubt mir sowieso keiner. Fragt's halt die Polizei! Die wird euch schon sagen, dass i kein Lügner bin!«, schimpft er.

Die Leute murmeln, und einige kichern sogar.

Hias wird rot vor Zorn. Drohend hält er die Unterschriftenliste in der Hand. »Aber eins weiß i gewiss. Da kann der Papst persönlich unterschreiben. Von mein Besitz vertreibt mi niemand. Da müssts mi wirklich umbringen. Mein Haus verlass i nur, wenn mi wer mit die Füße voran hinaustragt.« Er wirft den Zettel auf den Boden und tritt darauf. »Aus dem Weg«, schimpft er und rempelt die Krämerfrauen beinahe um. Unbeirrt stapft er zu seinem Stall.

Wimmer will ihm nach. Sepp hält ihn zurück. »Lass es. Du machst dich nur unglücklich. Außerdem hat er ein Alibi«, sagt er ruhig.

Die anderen reden lautstark. Sie diskutieren, was sie tun sollen.

»Geht zur Polizei. Fragt nach, ob die Geschichte mit der Telefonseelsorge stimmt. Sagt, was ihr denkt, aber seid nicht so dumm, selbst zu richten«, schreie ich über die Meute hinweg.

»Die Kräuterrosi hat recht«, brummt Schilderer missmutig. Anscheinend ist wenigstens der Bürgermeister wieder bei Sinnen.

Langsam und fluchend löst sich die Meute auf. Nur wir drei bleiben zurück. Sepp, Gitti und ich.

»Und jetzt?«, fragt Sepp.

»Ich red mit Hias. Allein. Vielleicht bekomme ich etwas aus ihm heraus. Du weißt schon, wegen des Bildes und des Briefes.«

»Bild, Brief?«, erkundigt sich Gitti neugierig.

»Ich erklär es dir, und wir lassen Rosi mal zehn Minuten allein mit Hias reden«, schlägt Sepp vor.

Ich nicke ihm dankbar zu.

»Aber pass auf«, mahnt er mich.

»Immer doch«, verspreche ich und gehe hinüber zum Stall.

Hias sitzt vor dem Schweinegitter und hat ein Ferkel auf dem Schoß. Ich stelle mich neben ihn.

»Was is? Hab i mi net schon genug blamiert. Alle lachen jetzt über mi. Aber i hab halt auch wem zum Reden gebraucht.

Wegen der toten Fackerl. Des versteht halt keiner«, sagt er und krault weiter sein Tierchen.

»Ich hab deine Liebesbriefe gefunden … und ein paar gelesen«, gebe ich zu, anstatt auf das Telefonalibi einzugehen.

»Mrg«, brummt er und blickt nicht einmal auf.

»Du liebst Zenzi immer noch. Hast nie damit aufgehört.« Ich rede ganz ruhig weiter und sehe in das kleine Gehege. Eine Sau und bestimmt zehn Ferkel sind zusammen eingesperrt. Eine richtige Familie.

Hias streichelt das kleine Schweinchen.

»Den Brief, den ich gefunden hab, der war noch gar nicht alt.«

Schweigen. Ich seufze. »Wie soll ich dir helfen, wenn du nichts sagst?«

»Sollst du nicht«, brummt er.

»Aber wenn du noch immer Gefühle für Zenzi hegst, dann ist es logisch, dass die Leute glauben, du hast Jörg beseitigt.«

»Mrg.«

Es ist zwecklos. Hias reagiert nicht. Er reibt und krault das Schweinebäuchlein und starrt ins Leere.

Ich lehne mich über das Gitter. Ein kleines Ferkel tapst heran. Ich fasse hinein, will es streicheln.

»Achtung!«, ruft Hias und reißt mich zurück. Im letzten Augenblick. Die eben noch friedlich wirkende Sau wirft sich gegen den Zaun und versucht alles, mich doch noch zu beißen.

»Bist deppert? Man greift net in ein Schweinegehege, wo frische Fackerl sind!«

»Aber«, japse ich und halte mir die zum Glück unversehrte Hand.

Hias setzt unterdessen sein kleines Ferkel zurück hinter den Zaun. Er richtet sich auf und sieht mir fest in die Augen. »A Sau is a Herdenviech. Und wer zusammengehört, verteidigt sich eben. Das is Familie«, sagt er streng.

Ein regelrechtes Bilderkonzert tanzt vor meinen Augen.

Der Brief. Das Foto. Die gereichten Hände. Der Blick.

Hias nimmt all die Verleumdungen auf sich, weil er jemanden schützt. Jemanden aus seiner Familie.

»Ich geh jetzt besser«, flüstere ich.

»Tu das«, sagt Hias und lässt mich von dannen ziehen.

Sepp guckt erstaunt.

»Wir müssen Kurt holen. Hoffentlich ist er wieder so weit fit. Ich weiß jetzt, dass Hias den Jörg nicht umgebracht hat. Aber dafür jemand anderer.«

»Jemand anderer?«, will Gitti wissen. Ihre Augen leuchten. Endlich eine Verbrechensaufklärung, bei der sie live vor Ort sein kann. In ein paar Worten schildere ich meinen Verdacht.

»Holt ihr den Kurt? Ich geh wieder zum Hias«, frage ich Sepp.

»Ist das nicht zu gefährlich? Ich bleib auch gern bei dir«, bietet Gitti an.

»Ehrlich gesagt, glaub ich, dass ich allein mehr erreichen kann. Beeilt euch aber.«

Sepp sieht mich misstrauisch an. Die Sorge steht in sein Gesicht geschrieben. Ich schenke ihm ein versicherndes Lächeln. Schließlich nickt er widerwillig.

»Meine Rosi ist erwachsen und eine starke Frau«, sagt er und küsst mich zart auf die Lippen. »Gib auf dich acht.«

»Mach ich«, verspreche ich.

»Komm, Gitti. Wir gehen. In einer halben Stunde sind wir wieder da«, sagt er.

Ich sehe noch dabei zu, wie die beiden vom Hof wegfahren, und mache dann kehrt. Ohne Zögern gehe ich zu Jörgs Hof.

Die Haustür steht offen. Ich gehe schnurstracks voraus zur Stube und reiße die Tür schwungvoller als nötig auf. Zwei verdutzte Augenpaare starren mir entgegen. Susi uns Zenzi sitzen am Tisch. Vor ihnen liegen etliche Kostümentwürfe ausgebreitet.

»Rosi? Warum stürmst du wie ein Tornado bei uns herein?«, fragt Zenzi, die sich als Erste gefasst hat.

»Wir müssen reden!«, sage ich und nehme unaufgefordert auf dem Küchenstuhl Platz.

»Also, schieß los«, fordert Zenzi.

»Mir ist etwas klar geworden. Vorhin, als ich Hias mit seinen Schweinen gesehen hab.«

»Aha.«

»Ja. Also, Zenzi? Warum hast du deinen Mann umgebracht?«

»Ich?«, quietscht sie.

»Ja, du. Als Hias mir bei den Schweinen erzählt hat, dass die Viecher ihre Familie beschützen, hab ich es gewusst. Er liebt dich noch immer. Du bist die einzige Familie, die er hat, und wahrscheinlich ist er sogar wegen dir hier im Dorf geblieben, anstatt sein Glück in der großen weiten Welt zu suchen. Er hat dir bis jetzt Liebesbriefe geschrieben, hat dich gezeichnet und nie aufgehört, dich zu lieben. Und wenn ich mit meiner Vermutung richtigliege, dann habt ihr noch immer ein Verhältnis miteinander. Eure Liebe hat nie geendet. Er will nicht, dass du für den Mord an deinem gewalttätigen Ehemann in den Knast gehst, und darum sagt er lieber gar nichts.«

Zenzi nickt unbewusst.

»Also hast du deinen Jörg ins Moor gestoßen, und Hias nimmt alles auf sich, weil er dich liebt. Wolltest du nach all den Jahren zurück zu deiner Jugendliebe? Warum jetzt, Zenzi? Warum?«

»Du!«

Ich dreh mich blitzschnell um. Hias steht mit geballten Händen hinter mir. Wie viel hat er schon mitangehört?

»Was machst du hier? Meine Zenzi beschuldigen. Scher di raus. Aber schnell!«, brüllt er.

»Hias, beruhig dich. Es hat keinen Sinn mehr. Die Polizei ist auch schon unterwegs. Ich will euch doch nur helfen«, sag ich.

Jetzt steht Zenzi auf und geht zum Hias.

»Lass gut sein. Die Rosi hat schon recht.« Sie drückt seine Hände.

»Zenzi, sei still. Und du, Rosi, hör gut zu! I war es. Und sonst keiner. I wollt den Jörg tot sehen. Weil i die Zenzi nu lieb. Weil i ihr richtiger Mann bin. Der Jörg war nur ein brutaler Schläger. Ein Grobian«, sagt er und nickt Zenzi zu.

Ihr laufen die Tränen die Wangen hinunter. »Sag das nicht, Hias! Lüg nicht für mich. Unser ganzes Leben war eine Lüge.

Das muss aufhören. Verstehst du?«, fleht sie und nimmt ihn an den Schultern. Hias wischt ihr die Tränen vom Gesicht.

»Also bist du nicht in die Welt ausgezogen und Künstler geworden, weil du noch immer eine Liebschaft mit Zenzi hattest«, unterbreche ich das herzergreifende Bild.

»Iwo! Das allein war's net. Wie hätt i die Zenzi allein lassen können mit so einem Mann? I hab sie doch beschützen müssen. Was hätt i sonst tun sollen? Sie ganz allein zurücklassen? So ein Typ Mann bin i net. Also, holt ruhig den Kurti. I gib alles zu, und gut is. Die Fackerl sind bei Zenzi und Susi gut aufgehoben.« Er presst die Lippen fest aufeinander und funkelt mich an.

»Nein. Bitte!«, sagt Susi plötzlich und blickt auf. Schwerfällig rutscht sie hinter dem Küchentisch hervor und stellt sich neben Hias.

Diese Augen. Die Zeilen aus dem Brief auf Hias' Küchentisch kommen mir in den Sinn. *Jedes Mal wenn ich daran denke, wenn ich das wasserklare Blau in den Augen sehe, wenn ich an die zarten …*

Die gleichen Augen. Die gleiche Mimik. Ihre Kostümbilder. Hias' Zeichnungen. Mir fällt die Kinnlade hinunter.

»Du hast wohl nicht nur Hias' Augen geerbt, sondern auch sein künstlerisches Talent, Susi. Du bist … du bist …«

»Hias' Tochter«, sagen Zenzi und ich gleichzeitig. Dass mir diese Ähnlichkeit nicht schon früher aufgefallen ist.

Sie beginnt zu weinen.

Hias legt seinen Arm um sie. »Net weinen, Mädel. Wird scho alles gut.«

Susi blickt auf. Dicke Tränen kullern ihr die Wangen hinunter.

»Nichts wird gut. Man wird mich einsperren. Mein Traum vom Theater, vom Malen, vom Schneidern … alles futsch. Und das nur, weil ich mit dem Jörg gestritten hab. Er, er – hat versucht, mich zu schlagen. Er wollt mich umbringen, und dann, dann –«

»Na, mein Mädel. I lass net zu, dass deine Träume den Bach runtergehen so wie meine«, beschwichtigt Hias seine aufgelöste Tochter.

»So, jetzt mal der Reihe nach. Susi, seit wann weißt du überhaupt, dass Hias dein Vater ist?«, frage ich.

Susi schluchzt lauthals.

Ich seufze leise. »Vielleicht setzen wir uns lieber wieder, und du erzählst ganz in Ruhe, was passiert ist.« Mein Vorschlag wird tatsächlich angenommen. Alle setzen sich. Susi weint aber weiter so bitterlich an Hias' Schulter, dass sie kein Wort herausbekommt.

Dafür beginnt Zenzi leise zu berichten: »Ich wusste es damals schon. Es konnte sich nicht ausgehen – zeitlich. Ich hatte mit Jörg noch nie, ähm – ihr wisst schon –, und da war ich schon schwanger. Von meinem Hias. Aber dann kamen auf einmal die finanziellen Probleme meiner Eltern zum Vorschein, und ich musste vernünftig sein. Ich hab Jörg geheiratet. Susi war bei ihrer Geburt recht klein, und jeder glaubte einfach, dass sie um ein paar Wochen zu früh auf die Welt gekommen ist. Schon hat die Geschichte gestimmt.«

»Also war Jörg auch immer der Ansicht, Susi sei von ihm?«, frage ich.

Zenzi nickt. »Das alles hätte auch so bleiben können. Aber ich war dämlich, hab diese verflixte Kiste mit den Briefen offen am Bett liegen lassen, nur weil ich geglaubt hab, Jörg sei schon im Moor, Fotos knipsen. Aber er war später dran, wegen der vergifteten Ferkel und weil er ganz schön einen getrunken hatte. Und ich wollte mich einfach ein wenig mit den Briefen trösten. Ich hab sie immer gelesen, wenn der Jörg einen besonders schlechten Tag hatte und mich – na ja. Ich hab ihn halt aufgeregt.«

Entschuldigend sieht sie mich an. Warum nur glauben geschlagene Frauen immer, dass sie irgendwie Schuld am Verhalten ihrer Männer haben?

Zenzi blickt wieder zur Tischplatte und spricht weiter. »Auf jeden Fall hat er den Brief gelesen, in dem ich Hias alles erzählt habe. Und er hat das Foto gesehen, auf dem ich schon schwanger war … und die Hand von Hias gehalten habe. Und dann –«

Susi fällt ihrer Mutter ins Wort. »Dann ist er geradewegs zu mir hinausgestürmt. Ich hab noch draußen zusammengeräumt. Er hat geschrien und gezetert. Am Anfang hab ich gar nicht verstanden, was er von mir wollte. Ich wusste doch selbst nicht, dass er nicht mein Vater war!« Sie weint, und ein heftiges Schluchzen durchschüttelt sie.

»Was ist dann geschehen?«, fragt Kurt ruhig.

»Er … er … hat gesagt, dass er mich enterbt und ich mein Studium vergessen kann. Und eine Hurenbrut hat er mich genannt. Eine Schande. Und dass er mich als Baby wie ein Kätzchen hätte ersäufen sollen. Und dann hat er mir eine Ohrfeige verpasst, dass ich es hab läuten hören.«

»Und darum hast du dir gedacht, du bringst ihn besser um? Mein Gott, Susi!«, frage ich ungläubig nach.

Sie sieht mich entsetzt an. Ihre Augen werden groß wie Golfbälle. »Aber nein. Ich bin ihm sogar nachgelaufen. Hab gebettelt und gefleht. Immerhin wusste ich doch selbst nichts von der ganzen Sache. Bin ihm nachgerannt bis in das verdammte Moor. Zuerst ist er immer schneller geworden und ist in seinem Rausch und seiner Wut gerannt wie ein Wahnsinniger. Aber dann ist er stehen geblieben. Ich ersäuf dich jetzt noch, du blödes Flittchen, hat er gesagt und wieder ausgeholt. Mit der Faust. Er war aber zu besoffen. Hat mich verfehlt. Dann hat er aber meinen Kragen zu fassen bekommen und mich an sich rangezogen. Ich hab echt geglaubt, jetzt hat meine letzte Stunde geschlagen.« Susis Unterlippe zittert unkontrolliert.

»Und dann?«, frage ich sanft nach.

»Ich hab ihn gegen das Schienbein getreten. Richtig heftig. Zum Glück hatte ich meine festen Schuhe an. Er hat mich ausgelassen und ist rückwärts in den Sumpf gestürzt.« Susi schluckt. »Er hat mit den Armen gerudert, und ich bin nur still dagestanden und hab mich nicht gerührt.« Susis Blick wird mit einem Mal ganz klar.

Ich schaue Susi an, unfähig, etwas zu sagen. Hias und Zenzi geht es genauso.

»Ich hätt den Vater wahrscheinlich retten können«, sagt sie schließlich.

»Wer hätte wen retten können?« Kurt steht mit Gitti und Sepp in der Tür.

»Ich«, wimmert Susi und legt schluchzend den Kopf zwischen die Arme am Tisch.

»Nicht helfen ist strafbar«, sagt Kurt streng.

»Setzt euch erst einmal hin«, fordere ich.

Ich brauche ein paar Augenblicke, um mich neu zu sortieren. Hat Susi nicht in Notwehr gehandelt? Soll sie dafür ins Gefängnis, dass sie sich nicht schlagen ließ? Wenn Jörg nicht im Moor ertrunken wäre, hätte es wahrscheinlich eine andere Leiche gegeben. Ich sehe Susi an. Wie sie schluchzend, eingeschüchtert und verletzlich zwischen ihren Eltern kauert und in den Tisch hineinwimmert. Soll dieses Mädchen tatsächlich eine Mörderin sein? Ich fasse einen Entschluss. Lügen kann ich nicht. Aber etwas verschweigen sehr wohl.

»Also, Susi, hast du dich der unterlassenen Hilfeleistung schuldig gemacht?«, fragt Kurt mit harter Stimme.

»So würde ich das nicht sehen. Weißt du, Kurt, die Susi ist nicht Jörgs Tochter, sondern die vom Hias.«

Zenzi will mich unterbrechen, aber ich hebe die Hand und werfe ihr einen strengen Blick zu. »Und Jörg hat es an jenem Tag herausgefunden. Die beiden haben gestritten, und Jörg ist wutentbrannt ins Moor gerauscht. Und da ist er ertrunken.«

»Genau«, fällt mir Zenzi ins Wort, »die Susi ist ihm sogar nachgeeilt und hat ihn gesucht. Aber dem besoffenen Kerl war nicht mehr zu helfen. Susi hat nur geweint und gezittert, als sie wieder daheim ankam. Ich hab jedes Wort aus ihr herauspressen müssen.«

Zärtlich streichelt sie Susi über den Kopf. »Ich hab meinem armen Kind gesagt, dass sie keine Schuld hat an der ganzen Misere. Schuldig sind wir Erwachsenen. Der Hias und ich, weil wir eine Lüge gelebt haben. Was kann denn das Kind dafür? Nichts! Und da haben wir beschlossen, dass wir einfach ganz normal weitermachen. Es war ein saublöder Zufall, dass ausgerechnet am Tag davor dieser Streit wegen der toten Ferkel passiert ist. Sonst hätte doch niemand Hias verdächtigt, oder?«

Ich atme tief ein und blicke in jedes der drei verzweifelten Gesichter. Ein Unfall. Wahrscheinlich ist es wirklich am besten für alle, wenn Jörgs Tod zu einem Unfall erklärt wird.

»Susi, du musst mitkommen, eine genaue Aussage machen. Wenn du schon früher am Unfallort warst als bisher angenommen, müssen wir rekonstruieren, ob du deinen Vater hättest retten können«, meint Kurt ruhig.

»Wenn jemand eingesperrt werden muss, dann i! Meine Susi lasst ihr in Ruhe«, springt Hias plötzlich auf, zieht ein Gewehr unter der Bank hervor und fuchtelt damit herum.

»Hias, leg das Ding weg! Es war ein Unfall«, rede ich auf ihn ein.

Aber er gerät nur noch mehr in Rage. »Nix da! I … i bring mi lieber selber um … keiner darf mei Susi! Ihre Träume müssen wenigstens wahr werden! Verdammt!«

Sepp, der ganz ruhig und unauffällig aufgestanden ist und sich zu Hias hingeschlichen hat, nimmt ihm mit Schwung die Waffe ab. Jetzt weint auch Hias.

»Sagt mal ehrlich. Hätte so ein Fünfzig-Kilo-Mädchen einen Hundertfünfzig-Kilo-Brummer überhaupt aus dem Morast ziehen können?«, frage ich in den Raum.

Alle schütteln den Kopf.

»Lassen wir es gut sein«, sagt Kurt nach einer Weile. »Es war ein Unfall. Die Polizei hat ganz richtig ermittelt. Jörg war betrunken und unvorsichtig. Dass Susi ihn im Moor nicht gefunden hat, ist tragisch, aber kein Verbrechen. Und in der Nacht sieht man auch nicht unbedingt alles. Einen halb versunkenen Mann im Schlamm erst recht nicht. Ich werde meinen Bericht genau so verfassen, und dann brauchst du nicht einmal mit auf die Direktion, um ihn zu unterschreiben, Susi. Das können wir auch hier machen.«

Susi nickt und sieht mich mit verheulten Augen dankbar an.

»Danke«, sagt Zenzi leise.

»Wir müssen jetzt nur die Leute im Dorf endlich dazu bringen, dass sie Hias in Ruhe lassen«, sage ich.

»Das übernehme ich. Bei der nächsten Gemeinderatssitzung

werde ich die Bevölkerung einmal aufklären, welche Strafen so auf üble Nachrede und Verleumdung in Österreich stehen«, sagt Kurt voller Überzeugung.

Gut, denke ich zufrieden. Diese Lösung ist für alle das Beste, und das Moor hat schon so manch bittere Wahrheit verschluckt. Susi ist keine Mörderin. Genauso wenig wie der Hias.

Wir verabschieden uns. Kurt verspricht, mit dem neuen Bericht noch am Abend vorbeizuschauen. Dann, wenn sich die Gemüter wieder beruhigt haben.

Sepp bringt mich heim.

»Und, Rosi? Ist der Todesfall jetzt endlich geklärt, oder muss noch ein Geheimnis gelüftet werden?«

»Manche Dinge bleiben lieber verschlossen. Und man muss ja nicht um jeden Preis alles ans Tageslicht zerren, oder?«, frage ich.

»Meine tapfere Rosi. Sie weiß genau, wann Reden und wann Schweigen angebracht ist.«

»Schließlich muss ich auch noch etwas lernen im Leben. Meine Nase nicht in alle Angelegenheiten zu stecken, zum Beispiel«, sage ich.

Sepp grinst. »Dafür liebe ich dich. Dass du zu den Frauen gehörst, die auch im Alter noch lernwillig sind.«

Ich boxe ihn leicht gegen die Schulter und lehne mich entspannt zurück. Endlich stellt sich bei mir das Gefühl ein, dass doch noch alles gut werden kann.

Am frühen Nachmittag läutet dann das Telefon. Schmiedinger ist dran. Er verkündet, dass alle Verbrecher rund um Huber und Zelko geschnappt wurden. Der Polizeichef gibt Entwarnung. Großes Aufatmen auf allen Seiten. Ich fühle mich glücklich und bin auch ein bisschen stolz, dass mit meiner Hilfe zwei Verbrechen aufgeklärt wurden. Zugegeben, mein Anteil bei Zelko und Huber war gering, aber dafür habe ich bei Zenzi, Susi und Hias nicht lockergelassen. Vielleicht ist die Zeit, nur Kräuterrosi zu sein, vorbei … Ich bin mehr. Kräuterhexe, Liebesberaterin, Geliebte, Schnüfflerin, Mutter und vor allem kilometerweit von

Langeweile entfernt. Ich atme auf. Alles ist gut, und nur noch eine Kleinigkeit gehört geklärt … Peter.

Als Sepp ins Herzkasterl fährt, rufe ich Gitti an. Es ist, als hätte sie nur darauf gewartet, dass ich sie herhole. Ich richte uns Kopi Luwak, extrastark.

Gitti fragt erst gar nicht, welcher Kaffee in ihrer Tasse ist. »Du bist bedrückt, und das, obwohl endlich alles aufgelöst ist!«, stellt sie fest und trinkt voller Genuss einen großen Schluck Kotkaffee.

Die Begierde hat also gesiegt. »Hmm«, brumme ich, und schwups liegt ihr Arm um meine Schultern.

»Erzähl deiner besten und längsten Freundin, was dir jetzt noch auf dem Herzen liegt. Es ist doch jetzt alles in Ordnung. Die restlichen Banditen sitzen hinter Schloss und Riegel, Jörg war an seinem Tod selbst schuld, Hias hat seine Zenzi, Susi ihre Zukunft als Kostümbildnerin, Daniela den Kurt, Raphael seine Kalina und du den Sepp, also was ist, meine Liebe?«

»Hmm … ich … ich … der Peter …«, seufze ich und lasse alles hängen. »Morgen wollte ich nochmals mit ihm essen gehen, obwohl ich mich bereits für Sepp entschieden habe. Ich will Peter ehrlich gesagt gar nicht mehr sehen. Alles, was ich mir nach dem ganzen Trubel wünsche, ist ein wenig Ruhe.«

Gitti nimmt den Arm weg, stürzt den Kaffee hinunter und springt auf. »Komm!«, sagt sie und stemmt die Hände in die Hüften.

»Wohin?«

»Na, zur Praxis deines Tierarztes, Tacheles reden! Oder glaubst du, ich lass zu, dass du noch einen ganzen Tag Trübsal bläst, nur weil du das Pech hast, morgen von einem Aaaarzt ausgeführt zu werden?«, singt sie regelrecht.

»Du bist unmöglich!«, lache ich und bin gleichzeitig froh, dass sie die Sache in die Hand nimmt. Ein kleiner Abstecher in die Stadt und dafür einen guten Schlaf heute Nacht … das ist doch ein super Geschäft.

Gitti angelt sich ihre unmögliche Handtasche, und wir schlendern zum Auto. Wir steigen ein.

»Weißt du die Adresse?«, fragt Gitti.

Ich schüttle den Kopf.

»Egal. Dafür habe ich jetzt Susi!«, strahlt sie und deutet auf ein Navigationsgerät an der Windschutzscheibe. Gitti tippt darauf herum.

»Hoffentlich sorgt diese Susi nicht für solche Probleme wie die Lebende«, bemerke ich und schlucke mein schlechtes Gewissen hinunter. Mit dieser Lüge werde ich leben müssen. Ich hätte es nicht ausgehalten, Susi hinter Schloss und Riegel zu wissen.

»Wir halten uns einfach vom Moor fern«, lacht Gitti und drückt ein letztes Mal auf das Display. »Krauses Tierarztpraxis. Das müsste es sein«, meint sie.

Ich sehe hin und nicke. »Wahrscheinlich.«

»Und wenn nicht, dann gehen wir eben einen Kaffee trinken, auch wenn die bestimmt keinen Kotkaffee haben«, trällert sie fröhlich.

Dagegen kann ich nichts einwenden, wo ich doch eine Kaffeetante Nummer eins bin.

Gitti kurvt wie eine Wahnsinnige durch die Stadt, und mir drückt es den Schweiß aus jeder Pore. Wer glaubt, eine Achterbahnfahrt würde Nervenkitzel bedeuten, der sollte sich einmal in ihren Wagen trauen. Doch sie braust mit einer Selbstverständlichkeit über dunkelgelbe Ampeln und auf jeder Seite an den anderen Autos vorbei, dass es entweder von großem Können oder, was ich befürchte, von großer Dummheit zeugt. Anscheinend aber begleitet sie eine ganze Legion Schutzengel, denn kurze Zeit später parken wir vor einem gesichtslosen Stadthaus, an dem nur ein kleines Schild den Hinweis gibt, dass wir richtig sind.

»Wir sind da«, frohlockt Gitti.

Ich schlucke den Speichel schwer hinunter, der sich wie die Schweißpfützen unter meinen Armen gebildet hat. »Sehr schön«, japse ich und steige wankend aus.

Gitti hakt sich bei mir ein, und wir betreten das Gebäude.

»Ich bin ja sehr gespannt, wie er reagiert«, plappert sie im Fahrstuhl einfach weiter.

Ich nicke nur, denn die Nervosität macht sich nun verstärkt

bemerkbar, da ich nicht mehr nur aufs Überleben konzentriert bin. Die Wahnsinnsfahrt mit Gitti hat nämlich jeden anderen Gedanken in den Hintergrund gedrängt. Die Praxis liegt im dritten Stock, und oben kommt uns auch schon eine schwarzhaarige Hundebesitzerin samt schwarz gelocktem Pudel entgegen. Sie mustert uns kurz und fragt sich augenscheinlich, wo unser tierischer Begleiter wohl ist.

Wir gehen in die Praxis. Im Vorraum sitzt eine weiß gekleidete junge Frau hinter einem Schreibtisch und schlägt auf die Tastatur ihres Computers ein, als wolle sie Kakerlaken erschlagen. Wir stellen uns vor sie hin und warten.

Schließlich gibt die junge Frau seufzend auf und zuckt die Schultern. »Blödes Teil!« Dann sieht sie auf und lächelt. »Sie wünschen?«

»Ich würde gern mit Dr. Habermann sprechen. Privat«, sage ich.

Die junge Frau runzelt die Stirn. »Habermann? Hier gibt es keinen Dr. Habermann. Sie müssen sich in der Praxis geirrt haben.«

Ich sehe mich verwirrt um und ordne meine Gedanken. »Aber Peter hat mir ganz sicher gesagt, dass er hier arbeitet. Das ist doch die Praxis Krause, oder?«

Die junge Frau stutzt und lacht dann plötzlich auf. »Peter! Ach Sie meinen Peter, ja, der arbeitet schon hier.«

»Hab ich doch gesagt, Habermann«, antworte ich.

Die junge Frau schüttelt den Kopf. »Ja schon. Aber Peter ist doch kein Doktor. Warten Sie, ich hole ihn!«, ruft sie und springt auf, bevor ich sie zurückhalten kann.

Ich verstehe gar nichts mehr. Gitti hingegen behält die Ruhe. Sie deutet auf die Stühle im Wartebereich. Wir setzen uns.

Keine Minute später taucht sie wieder auf. »Peter ist gleich da. Er macht nur noch schnell die Toilette fertig«, erklärt sie.

Das wird ja immer verwirrender.

Dann sehe ich Peter. Er trägt eine Schürze, einen Wischmopp und schleift einen Eimer hinter sich her. Als er mich sieht, lässt er alles fallen.

»Scheiße! Rosi!«, sagt er.

Ich muss nur noch lachen. Ich stehe auf und helfe ihm, die Sachen wieder aufzuheben. »Schöne Scheiße«, kichere ich.

Peter wird tomatenrot.

»Ich glaub, wir müssen reden!«, schlage ich vor.

»Ja, aber keine Polizei, okay?«, fragt Peter, und ich reiße erstaunt die Augen auf.

»Polizei? Wieso denn Polizei? Ich hab ehrlich gesagt für mein restliches Leben genug von den Typen. Und nur weil du nicht den Mut hattest, mir deinen wirklichen Beruf zu verraten … was wahrlich nicht besonders ehrenhaft ist, schalte ich doch nicht die Polizei ein.«

Peter atmet erleichtert aus. »Gut. Ich muss nur noch das zweite Klo machen, dann bin ich fertig. Zehn Minuten?«

Ich nicke und setze mich wieder zu Gitti. Wir beide können uns vor lauter Lachen kaum beruhigen, und auch als Peter nach zehn Minuten ohne Schürze und Mopp vor uns steht, müssen wir noch immer kichern. Auf jeden Fall wird mir jetzt klar, was mich an Peter immer so gestört hat. Peter war nie Peter, und mein Horst war er erst recht nicht. Er hatte immer eine Maske auf. Ein Tierarztkostüm.

Wir suchen ein kleines Bistro auf, das gleich um die Ecke liegt und Kaffee und Kuchen für drei fünfzig anpreist.

Wir bestellen alle das Angebot und warten, bis die Kellnerin drei vertrocknete Apfelkuchen und drei Cappuccinos auf den Tisch knallt. Der Kuchen schmeckt besser als erwartet, der Kaffee dafür umso schlechter.

»Also. Meiner Meinung nach ist es an der Zeit, zu beichten, Herr Doktor …«, sage ich.

Gitti kichert erneut.

Peter errötet. »Ähm, ja. Dass ich kein Tierarzt bin, sondern Putzmann, weißt du ja schon.«

»War nicht zu übersehen«, freut sich Gitti.

Ich remple sie an.

Klar, Peter war nicht ganz ehrlich, aber dass Gitti ihn nun noch extra damit aufzieht, ist nicht fair.

»Ich habe diese Stelle von meinem Bewährungshelfer vermittelt bekommen.«

Jetzt schnappe ich nach Luft. Ja verfolgen mich denn auf einmal die Banditen, oder was?

»Ein Knacki«, sagt Gitti überflüssigerweise.

»Exknacki, wenn ich bitten darf«, entgegnet Peter angebissen.

»Warum warst du im Gefängnis?«, komme ich auf das eigentliche Thema zurück.

Peter wird, obwohl ich das für unmöglich gehalten habe, noch röter. »Heiratsschwindler. Ich bin ein verfluchter Heiratsschwindler und hab drei Frauen um ihr Vermögen gebracht. Das ist die Wahrheit.«

Jetzt lache ich auch und wische mir sogar die Tränen aus den Augen. »Und ich sollte nun Nummer vier werden, oder was?«, japse ich.

Er zuckt die Schultern. »Na ja. Eigentlich wollte ich das ja nie wieder tun. Aber diese Radiosendung hat mich verleitet. Ich dachte, ich hätte ein leichtes Spiel. Du weißt schon. Arme, ältere Frau, die sich nichts sehnlicher wünscht als einen netten Mann an ihrer Seite. Und dazu dein kleiner Hof … Ich dachte mir, vielleicht könnte ich diesmal sogar bei einer Frau bleiben. Einfach ein ruhiges, anständiges Leben führen. In der Pampa. Mit dir.«

Ich schlucke schwer. »Tut mir leid. Das wird wohl nichts. Ich bin heute sowieso nur in die Praxis gekommen, um dir zu sagen, dass mein Herz bereits vergeben ist … und mein Hof auch«, füge ich schnell dazu.

Peter blickt hoch. »Ehrlich? Aber ich würde mir Mühe geben. Wirklich.«

Ich unterdrücke das Kichern, obwohl es mir schwerfällt. »Ist aber so. Ich bin glücklich verliebt und einen Mann brauchen … Nein, das tu ich nicht. Wenn ich aber einen will, dann nehm ich ihn mir. Du bist es aber gewiss nicht.«

»Schade«, sagt er und lässt den Kopf hängen. Der traurigste Anblick eines Heiratsschwindlers aller Zeiten.

»Gut, wir gehen dann«, meint nun Gitti und steht auf. »Danke für Kaffee und Kuchen!«, sagt sie noch und zieht mich hoch.

Peter will wohl noch protestieren, aber ein Blick auf uns beide genügt, und er klappt wortlos den Mund zu.

»Tschüss!«, flöte ich und folge Gitti hinaus.

Die Heimfahrt erscheint mir nur mehr halb so gefährlich wie die Hinfahrt. Wahrscheinlich, weil wir genug zu reden haben.

Zu Hause steht ein ganzer Fuhrpark vor meinem Haus, und als ich aussteige, schallen mir fröhliche Stimmen entgegen. Vorsichtig gehe ich auf mein Häuschen zu und schiele in den Vorraum. Der Lärm kommt aus der Stube. Gitti steht dicht hinter mir, und wir schreiten gemeinsam dem Gegröle entgegen.

Ich öffne die Tür. Alle sind da. Meine Kinder und deren Partner, die halbe Polizeistation, die Krämerin, der Wimmer, Hias, Zenzi, Susi, die Marianne und sowieso das halbe Dorf.

»Was ist denn hier los?«, frage ich.

Die Menge teilt sich, und Sepp steht da. »In diesem Nest kann man nichts für sich behalten, die Leute wollen mitfeiern, dass die Verbrecher gefasst sind … und es auch keine Zweifel mehr um Jörgs Unfalltod gibt.«

Kurt drängt sich vor. »Jawohl. Alles aufgeklärt und einige bestimmte Bürger«, er blickt streng in Wimmers Richtung, »werden sich ab jetzt am Riemen reißen und keine falschen Verdächtigungen mehr in die Welt setzen.«

»Ja, ja. Auch ein alter Schuldirektor kann noch was lernen«, brummt Wimmer.

»So wird es wohl sein!«, antworte ich. Mich wundert gar nichts mehr. Nicht einmal ein Haus voller feierlustiger Leute. So ein Kuhdorf bleibt eben ein Kuhdorf und die neugierigen Leute einfach neugierig. Ehrlich gesagt freue ich mich sogar. Was gibt es Schöneres, als ein Zuhause zu haben und Menschen, die an meinem Leben teilhaben wollen?

Es ist ein großes Umarmen … Wir wandern schließlich in den Garten aus, da die Stube doch ein wenig eng ist, und feiern draußen weiter.

Der Schmiedinger erzählt mit stolzgeschwellter Brust der ganzen Bevölkerung, wie nun alle Banditen gefasst wurden und dass er dem Huber ein umfangreiches Geständnis entlockt habe.

Ich nicke nur und frage nicht lange nach, wie ihm das gelungen ist. Manchmal soll man einfach nur froh sein, dass sich das ganze Tohuwabohu in Wohlgefallen auflöst. Erfreulicherweise behandeln die Menschen Hias auch freundlich. Etwas zurückhaltend ja, aber dafür, dass sie ihn vor ein paar Tagen am liebsten noch gelyncht hätten, klappt das Zusammensein schon wieder recht gut. Eingeweihte können überdies erkennen, wie verliebt Zenzi Hias beäugt. Ein Wunschbild flackert vor meinen Augen auf. Wenn alles gut geht, steht in einem Jahr wohl eine weitere Hochzeit an. Dann, wenn wirklich Gras über den Moortoten gewachsen ist.

In einem ruhigeren Moment steht dann Susi neben mir.

»Danke noch mal, Rosi, wegen deiner Aussage«, sagt sie und drückt meine Hand.

»Ich hab nichts gesagt«, antworte ich.

»Eben.«

Wir lächeln uns an. Manchmal stimmen alte Sprichwörter einfach hundertprozentig. In diesem Fall sind es sogar zwei. Reden ist Silber, Schweigen ist Gold, und Tote soll man ruhen lassen.

Am späten Abend werden die Gäste weniger. Vielleicht auch, weil mein Schnapsvorrat und der Speck sich dem Ende entgegen neigen.

Am Schluss bleiben nur noch Daniela, Kurt, Raphael, Kalina, Sepp und ich zurück. Sogar Gitti hat nach vier doppelten Marillenbränden das Weite gesucht. Und so sitzen wir, die Familie, gemeinsam auf der Terrasse und sehen zum sternenverhangenen Himmel empor.

»Und jetzt?«, frage ich müde.

»Jetzt gibt es eine oder zwei Hochzeiten, ein Baby, ein Bordell, das einen neuen Chef sucht, und zwei alte Junggebliebene, die die Liebe entdecken«, antwortet Sepp und küsst mich.

Ich drücke ihn weg. »Und was werden die Leute sagen?«

»Wozu? Dass deine Kinder nun unter der Haube sind oder dass du nach deinen Mordermittlungen und Verbrecherjagden endlich einen bodenständigen, ehrlichen und in der Bevölkerung wertgeschätzten Geschäftsmann zum Lebensgefährten erwählt hast?«, fragt Sepp.

»Also, Mama, echt! Seit wann scherst du dich um die Meinung der anderen? Außerdem hast du heute Abend doch miterlebt, dass sich alle für uns freuen.« Raphael sieht mich grinsend an.

Ich zucke die Schultern. »Mach ich doch gar nicht, mich scheren, mein ich. Aber was, wenn mir jetzt langweilig wird, wo doch alles geklärt ist?«

»Was ist denn geklärt, Mama? Es gibt noch so viel zu tun für dich. Die Hochzeiten, dein neuer Mann, der Familiennachwuchs …«, sagt Daniela.

»Und mich«, meint Raphael. »Sepp hat mich nämlich gefragt, ob ich in sein Geschäft einsteigen möchte. Da bräuchte man nämlich ein paar ehrliche Menschen, und ich brauche einen ehrlichen Beruf.«

Ich huste, weil ich mich vor Schreck verschlucke, und starre Sepp an.

»Warum nicht? Ist doch ein Familienbetrieb, und mein Herzkästchen würd ich nur ungern einem Außenstehenden geben.«

Ich nicke. »Kalina?«, frage ich.

Meine Schwiegertochter lächelt. »Mir ist recht. Hab gesehen, dass es gibt auch gute Puffväter.«

Ich kann nichts mehr sagen außer einem »Aha«, so überfordert mich die Situation.

»Ja, und dann kommen auch noch das Radiointerview und der Türkeiurlaub auf dich zu. Also von Langeweile keine Rede«, meint Sepp und schmunzelt dabei.

Ich schlage mir die Hand vor den Mund. »Oh nein, das hab ich ganz vergessen«, gestehe ich.

Sepp lacht. »Beim Interview kann ich dir wahrscheinlich nicht helfen, aber vielleicht mit dem Urlaub.«

Ich ziehe die Augenbrauen hoch.

»Ja. Gitti hat mir angeboten, ihren Platz an mich abzutreten. Wir zwei, Sand, Strand, Sonne … Wie klingt das?«

»Wunderbar«, sage ich und lasse mich so von Sepp küssen, dass alles andere verschwimmt.

Nein, an einen ruhigen letzten Lebensabschnitt ist bei mir nicht zu denken. Nicht jetzt. Nicht in hundert Jahren. Ich bin Rosi. Kräuterrosi, zweiundsechzig, verliebt … gefunden und bereit für eine Fortsetzung meines spannenden Ruhestandes.